（典藏版）

百部国学传世经典

中华国学经典盛宴／获取先贤核心智慧

豪放词　婉约词

林少华／主编

漓江出版社

图书在版编目（CIP）数据

豪放词·婉约词/林少华主编. --
桂林：漓江出版社，2017.9
（百部国学传世经典）
ISBN 978-7-5407-8269-6
Ⅰ. ①豪… Ⅱ. ①李… ②林… Ⅲ. ①豪放派-宋词-选集②婉约派-宋词-选集 Ⅳ. ①I222.844
中国版本图书馆 CIP 数据核字（2017）第 229107 号

豪放词·婉约词

主　　编　林少华

策划统筹　陈植武　林晓鸿
责任编辑　林晓鸿
助理编辑　秦　灵

出 版 人　刘迪才
出版发行　漓江出版社
社　　址　广西桂林市南环路 22 号
邮　　编　541002
电子信箱　http://www.lijiangbook.com
印　　制　北京飞达印刷有限责任公司
开　　本　710 mm×1000 mm　1/16
印　　张　30
字　　数　552 千字
版　　次　2017 年 9 月第 1 版
印　　次　2018 年 5 月第 2 次印刷
书　　号　ISBN 978-7-5407-8269-6
定　　价　45.00 元

前言

中华民族有着数千年的文明历史，创造了光辉灿烂的古代文化，其中中国传统国学是我国辉煌灿烂的文化典籍的核心部分，它博大精深、源远流长，显示出中华文化的深厚根基，给人类留下了丰富的精神财富。它是我们炎黄子孙的文化精髓，它塑造了我们中华民族的民族精神，是培育民族精神的重要资源。它开启心智，滋润生命，陶冶人格，塑造灵魂。

开卷有益，忙碌的人们闲暇之时，应该用传统国学来陶冶自己的情操，开阔自己的心胸，提高自己的人文修养，用先人的哲思来涤荡自己忙碌的心灵。我们应该坚持阅读的爱好，在潮流文化的强大攻势下，让传统文化永驻我们的心田。“复兴国学，从根本上讲，是复兴中华民族的自尊心、自信心。”我们要甄选传世经典著作中最经典的部分来读，要以开放的胸襟和燃烧的激情去承接古人的经典大论与哲思华章，以自豪而不狂妄、执着而不僵化的精神风貌来直面当今社会的竞争与挑战。

为了弘扬中国传统文化，帮助读者深刻了解我们的历史与文化，用经典历史文学知识陶冶情操、提高文化修养，同时使国学得到承传，得以弘扬光大，我们精心编排了本书。为了便于读者理解和领会古代先贤的思想与精神，我们在文章中选取了与正文相契合的插画，将插画与正文有机地结合在一起，可大大增加读者的阅读趣味。

本书选取了国学经典著作中很多优秀的作品及资料，博采各类经典作品的长处，并有所创新，以使得本书风格迥异、卓然超群，相信会给读者带来全新感受。

由于时间仓促，书中难免有不尽之处，恳请读者朋友们提出宝贵意见，在此深表谢意。

目录

豪放词

婉约词

豪放词

李 白

李白(701~762),字太白,号青莲居士,祖籍陇西成纪(今甘肃天水附近),其先祖于隋末流徙到西域。李白生于碎叶城(当时属安西都护府),五岁时随父到绵州昌隆县(今四川江油),在蜀中读书漫游,二十五岁出蜀。天宝初经道士吴筠推荐入长安,供奉翰林,不足两年被赐金放还。安史之乱后,入永王李璘幕府,璘起兵事败后,李白被流放夜郎(在今贵州省),中途遇赦,后死在当涂(今属安徽省)。李白诗风既浪漫奇诡又清新俊逸,有《李太白全集》。他的词《菩萨蛮》和《忆秦娥》艺术水准高超入妙,冠绝古今。

菩萨蛮

平林[1]漠漠[2]烟如织,寒山[3]一带伤心碧[4]。暝色[5]入高楼,有人楼上愁。

玉阶[6]空伫立,宿鸟归飞急。何处是归程[7],长亭更短亭[8]。

注释

①平林:平原上的树林。

②漠漠:烟雾迷蒙广远、看不清之貌。

③寒山:冷落寂静的山。

④伤心碧:伤心,蜀中方言,与“极”同义。伤心碧,即极碧,碧绿极了。杜甫

《滕王亭子》诗有“清江锦石伤心丽”之句。

⑤暝色：夜色。

⑥玉阶：用玉石砌成或装饰的台阶。亦为阶石的美称。

⑦归程：归途。

⑧长亭、短亭：古代设在大道旁供行人休息或饯行的亭舍。北周诗人庾信《哀江南赋》：“十里五里，长亭短亭。”

点评

这首《菩萨蛮》，宋黄升推为“百代词曲之祖”（《唐宋诸贤绝妙词选》）。清刘熙载亦赞曰：“太白《菩萨蛮》《忆秦娥》两阕，足抵少陵《秋兴》八首。”（《艺概》）自明代胡应麟起，不断有人就作者问题提出质疑，认为它是晚唐五代人假托李白之名而作的。这场争议至今仍无定论，但两词风骨之高却为众家所认同。

这首词抒写的是羁旅行役者的归乡思愁。这种愁绪如同延伸向天边的广袤森林上笼罩着的迷茫烟雾，浓重得拉不开、扯不断，如同夕阳西下后那无边无际的暮色，黑沉沉地压在人的心头。所以词的上片，表面上看是写景，但作者的主观情感已浑然化入景物中，而使人不觉。上片结句由写景引出人物，下片又由人的描写重归于景。“宿鸟归飞急”“长亭更短亭”这样的句子，将作者永远漂泊、永是离别而不知生命归宿的痛苦人生感受，与眼前景物水乳相融地糅合在一起，从而使景物的描写达到了化境。尤其是词中归鸟的意象，把词人倦于人生跋涉、渴望灵魂止栖的痛苦情怀，非常生动地衬托出来。

此词题材虽常见，但意境阔大，感情深沉，从声律、语言神采上看，也都称得上高度成熟的第一流作品，它不但远远超过中晚唐的文人词作，就是放在宋词同类题材的作品中，也是出类拔萃的。韩元吉《念奴娇》词云：“尊前谁唱新词，平林真有恨，寒烟如织。”可见南宋初这首《菩萨蛮》犹传唱不绝。

忆秦娥[1]

箫声咽[2],秦娥梦断[3]秦楼[4]月。秦楼月。年年柳色,灞陵[5]伤别[6]。

乐游原[7]上清秋节,咸阳古道音尘绝。音尘绝。西风残照[8],汉家陵阙[9]。

注释

①秦娥:秦地女子,指京城长安美丽的女子。

②咽:呜咽。形容箫管吹出的曲调低沉而悲凉,呜呜咽咽如泣如诉。

③梦断:梦被打断,即梦醒。

④秦楼:传说春秋时期,秦穆公的女儿弄玉和她的丈夫萧史所住的楼叫秦楼。秦地女子所居之楼自然也称秦楼,却恰与典合,而楼中所居者境况殊不相同。

⑤灞陵:汉文帝刘恒的陵墓。

⑥伤别:为离别而伤心。

⑦乐游原:唐时游览胜地,全城最高处,今西安市南。

⑧残照:指落日的余晖。

⑨汉家陵阙:汉朝帝王的坟墓。

点评

此词为登高怀远，悲秋思古之作。上片从凄咽的箫声写起，这悲哀欲绝的箫声如泣如诉，在刺痛我们心灵的同时，美丽而伤感的秦娥出现在我们的面前。如霜的月下萦回着冰冷如水的箫声，秦娥从梦中醒来。秦娥是被明月唤醒，被她的美梦唤醒的，而生活于世俗中的我们，能否为那如水的箫声唤醒？秦娥是孤独的，在她的哀伤背后，是令人备感痛苦的"年年柳色，灞陵伤别"。"年年柳色"一句，与王昌龄"忽见陌头杨柳色"相比，从离别的时间上别出一格，亦颇能显出哀伤的沉重。下片笔锋一转，虽然表面上写的是秦娥的怀远与悲秋情思，却带出一片大境界。"乐游原"是繁华喧闹的回忆，"清秋节"是萧索悲凉的代表。短短两句，使我们想起灿烂的春光，游园的佳季，美好繁华的盛世，华丽的龙驾凤辇，飘飞的裙裾，颤颤的步摇。"音尘"二字，带动了我们的听觉与嗅觉：有秦皇汉武车辇驰过的隆隆声，有国色天香的妃子留下的丝丝暗香，有悠扬的乐声，有似锦的繁花，有如繁花一般渐渐远去的红颜。然而，萧瑟的秋风与如血的夕阳下，只有古墓陵阙苍苍茫茫。"西风残照，汉家陵阙"八个字，显见作者在爱情的失落中融入了时代的失落感，在男女离别相思的悲哀中，渗透了一种更强烈、更深沉的历史消亡和毁灭感。

词借闺怨之情发端，而以怀古伤今作结。结尾的这一画面，立脚点是如此之高，场景是如此之壮阔，格调是如此之苍凉悲壮，意境是如此雄浑高远，这就难怪王国维说此词："纯以气象胜。'西风残照，汉家陵阙'寥寥八字，独有千古。后世唯范文正之《渔家傲》、夏英公之《喜迁莺》，差堪继武，然气象已不逮矣。"（《人间词话》卷上）

张志和

张志和(743~774),字子同,初名龟龄。号玄真子、烟波钓徒,生于唐天宝2年,婺州(今浙江金华)人。肃宗时待诏翰林,后隐居江湖间,自号"烟波钓徒",著书名曰《玄真子》,亦以为号。每垂钓,不设饵,志不在鱼也。词传有《渔歌子》五首。

渔歌子

西塞山[①]前白鹭飞,桃花流水鳜鱼肥。青箬笠[②],绿蓑衣。斜风细雨不须[③]归。

注释

①西塞山:在今浙江湖州市西。另一说在今湖北黄石。

②箬(ruò)笠:用箬叶制作的斗笠。

③不须:不一定要。

点评

张志和在唐代宗大历九年(774)秋天拜谒湖州刺史颜真卿时撰写了一组以《渔歌子》为题的词。这里选取的是这组词的第一首,也是这组词中传诵最广、人们给予评价最高的一首。起首“西塞山前白鹭飞,桃花流水鳜鱼肥”,仅用两句,即把江南的无限春色呈现在读者面前。蓝天之中,白鹭在西塞山前轻盈地飞过;碧水之中,缤纷的桃花飘落其中,悠然逝去;而鳜鱼,此时也是肥美异常了。接着主人公——一个头戴“青箬笠”,身着“绿蓑衣”的渔父出现了。就这样,青山、绿水、白鹭、红桃,还有一位戴箬笠、披蓑衣的渔翁,构成一幅明丽的山水画,无怪乎词的最后要慨叹“斜风细雨不须归”了。“不须归”则是明白地道出自然之美好,令人流连忘返,词中闲适、淡泊的襟怀令人顿生悠远旷达之感。

此词问世之后迅速传播开来,不仅唐宪宗闻名而“写真求访”(李德裕《玄真子渔歌记》),连日本嵯峨天皇也写了多首和词,足见其影响之大。张志和以这首《渔歌子》奠定了他在文学史上的地位,并开启了后代“山水隐逸词”的一脉传统。

韦应物

韦应物(737~790?),京兆长安(今陕西西安)人。早年以三卫郎事唐玄宗,后任滁州、江州、苏州等地刺史,世称“韦苏州”。有《韦苏州集》传世。

调笑令

胡马,胡马,远放燕支山①下。跑②沙跑雪独嘶,东望西望路迷。迷路,迷路,边草无穷日暮。

注释

①燕支山:又名胭脂山,在甘肃省永昌县西、山丹县东南。

②跑:音“刨”,指以爪、蹄刨地。

点评

此词写一匹失群骏马在苍茫草原之上独自游荡,不知归路。俞陛云《唐五代两宋词选释》评此词说:“言胡马东西驰突,终至边草路迷,犹世人营扰一生,其归宿究在何处……见韦苏州托想之高。”以迷路之马与归宿迷茫之世人相比，更见意旨遥深。此词虽短，然所写场景阔大，意象苍茫，表现了深沉的宇宙意识。韦应物充分运用了这个词调的急促节奏和反复重叠句式，将它与词的内在情绪节奏融合在一起，产生了很好的艺术效果。

李　煜

李煜(937~978)，初名从嘉，字重光，号钟隐，徐州人，南唐中主李璟第六子。宋建隆二年(961)在金陵即位，世称南唐后主。宋开宝八年(975)，宋军攻破金陵。后主肉袒出降，被俘到汴京，封违命侯。太平兴国三年(978)，宋太宗恨他有“故国不堪回首月明中”之词，命人在宴会上下“牵机药”将他毒死。现存词三十八首。

破阵子

四十年[①]来家国，三千里地山河。凤阁龙楼连霄汉[②]，玉树琼枝作烟萝。几曾识干戈[③]。

一旦归为臣虏，沈腰潘鬓[④]消磨。最是仓皇辞庙[⑤]日，教坊[⑥]犹奏别离歌。垂泪对宫娥。

注释

①四十年：南唐自李昪于异元元年(后晋高祖天福二年，937)建国，至后主于宋太祖开宝八年(975)亡国，凡三十九年。“四十年”概而言之。

②霄汉：天河。

③识干戈：经历战争。干戈，武器，此处指代战争。

④沈腰潘鬓：沈指南朝沈约，潘指西晋潘岳，皆富有才情而形貌昳丽。《南史·沈约传》载，约自言老病，"百日数旬，革带常应移孔"。革带移孔说明腰围缩小。潘岳《秋兴赋》有"斑鬓彭以承弁兮，素发飒以垂领"句。"沈腰潘鬓"形容瘦损。

⑤辞庙：指出降之时告别祖庙。

⑥教坊：掌管女乐的官署。

点评

李煜前期词作风格绮丽柔靡，还不脱"花间"习气。亡国后在"日夕只以眼泪洗面"的软禁生涯中，写下了一首首凄凉悲壮、意境深远的泣血绝唱，以一亡国之君成为千古词坛的"南面王"（清沈雄《古今词话》语）。

这首《破阵子》即是他后期的代表词作。上片回忆昔日南唐强大时的盛况。南唐"共三十五州之地，号为大国"，故词人所说"三千里地山河"，不为无据；"凤阁龙楼连霄汉"是说楼阁高耸入云；"玉树琼枝作烟萝"则形容宫内树木参天。李煜出生的那一年，正是南唐建国之年，所以首句"四十年来家国"，当作南唐立国史看固可，当作李煜对自己一生的回忆看亦可，而后者似更贴切。因为这首词很能见出李煜的性格，用王国维的话来说，他"生于深宫之内，长于妇人之手"，确实不知战争为何物，甚至对人情世故懵懂无知，这是他"为人君所短处"，却也正是他"为词人所长处"。正因为他"不失赤子之心"，所以作起词来无所掩饰，不管是快乐是悲伤，都抒发得淋漓尽致，使人读其词如见其人。这首词就是一幅惟妙惟肖的自画像。上片末句"几曾识干戈”，既是客观事实，也是词人的真实感受。上片境界辽阔，气象宏伟，虽未直言感慨，而感慨已蕴涵其中，达到了无言胜有声的效果。

下片述说词人今日沦为他人臣虏的痛苦不堪，并追忆国破时的情景，感慨极其深沉。就词人的情绪感受而言，最令其难堪的莫过于今昔身份、地位的巨大反差：昔为“家国”主人，今为臣虏；昔有三千里地山河、凤阁龙楼、玉树琼枝，今则容身拘室，身体瘦羸，鬓发变苍！从下片语气看，“一旦归为臣虏”二句，写降宋后眼前处境的哀伤，后三句以“最是”引领，用意显然在于引出比前者更加伤心的事。而敢于直写个人的无奈、无聊、无助，一任沛然莫御的愁情奔涌，正是李煜词的感人之处，也为苏辛的“豪放”派埋下了伏笔，故王国维《人间词话》云：“词至李后主而眼界始大，感慨遂深。”

潘　阆

潘阆（？～1009），字逍遥，宋初著名隐士文人，大名（今河北大名）人。早年漂泊民间，以卖药为生。经王继恩推荐，诗名为宋太宗所知，至道元年（995）召见于崇政殿，赐进士及第，授四门国子博士。后来王继恩因事下狱，潘阆受到牵连，遂隐姓埋名，遁匿中条山中。真宗朝遇赦，任滁州参军。有《逍遥集》，存《酒泉子》词十首。

酒泉子

长[1]忆观潮[2]，满郭[3]人争江上望。来疑沧海尽成空[4]，万面鼓声中[5]。

弄潮儿[6]向涛头立，手把红旗旗不湿。别来几向梦中看，梦觉[7]尚心寒。

注释

①长:通“常”,经常。

②观潮:钱塘江潮,为天下奇观。吴自牧《梦粱录·观潮》:“临安风俗,四时奢侈,赏玩殆无虚日。西有湖光可爱,东有江潮堪观,皆绝景也。每岁八月内,潮怒胜于常时。都人自十一日起,便有观者。至十六、十八日倾城而出。车马纷纷,十八日最为繁盛。二十日则稍稀矣。”

③郭:外城曰郭,此即指城。

④“来疑”句:潮水来势之大,让人怀疑是全部海水都集到这里来了,以致沧海成空。

⑤“万面”句:江潮来时,潮声像万面金鼓一时齐发,声势震人。

⑥弄潮儿:游戏潮头以显示身手的健儿。弄,游戏,卖弄。

⑦觉:睡醒。

点评

潘阆现存的十首《酒泉子》,俊逸雄杰,与五代柔靡词风迥然不同,尤以这首回忆钱塘江上观潮情景的小令风格最为豪放。词作虽短,却写得有声有色,生动地再现了钱塘江潮的奇观和“弄潮儿”精彩的水上表演,奇情壮采,动人心魄。最后两句说自己离开杭州以后,这一场面曾多次出现在梦中,醒来后还令人感到心惊胆战,不寒而栗,更加反衬出当时情势之雄豪。

以小令写如此壮阔的场面,具有开创意

义，洋溢于词间的那种奋发激越、进取向上的精神，对苏轼不无影响。甚至有“好事者以阆遨游浙江，咏潮著名，以生绡写其形容，谓之《潘阆咏潮图》”(《皇朝类览》)，足见此作影响之大。

范仲淹

范仲淹(989~1052)，字希文，吴县(今江苏苏州)人。宋真宗大中祥符八年(1015)进士，官至枢密副使、参知政事，曾任陕西四路宣抚使等职。范仲淹曾在西北戍边多年，对抵御西夏入侵做出了重要贡献。他是北宋著名的政治家，“庆历新政”的主要倡导者。存词六首，写边塞风光、征战劳苦，突破了男欢女爱的樊篱，具有豪放风格，对豪放词的兴起有一定作用。有《范文正公集》。

渔家傲·秋思

塞下[1]秋来风景异，衡阳[2]雁去无留意。四面边声[3]连角[4]起，千嶂里[5]，长烟[6]落日孤城闭。

浊酒一杯家万里，燕然未勒[7]归无计。羌管悠悠霜满地，人不寐，将军白发征夫泪。

注释

①塞下：边界险要的地方，这里指西北边疆。

②衡阳：今湖南衡阳市。旧城南有回雁峰，峰形很像雁的回旋。相传大雁至此不再南飞。

③边声：边地的悲凉之音，如马鸣、风号之类。李陵《答苏武书》：“侧耳远

听，胡笳互动，牧马悲鸣，吟啸成群，边声四起。”

④角：军中的号角。

⑤千嶂里：在层层山峰的环抱里，像屏障一样的山峰叫作嶂。

⑥长烟：荒漠上的烟。

⑦燕然未勒：意谓虏敌未灭，大功未成。燕然山即今蒙古杭爱山。据《后汉书·窦宪传》，窦宪北伐匈奴，追逐单于，登燕然山，“刻石勒功而还”。

点评

据宋魏泰《东轩笔录》云：“范文正公守边日，作《渔家傲》乐歌数阕，皆以‘塞下秋来’为首句，颇述边镇之劳苦。欧阳公（欧阳修）尝呼为穷塞主之词。”这首词作于作者驻守边疆、与韩琦一起平定西夏统治者骚扰时期，写边塞的萧条景色和远离家乡、久戍边塞的将士们的沉重心情，慷慨劲健，苍凉悲壮，已开豪放词之先声。

词的上片以写景为主，而景中有情。首句概述边关秋色，“异”字是词眼，渲染塞上风光与内地的不同。接着从诸方面展示所见景物之异，用“雁去”“边声”“千嶂”“长烟”“落日”“孤城”等富于特征的意象，勾勒出一幅色彩鲜明的“边关之秋图”。边地的悲凉之音泛说“边声”，以“四面”来形容，更显其无所不在，充满了整个空间。再接上“连角起”，就更在凄凉之外加上了悲壮的气氛。“长烟”之“长”，“落日孤城”之“落”“孤”，衬托着边地的辽阔荒凉。孤城紧闭，则又显示了戒备森严，在荒凉的背后，隐隐地透出了紧张的局势。这些“异”景的描绘，无一不是在书写边塞环境之荒凉，生活之紧张、艰苦。

下片以抒情为主。在这种环境之中，欲归不得，唯有借酒浇愁。但是，“浊酒一杯”，怎么能够排遣离家万里的乡愁？“一杯”与“万里”相对为文，产生强烈的对照。“家万里”，点出路途遥远，回乡困难，但这并非不能归家的主要原因，主要原因是尚未完成朝廷交给的戍边任务。他们忍受边塞生活之苦和思乡之煎熬，为的是履行自己的一份责任。当前虏敌未灭，大功未成，归乡之日无期，“将军”和“征夫”们对景思乡，借酒浇愁，自黄昏而至深夜，听到悠长的羌笛，看到银白的浓霜，如何能够入眠？末句写久戍之苦，结出主旨。

本篇是宋人最早，也是为数不多的一首边塞词，豪放而富深情，悲壮而不哀伤，与唐人的边塞诗有异曲同工之妙。

柳　永

柳永（987？～1053？），初名三变，字耆卿，崇安（今福建崇安）人。屡举不第，流连坊间，为乐工妓女撰写歌词，自谓“才子词人，自是白衣卿相”。宋仁宗景祐元年（1034）考取进士，曾官屯田员外郎，世称柳屯田，又因排行第七，称柳七。他是北宋专力写词的第一人，一生致力于词的创作与革新，“掩众制高尽其妙”（胡寅《题酒边词》）。他在扩大词境、发展慢词、丰富词作表现手法上都有杰出贡献，奠定了宋词昌盛的基础。柳词流播极广，“凡有井水饮处，即能歌柳词”（《避暑录话》）；“好之者终不绝也”（《四库全书总目》）。有《乐章集》。

鹤冲天

黄金榜上，偶失龙头望。[①]明代[②]暂遗贤，如何向[③]？未遂风云便，争不恣游狂荡。何须论得丧，才子词人，自是白衣卿相[④]。

烟花巷陌[⑤]，依约丹青屏障。幸有意中人，堪寻访。且恁偎红倚翠，风流事，平生畅。青春都一饷[⑥]。忍把浮名，换了浅斟低唱！

豪放词·婉约词

注释

①偶失龙头望：谓进士考试失利。龙头，进士第一名的别称。王禹偁《寄状元孙学士何》诗："唯爱君家棣华榜，登科记上并龙头。"

②明代：政治清明的时代。这里是反话。

③如何向：犹言怎么办，无可奈何。

④白衣卿相：谓有才而无功名之人。白衣，古代平民服装。

⑤烟花巷陌：妓女居住之所。

⑥一饷：指极短的时间，犹言片刻。

点评

这首词是柳永科考落榜后抒发的牢骚感慨之作。他说这次考试失利，只是偶然的失误罢了。考不上官有什么关系呢？我是个"才子词人"，一样会被社会承认，等于是一个"白衣卿相"。那些虚假浮名要之何用，还不如换作"浅斟低唱"，在"烟花巷陌"中倚红偎翠，恣情狂荡，是何等的风流快活啊！这些本是柳永落第后一时愤激之语，孰料此词很快传唱开来，为他求取功名带来了又一次打击：三年后柳永再次应试，本已考中，临发榜又遭斥落。南宋吴曾《能改斋漫录》记载了此事："仁宗留意儒雅，务本向道，深斥浮艳虚薄之文。初，进士柳三变好为淫冶讴歌之曲，传播四方。尝有《鹤冲天》词云：'忍把浮名，换了浅斟低唱。'及临轩发榜，特落之，曰：'此人风前月下，好去浅斟低唱，何要浮名？且填词去！'三变由此自称'奉旨填词'。后改名永，方得磨勘转官。"由于写了艳词而被皇帝特命落选，词人的愤懑可想而知，但他却自称"奉旨填词"，以幽默示其抗议，柳耆卿的个性于是可见一斑。柳永张狂孤傲的"浪子"个性、藐视科举功名的狂妄态度和"诗酒风流"的叛逆生活方式，蕴含的是一种蔑视礼法束缚、追求放任自流的精神，这是柳永思想性格的重要方面，对后世影响颇大，很多失意文人往往以柳永自许自慰，即是由此。

望海潮

东南形胜[1]，三吴都会[2]，钱塘[3]自古繁华。烟柳画桥[4]，风帘翠幕[5]，参差十万人家。[6]云树[7]绕堤沙。怒涛卷霜雪[8]，天堑[9]无涯。市列珠玑[10]，户盈罗绮[11]，竞豪奢。

重湖[12]叠巘[13]清嘉。有三秋[14]桂子，十里荷花。羌管弄晴，[15]菱歌泛夜，嬉嬉钓叟莲娃。[16]千骑拥高牙。[17]乘醉听箫鼓，吟赏烟霞[18]。异日图将[19]好景，归去凤池夸。[20]

注释

①形胜：地理形势优越，亦泛指山川胜迹。

②都会：大城市。

③钱塘：今浙江杭州。

④画桥：雕饰华丽的桥梁。

⑤风帘翠幕：挡风帘子，绿色帷幕。

⑥"参差"句：指人口密集，房屋高低不齐。《西湖老人繁胜录》："回头看城内山上，人家层层叠叠，观宇楼台，参差如花落仙宫。"可为此句注脚。

⑦云树：茂密如云的林木。

⑧霜雪：指白色浪花。

⑨天堑：天然险阻，此指钱塘江。

⑩珠玑：珠宝，圆者为珠，不圆者为玑。

⑪罗绮:绫罗绸缎。

⑫重湖:指西湖有外湖、里湖。

⑬叠巘(yǎn):重叠的山峦。

⑭三秋:秋季。

⑮羌管弄晴:悠扬的羌笛声在晴空中飘荡。

⑯嬉嬉钓叟莲娃:钓鱼的老翁和采莲的少女都很愉快。

⑰千骑拥高牙:指大官出行的仪仗,此即指钱塘郡守孙何。高牙,高举的牙旗。牙旗是军中大将的旌旗。

⑱烟霞:美丽的自然风景。

⑲图将:描画出来。

⑳归去凤池夸:谓孙何他日将被召回朝廷,荣任高位并以此"好景"为政绩以自夸。凤池,凤凰池,喻指中书省所在地。唐宋时中书省掌管朝廷机要,此即代指朝廷。

点评

《望海潮》是柳永创制的一个词调。这是一首歌咏杭州市井繁华和湖山之美的词,为干谒钱塘郡守孙何而作,是柳永都市词中传播最广的一首。

词的上片,总写杭城的盛况。起笔就突出了杭州的自然形胜和社会繁华,气势阔大,统摄全篇。接下去由远及近,交错铺写。"烟柳画桥"三句承"三吴都会",写都市繁华。城外,杨柳如烟,画桥座座;城内,风帘飘拂,翠幕家家。远远望去,城郊一带人烟稠密,市井坊陌,楼阁房舍,高高低低,形色各别。"云树绕堤沙"三句承"东南形胜",写钱塘胜景。江水从这座城市的东南流过,江边有高耸入云的绿树环绕着江堤的沙路,江上有奔腾激荡的江潮翻卷着雪白的浪花。这一对句,一动一静,又缀以"天堑无涯",就写出了钱塘江的雄伟、壮阔和险要,突出了杭城的雄胜可据。

“市列珠玑”三句，再承“三吴都会”，进一步写杭州的繁华。市场上陈列着各种贵重的珠宝，家家户户绫罗盈箱。商业繁荣，市民殷富，竞相追求豪奢的生活，从服饰、穿着这一侧面反映杭州的繁华。

上片泛写杭城盛况，下片即集中笔墨专写西湖，从湖山胜概、昼夜笙歌、湖中人物三个方面，描绘了它的美好风貌。“重湖叠巘清嘉”三句，说西湖三十里，一线长堤把明镜般的湖面分为里湖和外湖；而西湖三面环山，环湖的山峦重嶂叠翠。湖光山色，风景如画，清秀嘉丽。“三秋桂子，十里荷花”承“叠巘”，写山中的桂花，湖中的荷花。“三秋”，形容山中桂花飘香之久；“十里”，言湖上种荷空间之大。湖和山、荷和桂、夏和秋参差交织，具体形象地写出了西湖四时的秀美景色，极具匠心。词人描绘了湖山之美和四时风光之后，接着写杭州市民的快乐。“羌管弄晴”三句写劳动人民的游乐，“千骑拥高牙”三句写州郡长官的游乐。这首词是赠孙何的，湖上的游乐虽是反映湖山之美，无疑也是对孙何政绩的赞颂。最后两句，表达对孙何的良好祝愿。虽是应酬话，但也是对杭州胜景的赞美，在结构上说可谓首尾圆合。

在这首词中，词人以大开大阖、直起直落的笔法描写杭州的繁荣景象，仿佛在读者面前展开一幅宏伟壮丽的历史画卷。因此，李之仪在论及词体发展时称其“铺叙展衍，备足无余，形容盛明，千载如同当日”《(跋吴师道小词》)。陈振孙也称此词“承平气象，形容曲尽”(《直斋书录解题》)。相传金主完颜亮听唱“三秋桂子，十里荷花”以后，便羡慕钱塘繁华，从而更加强了他侵吞南宋的野心。这一传说，足可印证这首词艺术感染力之强。

八声甘州

对潇潇[1]、暮雨洒江天[2]，一番洗清秋。渐霜风[3]凄紧[4]，关河[5]冷落，残照[6]当楼。是处[7]红衰翠减，苒苒物华[8]休。惟有长江水，无语东流。

不忍登高临远，望故乡渺邈[9]，归思[10]难收。叹年来踪迹，何事苦淹留[11]？想佳人、妆楼颙望[12]，误几回、天际识归舟？[13]争[14]知我、倚阑干处，正恁[15]凝愁[16]。

注释

①潇潇：雨势急骤之貌，亦指雨声。

②江天：江河大地。

③霜风：指秋风。

④凄紧：凄凉紧迫。

⑤关河：指山河。

⑥残照：落日余光。

⑦是处：处处，到处。

⑧物华：美好的景物。

⑨渺邈：渺茫遥远。

⑩归思：渴望回家团聚的心思。

⑪淹留：长期停留。

⑫颙(yóng)望：抬头凝望。

⑬“误几回”句：化用谢朓《之宣城出新林浦向板桥》诗“天际识归舟”句与温庭筠《望江南》词“过尽千帆皆不是”句。

⑭争：怎。

⑮恁：如此。

⑯凝愁：愁思凝结。

点评

这是一首抒写羁旅离别的词作，节候迁移，景物变换，最易令人动归思，而秋气萧索，尤易生人悲感。自宋玉《九辩》以来，已有无数文人写下了于秋生悲的作品，但柳永的这首《八声甘州》气象高远，境界博大，王国维把它与苏轼《水调歌头》（明月几时有）并称："长调以周、柳、苏、辛为最工……若屯田之《八声甘州》、东坡之《水调歌头》，则伫兴之作，格高千古，不能以常调论也。"（《人间词话删稿·一五》）

词的上片因秋雨引起离愁。起二句有俊爽之致。"霜风""残照"写秋雨望中远景，写得壮阔，音节悲亢，故苏轼赞之曰："人皆言柳耆卿词俗，然如'霜风凄紧，关河冷落，残照当楼'，唐人佳处，不过如此。"（赵令畤《侯鲭录》载）"红衰翠减"，即"物华休"，乃秋雨望中近景。"惟有"二句，见景物皆变，不变者唯有"长江"耳，变与不变中间蕴涵着令人思索的人生哲理。下片即写引起之归思。"叹年来"二句，言客中情味索然，以见归之刻不容缓。"想佳人"以下，又从对方着想，写佳人念游人，不知游人此时亦正思佳人也。观"倚阑干处"，知首句"对潇潇"以下所见远近景物，皆倚阑干时眼中之物象也。全词布局井然，上片写景，下片抒情，景中寓情，情中含景，虚实照应，动静相间，故陈廷焯评曰："情景皆到，骨韵俱高。无起伏之痕，有生动之趣。古今结构，耆卿集中仅见之作。"（《词则·大雅集》）

尽管主题同为抒写离别相思之情，但此作与作者的另一名篇《雨霖铃》（寒蝉凄切）不同，此作声调较为高亢，所用八个韵脚（秋、楼、休、流、收、留、舟、愁）都是响亮的平声字，且各韵间又具有抑扬顿挫、舒缓回荡的音律之美，而不似《雨霖铃》那种低回凄咽的调子。在风格上，此作开阔高远，哀而不伤。不论体式或内容，都开东坡豪放沉郁之先河，故而被视为柳永慢词中的翘楚之作。

双声子

晚天萧索，断蓬[①]踪迹，乘兴兰棹[②]东游。三吴[③]风景，姑苏[④]台榭，牢落[⑤]暮霭初收。夫差[⑥]旧国，香径没、徒有荒丘。繁华处，悄无睹，惟闻麋鹿呦呦[⑦]。

想当年、空运筹决战，图王取霸无休。江山如画，云涛烟浪，翻输范蠡[⑧]扁舟。验前经旧史，嗟漫载[⑨]、当日风流。斜阳暮草茫茫，尽成万古遗愁。

注释

①断蓬：蓬即蓬草，秋后枯萎往往被风连根拔起，随风飘转，称为飞蓬或断蓬。

②兰棹：桨之美称，又代指船。

③三吴：古以吴兴、吴郡、会稽为三吴，这里泛指吴地。

④姑苏：山名，在苏州西南。

⑤牢落：寥落荒废之意。

⑥夫差：春秋末吴国君。吴王阖闾之子。

⑦麋鹿呦呦：麋鹿，鹿的一种。呦呦，鹿鸣声。据《史记·淮南衡山列传》载，伍子胥曾力谏吴王夫差，夫差不听，伍愤然说："臣今见麋鹿游姑苏之台也！"

夫差不听忠言，后来果然被越王勾践打败，吴国随之灭亡。后人以麋鹿游于姑苏台比喻亡国。

⑧范蠡：春秋末越国大夫，曾助越王勾践发愤图强，灭亡吴国。后泛舟而去，隐于江湖。

⑨漫载：白白地记载。

点评

这是一首姑苏怀古词，于柳词中为别调，北宋词中亦甚少见。上片写景，词人迎着萧瑟的秋风，在“暮霭初收”之时，乘船来到“夫差旧国”。三吴风光名不虚传，楼台亭阁依稀可辨，然而当年吴宫的繁华景象早已渺无踪迹，眼前所见唯有一片麋鹿哀鸣的荒凉山丘。下片抒发词人对历史兴亡的感叹，回想吴越争霸的历史，那些“图王取霸无休”的风流人物，怎如功成身退、归隐江湖的范蠡，只有他才能真正看破功名富贵，享受大自然的清风明月。

此作意境深沉，格调苍凉，是《乐章集》中别具一格的佳作。更可贵的是将怀古题材引入词中，对后世怀古词产生了较大的影响。

戚氏[①]

晚秋天，一霎微雨洒庭轩[②]。槛菊萧疏，井梧零乱，惹残烟。凄然，望江关[③]，飞云黯淡夕阳闲。当时宋玉悲感[④]，向此临水与登山。远道迢递，行人凄楚，倦听陇水[⑤]潺湲。正蝉吟败叶，蛩[⑥]响衰草，相应喧喧。

孤馆，度日如年，风露渐变，悄悄至更阑。长天净，绛河清浅，皓月婵娟。思绵绵。夜永对景，那堪屈指，暗想从前。未名未禄，绮陌红楼[⑦]，往往经岁迁延。

帝里风光好，当年少日，暮宴朝欢。况有狂朋怪侣，遇当歌。对酒竞留连。别来迅景如梭，旧游似梦，烟水程何限[⑧]！念利名、憔悴长萦绊。追往事、空惨愁颜。漏箭移[⑨]、稍觉轻寒。渐呜咽、画角数声残。对闲窗畔，停灯向晓，抱影无眠。

注释

①戚氏：三叠长调，二百一十二字，在宋词中是仅次于《莺啼序》的长调。现存以柳永此阕为最早，或即柳永首创。

②庭轩：庭院中的长廊。

③江关：犹关河，山河大地。

④宋玉悲感：宋玉，战国末楚国辞赋家。其所作《九辩》云："悲哉秋之为气也，萧瑟兮草木摇落而变衰。憭慄兮若在远行，登山

临水兮送将归。”“宋玉悲秋”乃成为诗词常用典实，此系泛指。

⑤陇水：水名，源出陇山，在今陕西。《乐府诗集》收有北朝乐府民歌《陇头歌》，写羁旅悲愁之音：“陇头流水，流离山下。念吾一身，飘然旷野。”“陇头流水，鸣声幽咽。遥望秦川，心肝断绝。”词暗用其意。

⑥蛩(qióng)：蟋蟀。

⑦绮陌红楼：指歌楼妓馆。

⑧烟水程何限：言往昔奔波程途无限。

⑨漏箭移：指时光流逝。古以铜斗盛水，底穿小孔，斗中有带刻度的饰箭，随着水的下漏，箭上刻度渐次显露以指示时间，故称计时器为漏。

点评

此词抒写作者宦游途中独宿孤馆寂寞悲凉的心情，是柳永羁旅行役词的代表作之一。词分三叠，以时间为线索，从夕阳黯淡的傍晚写到画角声残的次日凌晨，长调尽情铺叙。第一叠从当前微雨刚过的薄暮景色引起对过去羁旅行役生活的回忆。第二叠又回到当前所在的孤馆，暗想自己未名未禄之前的红楼风流生活。第三叠顺接而下，继续铺写年少时汴京城里的诗酒冶游，结尾又转到眼前的孤凄无眠。词笔虚实相间，腾挪有致，经过一番铺垫与蓄势，最后引出了“念利名、憔悴长萦绊”这一点睛之语来。结拍二句“停灯向晓，抱影无眠”为一篇词眼，写尽伶仃孤处的滋味，是摹神之极笔。周济曾评柳永《斗百花》词云：“柳词总以平叙见长。或发端，或结尾，或换头，以一二语勾勒提掇，有千钧之力。”(《(宋四家词选》)此语移论此词，也颇为恰当。

张昪

张昪(992~1077),字杲卿(一说名张昪,《宋史·仁宗纪》和《宰辅表》均作张昪,今从之),韩城(今陕西韩城)人。大中祥符八年(1015)进士,历任楚丘主簿、开封府推官。官至参知政事、枢密使,以太子太师致仕。为人忠谨清直,不徇私情,曾在仁宗面前指斥廷臣"持禄养望者多,而赤心报国者少",切中时弊,为世所重。能诗词,其词仅存二首。

离亭燕

一带江山如画,风物向秋潇洒①。水浸碧天何处断,霁色②冷光相射。蓼③屿荻花洲,掩映竹篱茅舍。

云际客帆高挂,烟外酒旗低迓④。多少六朝兴废事,尽入渔樵闲话。怅望倚层楼,寒日无言西下!

注释

①风物向秋潇洒:谓秋天景物爽朗萧疏。杜甫《玉华宫》诗:"秋色正萧洒。"

②霁色:雨后转晴的景色。

③蓼(liǎo):草本植物,多生长于低洼潮湿的水边。荻:多年生草本植物,多生长于路旁或水边。

④低迓:低低下垂。一作"低亚"。

点评

这是一首写景兼怀古的词，笔调潇洒飘逸，状景生动如画。上片描绘了深秋时节金陵一带萧疏爽朗的风光景物。词人凭栏纵目，只见“一带江山如画”：水色天光，上下交辉；小岛蓼草丛生，沙洲上飘舞着一片白茫茫的芦荻之花，远处掩映着稀稀落落的庄户人家。淡淡几笔，勾画出一幅富有诗情画意的水乡晚秋图。“霁色冷光相射”的“射”字尤有画龙点睛之妙，霁色静止，冷光翻动，动景与静景互相映照，使这幅绮丽的画面更加生动。末句从自然界写到人家，暗暗为下片的抒发感慨做了铺垫。下片由写景过渡到怀古，寄托了词人对六朝兴亡的深沉感慨。词人极目远望，只见江上客船往来，风帆高挂；岸边酒店林立，青旗招展，正在殷勤地迎来送往。情从景生，作者由此而想到六朝兴盛衰亡的往事：“多少六朝兴废事”，如今都已“尽入渔樵闲话”。词人怀着怅惘的心情，久久地倚着栏杆沉思，直到寒日默默无言地向西沉下。最后一句“寒日无言西下”之“寒”字承上片“冷”字而来，寒日、冷光，使词人对历史的伤感更加凝重。况周颐评此词说：“张康节（张昪谥号）《离亭燕》云：‘怅望倚层楼，寒日无言西下。’秦少游《满庭芳》云：‘凭阑久，疏烟淡日，寂寞下芜城。’两歇拍意境相若，而张词尤极苍凉萧远之致。”（《历代词人考略》）这段评语恰切地指出了张词的艺术特色。在宋代词坛上，张昪与范仲淹一样，在创作中透露出词风逐渐由婉约向豪放转变的时代信息，对于词境的开拓做出了贡献。

欧阳修

欧阳修(1007~1072),字永叔,号醉翁,晚号六一居士,庐陵(今江西吉安)人。天圣八年(1030)进士。累擢知制诰、翰林学士,历枢密副使、参知政事。神宗朝迁兵部尚书,以太子少师致仕,卒谥文忠。诗、文、词均有较高成就,是北宋文坛上的一代宗师。著有《新五代史》《集古录》《欧阳文忠集》。词集有《六一词》行世。

朝中措·送刘仲原甫出守维扬①

平山②阑槛倚晴空,山色有无中③。手种堂前垂柳,别来④几度春风。

文章太守⑤,挥毫万字,一饮千钟⑥。行乐直须⑦年少,樽⑧前看取衰翁⑨。

注释

①刘仲原甫:刘敞,字原甫,临江新喻(今江西新余)人。仁宗庆历六年(1046)与弟攽同举进士。维扬:今江苏扬州市。

②平山:平山堂,在江苏扬州西北蜀冈法净寺(古大明寺遗址)内。庆历八年(1048),欧阳修出守扬州时所建。登堂眺望,江南诸山与堂相平,故名平山堂

③“山色”句:用王维《汉江临泛》诗句:“江流天地外,山色有无中。”

④别来:分别以来。作者曾离开扬州八年,此次是重游。

⑤文章太守:作者当年知扬州知府时,以文章名冠天下,故自称“文章太

守”。

⑥千钟：饮酒千杯。

⑦直须：应当。

⑧尊：同“樽”，酒杯。

⑨衰翁：作者自称，此时作者已年逾五十。

点评

欧阳修的词基本承袭晚唐五代遗风，抒情委婉深致，写景清新明丽，但也有少数篇章风格豪迈疏宕，在一定程度上提高了北宋令词的境界，这首《朝中措》即是如此。

扬州对欧阳修来说是一个值得纪念的地方，他曾在此任过职，修建平山堂并亲手栽下柳树，作为闲暇时与友人聚会饮酒、挥毫赋诗的场所。如今，友人刘敞出守扬州，作者写下这首送别词，既为酬赠友人，同时也追忆了自己在扬州的生活。上片用虚笔描绘平山堂优美壮丽的风光景物，点出友人赴任的所在之地——扬州，同时表达了作者对曾经工作和生活过的江南名都的无限眷恋之情。“手种堂前垂柳，别来几度春风”两句深情又豪放，特别是“几度春风”四字，尤其给人以欣欣向荣、格调轩昂的感觉。过片三句塑造出一个气度豪迈、才华横溢的太守形象，既是对友人的称赞和祝愿，也可以说是词人对自己当年风流太守生活的回忆。结拍虽流露出人生易老，需及时行乐的消极思想，但词人幽默地以樽前“衰翁”自居，更加展现出他潇洒旷达的风神个性和欧阳修独有的醉翁风度。

全词将送别与怀旧两种感情融为一体，语言明快，疏宕有致，一洗五代香艳柔靡的习气，体现出作者晚年词风的变化。冯煦《六十一家词选例言》论欧词：“疏隽开子瞻（苏轼），深婉开少游（秦观）。”确为知言。

王安石

王安石(1021～1086),字介甫,号半山,临川(今江西临川)人,庆历二年(1042)进士,神宗熙宁年间两任同平章事(宰相),实行变法,冀图改变宋朝积贫积弱的局面,因保守派阻挠,新法未能很好地贯彻。后退居金陵,封荆国公,世称王荆公。文学成就颇高,散文雄健峭拔,为唐宋八大家之一,诗歌刚劲清新。存词仅二十余首,风格高峻豪放,感慨深沉,有《半山词》。

浪淘沙令

伊吕①两衰翁,历遍穷通②,一为钓叟一耕佣③。若使当时身不遇,老了英雄。

汤武④偶相逢,风虎云龙⑤,兴王只在笑谈中。直至如今千载后,谁与争功!

注释

①伊吕:伊,指伊尹,夏末时为奴隶,因才干卓越,为成汤所赏,委以国任,得以灭夏而建商。吕,即吕尚,又称姜太公。早年贫寒,老来垂钓渭津,遇周文王,后辅佐武王完成灭纣兴周大业。

②穷通:贫困与显达。

③耕佣：被雇佣给人种田的人。

④汤武：汤即成汤，亦称天乙，商王朝的建立者。武即武王。

⑤风虎云龙：易经中有“云从龙，风从虎”，此句将云风喻贤臣，龙虎喻贤君，意为明君与贤臣合作有如云从龙、风从虎，建邦兴国。

点评

这是一首借咏史而抒发个人政治上自豪之情的小令。表面上是咏史，实则借古喻今，作者以伊、吕自况，一方面暗示对神宗知遇之恩的感激，一方面抒发自己在政治上大展宏图、春风得意的豪迈情怀。伊尹、吕尚二人都是儒家称颂的著名贤相，但他们都是先穷而后通，度过了困窘之后才遇到施展抱负的机会的，所以说“历遍穷通”。在他们一为耕佣、一为钓叟之时，如果没有与商汤、周文的君臣遇合，则英雄终将老死岩壑。伊、吕的遭际说明君臣际遇才能大有作为的道理，而这种历史机遇又往往是通过偶然的方式实现的，故云“偶相逢”。可是，一旦能够遇合，那就会出现“风虎云龙”的局面，在谈笑之间轻而易举地完成了兴王道、建国家的大业。词人在歌颂伊、吕不朽功业的同时，亦从伊、吕的遭际中受到了鼓舞，对自己秉国政、行新法，以及建功立业充满了信心和自豪感。

桂枝香·金陵怀古

登临送目[①]。正故国[②]晚秋，天气初肃[③]。千里澄江似练[④]。翠峰如簇[⑤]。征帆去棹[⑥]残阳里，背西风、酒旗斜矗。彩舟云淡，星河[⑦]鹭起，画图难足[⑧]。

念往昔、繁华竞逐[⑨]。叹门外楼头[⑩]，悲恨相续[⑪]。千古凭高[⑫]对此，谩嗟荣辱[⑬]。六朝旧事随流水，但寒烟、芳草凝绿。至今商女，时时犹唱。后庭遗曲。[⑭]

注释

①送目：纵目远望。

②故国：指金陵，即今江苏省南京市，六朝均建都于此，国祚极短。

③肃：萧瑟、肃杀。

④澄江似练：江水清澈犹如白色的丝带。本句是从谢朓的“澄江静如练”化出。

⑤翠峰如簇：碧绿的山峰连绵不断，好像簇拥在一起。

⑥征帆去棹：往来船只。

⑦星河：指秦淮河。秦淮横贯金陵，西入长江，两岸歌楼酒肆林立。入夜华灯倒映河中，如星河满斗。故云星河。

⑧画图难足：用图画也难以完美地表现它。

⑨繁华竞逐:(六朝的达官贵人)争着过豪华的生活。

⑩“叹门外楼头”句:指南朝陈亡的史实,用杜牧“门外韩擒虎,楼头张丽华”诗意。意谓当敌国大军已攻到宫城之外,陈后主还在和宠妃张丽华等寻欢作乐,致使陈亡。韩擒虎,隋将,俘陈后主和张丽华于景阳井中。

⑪悲恨相续:指亡国悲剧连续发生。

⑫凭高:登高。

⑬谩嗟荣辱:空叹什么荣耀耻辱。这是作者的感叹。

⑭“至今”三句:用杜牧《泊秦淮》诗意。其中有“商女不知亡国恨,隔江犹唱后庭花”两句。后庭花,即陈后主所制的《玉树后庭花》,是亡国的靡靡之音的代称。

点评

本词为王安石罢相后所作。上片写登高远眺所见,围绕“秋”字展开。一个“正”字领起,一个“初”字吟味,一个“肃”字点醒。笔力遒劲,精神振敛,无限涵咏,皆从此始。以下两句总写金陵的山川形势,“千里澄江似练”写水,“翠峰如簇”写山,形胜已赫然。随后遗山光而专江色——纵目一望,只见斜阳映照之下,数不清的帆风樯影交错于闪闪江波之上。凝目细审,却又见西风紧处,那酒肆青旗高高擎起,迎风飘拂。接下来“彩舟”“星河”两句一联,顿令这幅金陵风景图增添了几分明丽。上片歇处,词人以“画图难足”一句精练收束,自然引出下片抒情怀古。

下片以“念往昔”领起,另换一幅笔墨,感叹六朝皆以贪恋享乐而相继亡覆。“门外”言大军压境,“楼头”说荒淫无度,揭示了亡国之因。“千古凭高”二句,批判千古文人只知空叹朝代兴亡,不知吸取历史教训。而现在,“六朝旧事随流水,但寒烟、芳草凝绿。”悲恨荣辱,空贻后人凭吊之资;往事无痕,唯见秋草衰凄。结句借杜牧诗意,讽喻当朝统治者仍不吸取历史教训,醉生梦死,亡国之忧依然存在,表达了一个政治家的深刻见识与忧国情怀。“至今”三句为点睛之笔,有千钧之重。

此词笔力峭劲,大气盘旋,“一扫五代旧习”(刘熙载《艺概》)。在视词为“诗余”小道、别是一家的时代,能用词表现如此严肃的内容,唱出如此豪迈的歌音,气象之开阔,感慨之博大深沉,是以前也是同时代所罕见。《历代诗余》引宋杨湜《古今词话》云:"金陵怀古,诸公寄调《桂枝香》者凡三十余首,独介甫最为绝唱。东坡见之,不觉叹曰:'此老乃野狐精也。'"可见词人词笔之不凡。

南乡子

自古帝王州①,郁郁葱葱②佳气浮。四百年③来成一梦,堪愁,晋代衣冠成古丘④。

绕水恣⑤行游,上尽层城更⑥上楼。往事悠悠君莫问,回头,槛外长江空自流⑦!

注释

①帝王州:指南京。此亦金陵怀古词。

②郁郁葱葱:繁茂旺盛之貌。《后汉书·光武帝纪》:"望气者苏伯阿为王莽使至南阳,遥望见舂陵郡,曰:气佳哉,郁郁葱葱然!"

③四百年:自孙吴大帝黄武元年(222)称帝至陈后主祯明三年(589)为隋所灭,六朝首尾共三百六十八年,"四百年"概而言之。

④晋代衣冠成古丘:用李白《登金陵凤凰台》诗成句。

⑤恣:任意地、自由自在地。

⑥更:再,又。

⑦槛外长江空自流:用王勃《滕王阁诗》成句。

点评

本篇为作者在金陵登楼怀古时所作。情调与《桂枝香》(登临送目)相近,很可能写于同一时期。上片以赞叹金陵的地理形势开篇,接着转入抒发怀古之

情。纵目眺望，只见自古以来的帝王之州，钟山龙蟠，石城虎踞，草木葱郁，佳气浮空。当年曾经繁华一时，然而时过境迁，转眼一切皆空。四百年间的王都，恍如一梦，晋代的王公贵族、风流名士，早已化成一座座荒芜、古老的坟丘。抚今追昔，怎不令人发愁？下片写作者漫步水滨，乘兴闲游，攀城墙，上高楼，触景生情，往事一幕幕浮现在眼前，一切都像东流的长江之水那样滚滚而去，永不回头。词中流露出一种对历史深沉的感慨。

苏　轼

苏轼(1037~1101)，字子瞻，号东坡居士，眉州眉山(今四川眉山)人。宋仁宗嘉祐二年(1057)进士。官至翰林学士、知制诰、礼部尚书。因反对王安石变法，受新党排挤，请求外任；后因作诗讽刺新法而入狱，险些丧命。旧党执政后苏轼复因反对尽废新法而受排挤，被迫离京外任。哲宗亲政，新党重新掌权，苏轼被一贬再贬，直至惠州(今属广东省)、儋州(今属海南省)。徽宗朝遇赦，北还途中病逝于常州。苏轼诗词文兼擅，是北宋诗文革新运动的主将。对词的贡献尤大，他扩大了词的题材，怀古、感旧、抒志、咏史、写景、记游、说理等均可入词，使词真正突破了"花间""尊前"的樊篱，开拓出豪放的词境，与辛弃疾并称"苏辛"。《东坡乐府》存词三百五十多首。

江城子·密州出猎[①]

老夫聊发少年狂。左牵黄，右擎苍。[②]锦帽貂裘[③]，千骑卷平冈。为报倾城随太守，亲射虎，看孙郎。[④]

酒酣胸胆尚[⑤]开张。鬓微霜，又何妨！持节云中，何日遣冯唐？[⑥]会挽雕弓如满月，西北望，射天狼[⑦]。

注释

①密州出猎：熙宁八年，密州大旱。作为知州的苏轼到密州境内的常山祈雨，得雨，又往祭谢，归途中与同官会猎。

②“左牵”二句：黄，指黄犬；苍，指苍鹰。鹰、犬都是古人打猎时用来追捕猎物的。

③锦帽貂裘：会猎时随从的装束。

④“亲射虎”两句：《三国志·吴书·吴主传》载：“（汉献帝建安）二十三年十月，（孙）权将如吴，亲乘马射虎于庱亭（在今江苏丹阳县东）。马为虎所伤，权投以双戟，虎却废。常从张世击以戈，获之。”这里作者以射虎的孙权自比。

⑤尚：更加。

⑥“持节”二句：作者以魏尚自比，是说什么时候朝廷派人来赦免我的过错，使我得到重用。据《史记·张释之冯唐列传》载，汉文帝时，魏尚为云中郡太守，卫边有功，匈奴不敢进犯。后因报功时多报杀敌六人，被削职判刑。郎中署长冯唐指出文帝赏罚不当，文帝乃派遣冯唐持节赦魏尚。复以魏尚为云中守，而

拜冯唐为车骑都尉。节,使者所持的凭信。云中,郡名,治所在今内蒙古托克托东北。

⑦射天狼:比喻战胜敌国。天狼,星名,即狼星。古时传说,狼星出现,必有外敌入侵。此以天狼隐指当时的西夏。

点评

这是苏轼较早的一首豪放词,作者本人对此作也颇为满意,在给友人的信中说道:“所索拙诗,岂敢措手,然不可不作,特未暇耳。近却颇作小词,虽无柳七郎风味,亦自是一家,呵呵!数日前猎于郊外,所获颇多。作得一阕,令东江壮士抵掌顿脚而歌之,吹笛击鼓以为节,颇壮观也。”(《与鲜于子骏书》)可知这是作者有意与柳永相区别、自成一家的得意之作。

起首“老夫聊发少年狂”,出手不凡。全词纵情放笔,气概豪迈,一个“狂”字贯穿全篇。接下去的四句写出猎的雄壮场面,表现了猎者威武豪迈的气概:词人左手牵黄犬,右臂架苍鹰,好一副出猎的雄姿!随从武士个个也是“锦帽貂裘”打猎装束。千骑奔驰,腾空越野,好一幅壮观的出猎场面!为报全城市民盛意,词人也要像当年孙权射虎一样,一显身手。作者以少年英主孙权自比,更是显出东坡“狂”劲和豪兴来。下片更进一步写词人“少年狂”的胸怀,抒发由打猎激发起来的壮志豪情。“酒酣胸胆尚开张”,写猎后开怀畅饮,东坡为人本来就豪放不羁,再加上“酒酣”,就更加豪情洋溢了。这一场波澜壮阔的“出猎”,勾起了东坡内心澎湃的激情,他油然想起西北边境一直紧张的局势,虽然自己年事已高,鬓发微白,却仍希望朝廷能像汉文帝派冯唐持节赦免魏尚一样,对自己委以重任,赴边疆抗敌。那时,他将挽弓如满月,狠狠抗击西夏和辽的侵扰!节奏快速、动感十足的词篇最后以一个“西北望,射天狼”,充满报国豪情的英雄形象定格,收束简练有力。

此词上片叙事,下片抒情,气势雄豪,酣畅淋漓,在倚红偎翠、浅斟低唱之风盛行的北宋词坛横空出世，振聋发聩，别开了一种英武壮强之风。东坡写慷慨豪雄之词，提高了词品，扩大了词境，从此词与诗并驾齐驱的地位逐渐得到了承认。因此，夏承焘在《唐宋词欣赏》中说："从宋词的发展来看，在范仲淹那首《渔家傲》之后，苏轼这首词是豪放词派中一首很值得重视的作品。"

水调歌头

丙辰中秋，欢饮达旦，大醉。作此篇，兼怀子由[1]。

明月几时有，把酒问青天。不知天上宫阙，今夕是何年。我欲乘风归去，又恐琼楼玉宇[2]，高处不胜[3]寒。起舞弄清影[4]，何似在人间。

转朱阁[5]，低绮户[6]，照无眠。不应有恨，何事长向别时圆。人有悲欢离合，月有阴晴圆缺。此事古难全。但愿人长久，千里共婵娟[7]。

注释

①子由：苏轼之弟苏辙字子由。

②琼楼玉宇：玉石砌的楼宇。形容天上宫阙的瑰丽。《酉阳杂俎·翟干佑》有云："见月规半天，琼楼金阙满焉。"

③不胜：禁受不住。

④"起舞"句：在月光下手舞足蹈，身与影相偕，其乐无穷。

⑤转朱阁：月光流转，照到华美的楼阁。

⑥低绮户：月光低低照进华美的门窗。

⑦婵娟：代指明月。

点评

这首《水调歌头》，作于宋神宗熙宁九年（1076），即丙辰年的中秋节。其时苏轼贬官密州，政治上很不得志，又兼兄弟长期分离，在中秋醉饮之后，感慨系之，写下了这首久被称道的好词。南宋胡仔《苕溪渔隐丛话》赞曰："中秋词自东坡《水调歌头》一出，余词尽废。"

这首词表现了词人深刻的思想感情的矛盾，人世间所遇的困顿挫折，使他幻想超凡的天上；而天宫的清虚空冷，又使他留恋实实在在的人间。最后词人发现，不论天上人间，都没有幻想中所希望的那么完美无缺，真正的希望所在乃在人间的切实生活之中。

上片表现词人由超尘出世到热爱人生的思想活动，侧重写天上。仰望高天明月，把酒问天："明月几时有？"以向往光明的热望与青天对谈，何等磊落的胸怀，何等豪放的气魄！青天难答，又连发问："不知天上宫阙，今夕是何年？"把对于明月的赞美与向往之情更推进了一层。因问之而不得其解，故有乘风归去之愿："我欲乘风归去，又恐琼楼玉宇，高处不胜寒。""乘风归去"说明词人对世间不满，"归"字有神仙自喻的味道，好像他本来住在月宫里，只是暂住人间罢了。一"欲"一"恐"显露了词人千思万虑的思想矛盾，是词人出世与人世的矛盾心情的表露。"起舞弄清影，何似在人间。"做清寒寂寞的天上神仙，不如生活在这虽然有烦恼忧愁，但却是有实际快意的人间为好！这是执着地追求人间的生活，从幻想天阙生活彻底落脚在人世了。

下片抒发的是人间的感慨和对于生活的希望。“转朱阁，低绮户，照无眠”，由中秋的圆月联想到人间的离别，借见月而表达作者对亲人的怀念之情。“人有悲欢离合，月有阴晴圆缺，此事古难全”三句是词人对人世悲欢离合的诠释，词人受佛老思想的影响，形成了一种洒脱、旷达的襟怀，齐宠辱，忘得失，超然物外，把作为社会现象的人间悲怨、不平，同月之阴晴圆缺这些自然现象相提并论，视为一体，求得安慰。结尾“但愿人长久，千里共婵娟”，词人把悟得之理，深情地告诉子由，互相可以在“难全”之中，多加保重，争取生命长久，深情长久，此夕共赏明月，争取后会有期，这是积极进取的生活态度。

作为苏词代表性篇章之一，此词自然和人生、幻想和现实、庙堂和江湖、出世和入世，疑问团团，矛盾重重，而终于豁然开朗，自我解答。通篇境界高远，情理兼容，语言流转，风格潇洒，其浩然之气超绝尘凡。格调奇拔，“一洗绮罗香泽之态，摆脱绸缪宛转之度；使人登高望远，举首高歌”（胡寅《酒边词·序》），是历来公认的中秋词中的绝唱。

永遇乐

彭城夜宿燕子楼，梦盼盼，因作此词。[1]

明月如霜，好风如水，清景无限。曲港跳鱼，圆荷泻露，寂寞无人见。紞如三鼓[2]，铿然一叶[3]，黯黯[4]梦云[5]惊断。夜茫茫，重寻无处，觉来小园行遍。

天涯倦客，山中归路，望断故园心眼。[6]燕子楼空，佳人何在，空锁楼中燕。古今如梦，何曾梦觉，但有旧欢新怨。异时对，黄楼[7]夜景，为余浩叹。

注释

①燕子楼：唐代尚书张愔有爱姬名关盼盼，能歌善舞，雅多风态，被张愔纳为妾。尚书殁后，盼盼独居十余年，终绝食殉情而亡。盼盼所居之小楼名燕子楼，在张尚书宅第内。

②紞（dǎn）如三鼓：三更鼓声。紞如，击鼓声。

③铿然一叶：一叶落地发出很大的声响。

④黯黯：暗而不明的样子。

⑤梦云：以神女喻盼盼，故称梦云。

⑥“山中”二句：面对山中归路。极度思念故乡，极目远望故乡。

⑦黄楼：熙宁十年（1077），苏轼率军民抗御黄河大水，保卫了徐州城，水退后于次年二月在徐州城东门上筑大楼，涂以黄土，名为黄楼。

点评

本词为元丰元年（1078）十月苏轼任徐州知州时所作。词中即景感怀，以“梦盼盼”为契机，抒发人生无常和世事如梦的深沉感喟。

上片写夜宿燕子楼的四周景物和梦醒后的迷茫失落。深夜寂静，明月皎洁如霜，轻风和畅，在弯弯曲曲的池子里，鱼儿跳出水面，圆圆的荷叶上滚下了晶莹的露珠。三更时分，夜深人静，一片树叶落地都铿然有声。词人从梦中惊醒，踏遍小园寻找旧梦，却无处可得，只见一片茫茫夜色，夜茫茫，心也茫茫。故梦与夜景。相互辉映，似真似幻，惝恍迷离。下片直抒感慨，说自己倦于作客他乡，很想回家过田园生活，可是故乡缥缈，归路难寻。“燕子楼空”三句，由张、关故事引出对整个人类历史无限深沉的感慨：昔日燕子楼中的旧事，已如梦一般逝去，而古往今来无数代人的欢乐、怨恨，又何尝不像它一样也如一连串连续的梦境？结尾词人从燕子楼想到黄楼，黄楼为苏轼所改建，是黄河决堤洪水退去后的纪念，也是苏轼守徐州政绩的象征。但词人设想后人见黄楼凭吊自己，亦同今日自己见燕子楼思盼盼一样，抒发出"后之视今亦犹今之视昔"的无穷感慨，从而使自己挣脱了由政治波折带来的巨大烦恼，精神获得了解放。

词由梦盼盼而起，但又不为盼盼事所限，感慨中融入了官场失意、思乡念里的身世之感和对人生对历史的体认，使得词作情思深沉。"燕子楼空"三句说尽关盼盼事，千古传诵，郑文焯手批《东坡乐府》云："公以'燕子楼空'三句语淮海，殆以示咏古之超宕，贵深情不贵迹象也。"其用事而不为事所使、贵精神不贵迹象的写法很受人们称道。

卜算子·黄州定惠院寓居作①

缺月挂疏桐，漏断②人初静。谁见幽人③独往来，缥缈孤鸿影。

惊起却回头，有恨无人省④。拣尽寒枝不肯栖，寂寞沙洲冷⑤。

注释

①定惠院：在黄州(今湖北黄冈)。苏轼谪居黄州，初来时曾一度寓居定惠院东。词即作于此时。

②漏断：滴漏之声不闻，表示夜深。

③幽人：隐居之人。苏轼《定惠院寓居月夜偶出》诗："幽人无事不出门，偶逐东风转良夜。"与词意正合。词里幽人喻鸿，故《蓼园词选》说："专就鸿说，语语双关。"

④省：理解。

⑤“寂寞”句：一作“枫落吴江冷”。

点评

本词作于元丰三年(1080)，时词人被贬谪黄州，寓居定惠院。这是一首咏鸿之作，借月夜孤鸿这一形象寄托了作者的身世感慨。贬谪黄州，幽囚一隅，爱国情愫既不被理解，又不肯随波逐流，浓重的彷徨惊疑，牢落孤寂之感，高洁无偶的怀抱，都通过孤鸿表现出来。

此词选景叙事均简约凝练，鸿与人、主体与客体浑然一体，深得比兴之旨。黄庭坚跋云：“东坡道人在黄州时作，语意高妙，似非吃烟火食人语。非胸中有万卷书，笔下无一点尘俗气，孰能至是？”陈廷焯《词则》亦云：“寓意高远，运笔空灵，措语忠厚，是坡仙独至处，美成(周邦彦)、白石(姜夔)亦不能到也。”正道出了此词格奇而语隽的特点。

定风波

三月七日，沙湖道中遇雨。雨具先去，同行皆狼狈，余独不觉。已而遂晴，故作此词。①

莫听穿林打叶声，何妨吟啸②且徐行。竹杖芒鞋③轻胜马，谁怕，一蓑④烟雨任平生。

料峭⑤春风吹酒醒，微冷，山头斜照却相迎。回首向来⑥萧洒处，归去，也无风雨也无晴。

注释

①沙湖:“黄州东南三十里为沙湖,亦曰螺师店,予买田其间。”(《东坡志林》卷一)词乃往沙湖看田的路上遇雨所作。

②吟啸:吟咏,歌啸。常用以指人意态闲雅。

③芒鞋:芒为多年生草本植物,其茎之外皮所编织成的鞋即称芒鞋。词中代指草鞋。

④蓑:蓑衣,用竹叶或草、棕叶编成的雨披。

⑤料峭:微寒。

⑥向来:刚才。

点评

本词写元丰五年(1082)在黄州沙湖的一件小事,见出词人在贬谪生活中胸怀开朗、心头平静的一面。上片起二句“穿林打叶”,已见风雨非小,然“莫听”“吟啸”“徐行”层层递进,写其心境闲适。结二句“竹杖”“芒鞋”“蓑衣”与“马”对比,人虽在野,但一任平生,处之泰然。下片换头二句“春风”犹冷,“山头斜照”写时令之转,气候常变。结二句回首来处,雨、晴两不存在,境界无所差别,此写心之平静。

此词之所以成为脍炙人口的名作,在于它的内涵深广丰富,极富哲理意味。词人不避风雨、听任自然,不计得失、不怕挫折的精神,体现了他坚忍的意志和旷达的胸怀。郑文焯云:“此足证是翁坦荡之怀,任天而动。琢句亦瘦逸,能道眼前景,以曲笔直写胸臆,倚声能事尽之矣。”(《手批东坡乐府》)

西江月

春夜，蕲水[①]中过酒家饮。酒醉，乘月至一溪桥上，解鞍曲肱[②]少休。及觉，已晓。乱山葱茏[③]，不谓尘世也。书此词桥柱上。

照野弥弥浅浪，[④]横空隐隐[⑤]层霄。障泥未解玉骢骄。[⑥]我欲醉眠芳草。

可惜一溪风月，莫教踏碎琼瑶[⑦]。解鞍攲[⑧]枕绿杨桥。杜宇一声春晓。

注释

①蕲水：发源于湖北蕲春之四流山，汇入长江。

②曲肱（gōng）：弯起胳膊，即曲臂而枕。义取《论语·述而》："饭蔬食，饮水，曲肱而枕之，乐亦在其中矣。不义而富且贵，于我如浮云。"

③葱茏：草木青翠茂盛。

④"照野"句：月光照耀原野，满满的蕲水泛着细小的波纹。弥弥，水满的样子。

⑤隐隐：昏暗不明的样子。

⑥障泥：垫在马鞍之下、垂于马腹两旁以遮挡尘土的纺织品，名马鞯。玉骢：青白色的马。骄：马壮健活跃不受拘勒。《世说新语·术解》："王武子善解

马性，尝乘一马，著连钱障泥，前有水，终日不肯渡。王云：‘此必是惜障泥。’使人解去，便径渡。”词反其意而用之。

⑦琼瑶：美玉。比喻月色美好。

⑧欹：斜倚。

点评

本篇写于元丰五年（1082）三月，作者被贬黄州时。词前有一段小序，简要地记述了此词的写作过程，文字优美精练，与词珠联璧合，相得益彰。此乃苏轼的首创。

词写酒后独自骑马夜游蕲水溪山之间，醉眠芳草的景象和感受，表现了词人放浪形骸、随遇而安的超然物外情怀。上片写词人途中见到的清幽美丽的春日月夜景色：溪水淙淙，云层依稀，皎洁的月光笼罩着旷野……所写的环境澄澈明净，衬托出词人的胸怀高洁，绝无纤尘。结拍言马未解鞍，正昂头摇尾，向主人显示骄矜之色，表示自己一点也不累，快继续赶路吧！而主人呢？却早已醉意蒙眬，东倒西歪，实在支持不住了，但又不甘示弱，故托辞曰：“我欲醉眠芳草。”马欲行，人欲止，构成了一对矛盾。换头两句直承上文，可以看成是主人对“玉骢”的解释：我要留下来，是怕你渡河时踏碎了那一顷“琼瑶”！巧妙的构思，令人浮想联翩。歇拍二句写欹枕绿杨桥下，尽情地欣赏和体味美好的自然景色，忽听杜鹃声啼，醒来一看，原来天色已届黎明，表明词人已达到了物我两忘的境界。

全词意脉清晰，画面生动，融写景、抒情、叙事于一体。陈廷焯《词则》云：“《西江月》一调，易入俚俗，稍不检点，则流于曲矣。此篇写得洒落有致。”正指出了此词笔触清新恬淡、格调优美高雅的特点。

念奴娇·赤壁[1]怀古

大江东去，浪淘尽、千古风流人物。故垒[2]西边，人道是、三国周郎赤壁[3]。乱石穿空，惊涛拍岸，卷起千堆雪。江山如画，一时[4]多少豪杰。

遥想公瑾当年，小乔[5]初嫁了，雄姿英发[6]。羽扇纶巾[7]，谈笑间、樯橹灰飞烟灭。故国神游，[8]多情应笑我[9]，早生华发。人生如梦，一樽还酹[10]江月。

注释

①赤壁：三国时孙刘联军大破曹操的赤壁之战所在地。其地究竟在何处，众说纷纭，其说竟有九处之多。一般认为应在湖北蒲圻的赤壁山，被称为武赤壁；词中指黄州的赤壁矶，亦称赤鼻矶，被称为文赤壁。

②故垒：旧的军事营垒。

③人道是：《苕溪渔隐丛话后集》曾引苏轼语云："黄州西山麓，斗入江中，石色如丹，传云曹公败处所谓赤壁者。或曰：非也……竟不知孰是？"周郎：三国东吴名将周瑜，字公瑾。《三国志·吴书·周瑜传》云：周瑜二十四岁时被任命为"建威中郎将""吴中皆呼为周郎"，是孙、刘联军的主帅之一。此处呼为周郎，有赞美意味。

④一时：指三国时代。

⑤小乔：乔，史书作“桥”。《三国志·吴书·周瑜传》：瑜从孙策攻皖城（今安徽潜山）“得桥公两女，皆国色也。策自纳大桥，瑜纳小桥”。时在建安三年（198）。赤壁之战则在建安十三年（208），周瑜小乔已是十年夫妻。

⑥雄姿英发：姿态雄俊，指容貌；英气风发，指神采。

⑦羽扇纶（guān）巾：手执长羽毛做的扇子，头戴青丝带做的头巾。汉末、魏、晋间名士多此装束。

⑧故国：此指三国赤壁古战场。神游：遐想，指追思赤壁破曹景况。

⑨多情应笑我：“应笑我多情”的倒装。

⑩酹（lèi）：倒酒于地祭奠。

点评

清代词论家谓东坡词“自有横槊赋诗，固是英雄本色”（《词苑丛谈》），在《东坡乐府》中，最具有这种英雄气格的代表作，则首推这篇被誉为“千古绝唱”的《念奴娇》（大江东去）。这首词作于宋神宗元丰五年（1082）七月。当时，由于苏轼以诗文讽喻新法，被贬谪至黄州，这首词就是写他游赏黄冈城外的赤壁矶时的所见所感。

“大江东去，浪淘尽、千古风流人物”，词的开端，作者便以无比雄健的笔力把眼前奔腾不息的大江与浩瀚的历史长河融为一体。“故垒西边，人道是、三国周郎赤壁”诸句，上承澎湃的气势，又跌宕地创造出一种舒缓而平坦的境界。他把笔触轻轻放置在三国周瑜指挥的赤壁之战上，目的是即使“千古风流人物”有了具体的落脚，又把磅礴的激情导向了历史的深层。接着写景抒情：“乱石穿空，惊涛拍岸，卷起千堆雪。”词人酣畅淋漓地描绘出了长江赤壁的雄奇景象。“穿空”言赤壁矶头的高险，让人仰观其形；“拍岸”写江水冲激之猛，使人俯闻其声；“千堆雪”极写腾空浪花之白，令人远睹其色。这种从不同角度而又诉诸不同感觉的浓墨健笔的生动描写，一扫平庸萎靡的气氛，把读者顿时带进一个惊心动魄的奇险境界，使人心胸为之一振。“江山如画，一时多少豪杰”总束上文,在由衷的赞叹中又深埋着物是人非的无穷感慨,为下文的抒情奠定了基础。

上片侧重写景,下片则笔锋一转刻意写人。“遥想”两字,把人们从眼前的赤壁带到了三国龙争虎斗的岁月。词人从周瑜的年龄、装束、仪表、神态和战绩入手,寥寥几笔便勾勒出一位风流儒将的完美形象。而写周瑜的功成名就又在于反衬自己的落魄沉沦,“周郎是宾,自己是主,借宾定主,寓主于宾”(《蓼园词选》)。下面“故国神游”几句,词人从历史的追忆返回到对个人现实生活的感叹,饱含着词人遭受贬谪、未老先衰的无限感慨,对人生思索和感叹的主题终于直露而出。前面“浪淘尽、千古风流人物”蕴藏着的人生短暂,“一时多少豪杰”包含着的物是人非,在这里都涌向了高潮。写景在于写史,写史在于写人,写人又落脚于袒露自己的坎坷遭遇和壮志未酬。词作在摇曳跌宕中句句紧扣,层层深入,正如《蓼园词选》中所说:“总而言之,题是赤壁,实为己而发,离奇变幻,细思方得其主意处。”最后,词人用“人生如梦,一樽还酹江月”将历史与现实、景与情、人与物,都一起升华到人生哲理的高度。在“人生如梦”的浩叹中,词人化悲愤为旷达,融无穷于须臾,使苦难深重的人生罩上了一层瑰丽的色彩。

全篇将写景、怀古和抒情结合在一起,大开大阖,纵横古今,意境宏阔,气势不凡。明人王世贞道:“昔人谓铜将军铁绰板,唱苏学士‘大江东去’,十八九岁女子唱柳屯田‘杨柳岸晓风残月’,为词家三昧。然学士此词,亦自雄壮,感慨千古。果令铜将军于大江奏之,必能使江波鼎沸。”(《艺苑卮言》)可谓知言。

临江仙

壬戌九月，雪堂夜饮，醉归临皋作。①

夜饮东坡②醒复醉，归来仿佛三更。家童鼻息已雷鸣。敲门都不应，倚杖听江声。

长恨此身非我有，何时忘却营营③？夜阑④风静縠纹⑤平，小舟从此逝，江海寄余生。

注释

①雪堂：苏轼在黄州东坡所筑堂名。临皋：在黄州城南，苏轼有寓于此。

②东坡：在黄州城东，本营房荒地。苏轼来黄州次年即元丰四年，开垦筑室于此，并以为号。

③营营：来往奔波之貌。代指来往奔忙的生活。

④夜阑：夜深。

⑤縠纹：指江上波纹。縠，绉纱。

点评

本词作于元丰五年，时在黄州。苏轼以罪人的身份谪居黄州，被地方看管，精神上痛苦困惑，忠君爱国、建功立业的进取思想与避世隐居思想激烈地斗争着。这首词反映了作者欲求脱离政治、脱离社会,以求解脱痛苦、获得精神自由的遁世隐居思想。叶梦得《避暑录话》记载,子瞻在黄州,“与数客饮江上,夜归,江面际天,风露浩然,有当其意,乃作歌辞,所谓‘夜阑风静縠纹平,小舟从此逝,江海寄余生’者,与客大歌数过而散。翌日喧传:‘子瞻夜作此词,挂冠服江边,拏舟长啸去矣。’郡守徐君猷闻之,惊且惧,以为州失罪人,急命驾往谒,则子瞻鼻鼾如雷,犹未醒也。然此语卒传至京师,虽裕陵(神宗)亦闻而疑之。”可见此词流行之广,亦可窥知苏轼当时的生活处境和心境。

“夜饮东坡醒复醉”,一开始就点明了夜饮的地点和醉酒的程度。醉而复醒,醒而复醉,当他回临皋寓所时,自然很晚了。“归来仿佛三更”,“仿佛”二字,传神地画出了词人醉眼蒙眬的情态。接着,词人已到寓所,在家门口停留下来时,“家童鼻息已雷鸣。敲门都不应,倚杖听江声”。深夜归来,敲门不应,坦然处之,三句展示出主人公风神萧散的形象,还使人感受到一种达观的人生态度、一种超旷的精神境界。

下片一开始,词人便慨然长叹道:“长恨此身非我有,何时忘却营营?”这突兀而起的喟叹,是词人长期孤愤心情的喷发,正反映了他在“听江声”时心境之不平静。词人静夜沉思,豁然有悟,既然自己无法掌握命运,就当全身远祸。顾盼眼前江上景致,是“夜阑风静縠纹平”,心与景会,神与物游,为如此静谧美好的大自然深深陶醉了。于是,他情不自禁地产生脱离现实社会的遐想,唱道:“小舟从此逝,江海寄余生。”他要趁此良辰美景,驾一叶扁舟,随波流逝,任意东西,将自己的有限融化在无限的大自然之中。这样的词句飘逸而浪漫,也只有东坡磊落豁达的襟怀才能流出。

定风波

常羡人间琢玉郎①，天教分付点酥娘②。自作清歌传皓齿，风起，雪飞炎海变清凉。

万里归来年愈少，微笑，笑时犹带岭梅③香。试问岭南应不好？却道，此心安处是吾乡。

注释

①琢玉郎：对男子的美称，谓其姿容美白如玉。

②点酥娘：对女子的美称，谓其肤色洁白腻润似凝酥。

③岭梅：指大庾岭上的梅花。

点评

苏轼的好友王巩（字定国）因受苏轼“乌台诗案”牵连，被贬谪到地处岭南荒僻之地的宾州。王定国遭贬时，其歌伎柔奴毅然随行到岭南。元丰六年王巩北归过黄州会见东坡，出柔奴（别名寓娘）为苏轼劝酒。柔奴家世住京师，苏轼问她：“广南风土，应是不好？”柔奴答以“此心安处，便是吾乡”（《苕溪渔隐丛话》引《东皋杂录》）。苏轼听后，大受感动，作此词以赞。

上片由“琢玉郎”引出“点酥娘”，称赞柔奴明眸皓齿，容貌出众，且能“自作清歌”，即席演唱，歌声如白雪飞舞，能使“炎海变清凉”，此写柔奴天生丽质和歌声之美妙，美好超旷的歌声发自于美好超旷的心灵，这是赞其高超的歌技，更是颂其广博的胸襟。下片赞赏柔奴不以迁谪为意、随遇而安的人生态度。她跟随主人被贬归来，虽历经磨难，仍然笑容满面，青春焕发，若无身处逆境而安之若素的可贵品格，何以能够如此？“笑时犹带岭梅香”，既写出了她北归时经过大庾岭这一沟通岭南岭北咽喉要道的事实，又以斗霜傲雪的岭梅喻人，赞美柔奴克服困难的坚强意志。结句“此心安处是吾乡”化用白居易“无论海角与天涯，大抵心安即是家”（《种桃杏》）和“我生本无乡，心安是归处”（《初出城留别》）诗句，又带有王巩和柔奴遭遇的烙印，铿锵有力，警策隽永，是对柔奴的高洁人品和随缘自适的旷达乐观的歌颂，亦抒发了作者在政治逆境中随遇而安、无往不快的旷达襟怀，寄寓着词人的人生态度和处世哲学。

八声甘州·寄参寥子①

有情风，万里卷潮来，无情送潮归。问钱塘江上，西兴②浦口，几度斜晖？不用思量今古，俯仰③昔人非。谁似东坡老④，白首忘机⑤。

记取西湖西畔，正春山好处，空翠⑥烟霏⑦。算诗人相得，如我与君稀。约它年、东还海道，⑧愿谢公雅志⑨莫相违。西州路，不应回首，为我沾衣。⑩

注释

①参(shēn)寥子：僧名道潜，法号参寥子，本姓何，于潜人。与苏轼交善。苏轼贬黄州，参寥子不远千里相从。苏轼知杭州，参寥子寓居智果精舍，苏轼为他重建法堂并题榜。

②西兴：在浙江萧山，即西兴渡。

③俯仰：谓时间迅速，转眼之间。王羲之《兰亭集序》："俯仰之间，已为陈迹。"

④东坡老：苏轼自称。

⑤忘机：忘却机心，甘于淡泊，无意于功名利禄。

⑥空翠：晴天。

⑦烟霏：烟雾弥漫的天气。

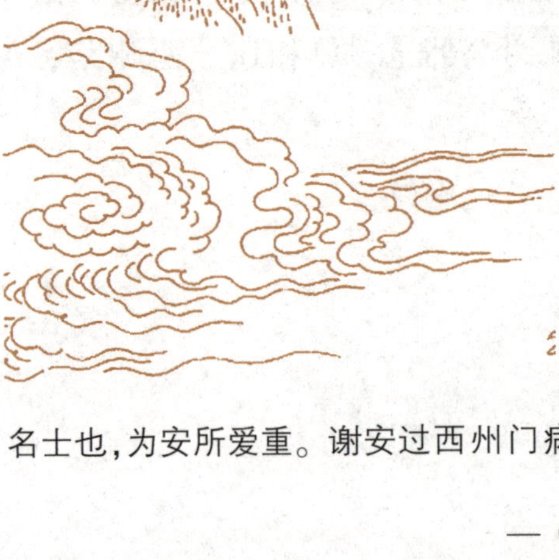

⑧"约它年"句：谓与参寥子约定他年重游浙东，退隐山林。浙东滨海，故称东还海道。

⑨谢公雅志：指东晋谢安归卧东山的夙愿。《晋书·谢安传》："载安虽受朝寄，然东山之志始不渝。""造泛海之装，欲须经略初定，自江道还东。雅志未就，遂遇笃疾。"雅，向来，一向。

⑩"西州路"三句：这里化用晋人羊昙旧事，表明自己要实现退隐的夙愿，以不使参寥子因抱憾痛哭于"西州路"。《晋书·谢安传》载：羊昙者，泰山人，知名士也，为安所爱重。谢安过西州门病死后，"(昙)辍乐弥年，行不由西州路。

尝因石头大醉，扶路唱乐，不觉至州门。左右白曰：‘此西州门。’昙悲感不已……恸哭而去”。沾衣，谓哭泣。

点评

这首词是元祐六年(1091)苏轼奉召入京，寄别好友参寥子时所作。时词人在杭州，故从钱塘潮写起。上片起句破空而下，写出钱塘潮的气势。风“有情”“无情”，灌注了词人强烈的主观色彩。接着从空间转向时间，“几度”“今古”“俯仰”，引发读者对沧桑变迁、人世代谢的千古幽思。“谁似”两句词人自写豁达超脱、淡泊宁静的心境，亦衬托着知心友情的珍贵。下片回忆与参寥子漫游西湖时所欣赏的美丽风景，并借谢安东还海道之志不遂致使羊昙哭于西州门的典故，表达了与友人相携归隐山林、泛舟江湖的志趣和愿望。郑文焯《手批东坡乐府》评此词曰：“突兀雪山卷地而来，真似钱塘江上看潮时，添得此老胸中数万甲兵，是何气象雄且杰！尤妙在无一字豪宕，无一语险怪，又出之以闲逸感喟之情，所谓‘骨香神寒，不食人间烟火气者’。词境至此，观止矣……云锦成章，天衣无缝，是作者从至情流出，不假熨帖之功。”指出此词是作者真情自然流露，不假雕饰，巧夺天工，可谓知言。

黄庭坚

黄庭坚(1045～1105)，字鲁直，号山谷道人，又号涪翁、黔安居士、八桂老人。洪州分宁(今江西修水)人。北宋诗人、词人、书法家。英宗治平四年(1067)进士，历官起居舍人、秘书丞兼国史编修。以校书郎坐《神宗实录》失实，屡屡遭贬，最后死于宜州(今广西宜州市)贬所。黄庭坚与秦观、张耒、晁补之合称“苏门四学士”，是江西诗派的“三宗”之一。其词多写男女之情及花酒景物，时以俗语入词，类于柳永；其豪放处又近苏轼。有《豫章集》、《山谷词》，又名《山谷琴趣外编》。

念奴娇

八月十七日，同诸生步自永安城楼，过张宽夫园待月。偶有名酒，因以金荷酌众客。客有孙彦立，善吹笛。援笔作乐府长短句，文不加点。①

断虹霁雨②，净秋空，山染修眉新绿③。桂影扶疏④，谁便道、今夕清辉不足？万里青天，姮娥何处，驾此一轮玉？寒光零乱，为谁偏照醽醁⑤？

年少从我追游，晚凉幽径，绕张园⑥森木。共倒金荷家万里，难得尊前相属⑦。老子平生，江南江北，最爱临风笛。孙郎⑧微笑。坐来⑨声喷霜竹⑩。

注释

①永安：白帝城，在今四川奉节西。张宽夫：黄庭坚友人，生平不详。金荷：荷叶形金酒杯。文不加点：形容写作诗文一挥而就，不加修改。

②断虹霁雨：雨霁虹断，指雨过天晴，虹霓消失。

③"山染"句：以女子的眉毛喻山之秀美。绿，乌黑发亮的颜色，常用以形容头发眉毛，这里用来形容山色青黛。

④桂影扶疏：月中桂树的阴影浓密，传说月中有桂树。扶疏，枝叶繁茂的样子。

⑤醽醁(líng lù)：美酒名。

⑥张园：张宽夫的花园。

⑦属(zhǔ)：劝。

⑧孙郎：指孙彦立。

⑨坐来：唐宋时口语，意即顿时，立刻。

⑩声喷霜竹：竹笛发出乐声。《乐书》云："剪云梦之霜筠，法龙吟之异韵。"故以霜竹、霜筠代指笛子。

点评

本词作于宋哲宗元符二年（1099）八月十七日。时词人因修《神宗实录》失实，贬涪州别驾黔州安置，后移戎州（今四川宜宾）安置，与几位青年同游赏月时写下此词。开篇描绘雨后初晴薄暮时分的彩虹和山色。接着连用三个问句极写月色之美，表达作者赏月时自得其乐的豪情逸兴。此下转写月下游园、欢饮和听曲之乐。"年少从我追游，晚凉幽径，绕张园森木"，用散文句法入词，信笔挥洒，更见词人之洒脱不羁。"老子平生，江南江北，最爱临风笛"三句把词人豪迈激越之情推向高峰，他慨叹自己这一生走南闯北，偏是最爱听那临风吹奏的高亢乐曲，雄浑潇洒，豪情满怀，表现出词人处逆境而不颓唐的乐观心情。歇拍写孙郎感遇知音，喷发气响，宛转悠扬的笛声回响不绝。

全词笔墨酣畅，境界壮阔，勃发出一种傲岸不羁之气。词人与苏东坡一样，饱经政治风雨的摧折，却仍然保持着那种倔强兀傲、旷达豪迈的个性，故其词风与东坡词风十分相近，作者自诩本篇"或以为可继东坡赤壁之歌"（《苕溪渔隐丛话后集》），不为无据。

千秋岁

少游得谪，尝梦中作词云："醉卧古藤阴下，了不知南北！"竟以元符庚辰，死于藤州光华亭上。崇宁甲申，庭坚窜宜州，道过衡阳。览其遗墨，始追和其《千秋岁》词。①

苑边花外，记得同朝退。飞骑轧，鸣珂碎。②齐歌③云绕扇，赵舞④风回带；严鼓断⑤，杯盘狼藉犹相对。

洒泪谁能会？醉卧藤阴盖⑥。人已去，词空在。兔园高宴悄，虎观英游改；重感慨，波涛万顷珠沉海！

注释

①少游：秦观。藤州：今广西藤县。庚辰：宋哲宗元符三年（1100）。甲申：宋徽宗崇宁三年（1104）。

②"苑边花外"四句：写元祐七、八年间，山谷与少游同官京师时事。轧，摩轧。珂，马身上的玉制饰物。

③齐歌：古有齐人善歌之说。

④赵舞：古代赵女善舞。此泛指歌舞。

⑤严鼓断：谓夜已深。宋代都城有宵禁，即夜间戒严以击鼓为号，故曰严鼓。

⑥醉卧藤阴盖：化用少游"醉卧古藤阴下"句，谓少游死于藤州。

点评

这首追和词，也是一首悼念故人之作。黄庭坚和秦观均为苏东坡的学生，是“苏门四学士”中两位著名的作家，当时词坛曾有“秦七、黄九”之称。他们交谊很深，在当时反复无常的党争中都是不幸的受害者。元符三年(1100)，秦观在贬谪中死于藤州。崇宁三年(1104)，黄庭坚再贬宜州(今广西宜山)，路过衡阳，在衡州知州孔毅甫处看到秦观的遗作《千秋岁》。不禁感慨欷歔，洒泪写下了这首追和、哀悼亡友之作。词的上片回忆当年同朝为官、并辔出游、酣歌醉舞的美好岁月，可惜政治风云的突然变化改变了他们的生活。下片感叹人去词在、明珠沉海，对少游的去世表示沉痛的悼念。无情的政治风波吞噬了友人的生命，词人悼念秦观，实际上也是自悲自悼。“重感慨，波涛万顷珠沉海”两句最为精彩，是全词的警句，“怀思之情，痛惜之意，深入骨髓”(黄瑞云《词苑英华》)。

这首词感情深沉勃郁、诚挚动人，上片的欢乐与下片的悲愤形成强烈的对比，隐含着政治局面的重大变化。既抒发了悼念友人的深情，也表露出自己的身世之感、切身之痛。

贺铸

贺铸(1052~1125)，字方回，自号庆湖遗老。卫州共城(今河南辉县)人，是宋太祖孝惠皇后族孙。因为人刚介、不谄媚权贵而沉居下僚。早年曾任武职，后转文官，哲宗元祐中为泗州、太平州等地通判，晚居吴下。他的词内容比较广阔，写思妇、商贾，抒发报国情怀，开南宋爱国词之先声。仕途坎坷，潦倒失意，使他写出了不少抒发生活寂寞和百无聊赖心情的作品，具有独特的艺术技巧，非常感人。有《庆湖遗老集》、《东山词》。

六州歌头

少年侠气，交结五都①雄。肝胆洞，②毛发耸。立谈中，死生同。一诺千金重。推翘勇③，矜豪纵。轻盖拥④，联飞鞚⑤，斗城⑥东。轰饮酒垆，春色浮寒瓮，吸海垂虹。间呼鹰嗾⑦犬，白羽摘雕弓，狡穴俄空。乐匆匆。

似黄粱梦，辞丹凤⑧，明月共，漾孤篷⑨。官冗从⑩，怀倥偬⑪；落尘笼，簿书丛⑫。鹖弁⑬如云众，供粗用，忽奇功。笳鼓动，渔阳弄⑭，思悲翁⑮。不请长缨，系取天骄种⑯，剑吼西风。恨登山临水，手寄七弦桐⑰，目送归鸿⑱。

注释

①五都：汉、魏、唐各有五都，此泛指繁华的各大都市。

②肝胆洞：肝胆相照，意气相通。洞，洞悉，通晓。

③推翘勇：被推举为最勇敢、杰出的人物。

④轻盖拥：拥轻盖之意。盖，车盖，这里指车子。

⑤联飞鞚：并辔而驰。鞚，有嚼口的马络头，这里指马。

⑥斗城：汉代长安城南

形似南斗，城北形似北斗。故被称为“斗城”。这里指北宋都城汴京。

⑦嗾(sǒu)：人口发出的驱使犬的声音。

⑧丹凤：唐长安宫阙有丹凤门，故称丹凤城。这里指北宋都城汴京。

⑨漾孤篷：驾着一叶孤舟，飘荡于江湖。

⑩官冗从：担任闲散的随从小官。

⑪怀倥偬(kǒng zǒng)：情怀苦闷。倥偬，困苦貌。

⑫簿书丛：忙于簿录文书工作。簿书，官署中的文书。

⑬鹖弁(hé biàn)：鹖冠，插有鹖毛的武士之冠。鹖鸟好斗，至死不却，武士冠插鹖毛，以示英勇。这里是指下级武官而言。

⑭渔阳弄：鼓曲名。

⑮思悲翁：汉《铙歌十八曲》之一。

⑯天骄种：天之骄子。《汉书·匈奴传》载，匈奴单于自称为“天之骄子”。

⑰七弦桐：七弦琴。琴以桐木制成，故称。

⑱目送归鸿：嵇康《赠秀才从军》诗：“目送归鸿，手挥五弦。”

点评

本词作于哲宗元祐三年(1088)秋，贺铸时任和州管界巡检。西北党项族所建立的西夏时时寇扰边疆，朝廷内割地求和之声大起，贺铸作为一个下级官员用这首词吐诉了他报国的热忱以及报国无门的悲凉心绪。上片追忆青年时期豪纵不羁的游侠生活，突出少年侠士重承诺、善骑射的出众品性。换头以后抚今思昔，感慨万千，“似黄粱梦”四句，写离京漂泊；次七句写沉沦下僚；末九句写不能请缨之恨，用深沉的音调，唱出了壮志难酬的悲歌。全词悲壮慷慨，句短韵密，声情并茂，与南宋爱国词人张孝祥的同调之作可以媲美，为宋人《六州歌头》中的两首绝唱。俞陛云评曰：“此与《小梅花》调皆雄健激昂，为集中稀有之作。上片‘酒垆’以下七句，下片‘长缨’以下六句，尤为警拔。”(《宋词选释》)

小梅花

缚虎手[①]，悬河口[②]，车如鸡栖马如狗[③]。白纶巾，扑黄尘，不知我辈可是蓬蒿人[④]？衰兰送客咸阳道，天若有情天亦老。[⑤]作雷颠，不论钱，谁问旗亭[⑥]美酒斗十千[⑦]？

酌大斗，更为寿，青鬓常青古无有。笑嫣然，舞翩然，当垆秦女[⑧]十五语如弦[⑨]。遗音能记秋风曲[⑩]，事去千年犹恨促。揽流光，系扶桑[⑪]，争奈愁来一日却为长。

注释

①缚虎手：徒手打虎。

②悬河口：口若悬河，谓辩才出众。

③“车如”句：形容车敝马瘦，谓生活简贫，处境不如意。

④“不知”句：李白《南陵别儿童入京》诗：“仰天大笑出门去，我辈岂是蓬蒿人。”词化用之。

⑤“衰兰送客”二句：李贺《金铜仙人辞汉歌》：“衰兰送客咸阳道，天若有情天亦老。”词用其成句。咸阳，在陕西。

⑥旗亭：酒楼。词中指送别之所。

⑦美酒斗十千：形容酒质美价廉。

⑧当垆秦女：古时酒店垒土为垆，安放酒瓮，卖酒的坐在垆边，称为“当垆”。

秦女，秦姬。

⑨十五语如弦：十五，指正当妙龄。语如弦，形容话语动听，如音乐。

⑩秋风曲：《秋风辞》，汉武帝所作，末有“欢乐极兮哀情多，少壮几时兮奈老何”之句，慷慨悲凉。

⑪扶桑：神话中的树木名，传说太阳从这里升起。

点评

此阕原题作《行路难》，实非调名，乃作者根据内容所拟词题。词以慷慨悲凉的气势，抒写人世沧桑和功业难成之意，是作者豪放词的代表作之一。

全词皆融化前人诗句而成，“掇拾古语，运用入化，借他人之酒杯，浇自己之块垒”（陈廷焯《词则》）。上片从开头至“可是蓬蒿人”，以夸张的手法写词人及其豪侠朋辈“少年壮志当拏云”的英雄气概。然而生不逢时，怀才不遇，于是萌发了“对酒当歌，人生几何”的感叹，索性放浪形骸，恣情饮乐吧！下片与上片声气相连。作者寄情宴乐，却又悲叹岁月的脚步匆匆；想留住光阴，却又难以打发那漫长的一天又一天。这是何等的苦闷啊！“酌大斗，更为寿，青鬓常青古无有。笑嫣然，舞翩然，当垆秦女十五语如弦。”眼前一派酒酣耳热、轻歌曼舞景象。然而放达的背后却隐藏着深深的悲愤，这是由歌女所唱汉武帝的一曲《秋风辞》引发的。《秋风辞》有“欢乐极兮哀情多，少壮几时兮奈老何”，所以作者有“遗音能记秋风曲，事去千年犹恨促”之叹。千年只一瞬耳！于是忽发奇想，要“揽流光，系扶桑”，使时光停止流转。这种超现实的奇想，恰好反映出作者无法摆脱的现实苦闷，只有怀才不遇的人最易感到生命短促、光阴虚掷的痛苦。所以下片写生命短暂的悲愁，与上片写志士失路的哀苦也就紧密地联系在一起了。

宋人赵闻礼评此词：“其间语义联属，飘飘然有豪纵高举之气。酒酣耳热，浩歌数过,亦一快也。”赞叹此词虽多化用前人诗句,但能驱遣自如,且气象豪迈,配得上关西大汉的铁板!夏敬观更进一步指出:“稼轩豪放之处,从此脱胎。豪而不放,稼轩所不能学也。”(《东山词评》)

晁补之

晁补之(1053~1110),字无咎,号归来子,济州钜野(在今山东省)人。神宗元丰二年(1079)进士,任秘书省正字、校书郎、扬州通判等职,以修《神宗实录》失实被贬。复官后任达州、泗州知州。为“苏门四学士”之一。其词不事绮艳,雄阔之境、沉咽之思颇近东坡。著有《鸡肋集》、《晁氏琴趣外篇》,存词一百六十余首。

摸鱼儿·东皋寓居[1]

买陂塘[2]、旋栽杨柳,依稀淮岸江浦。东皋嘉雨新痕涨,沙觜[3]鹭来鸥聚。堪爱处,最好是、一川夜月光流渚[4]。无人独舞。任翠幄[5]张天,柔茵藉地[6],酒尽未能去。

青绫被[7],莫忆金闺[8]故步。儒冠曾把身误。弓刀千骑成何事,荒了邵平[9]瓜圃。君试觑,满青镜。星星鬓影今如许。功名浪语,便似得班超[10],封侯万里,归计恐迟暮。

注释

①东皋：地名，即钜野之山东。词人于此建归来园为寓居之地。

②陂（bēi）塘：池塘。

③沙觜（zuǐ）：突向水中的沙洲。

④流渚：流动的池水。渚，通“潴”，指水停聚处，此指陂塘。

⑤翠幄：天空像翠色帐幕。幄，帐幕。

⑥柔茵藉地：细软成片的小草。藉，垫。

⑦青绫被：青色有花纹的丝织物。汉代尚书郎值夜班，官供新青缣白绫被或棉被。代指官宦的俸禄和待遇。

⑧金闺：金马门，汉代宫门名，才能优异者待诏于金马门，故旧以身历玉堂金马为仕宦得意。

⑨邵平：秦时人，封东陵侯，秦亡后隐居长安城东种瓜，瓜五色味美，人称东陵瓜。

⑩班超：东汉人，明帝时投笔从戎，出使西域，平定三十六国，被封为定远侯，久驻西藏，和帝年间乞归。“但愿生入玉门关。”七十一岁时才回到京都洛阳，不久即死。

点评

陈鹄《耆旧续闻》卷三记：“晁无咎闲居济州金乡，葺东皋归去来园，楼观堂亭，位置极潇洒：尽用陶语名目之……尝以长短句曰《摸鱼儿》者寄蔡（儋州），蔡叹赏，每自歌。”可知此词为作者罢任后初返乡里时所作。上片描绘“寓居东皋”的风光景物，表达了乐于隐居田园、啸傲湖山的襟怀情趣。笔调疏快，意境清旷，俨然以出世脱俗的隐士自居。下片笔锋一转，对自己曾跻身官场、虚掷时日表示后悔，抒发了儒冠误身、岁月蹉跎的深深感喟。词人开函对镜，已是白发缕缕，益见功名如过眼云烟，终为泡影。末句说即使显赫如班超，也只能身居西域，直至暮年才得还乡。两片前后对比，寓悲愤于豪宕疏阔之中，语意俊切，而风调自清迥拔俗。

此词开阔的词境、清旷的情趣，与作者的恩师苏东坡在词风上一脉相承，并对辛弃疾的词作产生了重要影响，如刘熙载《艺概》所评："无咎词堂庑颇大。人知辛稼轩《摸鱼儿》'更能消几番风雨'一阕，为后来名家所竞效，其实辛词所本，即无咎《摸鱼儿》'买陂塘、旋栽杨柳'之波澜也。"

洞仙歌·泗州中秋作

青烟①幂②处，碧海飞金镜。永夜闲阶卧桂影③。露凉时、零乱多少寒螀；神京④远，惟有蓝桥⑤路近。

水晶帘不下，云母屏开，冷浸佳人淡脂粉。待都将许多明，付与金尊，投晓共流霞⑥倾尽。更携取胡床⑦上南楼，看玉做人间，素秋千顷。

注释

①青烟：指遮蔽月光的云影。

②幂：覆盖。

③桂影：双关语，既实指庭中桂树之影，也暗指月光，因为神话传说月中有桂树。

④神京：指北宋京城汴梁。

⑤蓝桥：在今陕西蓝田东南。相传其地有仙窟，为唐裴航遇仙女云英处。

⑥流霞：本为神话中的仙酒名，汉王充《论衡·道虚》载，项曼都离家求仙，被仙人

带至月边，饥渴时则饮以流霞一杯，每饮一杯，数月不饥。词中语义双关，既指酒，也指朝霞。

⑦胡床：卧具，又称交椅，绳床。

点评

这是一首中秋赏月词，相传为词人绝笔之作。上片起二句，“青烟幂处”写远处天边暮霭一片，此是明月升起之地。“碧海”写夜空的广阔和蔚蓝，“金镜”形容明月的圆满和光亮。一个“飞”字写出明月的升腾状，极富动感。“永夜闲阶卧桂影”一句，台阶用“闲”显其寂，桂影用“卧”显其静，照出词人的难眠。结四句写因望月而生的身世感慨：京城邈远难至，倒是这一轮明月，与人为伴，对人更加亲近。“神京远”的“远”字，主要是从政治的含义说的，作此词时，词人已去官归家，忘情仕进，虽对自己仕途的坎坷微露怅恨，但全词的主调仍然是旷达豪放的。

下片换头三句承“蓝桥”而写月宫。“水晶”形容帘幕的华贵，“云母”见出屏风的精美。帘幕卷起，屏风拉开，一位淡妆浓情的佳人出现在广寒宫中，外貌之美，惹人爱慕，环境之寂，使人同情。次三句写佳节难逢，明月难得，干尽杯中桂花酒，莫使金樽空对月。结三句言尽管夜深露冷，但词人赏月的余兴非但不减，反而更加豪壮。他欲登上南楼，去观赏那月光下如白玉做成的素白澄澈的清秋气象。用“玉做人间”比喻月光普照大地，既写月色，也暗含希望人间消除黑暗和污浊，像如玉的明月一般美好之意。

全词从月出写到月升，从月中人写到月下人，天上人间浑然一体，境界阔大，想象丰富，词气雄放，与东坡词颇有相似之处。其表现技巧正如清人黄蓼园所说：“前段从无月看到有月，后段从有月看到月满，层次井井，而词致奇杰。各段俱有新警语，自觉冰魂玉魄，气象万千，兴乃不浅。”（《蓼园词选》）

周邦彦

周邦彦(1056~1121),北宋词人,字美成,号清真居士,钱塘(今浙江杭州)人。历官太学正、庐州教授、知溧水县等。少年时期个性比较疏散,但喜欢读书。宋神宗时,他写了一篇《汴都赋》,赞扬新法,徽宗时为徽猷阁待制,提举大晟府。精通音律,曾创作不少新词调。作品多写闺情,羁旅,也有咏物之作。格律谨严,语言曲丽精雅,长调尤善铺叙,为后来格律派词人所宗。旧时词论称他为"词家之冠"。有《清真居士文集》,已佚,今存《片玉词》。

西河·金陵怀古

佳丽地①,南朝盛事谁记?山围故国绕清江,髻鬟②对起。怒涛寂寞打孤城,风樯③遥度天际。

断崖树,犹倒倚。莫愁艇子曾系。④空余旧迹郁苍苍⑤,雾沉半垒。夜深月过女墙⑥来,伤心东望淮水⑦。

酒旗戏鼓甚处市?想依稀、王谢邻里。燕子不知何世,入寻常巷陌人家,相对如说兴亡,斜阳里。

注释

①佳丽地:指金陵,今南京。谢朓《入朝曲》:"江南佳丽地,金陵帝王州。"

②髻鬟:妇女发型,此喻指金陵群山。

③风樯:风帆。樯,桅杆。

④莫愁艇子曾系:莫愁,传为南朝歌女之名。乐府《莫愁乐》:"莫愁在何处?

莫愁石城西。艇子打两桨，催送莫愁来。”石城在今湖北钟祥，地有莫愁湖。唐宋诗词中误以石城为石头城，石头城在南京，如此莫愁东移金陵，故今南京亦有莫愁湖。这三句说莫愁系艇的古树，如今还横倒在陡峭的山崖上。

⑤郁苍苍：指雾中山树浓郁青苍。曹植《赠白马王彪》诗：“山树郁苍苍。”

⑥女墙：城上矮墙。

⑦淮水：指秦淮河。

点评

此词是周邦彦怀古名作，集中隐括了刘禹锡的两首怀古诗而成，一为《石头城》：“山围故国周遭在，潮打空城寂寞回。淮水东边旧时月，夜深还过女墙来！”一为《乌衣巷》：“朱雀桥边野草花，乌衣巷口夕阳斜。旧时王谢堂前燕，飞入寻常百姓家。”融化前人诗句而浑然一体，不露痕迹，是清真词的最长处。本词起言“南朝盛事谁记”，即撇去史实不说。“山围”四句，写山川形胜，气象巍峨。第二片，仍写莫愁与淮水之景象，一片空旷，令人生哀。第三片，借斜阳、燕子，写出古今兴亡之感。三段非以时间为序，而是多重感受的组合，意象浑成，疏密相间，寓悲慨于空旷的境界之中，颇得词论家们赞赏。唐圭璋评曰：“全篇疏荡而悲壮，足以方驾东坡。”(《唐宋词简释》)

叶梦得

叶梦得(1077~1148),字少蕴,号石林居士,长州(今江苏苏州)人。哲宗绍圣四年(1097)进士,徽宗时累官至中书舍人、翰林学士、吏部尚书、龙图阁直学士,帅杭州。高宗朝除户部尚书,三年迁尚书右丞。绍兴间,任江东安抚使兼知建康府、行宫留守,全力抗金。后隐居湖州卞山石林谷,因以为号。早期词风婉丽,多写个人闲愁;后期能于简淡中见雄杰,内容多家国之慨。有《石林词》。

八声甘州·寿阳楼八公山作①

故都②迷岸草,望长淮、依然绕孤城。想乌衣年少③,芝兰秀发④,戈戟云横。坐看骄兵南渡,沸浪骇奔鲸。转盼东流水,一顾功成。

千载⑤八公山下,尚断崖草木,遥拥峥嵘⑥。漫云涛吞吐,无处问豪英。信劳生、空成今古,笑我来。何事怆遗情。东山老,可堪岁晚,独听桓筝。⑦

注释

①寿阳:宋代寿春郡,东晋曾名寿阳,今安徽寿县。八公山:在安徽淮南西北,登寿春城可以望见,当年淝水之战即发生于此。

②故都:指寿春。战国时楚考烈王迁都于此,仍名郢。

③乌衣年少:指淝水之战大破苻坚军的前锋都督谢玄。东晋王谢大族家居建康乌衣巷(在今南京东南)。人称乌衣子弟。年少,时谢玄四十岁,相对其叔

谢安等人而言。

④芝兰秀发：芝兰，香草，比喻佳子弟。《晋书·谢安传》："安尝戒约子侄，因曰：'子弟亦何预人事，而正欲使其佳？'诸人莫有言者。玄答曰：'譬如芝兰玉树，欲使其生于庭阶耳。'秀发，茂盛。语本《诗·大雅·生民》"实发实秀"。芝兰秀发，比喻谢玄等风华正茂。

⑤千载：淝水之战到作者写本词约七百五十余年。千载是举其成数。

⑥峥嵘：山峻高貌，代指高山。

⑦"东山老"三句：谢安在未出仕前曾隐居浙江上虞的东山。故称其为东山老。淝水之战，谢安有策划、决策的大功。桓筝，《晋书·桓伊传》载：谢安晚年为孝武帝所忌，渐见疏远。帝召桓伊宴饮，谢安侍坐。桓伊为抚筝而歌《怨诗》曰："为君既不易，为臣良独难。忠信事不显，乃有见疑患。周旦佐文武，金縢功不刊。推心辅王政，二叔反流言。"声节慷慨，俯仰可观。谢安泣下沾襟，帝亦甚有愧色。

点评

本词当作于绍兴三年（1133）前后，时叶梦得任江东安抚使兼知建康府并兼寿春等六州宣抚使。词人在前线视察战备，登寿春城楼，遥望八公山，想到当年的淝水之战，吊古伤今，写下了这首寄慨遥深的咏史怀古之作。上片由景入情，回忆东晋时期淝水之战以少胜多的巨大胜利；下片抒感，感慨自己劳碌一生而战功不奇，表达自己报国热忱得不到朝廷信任的悲怆心情。作者当时虽然身为封疆大使，但朝廷内主和派猖獗，令他难以有所作为，因此以谢安晚年被孝武帝疏远自比，流露出对当权者的不满。词中豪放与悲壮相结合，可谓为辛派词人开了先路。

点绛唇·绍兴乙卯登绝顶小亭①

缥缈②危亭，笑谈独在千峰上。与谁同赏，万里横烟浪③。

老去情怀，犹作天涯想④。空惆怅。少年豪放，莫学衰翁样。

注释

①绍兴乙卯：宋高宗绍兴五年(1135)。绝顶小亭：指吴兴西北卞山最高峰上作者所筑的“绝顶亭”。

②缥缈：高远隐约貌。

③烟浪：烟云如浪，指云海。

④天涯想：立功万里的理想。

点评

作者曾上书陈说抗金攻守方略，未被高宗重视，又为朝臣所嫉，辞归吴兴卞山。此词为作者登临卞山绝顶亭有感而发之作，词意潇洒豪迈，体现出烈士暮年壮心不已的高尚情怀。

上片写绝顶远眺，万物尽收眼底，有独立千峰，知音难寻之慨。下片写自己年事虽高，仍希望能有机会为恢复中原万里河山而尽绵薄之力，可惜赋闲在家，只能空自惆怅。词人胸中热情不甘熄灭，纵为现状惆怅，仍希望“少年豪放，莫学衰翁样”，勉励年轻一代不要辜负宝贵的青春时光，借“少年豪放”回复到“天涯想”的豪情壮志上去。歇拍以豪放语作结，呼应上片第二句中“笑谈”一语，可见针线之绵密。

水调歌头

秋色渐将晚，霜信[①]报黄花。小窗低户深映，微路[②]绕欹斜。为问山翁[③]何事，坐看流年轻度，拚却[④]鬓双华。徒倚[⑤]望沧海，天净水明霞。

念平昔[⑥]，空飘荡，遍天涯。归来三径重扫，松竹本吾家。[⑦]却恨悲风时起，冉冉云间新雁，边马怨胡笳。谁似东山老，谈笑静胡沙。[⑧]

注释

①霜信：霜降的消息。

②微路：小路。

③山翁：晋人山简，好酒易醉，时人称为“山公”。这里是作者自比。

④拚却：舍弃不顾。

⑤徒倚：流连徘徊。

⑥平昔：往昔，往常。

⑦“归来三径”二句：化用陶渊明《归去来兮辞》：“三径就荒，松菊犹存。”此描写久宦之后退隐家园的情况。

⑧“谁似”二句：化用李白《永王东巡歌》“但用东山谢安石，为君谈笑静胡沙”之意。东山老，指谢安。胡沙，喻入侵外敌的气焰。

点评

这是一首秋晚触景感怀之作，亦作于作者隐居下山时。上片着重写景，但景中有情。“徙倚望沧海，天净水明霞”，平静中有大不平静，其中蕴涵无限沉思。下片即宛转回环道出：“念平昔，空飘荡，遍天涯。”叹往日年华虚度。“归来三径重扫”二句，强作自慰之语。“却恨悲风时起”三句，感到外敌侵凌，中原涂炭，不能自已。“谁似东山老，谈笑静胡沙”，希望有人能北净胡沙，实亦自身有志不能伸展的慨叹。

此作抒发词人不能为国尽力的愤懑之情，感情深沉，格调凄怆沉郁，后人评此词云：“能于简淡处时出雄杰，合处不减靖节、东坡之妙。”正道出此词神韵。

水调歌头

九月望日，与客习射西园，余偶病不能射。客较胜相先。将领岳德，弓强二石五斗，连发三矢中的，观者尽惊。因作此词示坐客。前一日大风，是日始寒。[①]

霜降碧天静，秋事促西风。[②]寒声隐地初听，中夜入梧桐。起瞰高城回望，寥落关河千里，一醉与君同。叠鼓[③]闹清晓，飞骑引雕弓[④]。

岁将晚，客争笑，问衰翁：平生豪气安在，沉领[⑤]为谁雄？何似当筵虎士[⑥]，挥手弦声响处，双雁落遥空[⑦]。老矣真堪愧，回首望云中[⑧]！

注释

①九月望日：阴历九月十五。较胜相先：较量胜负以相先后。弓强二石五斗：指弓的强度，算法不详。中的：射中箭靶。

②秋事促西风：即西风促秋事。秋事，秋收之事。

③叠鼓：急骤的鼓声。

④雕弓：弓之美称。

⑤沉领：一作“走马”，其义未详。

⑥虎士：勇士，指岳德。

⑦双雁落遥空：形容箭术精。

⑧云中：天空高处，与上句“遥空”相应。云中又是古代郡名，在今内蒙古托克托东北，汉代名将魏尚、李广都曾在此抗击匈奴。词中暗暗关合，代指北方边塞。

点评

词写一次普通的习射，笔下却有无限感伤。上片写一夜秋风劲吹，转晓天寒，关河寥落，飞骑引弓习射。下片写自己偶病，不能比射，而将领岳德连发中的，更使自己因为老病，不能为国效力而惭愧。“起瞰高城回望，寥落关河千里”之句，实寓中原沦落、风景不殊之意；“平生豪气安在，沉领为谁雄”，蕴含壮志不得伸展，不能驰骋疆场之憾恨。“老矣真堪愧，回首望云中”，暗以云中太守魏尚自比，抒发英雄牢落之感。俞陛云《唐五代两宋词选释》云：“此词上阕起、结句咸有峭劲之致。下阕清气往来，十句如一句写出，自谓豪气安在，其实字里行间，仍是百尺楼头气概也。”可谓一语中的。

陈克

陈克(1081~1137),字子高,号赤城居士,临海(今属浙江省)人。高宗绍兴年间,吕祉知建康(今江苏省南京市),辟为右承事郎都督府准备差遣,曾撰《东南防守利便》上奏朝廷,力主抗金,后遭贬。词格高丽,诗多情致。有《赤城词》。

临江仙

四海十年兵不解[1],胡尘直到江城[2]。岁华销尽客[3]心惊,疏髯[4]浑似雪,衰涕欲生冰。

送老齑盐[5]何处是?我缘应在吴兴[6]。故人相望若为情[7],别愁深夜雨,孤影小窗灯。

注释

①兵不解:没有平息战争祸乱。

②江城:指建康。

③客:词人自指。

④疏髯:稀疏的胡须。

⑤齑(jī)盐:贫困清淡的生活用品。韩愈《送穷文》:"太学四年,朝齑暮盐。"齑,切碎的腌菜。

⑥吴兴：今浙江省湖州市。湖州宋时亦称吴兴郡。此句意谓与吴兴有缘，应归隐于此。

⑦若为情：何以为情，难以为情。此指不堪其情。

点评

本词作于绍兴四年（1134）。时年词人五十四岁。这年秋天，金人与伪齐刘豫政权合兵进攻南宋，前锋直逼建康城下。江浙之人闻淮上警报，纷纷离家逃难。作者也从建康来到吴兴，在秋雨绵绵的深夜，写下了这首寄慨遥深的小词。“四海十年兵不解，胡尘直到江城”两句正面点出形势，诉说对进犯者的谴责和对造成“胡尘直到江城”局面的赵宋王室的不满。这一形势，是作者哀愁的原因，也是他欲别故人的原因。“客心惊”的原因不只是时光消逝，“疏鬓浑似雪”一句似乎还在为不能报效疆场而惋惜，欲生冰的“衰涕”，实际上也反映了为国事而涕泪交加的情态。“别愁深夜雨，孤影小窗灯”两句，承上“故人相望若为情”，是悬想别后故人孤愁情状。苏轼寄弟苏辙诗云：“寒灯相对记畴昔，夜雨何时听萧瑟。”这里，借用苏诗意象，以“别愁”“孤影”表之，见故人于今独处无侣之苦，也反衬出自己的孤苦处境。用雨天深夜之中，小窗前残灯映照下的“故人”形象收束，用环境描写来寄托难言的苦衷，创造出迷离恍惚的气氛，不但收来有力，而且含“有余不尽”之妙。

全词悲慨沉郁，满腔忠愤溢于言表，无异于一首令人触目惊心的乱世悲歌。

朱敦儒

朱敦儒(1081~1159),字希真,号岩壑,洛阳(今河南洛阳)人。早年隐居,宋高宗绍兴五年(1135)赐同进士出身,为秘书省正字兼兵部侍郎。秦桧当政时,朱敦儒任鸿胪少卿。秦桧死之后,免官。词多写其闲适之趣,南渡以后,感时念乱,不无家国之恨。有《樵歌》三卷,又名《太平樵唱》。

鹧鸪天·西都[1]作

我是清都山水郎[2],天教分付与疏狂。曾批给雨支风券[3],累上留云借月章[4]。

诗万首,酒千觞。几曾着眼看侯王?玉楼金阙慵归去。[5]且插梅花醉洛阳。

注释

①西都:指洛阳,北宋以洛阳为西京,亦称西都。

②清都山水郎:天上管理山水的郎官,此为作者杜撰,实无此职。清都,天宫,道家传说是紫微天帝所居之地。

③"曾批"句:意谓天帝批给了我支配风云雨露权力的凭证。

④"累上"句:意谓我多次向天朝上奏借月留云的奏折。

⑤玉楼金阙:金玉楼台,天上的仙境。隐指宋代京城、朝廷。慵:懒得。

点评

本词作于靖康之难前作者隐居洛阳时，淋漓尽致地表现了词人早年乐于游山玩水、性喜饮酒吟诗的闲散生活以及傲视王侯、不肯摧眉折腰的疏狂性格。《宋史·文苑传》说朱敦儒："志行高洁，虽为布衣而有朝野之望。靖康中，召至京师，将除以学官，敦儒辞曰：'麋鹿之性，自乐闲旷，爵禄非所愿也。'固辞还山。"可知此词正为作者自我形象的生动写照。全词语言疏快，形象鲜明，以疏狂为表，以高洁为里，颇显狂谲超逸，恣纵洒脱。

念奴娇

插天翠柳，被何人、推上一轮明月？照我藤床凉似水，飞入瑶台[1]琼阙。雾冷笙箫，风轻环佩，玉锁无人掣。闲云收尽，海光天影相接。

谁信有药长生，素娥[2]新炼就，飞霜凝雪。打碎珊瑚，争似看、仙桂扶疏横绝。洗尽凡心，满身清露，冷浸萧萧发。明朝尘世，记取休向人说。

注释

①瑶台：神仙居处，此处指精巧华美之楼台。

②素娥：月宫仙女“嫦娥”。因月色白，故称“素娥”。

点评

这首词写在藤床上神游月宫之趣，其间融入了月的传说，塑造了一个冰清玉洁的世界，似乎有意与充满烽烟势焰的人间对立，前人或谓其为“不食烟火人语”（《贵耳集》）。其写作时间在作者隐居洛阳时无疑。

开篇“插天翠柳，被何人、推上一轮明月”以问句起，这种绮丽的“月上柳梢头”的景象恰是躺在柳下“藤床”纳凉仰看天宇者才能产生的幻觉：“翠柳”伸向天空，而“明月”不知不觉便出现了，如同被推上去一样。加之月夜如水一般的凉意，更会引起美妙的幻想，于是纳凉赏月的词人飘飘然“飞入瑶台琼阙”。“雾冷笙箫”以下写词人幻想飞入月宫后所闻、所见及所感。这里雾冷风轻，隐隐可闻“笙箫”和仙子的“环佩”之声，大约她们正随音乐伴奏而飘飘起舞吧。然而“玉锁”当门而“无人掣”，说明月宫清静，不受外界干扰。原本打算寻声暗问的词人不觉感到怅然。回顾天空，是“闲云收尽”，海光与月光交映生辉，炼成一片令人炫惑的景象。

过片“谁信有药长生”，则针对关于月宫的传说，抒发自己的见解。据说有玉兔捣药，这药可以使人延寿的。然而“长生”的念头只不过是世俗的妄想。在月中，只有“素娥新炼就”的“飞霜凝雪”而已，并没有什么长生不老药。在词人看来，人间那些“打碎珊瑚”之类的夸豪斗富之举，远比不上赏玩月中枝叶扶疏的仙桂来得超凡脱俗。“打碎珊瑚”出自（《世说新语 · 汰侈》石崇和王恺斗富的故事，这里信手拈来，反衬月中桂树之可爱，自然惬意。作者通过如此清空的笔墨，勾画出一个美丽、纯洁，没有贪欲的境界。在这里，他两袖清风，“满身清露，冷浸萧萧发”，感到凡心洗尽，有脱胎换骨之感。然而，这一切不过是月下的梦，尽管美丽动人，却又无从对证，只能自得于胸怀，不可为俗人说。故结云：“明朝尘世，记取休向人说。”深沉的感喟和对尘世的深切厌倦见于言外。

水龙吟

放船千里凌波去，略为吴山①留顾。云屯水府，涛随神女，九江②东注。北客③翩然④，壮心偏感，年华将暮。念伊嵩旧隐，⑤巢由⑥故友，南柯梦，遽如许。

回首妖氛⑦未扫，问人间、英雄何处？奇谋报国，可怜无用，尘昏白羽⑧！铁锁横江，锦帆冲浪，孙郎良苦！但愁敲桂棹⑨，悲吟《梁父》，泪流如雨！

注释

①吴山：江苏南部诸山之统称。

②九江：指大江。九，言其为众水所汇。

③北客：作者自指。

④翩然：轻快如飞的样子。此指船行之速。

⑤伊嵩旧隐：指隐士卢鸿。唐明皇下三诏而至，至而不拜。伊，伊阙山，在洛阳市南。嵩，嵩山，在今河南登封北。

⑥巢由：巢父和许由，传为尧时隐士。

⑦妖氛：不祥的云气。喻指金人入侵，中原沦陷。

⑧尘昏白羽：此句说有箭未能用以射敌，而一任灰尘昏暗。白羽，白羽箭。

⑨桂棹：对棹的美称。

点评

这首词是北宋末“靖康之难”时，作者逃亡到南方后的作品，“忧时念乱，忠愤之致”（王鹏运《樵歌跋》），是《樵歌》中独树一帜的作品。

上片写去国离乡之感。放船千里，凌波踏浪，并不是为了登山临水，放浪形骸。“放船”本身，意味着词人心向往之的闲适生活的被迫结束，心情之沉重不难想见，因而即便是妩媚的江南青山也难以使他心驰神往，而只是稍稍流眄顾盼而已。“云屯”三句进一步写天上与江中的情景。“水府”，古代星名，主水之官。所谓“云屯水府”，是说云层聚集在水府星附近，是天将下雨的征兆。再看滔滔江水，如随水神奔走，与众水一起东注入海。天空高远，却云垂垂而欲雨；江面空阔，而波翻浪涌，逝者如斯。词人的心旌不禁为之摇曳，不觉生出了一种郁闷之情与茫然之感。现实的动乱打破了词人的好梦，回首往事，自不免有南柯梦短的伤感。但他主要的感受却在于叹惋时光的流逝，有烈士暮年之悲。在“壮心偏感，年华将暮”的感情深处，暗藏着故国难返的深沉悲怆。过片以“回首”领起，书写对国事的关心。在“问人间、英雄何处”的疑问中，既有着对于英雄的渴求，也有着对于造成英雄失志时代的诘问，意味十分深远。以下引用三国故事，说诸葛亮奇谋报国，仍不免赍志以没，隐喻自己虽有长才也难有机会施展。又说到东吴败亡的历史教训：吴主孙皓凭借长江天险，且有“铁锁横江”，但还是未能挡住西晋王浚冲浪而来的战舰，落了个可悲下场。这里可以隐约看出词人对南宋小朝廷的担忧。写诸葛亮，写孙皓，是以历史为镜子，映照现实，这就使词人的忧愤更具有历史的纵深感。结尾写自己“愁敲桂棹，悲吟《梁父》，泪流如雨”，正是融合了家国不幸之后悲痛难已的表现。“愁敲桂棹”三句，是说敲击船桨打拍子，唱着悲凄的《梁父吟》，泪水滂沱。这几句以“但”字拍转，以“愁”“悲”等字点染，以“泪流如雨”的画面作结，极见词人悲愤之深广与无力回天的无奈。

全词以纪行为线索，从江上风光写到远行的感怀，由个人悲欢写到国家命运，篇末以“愁敲桂棹”回应篇首的“放船千里”。中间部分，抒情、议论并用，抒情率直，议论纵横，视野又极开阔，体现了一种豪放刚健的创作风格。

相见欢

金陵[1]城上西楼，倚清秋。万里夕阳垂地、大江流。
中原乱[2]，簪缨[3]散，几时收？试倩[4]悲风吹泪，过扬州[5]。

注释

①金陵：今南京。
②中原乱：指靖康之乱，中原相继沦陷。
③簪缨：皆贵族头饰，因代指官家世族。簪，插发的首饰。缨，系帽的丝绳。
④倩：请，托。
⑤扬州：在江北。过扬州即向中原，时中原都在金人统治之下。

点评

建炎元年（1127）年底，洛阳被金兵占领前后，朱敦儒仓皇逃往东南避难。中原沦陷，他忧伤痛愤不已，一阕《相见欢》，泪洒江河。此作上片状景：倚楼极

目远眺，只见长江滚滚东流，万里山河，夕阳垂地，一片壮阔苍茫。对此悲壮山河，怎不痛感国势日非？下片直接抒感：中原被金兵占领，何时才能收复？国家沦亡，怎不叫匹夫痛断肝肠？歇拍托悲风将忧国之泪洒向抗金前线的扬州，含有悠然不尽的绵绵韵致，与上片末二句之壮阔恢弘的浩大气象共同构成了此词悲壮的情调。故陈廷焯赞之曰："笔力雄大，气韵苍凉，短调中具有万千气象。"（《词则·放歌集》）

李清照

李清照（1084～1155?），号易安居士，济南章丘人。出身于书香仕宦之家，通晓音律，长于诗词，工散文，能书画，是位才华出众的女词人。十八岁与太学生赵明诚结为伉俪，情趣相投。靖康之变后，北宋覆亡，李清照随夫南渡。赵明诚在高宗建炎三年（1129）病逝。此后，李清照流徙于杭州、绍兴、金华等地，处境凄凉。李清照词早年多写闺中生活情趣，词风清新俊秀；南渡后多写身世之痛和时世之悲，词风趋于凄咽悲楚。有《漱玉词》，为后人辑本。

渔家傲

天接云涛连晓雾，星河①欲转千帆舞。仿佛梦魂归帝所②，闻天语，殷勤问我归何处。

我报路长嗟日暮③，学诗谩有惊人句④。九万里风鹏正举⑤。风休住，蓬舟吹取三山去。⑥

注释

①星河：银河。

②帝所：天帝所居之所。

③路长嗟日暮：隐括《楚辞·离骚》“路漫漫其修远兮，吾将上下而求索”之意。

④“学诗”句：杜甫《江上值水如海势聊短述》诗：“为人性僻耽佳句，语不惊人死不休。”

⑤“九万里”句：《庄子·逍遥游》：“北冥有鱼，其名为鲲。鲲之大不知其几千里也。化而为鸟，其名为鹏。”“鹏之徙于南冥也，水击三千里，抟扶摇而上者九万里。”

⑥“蓬舟”句：张帆的船。三山，传为海上三神山，即蓬莱、方丈、瀛洲。《史记·封禅书》：“自宣、威、燕昭使人入海求蓬莱、方丈、瀛洲。此三神山者，其传在渤海中，去人不远；患且至，则船风引而去。盖尝有至者，诸仙人及不死之药皆在焉。其物禽兽尽白，而黄金银为宫阙。”

点评

这首词气度恢弘、格调雄奇，是《漱玉词》中的异彩。《蓼园词选》说它“浑成大雅，无一毫钗粉气”，梁启超说：“此绝似苏辛派，不类《漱玉词》中语。”（《艺蘅馆词选》）可谓一语中的。

词一开头，便展现一幅辽阔、壮美的海天一色图卷。写天、云、雾、星河、千帆，景象已极壮丽，其中又准确地嵌入了几个动词，则绘景如活，动态俨然。“接”“连”二字把四垂的天幕、汹涌的波涛、弥漫的云雾自然地组合在一起，形成一种浑茫无际的境界。而“转”“舞”两字，则将词人在风浪颠簸中的感受逼真地传递给读者。“仿佛”三句，写词人经过海上航行，一缕梦魂仿佛升入天国，见慈祥的天帝。“殷勤问我归何处”，虽然只是一句异常简洁的问话，却饱含着

深厚的感情，寄寓着美好的理想。上片末二句写天帝的问话，过片二句写词人的对答。问答之间，语气衔接，可谓打破了上下片的界限。“路长日暮”，反映了词人晚年孤独无依的痛苦经历，然亦有所本，词人结合自己的身世，把屈原在《离骚》中所表达的不惮长途远征，只求日长不暮，以便寻觅天帝，不辞上下求索的情怀隐括入律，只用“路长”“日暮”四字，便概括了“上下求索”的意念与过程，其意与“学诗谩有惊人句”相连，是词人在天帝面前倾诉自己空有才华而遭逢不幸，奋力挣扎的苦闷。结拍三句写乘风飞往海上仙山，词人翻旧典出新意，敢借鹏抟九天的风力，吹到三山，胆气之豪，境界之高，词中罕见。

全词借梦抒怀，表现了词人不满现状，要求摆脱束缚，有所作为的愿望和对理想境界的追求，想象丰富，气势壮阔，体现出作者性格中豪放不羁的一面。

陈与义

陈与义(1090~1138),字去非,号简斋,洛阳(今河南洛阳)人。宋徽宗政和三年(1113)登第,官太学博士。金人陷汴京,陈与义避乱襄汉,转湖湘,逾岭峤。南渡后历任中书舍人、参知政事等。诗宗杜甫、苏轼、黄庭坚,成就大于词。词风清婉绮丽,语意超绝。有《无住词》。

临江仙

夜登小阁,忆洛中旧游。

忆昔午桥[①]桥上饮,坐中多是豪英。长沟流月去无声。杏花疏影里,吹笛到天明。

二十余年如一梦,此身虽在堪惊。闲登小阁看新晴[②]。古今多少事,渔唱起三更!

注释

①午桥:在洛阳。《新唐书·裴度传》:裴度晚年居洛阳,在午桥作别墅,与白居易、刘禹锡诗酒悠游,即其地。句仿晁冲之《临江仙》:“忆昔西池池上饮,年年多少欢娱。”

②新晴:雨后新晴,此指夜晴。

点评

陈与义作为江西诗派的领袖之一，以清新自然的诗风著称，词作不多，但好评如潮，这首《临江仙》尤为脍炙人口。

词人夜登小阁，不禁回忆起当年在洛阳时与豪英友好雅集的诗意画面："长沟流月去无声。杏花疏影里，吹笛到天明。"沟中流水载着月影，悄然无声地流逝，疏落的杏花影里，悠扬的笛声一直吹到天明，好一幅疏淡宁静的白描山水画，充满了风流倜傥的士林情调和少年豪情。但是，换头却猛然换了一幅笔墨，"二十余年如一梦，此身虽在堪惊"，饱含着山河破碎之恨，身世流离之悲。最后两句却宕开，纵观古今无数兴替世变，都付与了三更渔唱，沉痛之情中又寓有超旷之意，留有无穷的余味。

词中"杏花疏影里，吹笛到天明"两句历来为评家所称道，其妙处之一在于情与景浑然天成，自然而然，毫无雕琢藻饰；妙处之二如刘熙载在《艺概》（卷下）中所言："此因仰承'忆昔'，俯注'一梦'，故此二句不觉豪酣，转成怅恺，所谓好在句外者也。倘谓现在如此，则骏甚矣。"这两句境界原甚美好，而事后回思，更使人神往；况饱历乱离之后，追思往日，自更令人魂销肠断。所谓"转成怅恺"者，即由于此。

张元幹

张元幹(1091~1170),字仲宗,号芦川居士、真隐山人,永福(今属福建省)人。靖康元年李纲任亲征行营使抗金时,元幹为其属官,支持抗金,反对议和,官至将作监丞。南渡后,不愿与秦桧同朝,弃官归隐。胡铨反对议和,上书乞斩秦桧等,被贬,元幹作词以赠,触怒秦桧,被削除官籍。其词抒爱国情怀,慷慨悲壮,是张孝祥、陆游、辛弃疾等爱国词人的先驱,又有妩秀清丽的词作。有《芦川词》。

贺新郎·寄李伯纪丞相[①]

曳杖[②]危楼去。斗垂天、沧波万顷,月流烟渚。扫尽浮云风不定,未放扁舟夜渡。宿雁落、寒芦深处。怅望关河空吊影,正人间鼻息鸣鼍鼓[③]。谁伴我,醉中舞?

十年一梦扬州路。倚高寒、愁生故国,气吞骄虏[④]。要斩楼兰三尺剑[⑤],遗恨琵琶旧语[⑥]。谩暗涩、铜华尘土。[⑦]唤取谪仙平章[⑧]看,过苕溪[⑨]尚许垂纶[⑩]否?风浩荡,欲飞举。

注释

①李伯纪:李纲,字伯纪。南宋初反对议和的抗金名臣。

②曳杖:拖着拐杖。

③鼻息鸣鼍(tuó)鼓:鼻息如雷的意思。鼍,即扬子鳄,鼍皮可以做鼓。

④骄虏:指骄横的金兵。

⑤“要斩楼兰”句：李白《塞下曲》：“愿将腰下剑，直为斩楼兰。”此用西汉傅介子出使西域斩楼兰王的故事。

⑥“遗恨”句：用王昭君出塞事。汉元帝时以王昭君出塞嫁于匈奴。相传王昭君在途中弹着琵琶，匈奴使者唱胡语歌曲安慰她。

⑦谩：同“漫”，徒然。暗涩：形容铜剑暗淡生锈。涩，一作“拭”。铜华：同“铜花”，铜锈，铜绿。

⑧谪仙：唐人称李白为天上谪仙人，李纲有“李白乃吾祖”之句，这里以李白借指李纲。平章：评论。

⑨苕溪：水名，在浙江省，源出天目山，经吴兴入太湖。为两宋文人游览的风景区。

⑩垂纶：垂钓。纶，钓鱼用的丝线。传说商朝的吕尚曾在渭水垂钓，后遇周文王，故后世又以垂钓指隐居。

点评

高宗绍兴八年（1138）秦桧为相，和议派嚣张，宋派王伦使金乞和。洪州（今江西南昌）知州李纲上书反对，被罢归福建长乐。次年，寓居福州的元幹写下此词寄给李纲，表现出不畏强权，坚持抗金的浩然正气。“其词慷慨悲凉，数百年后，尚想其抑塞磊落之气。”（《四库全书总目提要》）

词的上片写景，描绘月夜登楼所见，境界壮阔，情调悲凉，暗喻局势艰难动荡,当权者醉生梦死,爱国志士孤立无援,国家已处于危急存亡之秋。下片融情入景,对朝廷执行妥协投降政策、排斥抗战派表示无比悲愤。结尾处振悲起兴,希望李纲不要消极隐退,应当满怀豪情壮志,气冲霄汉,继续为反对“骄虏”、光复“故国”而斗争。此词意境阔大,慷慨悲壮,大义凛然,可以见出仲宗词风向东坡一路的转变。

贺新郎·送胡邦衡待制①

梦绕神州②路。怅秋风,连营画角,故宫离黍③。底事昆仑倾砥柱④,九地黄流乱注⑤?聚万落千村狐兔。天意从来高难问,况人情,老易悲如许。⑥更南浦,送君去。

凉生岸柳催残暑。耿斜河⑦、疏星淡月,断云微度。万里江山知何处?回首对床夜语⑧。雁不到、书成谁与?目尽青天怀今古,肯儿曹、恩怨相尔汝⑨?举大白⑩,听《金缕》⑪。

注释

①胡邦衡:胡铨,字邦衡,为南宋坚持抗金的著名的爱国人士。待制:官名。典守文物,位在学士之下。

②神州:古时称中国为赤县神州,此指中原地区。

③故宫离黍:故宫,此指汴京,即开封的宫殿。离黍,语出《诗经·王风·黍离》:“彼黍离离。”写周平王东迁之后,西周故都荒废,宫殿旧址长满庄稼。后世常以此表现故国之思。

④昆仑倾砥柱:比喻宋王朝的颠危。昆仑,昆仑山;砥柱,砥柱山,亦称底柱山。在黄河三门峡中。

⑤黄流乱注:以黄河水泛滥喻金兵侵犯。

⑥"天意"二句:化用杜甫《暮春江陵送马大卿公恩命追赴阙下》诗:"天意高难问,人情老易悲。"天意,指皇帝的意旨。

⑦斜河:银河斜转。此表示夜已经深了。

⑧对床夜语:白居易《雨中招张司业宿》诗:"能来同宿否,听雨对床眠。"此作者回想以前同宿畅谈的友情。

⑨恩怨相尔汝:你你我我的恩爱私情。恩怨,偏义复词,指恩爱。

⑩大白:大酒杯。

⑪《金缕》:《金缕曲》,《贺新郎》词牌的别称。

点评

南宋朝廷的妥协投降政策,引起了爱国人士的愤怒。胡铨上书反对议和,请立斩秦桧、王伦、孙近之头,为朝廷不容,先是将他除名编管昭州,改监广州都盐仓,四年后(1142)又除名编管新州。七月,胡铨过福州,张元斡写此词送行。

神州巨变,故都沦陷,国难当头,怎不叫词人时时刻刻梦绕魂牵?满腔悲愤如大火喷发,他大声质问:是谁使砥柱山倾折,是谁使黄河水泛滥,敌人横行,生灵涂炭?这一惨烈悲剧的根源到底是什么?词人将批判的矛头指向当朝皇帝:"天意从来高难问!"暗指祸乱的根源正在他们身上。主和派当权,爱国的主战派人士被迫害,收复河山的希望到底在哪里?词在抒写离情别绪的同时,也包蕴着国失贤士之痛。"凉生岸柳催残暑。耿斜河、疏星淡月，断云微度。”这一系列物象暗喻本已逐渐萧条的国家失去栋梁后将更加惨淡，也包含着词人深深的失望和悲哀。但这种悲痛是“万里江山知何处”的宏阔慨叹，而非“恩怨相尔汝”的儿女之思，这就把个人的友情和民族危亡结合起来，既有真切的朋友之情，又有深沉的家国之感，突破了惜别词以往固有的婉约情态，而成为英雄之声。

这首词写得悲壮激昂，境界阔大，在当时就广为流传，激怒了秦桧，张元幹因此被捕下狱，削职为民。《释文》卷四引宋杨万里的话说：“相得《芦川词》。首见此词，坐客有善歌者，慷慨歌之，一声直上，云破石裂，闻者泣下。此与燕丹送荆卿于易水之歌何异！”陈廷焯《白雨斋词话》亦云：“二帝蒙尘，偷安南渡，苟有人心者，未有不拔剑斫地也。南渡后……张仲宗《贺新郎》云……此类皆慷慨激烈，发欲上指，词境虽不高，然足以使懦夫立志。”正道出了此词感染力之强。

石州慢

己酉[1]秋，吴兴舟中作。

雨急云飞，惊散暮鸦，微弄凉月。谁家疏柳低迷[2]，几点流萤明灭。夜帆风驶，满湖烟水苍茫，菰蒲[3]零乱秋声咽。梦断酒醒时，倚危樯[4]清绝。

心折[5]。长庚[6]光怒，群盗纵横，逆胡猖獗。欲挽天河，一洗中原膏血。[7]两宫[8]何处？塞垣[9]只隔长江，唾壶空击悲歌缺[10]。万里想龙沙[11]，泣孤臣吴越。

注释

①己酉：宋高宗建炎三年(1129)。

②低迷：模糊不清。

③菰：俗称“茭白”。蒲：香蒲，水生植物。

④危樯：船上高高的桅杆。

⑤心折：心中摧折，形容感伤之极。

⑥长庚：金星，又名太白星。古人认为此星主兵事，《史记·天官书》言：“长庚如一匹布著天，见则兵起……小以角动，兵起……赤角，有战。”

⑦欲挽天河，一洗中原膏血：杜甫《洗兵马》诗：“安得壮士挽天河，净洗甲兵长不用。”此处意为要收复中原。击退金兵。

⑧两宫：指宋徽宗、宋钦宗，皆被金兵掳去。

⑨塞垣：边界。此句意为宋金分界，只隔一条长江。

⑩“唾壶”句：刘义庆《世说新语·豪爽》：“王处仲每酒后，辄咏‘老骥伏枥，志在千里。烈士暮年，壮心不已’。以铁如意打唾壶，壶口尽缺。”此借以抒发抗金抱负不能实现的悲愤。

⑪龙沙：沙漠，泛指塞外。指宋徽宗、宋钦宗被囚禁的地方。

点评

宋高宗建炎三年(1129)春天，金兵南侵，高宗从扬州狼狈不堪地渡江逃走，江北地区完全失守。同年秋天，作者避难途中经过吴兴，月夜舟中有感国事而赋此词。上片描绘舟中所见，展现出一幅凄迷衰败的秋夜景色，黑云翻滚，骤雨初歇，惊鸦飞散，残月在天，疏柳低迷，流萤明灭，烟水苍茫，菰蒲零乱，一切都显得十分暗淡凄凉，暗示着险恶动乱的政局形势。下片将记事抒情融为一体。“群盗”两句虽是纪实，而愤怒之情已流注字里行间，“欲挽天河”写英雄壮怀，慷慨激昂，“两宫”以下转而苍凉悲壮，感慨呜咽，流露出词人对于驱逐敌寇、迎回两宫、收复中原的殷切盼望之情。词人的忧国、爱国深情令人动容。

岳飞

岳飞(1102~1142)，字鹏举，相州汤阴(今河南省汤阴县)人。少有气节，好学寡言。徽宗宣和四年从军，智勇多才，屡建战功。南渡后，以恢复故土为己任，坚决主张抗金，反对妥协投降。秦桧因飞不死，终必生祸，故力图除之。死时年三十九岁。岳飞虽武能文，善以诗、词、文抒写爱国情怀。惜传作不多。后人编有《岳武穆集》，存词三首。

满江红

怒发冲冠，凭栏处。潇潇[1]雨歇。抬望眼、仰天长啸，壮怀激烈。三十功名尘与土[2]，八千里路云和月[3]。莫等闲、白了少年头，空悲切。

靖康耻[4]，犹未雪。臣子恨，何时灭？驾长车[5]踏破贺兰山[6]缺。壮志饥餐胡虏肉，笑谈渴饮匈奴血。[7]待从头[8]收拾旧山河，朝天阙[9]。

注释

①潇潇:形容雨势急骤。

②“三十”句:自时间言,年已三十,所建功业名声像尘土一样微不足道。三十,取其整数,时岳飞已三十多岁。

③“八千”句:自空间言,指转战南北、披星戴月的战争生活。八千里,虚数,言路程之远。

④靖康耻:北宋灭亡的耻辱,指钦宗靖康元年(1126)金兵南侵,次年掳走徽、钦二帝事。

⑤长车:古代的战车。

⑥贺兰山:在今宁夏回族自治区与内蒙古自治区交界处。以西北代指宋、金边防在宋词中常见。这里泛指边塞关山。

⑦“壮志”二句:胡虏、匈奴,均指金人侵入者。

⑧从头:彻底。

⑨朝天阙:朝见皇帝。天阙,天子宫殿前的楼观。

点评

这是一首气壮山河、传诵千古的名作,体现了作者抗金救国的坚定意志和大无畏的英雄气概,洋溢着爱国激情。

词的上片抒写作者渴望为国杀敌立功的情怀和抱负。“怒发冲冠”等开头六句,起势突兀,仿佛一组特写镜头,描绘出一位忧愤国事、痛恨敌人的民族英雄形象。再二句反思生平作为,自言三十年来的功名如尘土般不足称道,纵横驰骋八千里路的戎马生涯,只当做观云赏月。这种淡泊功名、浅言劳苦的高尚胸襟令后代读者肃然起敬。将功名劳苦置于一旁,作者片刻不能忘记的是“精忠报国”的崇高理想,故以“莫等闲、白了少年头,空悲切”来鞭策自己。“等闲”

头白，谓切莫虚度年华；空自“悲切”，谓免得后悔莫及，洋溢着昂扬的珍惜年华、奋发进取的精神，堪称千古名言。

下片申述雪耻复仇、重整河山的豪情。“靖康耻”四句饱含悲愤，是其“壮怀激烈”的原因。“驾长车”一句更以豪迈的气概、夸张的手法道出词人勇赴国难、直捣黄龙的决心。其“莫等闲”之意，亦正在于此。接下来词人以对女真贵族蹂躏中原、荼毒生灵的切齿之恨，道出了“壮志饥餐胡虏肉，笑谈渴饮匈奴血”的彻底消灭强敌的决心，情势如江河奔腾，波涛汹涌。结尾二句言心明志，盼望着待失地收复、江河一统之后，收兵回朝拜见皇帝，重过太平生活。词人的自信和乐观在此有了最形象的表述。

全词情辞慷慨，激昂悲壮，既是战斗的誓言，又如进军的号角。陈廷焯在《白雨斋词话》中评此词：“何等气概！何等志向！千载之下读之，凛凛有生气焉。”

小重山

昨夜寒蛩不住鸣，惊回[①]千里梦[②]，已三更。起来独自绕阶行，人悄悄，帘外月胧明[③]。

白首为功名，旧山[④]松竹老，阻归程。欲将心事付瑶琴[⑤]，知音少，弦断[⑥]有谁听！

注释

①惊回:惊醒。

②千里梦:身赴千里之外的梦境。

③胧明:月色光明的样子。

④旧山:家乡的山,代指故乡。

⑤付瑶琴:弹琴。瑶琴,琴的美称。

⑥弦断:指世无知音。《淮南子·修务训》:"钟子期死而伯牙绝弦破琴,知世莫赏也。"

点评

岳飞的《满江红》(怒发冲冠)词,壮怀激烈,是脍炙人口的佳作。这首《小重山》词,是用另一种艺术手法表达他抗金报国的壮怀。《历代诗余》引陈郁《藏一话腴》云,"武穆贺讲和赦表云:'莫守金石之约,难充谿壑之求。'故作词云:'欲将心事付瑶琴,知音少,弦断有谁听!'盖指和议之非也。"可知此词隐含了反对投降派卖国投降的政治内容,在平静的语气下饱含激愤的思想感情。

词的上片寓情于景,表达词人思念中原、忧虑国事、坐卧不宁的心情。自秦桧当权以来,岳飞和许多爱国志士一样,受到投降派的压制和阻挠,深感壮志难酬,杀敌报国的理想不能实现,内心充满了忧愤和抑郁。词的下片,进一步抒写对故乡的深切怀念和北伐受阻的忧虑。"白首"二句,表面看来,似乎有些消极情绪,但实际上正是壮志难酬的孤愤。"欲将"三句更借伯牙、钟子期知音难求的典故抒写心事无人理解的苦闷,"苍凉悲壮中,亦复风流儒雅"(《词则》)。

满江红·登黄鹤楼[1]有感

遥望中原，荒烟外、许多城郭。想当年、花遮柳护，凤楼龙阁[2]。万岁山[3]前珠翠绕，蓬壶殿[4]里笙歌作。到而今、铁骑满郊畿[5]，风尘恶！

兵安在？膏锋锷。[6]民安在？填沟壑。叹江山如故，千村寥落。何日请缨[7]提锐旅，一鞭直渡清河洛[8]。却归来、再续汉阳游，骑黄鹤。

注释

①黄鹤楼：故址在今湖北武汉市蛇山黄鹤矶头。相传始建于三国吴黄武二年(223)。历代屡毁屡建。《元和志》："因矶为楼。名黄鹤楼。"《寰宇记》："费祎登仙，每乘黄鹤于此憩驾，故号为黄鹤楼。"唐宋时为游览胜地。崔颢、李白及陆游等均有题诗。

②凤楼龙阁：指汴京皇宫楼阁。

③万岁山：艮岳，宋徽宗宣和四年(1122)五月建成的一座假山，在汴梁城东北。

④蓬壶殿：疑指北宋汴京皇宫内的蓬莱殿。

⑤郊畿：汴京附近地区。

⑥膏(gào)：滋润，用做动词。锷：剑刃。

⑦请缨：请求出兵杀敌报国。缨，绳子。《汉书·终军传》：“(汉武帝)乃遣军使南越，说其王，欲令入朝，比内诸侯。军自请，愿受长缨，必羁南越王而致之阙下。”

⑧河洛：黄河和洛水。

点评

本词现存岳飞手书墨迹，收入近人徐用仪所编《五千年来中华民族爱国魂》卷端照片。可能为作者驻军鄂州登黄鹤楼时所作。题作“登黄鹤楼有感”，登楼所见仅前三句，“有感”才是重点。上片从登楼远眺中展开画面，展现出中原大好河山在金兵铁骑蹂躏下一片凄凉的景象。下片前六句紧承上片歇拍，进一步说明国家正处于危急存亡之秋，广大军民付出了惨重的牺牲。词人满怀忧国忧民之思和光复中原、统一祖国之愿，盼望朝廷早日下诏北伐，“直捣中原，收复旧疆”，到那时方才有游汉阳、骑黄鹤之兴啊！可惜“一鞭直渡清河洛”的理想未能实现，英雄却蒙受不白之冤，含恨九泉，令人扼腕泣下。

黄瑞云《词苑英华》云：“诗艺贵直。岳武穆《满江红》二阕，直是狂怒愤呼，其破敌恢复之志，吐露无疑，即在南渡爱国豪词中亦独树一帜，无可比拟。直白之至而不感其率露，激烈之极而不觉其叫嚣，即在其感情真挚故也。”

韩元吉

绱元吉(1118~1187),字无咎,号南涧,许昌(今河南许昌)人。徙居信州上饶(今江西上饶)。北宋门下侍郎韩维四世孙。寓居信州官至吏部尚书。常与张孝祥、范成大、陆游、辛弃疾唱酬。有《南涧甲乙稿》、《南涧诗余》。

霜天晓角·蛾眉亭①

倚天绝壁,直下江千尺。天际两蛾凝黛②,愁与恨,几时极?

怒潮风正急,酒阑闻塞笛③。试问谪仙④何处?青山⑤外,远烟碧。

注释

①蛾眉亭:在当涂县北采石矶绝壁上,北临大江,遥望东西梁山隔江对峙,两山平远如眉,亭名即由此而来。

②两蛾凝黛:形容东西梁山好像凝愁含恨的美人黛目一样。两蛾,指东面梁山,亦即天门山。

③塞笛:边塞上的笛

声。这句暗寓江防已处于边防前线。

④谪仙：李白。资知章曾称其为“天上谪仙人”。

⑤青山：在安徽当涂县城东南。李白死后初葬于龙山，后由其友人范伦之子范传正迁葬于此。

点评

此词看似题咏山水之作，实寓有作者对时局的感慨，向来被认作咏采石矶的名篇。

词的上片，起即壁立千仞，突兀峥嵘，气势非凡。又以“愁与恨，几时极”之奇思妙想形容蛾眉亭之形势，壮丽而秀美。下片写词人于怒涌江潮、急骤狂风之中忽闻边塞笛声，此“酒阑闻塞笛”与“两蛾凝黛”一样，实寓心中之愁、家国之悲。结处即地怀古，遥念长眠于此的天才诗人李白，他曾在采石矶写下过著名诗篇，一生怀着“济苍生”和“安社稷”的政治抱负，最后却壮志难酬，葬于青山之上，至此已数百年。词人今见青山之外，远空烟岚缥碧，兴起古今沧桑之慨。全词题咏山水，仰视俯瞰，由近而远，既雄伟壮丽，又浩然广漠。情语与景语很好地结合在一起，故得到元人吴师道的激赏，认为在题咏采石矶蛾眉亭的词作中“未有能继之者”（《吴礼部词话》）。

袁去华

袁去华，生卒年不详，字宣卿，奉新(今属江西省)人。绍兴十五年(1145)进士。曾任善化知县，因反对郡守荒年向百姓征赋，被贬为醴陵县丞，后又出知石首县。有《袁宣卿词》一卷，存词近百首。

水调歌头·定王台①

雄跨洞庭野，楚望古湘州。②何王台殿，危基百尺自西刘。尚想霓旌③千骑，依约入云歌吹，屈指几经秋！叹息繁华地，兴废两悠悠。

登临处，乔木老，大江流。书生报国无地，空白九分头。一夜寒生关塞，万里云埋陵阙④，耿耿恨难休。徙倚霜风里，落日伴人愁。

注释

①定王台：在今湖南省长沙市东，相传为汉景帝之子定王刘发为望其母唐姬墓而建，故名。

②楚望：指湖南一带。望，唐宋时州、县的等级名。湘州：古州名，东晋永嘉元年(307)置，治所在临湘(今长沙市)。

③霓旌：绘有云霓的彩旗，古代帝王出行时所用的一种仪仗。

④陵阙：皇帝的陵墓及其门楼。这里指北宋历代皇帝的陵墓。

点评

深秋傍晚，词人登台观览，即兴命笔，写下了这首辞情并茂的佳作。

起笔写定王台所处地理形势，说它雄踞于洞庭湖之滨，古湘州地界，得江山之助，阅千载岁月，声势自是不凡。“何王台殿，危基百尺自西刘。”继以问答作势，唤起对古台旧事的追忆。定王台湮废已久，但那残存的台基，犹自嵯峨百尺。巍然耸立，当年台上雕梁画栋、彩壁飞檐，更不待言。词人进而推想到台的主人“西刘”——西汉时刘发坐镇一方的赫赫雄风。定王到此游玩，旌旗招展如虹霓当空，千乘万骑前呼后拥，浩浩荡荡；那响遏行云的急管高歌，仍在耳边回响。然而，繁华消歇，已几度春秋，“叹息繁华地，兴废两悠悠”。自然兴起怀古伤今的人世沧桑之感。下片换头三句借苍凉冷落的深秋景色，从侧面渲染出定王台的残破衰败，暗指南宋王朝满目疮痍、国势日颓的江山残破。“书生报国无地，空白九分头。”后句化用陈与义《巴丘书事》“腐儒空白九分头”的诗句，抒发报国无路、壮志难酬的悲慨。两句直抒胸臆，为全词的主旨所在。“一夜”三句象征性地勾画出金瓯破碎的悲惨画面：金兵猝然南下，破关绝塞，有如一夜北风生寒，以致使万里美好河山残破不堪，人民流离失所，更别说什么皇家陵阙黯然无光了。古人以帝王陵寝作为国家命脉所在，北宋君王陵墓均在北方，如今悉沦敌手，意味着国家的败亡。歇拍二句以景寓情，山河残破之悲和请缨无路之恨融而为一，借萧瑟秋风、暮霭斜晖等惨淡之景传达出来，饶有余韵。

陆游

陆游(1125~1209),字务观,号放翁,越州山阴(今浙江绍兴市)人。二十九岁应进士举,名列第一,居秦桧之孙秦埙前,又因"喜论恢复",触怒秦桧,除名不取。秦桧死后三年,陆游被任命为宁德县主簿,开始了仕宦生涯,因力主抗金,屡遭黜免。曾入蜀为夔州通判,又任过抗战派领袖四川宣抚使王炎幕府的干办公事职务,从军南郑,激发了爱国热情,扩大了创作领域。陆游以诗名,词的成就不如诗,但爱国热情可与诗辉映。词的风格多样,激昂慷慨近辛稼轩,又兼有婉丽秀逸、清新萧散之美。词有《放翁词》,一称《渭南词》。

鹊桥仙·夜闻杜鹃

茅檐人静,蓬窗灯暗,春晚连江风雨。林莺巢燕总无声,但月夜、常啼杜宇。

催成清泪,惊残[1]孤梦,又拣深枝[2]飞去。故山犹自不堪听,况半世、飘然羁旅。

注释

①惊残:惊醒。

②深枝:树林深处的枝条。

点评

茅檐孤灯的暗夜，春晚连江风雨，羁旅成都的词人常闻杜鹃啼鸣，为之惊醒而泣下。相传杜鹃是蜀中望帝的化身，它的啼鸣似乎总在提醒羁人“归去”。但放翁的志向本就在“欲倾天上银河水，净洗关中胡虏尘”（《夏夜大醉醒后有感》），他曾在诗中再三申诉：“四方男儿事，不敢恨飘零。”那么，这“故山”就不应只指故乡山阴，还包含了半壁沦落的故国河山。而半世飘然的“羁旅”，更还伴和着“老却英雄似等闲”（《鹧鸪天》“家住苍烟落照间”）的无限悲慨。《词林纪事》引《（词统》云：“去国离乡之感，触绪纷来，读之令人于邑（于邑，通呜咽）。”解说还算切当，但正是一种志业未遂、岁月蹉跎的感慨，令这份作客他乡的羁愁更加深刻而复杂，丰富了作品的情感内涵。

诉衷情

当年万里觅封侯①，匹马戍梁州②。关河③梦断何处？尘暗旧貂裘。④

胡⑤未灭，鬓先秋⑥。泪空流。此生谁料，心在天山⑦，身老沧洲⑧！

注释

①万里觅封侯：指奔赴疆场，寻找建功立业的机会。

②匹马戍梁州：指乾道八年（1172）陆游四十八岁时在汉中任四川宣抚使王炎的幕僚。梁州，汉中，汉中有梁山，故名梁州。

③关河：泛指边地险要的战守之处。关，关塞；河，河防。

④“尘暗”句：传说苏秦十次游说秦王无成，回家时“黑貂之裘敝”(《战国策·秦策》)。这里则是以貂裘积满灰尘，陈旧变色，暗示自己长期闲置而功业未成。

⑤胡：古时对北方、西方少数民族的泛称，此指金侵略者。

⑥秋：秋霜，喻白。

⑦天山：在新疆境内，汉唐时为西北边陲。心在天山，即犹有万里从军之志。

⑧沧洲：水边。陆游晚年退居山阴湖边的三山村。

点评

此词追怀当年的戎马倥偬，感叹如今的退隐沧洲，为陆游晚年退居故乡期间所作。

词人的志向是手枭金酋，收复河山，但那火热的战斗生活已经过去，如今只能在梦中重温，现实是戎装尘封无用处。胡未灭，正需时日，而时不我待，人已暮年。词人空有英雄志意，却请缨无路，报国无门，被迫赋闲山阴坐视时光流逝！身在江湖未忘国忧，英雄暮年雄心不已，种种理想和现实的矛盾正是陆游晚年心态的真实写照。

“老却英雄似等闲”，是陆游诗词中反反复复沉痛吟啸的基本主题，但在这首词中表现得如此盘折激荡、岫峭沉郁，跟这首词在章法格式上极具特色也有密切关系。词之上片首句以“当年”二字切入往昔军旅生活的美好回忆，声调豪放高亢，“梦断”二字逆转，回到暗淡压抑的闲居生活，四句间先扬后抑形成一个强烈对照，感情落差巨大，声调转入沉郁悲凉。换头三个三字句，顺势而下，语调短促，语意紧逼。歇拍三个四字句，句句顿挫，“谁料”二字对照写出往日“自许封侯在万里”的天真和今日“老却英雄似等闲”的悲哀，“心在天山，身老沧洲”同样是先扬后抑，又形成一个逆转。全词上下片之间过渡自然，衔接紧密。这样的运笔布局使得整首词远离了浅白质直，别具荡折横飞之美，读来一波三折，余味无穷。

汉宫春·初自南郑来成都作①

羽箭雕弓，忆呼鹰古垒，截虎平川。吹笳暮归野帐，雪压青毡。淋漓醉墨②，看龙蛇飞落蛮笺③。人误许④、诗情将略⑤，一时才气超然。

何事又作南来？看重阳药市⑥，元夕灯山。花时⑦万人乐处，欹帽垂鞭。闻歌感旧，尚时时流涕尊前。君记取、封侯事在⑧，功名不信由天。

注释

①宋孝宗乾道八年(1172)年底，陆游被调任成都府路安抚司参议官，从南郑赴成都，这首词作于次年初。南郑，今陕西省汉中市。

②淋漓醉墨：醉中挥笔，写得淋漓尽致。

③龙蛇：形容笔势飞舞。蛮笺：唐宋时指四川地区所造彩色花纸。

④许：推许，称许。

⑤诗情将略：作诗的才情，统兵的谋略。

⑥药市：专门卖药的街道。陆游《老学庵笔记》卷六曾提及成都九月九日药市的盛况。

⑦花时：指成都每年春季举行的花会。

⑧封侯事在：《后汉书·班超传》载班超少有大志，尝投笔叹曰："大丈夫无他志略，犹当效傅介子、张骞立功异域，以取封侯，安能久事笔砚间乎？"后来在西域立功，封定远侯，陆游这里暗用其事。

点评

这首词通过今昔生活的强烈对比，表达了作者壮志未酬的满腔悲愤，同时也抒发了作者恢复中原、建功立业的坚定信念。

上片追忆南郑军中生活，选择了三组典型的镜头，塑造出一个满怀诗情将略的诗人兼战士的生动形象。一个"忆"字点明此处写的是"昔"，下面射猎生活、军营生活与诗酒生活三组镜头，都由"忆"字领起。前两组镜头围绕"将略"，着重刻画过人之勇；后一组镜头紧扣"诗情"，着重刻画超群之才。"诗情将略，一时才气超然"前冠以"人误许"三字，却将文韬武略、壮志豪情一笔荡开，以自谦自责的口吻，写出空怀壮志、报国无门的满腔悲愤。

下片以"何事又作南来"起始，在反问中包含着北伐理想破灭后的深沉感慨，和上片"人误许"相呼应。作者在下片中也选取了三个典型性的场景来表现成都生活的繁华舒适：一是重阳熙熙攘攘的药市，二是元夕光彩夺目的灯山，三是万人游乐的花会。尤其是"欹帽垂鞭"，既描绘出节日情景，也刻画出词人自己的形象。

此词上片写昔，下片写今，结构上颇具匠心。首先，上下片对比鲜明。既有景物的对比，也有环境的对比，更有人物生活情状的对比。在对比中通过几组典型的画面，既描绘出生活情景，更揭示出人物的内心世界。其次，整首词的情绪回环往复，首尾相接。上片由豪壮转至悲愤，以"人误许"的感慨作结；下片再由牢骚愤懑转至激昂豪壮，以"君记取"的坚定信念结束，与词首的慷慨豪情相呼应。

夜游宫·记梦寄师伯浑①

雪晓清笳②乱起。梦游处，不知何地？铁骑无声望似水。③想关河，雁门④西，青海⑤际。

睡觉寒灯里。漏声断、月斜窗纸。自许⑥封侯在万里。有谁知，鬓虽残，心未死！

注释

①师伯浑：蜀中隐士，才志高旷，工诗文，擅书法，与陆游相识于眉山。

②笳：军中号角。清笳，悲凉的笳声。

③"铁骑"句：成队的骑兵静静地奔驰向前，看上去就像滚滚的流水。无声，形容军队纪律严明。

④雁门：关名，在今山西省代县境内。

⑤青海：湖名，在今青海省东部。雁门、青海都是南宋时代西北边防重地，亦即"关河"的具体所指。

⑥自许：自我期许。

点评

陆游的诗词作品里有很多"记梦"之作，这首《夜游宫》所写的梦境是作者渴望投身驱逐异族、收复失地战斗的理想。词人把这首记梦之词寄给师伯浑，是因为他能够理解自己的志愿和心情。

词的上片叙梦，描写清晨踏雪出征的情景，以梦幻的形式表现作者日夜盼望奔赴疆场为国杀敌的远大理想。雪、笳、铁骑组成了一幅有声有色的关塞风景画，亦点明了词人未能消解的心事。下片抒愤，写梦醒以后的失望情绪。一灯荧荧，斜月在窗，漏声滴断，词人报国雄心的火焰在这凄冷的环境中熊熊燃烧。"鬓虽残，心未死！"自许封侯万里之外的信念，是何等执着，自己虽然离开南郑前线回到后方，可是始终不忘要继续参加抗金事业。"有谁知"三字饱含着词人对朝廷排斥爱国者的行径的愤怒谴责。

这首词词意委婉，一波三折，梦境和实感有机地融为一体，深刻表达了英雄失意、壮志未酬的悲凉之感。

谢池春

壮岁从戎[①]，曾是气吞残虏。阵云高，狼烽夜举[②]。朱颜青鬓，拥雕戈西戍。[③]笑儒冠、自来多误。[④]

功名梦断，却泛扁舟吴楚[⑤]。漫悲歌、伤怀吊古。烟波无际，望秦关[⑥]何处？叹流年、又成虚度！

注释

①壮岁从戎：指作者曾于宋孝宗乾道八年（1172）四十八岁时入王炎幕府，从军于南郑之事。

②狼烽夜举：古时边防报警，夜则举火，日则焚狼粪为烟，其烟直上，风吹不散。

③“拥雕戈”句：拥，拥有，引申为装备的意思。雕戈，雕刻花纹、制作精细的戈矛。西戍，到西方去戍守，守卫西部边陲。

④“笑儒冠”句：儒冠，儒生戴的头巾，用以标志读书人的身份。杜甫《奉赠韦左丞丈二十二韵》诗中有“儒冠多误身”之句。

⑤吴楚：泛言江南地区，此处是指作者的故乡山阴。

⑥秦关：秦地关塞。南郑古属秦地，故称南郑关塞为秦关。

点评

本词是最能体现陆游的身世经历和个性特色的作品之一，作于词人退居故乡山阴时。上片追忆从军南郑的军旅生活和豪迈情怀，感情豪放激越；下片写被迫闲居的不甘和壮志未酬的慨叹，笔调转为沉痛悲抑。上片念旧，以慷慨之情起；下片写现实，以沉痛之情结，思想上贯穿的是报效国家的情怀。由“壮岁从戎”到“功名梦断”，词人将无限不平和悲慨都倾注于笔端，以一泻千里之势吐尽，酣畅淋漓，慷慨雄浑，真情感人。

水调歌头·多景楼①

江左占形胜,最数古徐州②。连山如画,佳处缥渺着危楼。鼓角临风悲壮,烽火连空明灭,往事忆孙刘③。千里曜戈甲,万灶宿貔貅。④

露沾草,风落木,岁方秋。使君⑤宏放,谈笑洗尽古今愁。不见襄阳登览,磨灭游人无数,遗恨黯难收。叔子独千载,名与汉江流。⑥

注释

①多景楼:在镇江北国山甘露寺内,为游览胜地。唐时,为临江亭。北宋时,太守陈天麟于其旧址建楼,取多景之名。

②徐州:此处指江苏镇江,位于长江南岸。徐州为古九州之一。镇江古属徐州,称为“南徐州”。

③孙刘:指三国时的吴主孙权与蜀主刘备。往事:指孙刘联合抵抗南下的曹魏军队的战事。

④“万灶”句:灶,指军中的炊灶。由炊灶的数目可以推测军队的数目,古代兵书常言及此。万灶,极言军队的庞大。貔貅(pí xiū),猛兽名,用做军队的别称,以喻其勇猛善战。

⑤使君:古时称州府级的长官为使君,此处指当时的镇江知府方滋。

⑥“不见”以下五句:羊祜,字叔子,西晋开国大臣。这五句的大意为:当年羊叔子镇守襄阳,登临岘山,观赏胜景,慨叹无数游人皆为历史所湮灭,不禁留下遗恨,黯然难收。岂不知,叔子本人却没有被湮灭,他的功业声名,恰如江河长流一般,流传千载。这里是用羊祜的典故来比拟方滋,鼓励他建立万世功业。

点评

这首词作于宋孝宗隆兴二年(1164)镇江通判任上。镇江是南宋江防重地,占尽险要,为兵家必争之地。该地的北固山号称“天朝第一江山”,因此登临题咏而发为激昂慷慨之词者颇不乏人,而陆游此篇尤称佳作。爱国词人张孝祥曾为此词写了一篇题记,并亲自“书而刻之崖石”。

此词上片,大开大阖,包融巨细,由广阔空间着笔,由江左而徐州,由群山而北固,然后落在高高的多景楼上。大好江山,乃出自鬼斧神工,用一“占”字,顿觉稳重而切实。第二句之“古”字预设了后面的转折,后四句承此而由江山形胜的空间转向悠久的时间和残存的历史陈迹。鼓角悲壮,烽火明灭,再用“临风”与“连空”加以渲染,更显出场面的壮阔和气象的豪雄。“往事忆孙刘”则是将历史的攻守征战具体落实到孙、刘两个人物身上。过片三个三字短句,用风露草木点明季节时令,作为一种过渡手段,既能将笔墨集中在使君方公身上,也使作者凭借方公抒发了自己的心绪。宏放谈笑,显示出使君的风度神采。“洗尽古今愁”则是抒发词人内心的郁闷。前此一年主战派大臣张浚举兵北伐,在符离兵败,朝野震动,自此不敢言兵,收复中原之事遭遇重创。词人念及古之慷慨与今之抑郁,不禁怆然涕下。最后五句呼应上文的“孙刘”,又写到了另一位历史英雄羊祜。羊祜镇守襄阳十余年,最终没有亲手完成灭吴大业,终生遗恨,陆游以羊祜劝勉同来登楼的镇江知府方滋,希望他能建万世奇功,名垂江汉。写羊祜而颂方滋,可谓合情合理。最后用反诘的口吻把叙事、抒情、赞美、感叹统统熔铸在一起,气势贯注,豪情激昂,艺术感染力十分强烈。

范成大

范成大(1126~1193),字致能,号石湖,平江吴县(今江苏苏州)人。宋高宗绍兴二十四年(1154)进士。官至吏部尚书、参知政事、晋资政殿学士。是南宋四大诗人之一,其词文字精美,音节谐婉,间有苍凉愤慨之作。有《石湖集》。

水调歌头

细数十年事,十处过中秋。今年新梦,忽到黄鹤旧山头①。老子个中不浅,此会天教重见,今古一南楼。② 星汉淡无色,玉镜独空浮。

敛秦烟,收楚雾,熨江流。关河离合,南北依旧照清愁。想见姮娥冷眼,应笑归来霜鬓,空敝黑貂裘③。酾酒④问蟾兔⑤,肯去伴沧洲⑥?

注释

①黄鹤旧山头:黄鹤山,即今武汉之蛇山,世传仙人子安曾骑黄鹤经过此地,故名。

②"老子"三句:写词人自谓深知山水楼台之佳趣,所以天公作美,教重见南楼。个中,此中;南楼,古楼名。旧址在黄鹤山上,宋代为著名的登临胜地,今已不存。李白《陪宋中丞武昌夜饮怀古》:"清景南楼夜,风流在武昌。"

③黑貂裘:用苏秦典,"苏秦说秦王,书十上而不行,黑貂之裘敝,黄金百斤尽,资用乏绝,去秦而归"(《战国策·秦策》)。这里指蹉跎岁月而无用武之地。

④酾酒：斟酒。

⑤蟾兔：传说月亮中有蟾兔，常用来借指月亮。

⑥沧洲：水滨，此借指隐者所居之处。

点评

此为中秋望月抒怀之词。上片一开头回顾十年奔波，今又逢中秋，忽得重经黄鹤山。“新梦”与“忽到”照应，传达了惊喜之情。登楼赏月，仰视天，朗月如玉镜浮空，在它的光华下，星汉变得黯淡失色。下片接写月色，月华如练，秦烟楚雾一扫而空。俯视地，江流潋滟，縠纹如熨。面对这静穆广袤、空明澄澈的空间，词人联想到年年中秋，今又中秋。十年关河，匆匆聚散。虽南北异地，而总是忧思重重，愁怀不解。那广寒宫中的嫦娥亦应笑我碌碌红尘，清霜染鬓，却一事无成。下片透露出词人十载徒然奔走仕途的悲愁和对岁月虚度的惋惜。但统观全词，主要还是抒写自己赏月时的淋漓兴致和暂释宫务的快慰。所以上来便以“十处过中秋”起笔，又从神话、历史故事中生出丰富的想象，神气超怡，心胸高旷。词的意境豪放阔大，风格飘逸潇洒，语言流畅自如，可以看出它受到苏轼那首中秋同调词的影响。

张孝祥

张孝祥(1132~1169),字安国,号于湖居士,人称紫府仙,历阳乌江(今安徽省和县)人。高宗绍兴二十四年(1154)中进士第一。累官中书舍人、直学士院、领建康留守、荆湖北路安抚使等。因力主抗金曾两次被免职。任地方官时,同情民生疾苦。其词爱国忧民,表现对战斗生活的赞美和北伐立功的愿望,抒发对知议政策的不满。继承苏轼豪放词风,笔力雄健,气势磅礴,对爱国词风的形成有很大影响。有《于湖词》。

浣溪沙·荆州约马举先登城楼观塞

霜日明霄水蘸空,[1]鸣鞘[2]声里绣旗红。澹烟衰草有无中。
万里中原烽火北,一尊浊酒戍楼[3]东。酒阑[4]挥泪向悲风。

注释

①霜日:秋日。明霄:爽朗的天空。水蘸空:指水天相接的景象。水,荆州城东有长湖。

②鞘(shāo):鞭鞘。

③戍楼:瞭望敌情的城楼,此指荆州东门城楼。

④阑:尽。

点评

孝宗乾道四年(1168),张孝祥知荆南府兼荆湖北路安抚使时,与一位名叫马举先的人一起登荆州城楼,观看防御工事,词即写此。全词以浓衬淡,以壮丽衬悲凉,表达了作者怀念中原故土,壮志难酬的悲愤。笔意疏宕,舒卷自如,情调沉远苍凉,堪称短篇中的佳制。

念奴娇·过洞庭①

洞庭青草②,近中秋、更无一点风色。玉鉴琼田③三万顷,着我扁舟一叶。素月分辉,明河共影,④表里俱澄澈。悠然心会,妙处难与君说。

应念岭表⑤经年,孤光⑥自照,肝胆皆冰雪⑦。短发萧骚⑧襟袖冷,稳泛沧浪空阔。尽吸西江⑨,细斟北斗,万象为宾客。扣舷独啸,不知今夕何夕!

注释

①洞庭:湖名,在湖南北部。

②青草:洞庭湖靠岳阳部分别名青草湖。

③玉鉴:玉镜。一作“玉界”。琼:美玉。玉鉴琼田,皆喻指月光照映的湖面。

④“素月”二句:素月分辉,天空与湖面的月亮分放光辉;明河共影,天空与湖面的银河相互影映。故而“表里俱澄澈”。

⑤岭表：五岭之外，今广东广西。

⑥孤光：指自身心底的光明，实指操守，信念。

⑦“肝胆”句：谓心地光明磊落，玉洁冰清。

⑧萧骚：稀疏貌。

⑨“尽吸”句：吸，一作“挹”，掬取。西江，西来的大江。

点评

张孝祥于乾道二年(1166)在桂林被罢官离任，中秋节前夕途经洞庭湖，在船上写了这首词。

魏了翁《鹤山大全集》云：“张于湖有英姿奇气，着之湖湘间，未为不遇，洞庭所赋，在集中最为杰特。方其吸江酌斗，宾客万象时，讵知世间有紫微、青琐(官署衙门)哉？”张孝祥因其英姿奇气近似苏轼，人称“小坡仙”。传闻他“每作为诗文，必问门人曰：‘比东坡何如？’”在这首《念奴娇》(洞庭青草)中，词人以出神入化之笔，写其超迈凌云之气和潇洒出尘之姿，有苏轼中秋词的豪气逸兴又别开新境。上片写月夜泛舟洞庭、表里俱澄澈的美景。歇拍感叹：“悠然心会，妙处难与君说。”物境与心境悠然相会，这天人同化的美妙体验真的难以用语言表达。下片着重写自己肝胆冰雪、澄澈超旷的心境。“尽吸西江”三句极尽想象之能事，豪气纵横，逸兴遄飞，将全词的感情推向高潮。最后两句从前面博大的形象轻松收拢到当前的独啸沉醉，物我两忘，余味无穷。

全词空阔透明的湖光月色与冰清玉洁的人格境界水乳交融，兴会洋溢，光明澄澈，让人忘却一切尘心，飘飘然如入仙境。无怪乎王闿运在《湘绮楼词选》中慨叹：“飘飘有凌云之气，觉东坡《水调》尤有尘心。”

水调歌头·金山观月

江山自雄丽,风露与高寒。寄声月姊①,借我玉鉴②此中看。幽壑③鱼龙悲啸,倒影星辰摇动,海气夜漫漫。涌起白银阙④,危驻紫金山⑤。

表独立⑥,飞霞佩⑦,切云冠⑧。漱冰濯雪⑨,眇视万里一毫端。回首三山⑩何处,闻道群仙笑我,要我欲俱还。挥手从此去,翳凤更骖鸾。

注释

①月姊:指月中仙子嫦娥。

②玉鉴:玉镜、明镜,指月亮。

③幽壑:深沟。

④白银阙:银白色的宫阙,谓月宫,代指月亮。

⑤紫金山:这里指镇江金山。

⑥表独立:高出尘表,独立山巅。

⑦飞霞佩:状似云霞的玉佩。

⑧切云冠:高冠名,屈原《涉江》有"冠切云之崔嵬"之句。

⑨漱冰濯雪:谓徜徉于如冰似雪、洁白澄澈的月光里。漱、濯,都是洗涤的

意思。

⑩三山：指古代传说中的海上三座神山，即蓬莱、方丈、瀛洲。

点评

这首词是作者在镇江金山寺夜间观月时作。词中描绘了雄丽的山川景物：风露横江，鱼龙悲啸，星辰倒映江心，随波摇动。在漫漫海气之中，一轮皓月东升，照彻崔嵬的金山，壮阔的水光月色，令人心旷神怡。词人置身极高，俯视尘寰，万里河山尽收眼底，飘飘然有登仙欲去之感。这首词与作者另一首《念奴娇》（洞庭青草）有异曲同工之妙，笔力自在，潇洒飘逸，气象恢弘，意境极美，读之令人陶醉。

辛弃疾

辛弃疾（1140～1207），字幼安，号稼轩，历城（今山东济南）人。二十一岁时组织过两千人的队伍起义抗金，并入耿京的抗金义军天平军，任掌书记。曾匹马追杀义军叛徒义端和尚。耿京被张安国杀害后，辛弃疾又活捉张安国，率众投归南宋。南归后历任湖北、湖南、江西等地安抚使。在地方官任上曾采取了发展经济、巩固边防的措施。终因壮志未酬，屡遭贬黜，最后忧愤而卒。辛弃疾是两宋词人中存词最多的作家。黄梨庄云：“辛稼轩当弱宋末造，负管乐之才，不能尽展其用，一腔忠愤，无处发泄……故其悲歌慷慨，抑郁无聊之气，一寄之于其词。”（徐釚《词苑丛谈》卷四引）《四库全书总目》云：“弃疾词慷慨纵横，有不可一世之概，于倚声家为变调，而异军特起，能于剪翠刻红之外，屹然别立一宗，迄今不废。”有《稼轩词》，一名《稼轩长短句》。

水龙吟·登建康赏心亭

楚天千里清秋，水随天去秋无际。遥岑远目，①献愁供恨，玉簪螺髻②。落日楼头，断鸿声里，江南游子③，把吴钩④看了，栏干拍遍，无人会，登临意。

休说鲈鱼堪脍，尽西风、季鹰归未。⑤求田问舍，怕应羞见，刘郎才气。⑥可惜流年，忧愁风雨⑦，树犹如此⑧。倩⑨何人唤取，红巾翠袖⑩，揾英雄泪。

注释

①遥岑：远处的山峰。岑，尖而高的山。远目：远望。

②玉簪螺髻：均状远山形象。韩愈《送桂州严大夫同用南字》诗："江作青罗带，山如碧玉簪。"皮日休《缥缈峰》诗："似将青螺髻，撒在明月中。"

③江南游子：词人自指。

④吴钩：吴地所产宝刀。

⑤"休说"二句：西晋张翰，字季鹰，家住吴淞江和太湖之间，为人纵任不拘，其本无意于政治，却鬼使神差到洛阳做了官。时值"八王之乱"起，他感到时局不利，不宜久留，"见秋风起。乃思吴中菰菜、莼羹、鲈鱼脍，曰：'人生贵得适志，

何能羁宦数千里以要名爵乎！’遂命驾而归”。这里反用此典。

⑥“求田”三句：据《三国志·陈登传》载：许汜见陈登，陈登久不与语，使许卧下床。而自卧大床。许汜诉于刘备。刘备对许汜说：“君有国士之名，今天下大乱，帝主失所。望君忧国忘家，有救世之意。而君求田问舍，言无可采，是元龙(陈登字元龙)所讳也。何缘当与君语？如小人，欲卧百尺楼上，卧君于地，何但上下床之间耶！”此处化用其意。

⑦忧愁风雨：实指为国家危难而忧虑。

⑧树犹如此：《世说新语·言语》：“桓公北征，经金城，见前为琅琊时种柳，皆已十围。慨然曰：‘木犹如此，人何以堪！’攀枝执条，泫然流泪。”庾信《枯树赋》引用作“树犹如此”。

⑨倩：请。

⑩红巾翠袖：代指美人。

点评

宋孝宗淳熙元年(1147)，稼轩任江东安抚使兼建康留守叶衡的参议官，词即作于其时，时年三十五岁。这首词就题材来说，属于登临游览之作，但作者在词中感叹身世，抒发了渴望报国而又志不得酬的苦闷；同时也批判了南宋统治者的苟且偷安。

上片写登赏心亭所见和他在亭中临眺时的情景和感触。起首两句，用挺拔而又宛转的词句写出了一种阔大的境界。在古典诗词中，江水总与愁联在一起，“水随天去秋无际”包含了愁，却未说出，接下去的三句点出了“愁”字和“恨”字，因为“玉簪螺髻”般的青山引起了他登临的愁愤。青山引发了词人的愁思，词人却说“献愁供恨，玉簪螺髻”，把顺序颠倒了过来。这种“倒卷之笔”(陈洵《海绡说词》)在此处可以使词作变得遒劲有力。“落日楼头”七句，一气贯注，每一句只能用逗号隔开。按照词律，“江南游子”末尾一字是韵脚，因此习惯上这里应有一个句号，然而，这样就割断了文气。这七个句子，每一句都包含着独特的内容，能引起读者丰富的想象，然而它作为一个整体的形象，是词人描写他在登赏心亭时的即目所见和心绪。句子虽然像散文般，但由于其流畅而且意蕴深厚，故而读到它时，又能感到诗味是那么的浓郁。下片作者借用典故，发抒议论，写其壮志难酬之悲。不用直笔，连用三个典故，先反用晋代张翰之事，接着正用刘备讥许汜事，最后用桓温北征事，以一波三折、一唱三叹手法出之。结处叹无人唤取红巾“揾英雄泪”，与上片“无人会，登临意”遥相呼应。抒慷慨悲壮之情，也列具深婉之致。故而陈洵《海绡说词》谓其“纵横豪宕，而笔笔能留”。《谭评词辨》也说：“裂竹之声，何尝不潜气内转。”

菩萨蛮·书江西造口壁①

郁孤台②下清江水③，中间多少行人泪。西北望长安④，可怜无数山。

青山遮不住，毕竟东流去。江晚正愁余⑤，山深闻鹧鸪。

注释

①造口：造口即皂口，在今江西万安西南六十里。

②郁孤台：在江西赣州市西南，下临赣江。《赣州府志》：“郁孤台，一名贺兰山。隆阜郁然孤峙，故名。”

③清江水：清清的江水，指赣江。

④长安：指北宋故都汴京。

⑤愁余：使我愁。愁，使动词。

点评

词作于宋孝宗淳熙三年(1176)暮春时,时稼轩为江西提点刑狱,年三十七,驻节赣州,途经造口时所作。关于本词之发端,罗大经在《鹤林玉露》中说:"盖南渡之初,虏人追隆祐太后御舟至造口,不及而还。幼安自此起兴。"上片起首两句写水,由水而泪,从而翻出四十年前一段国耻民辱的伤心史实。寓情于景,以虚笔写出了自己登台远望时产生的种种复杂情感。次二句写山,暗用唐李勉"望阙"情意,拳拳之心,深深自见。下片换头处顶针上片末的"山"字,意亦由其化出而暗转,即由远观而近收。接着写水,表面言山遮不住水的东流,实则将水象征化,负载收复、重现"长安"的寓意,语气雄放。三、四句一写水,一写山,一近视,一远观,"愁余"与"闻鹧鸪"相互映照,暗示事情的艰难,从中见出忧虑,语转顿挫,再次回到现实的起点。心游之后仍是心忧。全词不仅从抒情结构上呈现出抑、扬、抑、扬、抑的格局,而且语言虽质朴实则情意笃厚。既"忠愤之气,拂拂指端"(卓人月《词统》),又"借水怨山"(周济《宋四家词选》),力求深婉之旨,表现出一种含蓄蕴藉式的悲壮之美。无怪乎梁启超评曰:"《菩萨蛮》如此大声镗鞳,未曾有也。"(《艺蘅馆词选》引)

水调歌头

舟次扬州，和杨济翁、周显先韵。[①]

落日塞尘起，胡骑猎清秋。汉家组练十万，列舰耸高楼。[②]谁道投鞭飞渡[③]，忆昔鸣髇血污[④]，风雨佛狸[⑤]愁。季子正年少，匹马黑貂裘。[⑥]

今老矣，搔白首，过扬州。倦游欲去江上，手种橘千头[⑦]。二客东南名胜，[⑧]万卷诗书事业，尝试与君谋。莫射南山虎，直觅富民侯。[⑨]

注释

①淳熙五年（1178），辛弃疾由临安大理寺少卿调任湖北转运副使，于赴任途中泊驻扬州，遂作此词以和杨济翁、周显先同调词。杨济翁：名炎正，吉水（今江西吉水）人。诗人杨万里族弟。曾在扬州会稼轩，同舟过镇江，登多景楼，杨作《水调歌头》一阕，抒发报国无门之慨。周显先：不详。

②"汉家"二句：形容南宋军队威武雄壮。汉家，代指南宋；组练，《左传·襄公三年》载，楚子"使邓廖帅组甲三百、被练三千以侵吴"，此用以指精锐的部队；列舰，排列的战船；高楼，一作"层楼"。

③投鞭：典出《晋书·苻坚载记》，东晋孝武帝太元八年（383）前秦苻坚大举南侵，尝曰："以吾之众，投鞭于江，足断其流。"结果淝水之战，大败而归。飞渡：《晋书·杜预传》载，杜预遣部将率奇兵泛舟夜渡袭取乐乡，东吴都督孙歆与伍延书曰："北来诸军乃飞渡江也。"

④鸣髇：响箭，又称鸣镝。鸣髇血污，《史记·匈奴列传》载，匈奴头曼单于

为其太子冒顿作鸣镝，命令部下曰："鸣镝所射而不悉射者斩之！"后冒顿从其父头曼出猎。以鸣镝射头曼，左右皆随鸣镝齐射，遂射杀头曼。此用以指金主完颜亮为部属所杀。

⑤佛狸：北魏太武帝小字，他南侵中原受挫，为太监所杀。此以佛狸代指完颜亮。

⑥"季子"二句：《战国策·赵策》载，苏秦未得志时，欲西入秦以游说秦王，赵国李兑"送苏秦明月之珠，和氏之璧，黑貂之裘，黄金百镒，苏秦得以为用，西入于秦"。季子，苏秦字季子。此处词人自喻当年青春年少，意气飞扬，锐意进取。

⑦橘千头：《史记·货殖列传》："安邑千树枣；燕、秦千树栗；蜀、汉、江陵千树橘；淮北、常山以南，河济之间千树萩：陈、夏千亩漆；齐、鲁千亩桑麻；渭川千亩竹……此其人皆与千户侯等。"《襄阳耆旧传》，"李衡为丹阳太守，遣人往武陵龙阳氾洲作宅，种橘千株。临死，敕儿曰：'吾州里有千头木奴，不责汝衣食，岁上匹绢亦可足用耳。'"

⑧二客：指杨济翁、周显先。名胜：有名望的杰出人物。

⑨"莫射"二句：《史记·李将军列传》："广家与故颍阴侯孙屏野居蓝田南山中射猎……所居郡闻有虎，尝自射之。"富民侯，《汉书·食货志》："武帝末年，悔征伐之事，乃封丞相为富民侯。"

点评

此词作于宋孝宗淳熙五年(1178)，稼轩由大理少卿出领湖北转运副使，年三十九。词以今昔对比、反衬手法抒发愤懑之情。上片展开十七年前一幅历史画卷，金兵南猎，突出其不可一世的嚣张气焰。写宋军北拒，则再现其舟师列江的赫赫军威。"谁道"二字，断喝中饱含着对于金兵的蔑视和对己方的信心，声情宛然。"血污""风雨"两句，敌酋败退身亡之状似已可睹。歇拍自我画像，英姿飒爽。这一切写来生动简括，气势非凡。词上片颇类英雄史诗的开端，然而其雄壮气势到后半却陡然一转，反添落寞之感，通过这种跳跃性很强的分片，有力地表现出作者失意和对时政不满而更多无奈气愤的心情。下片转向现实抒情。自"隆兴和议"(1164)以来，主和舆论甚嚣尘上，致使爱国志士年华虚度，请缨无门。壮志消磨，全推在"今老矣"三字上，行文腾挪，用意含蓄，个中酸楚愤激，耐人寻味。愤语、反语的运用强化了感情色彩。此词与作者《鹧鸪天》（壮岁旌旗拥万夫）从内容到结构上都很相近，可以参读。词中白首之叹、归隐之思盖源于此。结拍作反语讥讽现实，兴元知府。帅：宋代凡主管一路的军政长官都可称“帅”，这里作兴元知府。兴元：原名汉中郡，唐宋以来改称兴元府。

水龙吟·甲辰岁寿韩南涧尚书①

渡江天马②南来，几人真是经纶手③？长安父老④，新亭风景⑤，可怜依旧。夷甫诸人，神州沉陆，几曾回首。⑥算平戎万里，功名本是，真儒事，公知否？

况有文章山斗⑦，对桐阴⑧、满庭清昼。当年堕地⑨，而今试看，风云奔走。绿野风烟⑩，平泉草木⑪，东山歌酒⑫。待他年，整顿乾坤事了，为先生寿。

注释

①甲辰岁：孝宗淳熙十一年。寿：动词，祝寿。韩南涧：韩元吉，字无咎，号南涧，曾任吏部尚书，与稼轩往来甚密。

②渡江天马：《晋书·元帝纪》载，西晋灭亡后，晋元帝司马睿偕西阳、汝南、南顿、彭城四王南渡，在建康即位，建立东晋王朝。时有童谣云：“五马浮渡江，一马化为龙。”此处借指宋高宗南渡即位。

③经纶手：治理国家、处理政事的能手。经纶，本指整理丝缕，引申为治理国家。

④长安父老：典出《晋书·桓温传》，桓温北伐至长安附近的灞上，当地父老携酒相劳。这里指金人统治下的中原人民。

⑤新亭风景：典出《世说新语·言语》。东晋初年，南渡士大夫新亭聚会，触

景生情："过江诸人，每至美日，辄相邀新亭，藉卉饮宴。周侯中坐而叹曰：'风景不殊，正自有山河之异！'皆相视流泪。唯王丞相愀然变色曰：'当共戮力王室，克复神州，何至作楚囚相对？'"新亭，一名劳亭，在今南京市南。

⑥"夷甫"三句：夷甫，王衍字，西晋宰相，尚清谈，不理国政，导致西晋覆灭。这里喻指南宋主和派。神州沉陆，指中原沦陷。《晋书·桓温传》："温自江陵北伐……与诸寮属登平乘楼，眺瞩中原，慨然曰：'遂使神州陆沉，百年丘墟，王夷甫诸人不得不任其责。'"几曾，何曾。

⑦文章山斗：《新唐书·韩愈传》载："自愈之没，其言大行，学者仰之如泰山北斗云。"此处言友人韩元吉才名卓著如韩愈。

⑧"对桐阴"句：韩元吉《桐阴旧话》记其家世旧事，以京师第门有桐木，故世称"桐木韩家"。

⑨堕地：婴儿落地，指出生。

⑩绿野风烟：唐宰相裴度因宦官横行，退隐山林，于洛阳建别墅，号绿野堂，与白居易、刘禹锡诗酒相娱，不问政事。

⑪平泉草木：唐宰相李德裕曾于洛阳城外筑"平泉庄"别墅，广搜奇花异草。

⑫东山歌酒：东晋名相谢安曾隐居会稽，高卧东山。

点评

祝寿之词始于北宋末年，南渡以后此风更炽，士大夫争相为之，多为逢迎溢美之词。这首《水龙吟》却借题发挥，写得别开生面。词中既有对当权派昏庸误国，不能光复河山的愤慨，又有对韩元吉有志平戎的颂赞，表达了整顿乾坤的志向，颇能体现稼轩词豪放悲壮的风格。

此词劈首严峻一问:“几人真是经纶手?”破空而来,振聋发聩。继之深叹南北分裂依旧,语极沉痛。“夷甫诸人”,借古讽今,着力一刺,矛锋直指当权者。结以“平戎万里”,豪情四溢,壮采照人。下片转入祝寿话题,称颂韩南涧为经世之才,希望他为国建功立业,等到神州光复、国土统一、天下太平以后,再来为他做一次华筵大寿。词中虽有不少颂扬文字,但用意在于勉励友人不忘恢复之志,表达誓清中原、统一祖国之宏伟抱负,因此早有论者指出:“辞似颂美,实句句是规励,岂可以寻常寿词例之。”(《蓼园词选》)全篇慷慨激昂,豪迈奔放,颇具感染力。多用典故借古论今,加深了词的内涵。

清平乐·独宿博山王氏庵①

绕床饥鼠②,蝙蝠翻灯舞。屋上松风吹急雨,破纸窗间自语。

平生塞北江南③,归来华发苍颜。布被秋宵梦觉,眼前万里江山。

注释

①博山:在今江西广丰县西南,远望如庐山之香炉峰。词人闲居信州(今江西上饶)时,常往来博山道中。王氏庵:王氏人家的茅屋。

②绕床饥鼠:为“饥鼠绕床”之倒装。

③“平生”句:稼轩《美芹十论》自谓南归前曾两次北抵燕京观察形势,此处指一生为国事奔走南北。

点评

这首词为辛弃疾罢官后闲居江西上饶期间，游览广丰博山时遣兴之作。王国维在《人间词话》中说“一切景语皆情语”，此词的景限于一室，且意象多属丑、陋、破之物，给人以极大的冲击，身居其间的词人，其情怀更是可想而知。此种环境描写对于渲染寂寞荒凉、凄凉恐怖的主观感情极为成功，反过来，这些典型的环境对于词人心理活动的发展亦有推波助澜之功。凄凉恐怖之景中已寓无限苍凉之情，为下片直抒胸臆亦造一发而不可收之势。下片前两句以和缓的语调高度概括自己作为一个忧国之士，南北奔驰，为抗金大业献出了自己的青春，如今却已是“华发苍颜”。然而，一旦词人“秋宵梦觉”，蒙眬之际，出现在他眼前的不再是“饥鼠”“蝙蝠”和“破纸”，而是“万里江山”。虽然只是一个梦境，却表露出词人在恶劣的环境下，在被闲置不用的时候，仍时刻不忘祖国统一的崇高爱国情操。其坚毅执着的信念，一洗上片风雨如晦的氛围，顿时提高了全词的思想境界和抒情境界。所谓“尺幅之中，有千里之势”，正是对这一转势的形象写照。

贺新郎

同父见和，再用韵答之[①]。

老大那堪说。似而今、元龙臭味，孟公瓜葛。[②]我病君来高歌饮，惊散楼头飞雪。笑富贵千钧如发。硬语盘空[③]谁来听？记当时、只有西窗月。重进酒，唤鸣瑟。

事无两样人心别。问渠侬[④]、神州毕竟，几番离合？汗血盐车[⑤]无人顾，千里空收骏骨[⑥]。正目断、关河路绝。我最怜君中宵舞，道“男儿到死心如铁”。看试手，补天裂。

注释

①同父：陈亮，字同甫，亦作同父。

②元龙：三国时陈登字元龙。《三国志·陈登传》载，许汜对刘备曰：“昔遭乱，过下邳，见元龙。元龙无客主之意，久不相与语。自上大床卧，使客卧下床。”刘备对许汜说：“君有国士之名，今天下大乱，帝主失所，望君忧国忘家，有救世之意，而君求田问舍，言无可采。是元龙所讳也，何缘当与君语？如小人，欲卧百尺楼上，卧君于地，何但上下床之间耶？”孟公：汉代陈遵，字孟公，嗜酒好客。“每大饮，宾客满堂。辄关门，取客车辖投井中，虽有急，终不得去。”（《汉书·游侠传》）瓜葛：关系、牵连。

③硬语盘空:耿直的议论。

④渠侬:吴语称他人为渠侬。

⑤汗血盐车:《战国策·楚策》载,骏马拉着盐车上太行山,弄得膝折皮烂,仍上不去。比喻不爱惜人才,用其所短,弃其所长。汗血,指汗血马。

⑥"千里"句:《战国策·燕策》载,郭隗对燕王言,"臣闻古之君人,有以千金求千里马者,三年不能得。涓人言于君曰:'请求之。'君遣之,三月得千里马,马已死。买其首五百金,反以报君。君大怒曰:'所求者生马,安事死马而捐五百金!'涓人对曰:'死马且买之五百金,况生马乎? 天下必以王能为市马,马今至矣。'于是不期年,千里马之至者三。"

点评

陈亮与辛弃疾这一对朋友,政见相同,词风相似。孝宗淳熙十五年(1188)冬,陈亮看望闲居于上饶家中的辛弃疾。盘桓旬余,陈亮返归金华。临行之际,辛弃疾作《贺新郎》词,表离别与怀念之情,二人一再唱和,共写了三首同韵的词。此为其中一首。

上片抒写友情。"老大那堪说"一语极为沉重,有"欲说还休"的意味。"似而今、元龙臭味,孟公瓜葛",选用同姓故实以喻友人,此稼轩之故常,不足为道。"惊散"以下,截取楼头夜语一节,再叙鹅湖欢聚情景,实乃以少胜多之法。意气雄豪,竟至"惊散楼头飞雪"。"惊散"一词,健笔传神。"硬语盘空",曲高和寡,二人之外,唯有西窗明月,动中有静,意境深远。下片呼应陈亮和词中的壮志豪情,评议时政。先赋国势时政,"问渠侬、神州毕竟,几番离合"? 究其因,则在"汗血盐车无人顾,千里空收骏骨",主战派遭到排斥,得不到重用。戟指而斥,顾影自愤,一吐爱国志士胸中抑郁不平之气。"我最"以下,勉友,亦自勉。心坚志刚,字字铿锵,掷地有声,读之令人感奋。

稼轩闲居鹅湖,念念不忘国事之作甚多,但以此篇最为激愤昂扬。

破阵子·为陈同甫赋壮语以寄

醉里挑灯看剑[1]，梦回[2]吹角连营。八百里分麾下炙，[3]五十弦翻塞外声。[4]沙场秋点兵。

马作的卢[5]飞快，弓如霹雳[6]弦惊。了却君王天下事，[7]赢得生前身后名。可怜白发生。

注释

①"醉里"句：唐杜甫《夜宴左氏庄》诗："检书烧烛短，看剑引杯长。"

②梦回：梦醒。

③八百里：指牛。《世说新语·汰侈》载，晋王恺有牛名"八百里驳"。王济与王恺比射，以此牛为赌物。恺输，于是杀牛做炙。麾下：部下。炙：这里指烤熟的肉。

④五十弦：古瑟，泛指军中乐器。翻：演奏。

⑤的卢：一种烈性快马。

⑥霹雳：雷声，这里指射箭弓弦发出的巨大响声。

⑦了却：犹今言"完成"。天下事：指收复中原的大事业。

点评

这首词作于何年难以考明，只知道是特为陈同甫所作并寄赠给他的。词里回忆自己过去的战斗生涯和豪情壮志，也表达了壮志未酬白发已生的悲愤心情，含有激励对方、寄以希望之意。

“醉里”两句，都是往事。“看剑”有铅刀一割、渴望杀敌的意味。“看剑”不仅是一个动作的交代，更是一种感情的流露。“醉里挑灯”则为“看剑”渲染了背景和气氛，增添了浪漫色彩。在下一句中，“吹角连营”既是“梦回”所闻，“梦回”又是“吹角连营”所致，可以从两个不同的角度加以体会。这两句，一写夜，一写晨，起笔就把调子定得很高，正所谓“起句当如爆竹”，引人入胜。这首词不但起得好，接得也好，“八百里”三句写的都是检阅军队这一件事，应当连读。“八百里”语义双关，一方面指牛，用《世说新语》的典故；另一方面，“八百里”又兼言营寨分布之广。“五十弦翻塞外声”这一句是说乐器中演奏出塞外的曲调。上片最后一句“沙场秋点兵”把分炙、奏乐等活动加以概括，点出是检阅军队。检阅期间一边翻奏塞外雄壮的乐曲，一边用烤熟的牛肉犒赏三军，其雄壮、肃穆、热烈、豪放，令读者有如耳闻目见。下片“马作”两句，写战斗的场面。辛弃疾这两句分别使用了刘备坐骑“的卢”和长孙晟“弓如霹雳”的典故，然而却令人不觉得使用了典故。快马良弓，奔腾驰骋于沙场之上，往日的生活是何等豪迈！而这一切都是为了一个大目标：“了却君王天下事，赢得生前身后名。”从词的开头到这里都是回忆，包括当年的战斗生活和当年的豪情壮志。最后一句才回到今天：“可怜白发生！”将前九句所述全部推翻。由“壮”之极，变而成为“悲”之极。大起大落，令人难以置信，然而这却是摆在眼前活生生的冷酷现实。前后对比，可见此最后一句之力量，乃比前九句力量为大，而这最后一句之力亦系前九句蓄积而至。

范开《稼轩词序》曰："器大者声必闳，志高者意必远。"辛弃疾诚所谓器大志高者，所以他的词声闳意远，继苏词之后另辟蹊径，以如椽之笔抒壮阔之情。词中那战斗的场面，英雄的气概，足以震撼千古。

西江月·夜行黄沙道中①

明月别枝②惊鹊，清风半夜鸣蝉。稻花香里说丰年。听取蛙声一片。

七八个星天外，两三点雨山前。旧时茅店社林③边。路转溪桥忽见。

注释

①黄沙：黄沙岭。《上饶县志》："黄沙岭在上饶县西四十里乾元乡，高约十五丈。"

②别枝：那边枝上。苏轼《黄州牡丹》诗："月明惊鹊未安枝。"

③社林：土地庙前的林子。

点评

全词以自然景物中微末形象，用天生好言语，刻画词人的心理活动和心情变化。不用一个典，不用一个生僻的字眼，但读来飘洒隽逸，和谐轻松，深入浅出，灵活生动，有乡土气息，有生活情味。对于在辛词中见惯了借古喻今与感时忧国的读者来说，读此词真有别开生面之感。明月、疏星、溪桥、茅店，入目所见，展现出一幅生动的农村生活图画；鹊噪、蝉鸣、蛙唱，入耳所闻，构成了一支悦耳的夏夜田野交响曲。不仅境界迷人，而且洋溢着丰收在望的愉悦之情。尤其结拍两句，最是妙极，就急寻避雨之处而言，先推出“茅店”，后补以“忽见”，则恍惚惊喜之态跃然纸上。就全篇而言，此乃点睛之笔。前六句纯作景语，似孤立不贯，至此方点出夜行之人。返照全词，则无一不是作者“夜行黄沙道中”的见闻和感受，词脉由是畅通一体。

水龙吟·过南剑双溪楼①

举头西北浮云②，倚天万里须长剑③。人言此地，夜深长见，斗牛光焰。④我觉山高，潭空水冷，月明星淡。待燃犀⑤下看，凭栏却怕，风雷怒，鱼龙惨。

峡束苍江对起，过危楼，欲飞还敛。⑥元龙⑦老矣，不妨高卧，冰壶凉簟⑧。千古兴亡，百年悲笑，一时登览。问何人又卸，片帆沙岸，系斜阳缆。

注释

①南剑：州名，南唐曰剑州，宋改称南剑州，今福建南平。双溪楼：因剑溪和樵川二水汇合而得名。王象之《舆地纪胜·南剑州》南平风景“冠绝于他郡，剑溪环其左，樵川带其右，二水交流，汇为澄潭，是为宝剑化龙之津”。

②西北浮去：浮云遮蔽西北，喻中原沦陷。曹丕《杂诗》：“西北有浮云，亭亭如车盖。”

③倚天万里须长剑：宋玉《大言赋》：“方地为车，圆天为盖，长剑耿耿倚天外。”

④“人言此地”三句：《晋书·张华传》载：西晋张华见东南斗牛之间有紫

气，因问豫章人雷焕，焕言“是宝剑之精上彻于天”。张华问在何郡，雷焕说在丰城。张华因补雷焕为丰城令，使求宝剑。焕于丰城狱屋基掘得宝剑。一曰龙泉，一曰太阿。焕以一剑送张华，自留一剑。后张华被害，其剑失所在。“焕卒，子华为州从事，持剑行经延平津，剑忽于腰间跃出堕水。使人没水取之，不见剑，但见两龙各长数丈，蟠萦有文章，没者惧而反。”延平津，即剑溪。亦即所谓“宝剑化龙之津”。斗牛，斗宿、牛宿两星座。斗牛光焰，谓上冲斗牛的光焰。

⑤燃犀：点燃犀角。传说犀角点燃可以照妖。

⑥“峡束苍江”三句：谓两岸山崖，似若飞腾却又敛住。杜甫《秋日夔府咏怀》诗：“峡束苍江起，岩排古树圆。”

⑦元龙：汉末陈登，字元龙。

⑧冰壶凉簟(diàn)：一壶冷酒，一领竹席。

点评

此词作于绍熙三年(1192)为闽帅任上。上片写词人登临南剑州双溪楼，抚今怀古，就南剑、双溪楼的地名、地理形势、历史传说铺叙开来，冶崇高与狰狞于一炉，在视觉、听觉、触觉、心理各方面，制造出审美的张力。此种意象之间的审美张力与词气上的沉郁顿挫里外应合，曲尽情致。人言此地剑光冲天，他俯仰天地，却有高山压顶，潭空水冷之感；才欲燃犀觅剑，却又畏惧鱼龙飞舞，风吼涛怒。一语一转，一步一顿挫，写出既图觅剑报国，又因现实冷峻而忧谗畏讥之情。情融景中，景与情会，诚是“峡束苍江”，“欲飞还敛”姿态。据此，下文遂有比况陈元龙“冰壶凉簟”之想，登楼远眺而生“千古兴亡”之慨。结韵一片“斜阳”，深寓国忧，而卸帆系舟，也终因国事难为而兴归去之念。

词人采用当地传说，并关合眼前奇幻苍茫的景色，寄寓他自身壮志未酬、抑郁苍凉的心情，委婉顿挫，展现了词人矛盾与无可奈何的心绪。同为豪放，前人常用“清雄”评苏词，稼轩此词则尽显自己“沉雄”本色。

沁园春

灵山齐庵赋，时筑偃湖未成①。

叠嶂西驰，万马回旋，众山欲东。正惊湍直下，眺珠倒溅；小桥横截，缺月初弓②。老合投闲③，天教多事，检校④长身十万松。吾庐小，在龙蛇影外，风雨声中。⑤

争先见面重重，看爽气朝来三数峰。⑥似谢家子弟，衣冠磊落；⑦相如庭户，车骑雍容。⑧我觉其间，雄深雅健，如对文章太史公。⑨新堤路，问偃湖何日，烟水濛濛。

注释

①灵山：位于江西上饶境内。齐庵：当在灵山，具体未详，疑即词中之“吾庐”为稼轩游山小憩之处。偃湖：新筑之湖，时未竣工，具体不详。

②缺月初弓：小桥如一弯弓形新月。

③老合投闲：年已老大，理当过清闲的日子。

④检校：巡查，管理。

⑤龙蛇影：松树影。古人常以“龙蛇”状枝干苍劲屈曲的松拍。风雨声：谓松涛声。

⑥“争先”二句：写夜雾渐散，群山争相露面。爽气朝来，《世说新语·简傲》称，王子猷为桓玄参军，桓玄欲委其事，子猷“初不答，直高视，以手版拄颊云：‘西山朝来，致有爽气。’”后以“西山爽气”状人品性疏散，不善趋迎。辛词借谓群峰送爽，沁人心脾。

⑦“谢家子弟”二句：谢家是晋代望族，其子弟十分讲究服饰仪表，有俊伟大方的风度。此处用以形容山峰挺秀轩昂。

⑧“相如”二句：《史记·司马相如列传》载，司马相如到四川临邛，“从车骑，雍容闲雅甚都（漂亮）”。

⑨“雄深雅健”二句：指司马迁的文章（主要指《史记》）风格雄浑、深刻、典雅、健拔。司马迁曾为太史令，自称“太史公”。

点评

此词描写在灵山齐庵所见山水景色，全用形象比喻手法。写山，或喻为万马奔腾，或喻为谢家子弟，或喻为相如车骑，或喻为太史文章；写水，则喻为跳珠；写桥，则喻为新月；写松，则喻为龙蛇；写松涛，则喻为风雨之声。这种连用骏马、人物、车骑、文章等各类不同的人和物的形神来比喻山势、山容，又出以铺陈排比的手法，在诗中比较脍炙人口的有韩愈的《南山诗》，在词中却是极其罕见的。而以司马迁《史记》雄深雅健的风格来比喻群山，尤觉匠心独运，出人意表。“叠嶂”三句，活画出灵山飞动的态势若万马奔腾回旋。叠嶂层峦，必有飞瀑，泉瀑奔泻直下，便想筑堤围湖，以观烟水濛濛的景色。全词思路由此逐渐展开，至结拍点题收束。遣词造句，也颇有“雄深雅健”的风格，当是作者的得意之作。

杨慎评曰：“赋筑偃湖云……且说松，而及谢家、相如、太史公，自非脱落故常者，未易闯其堂奥。刘改之所作《沁园春》，虽颇似其豪，而未免于粗。近日作词者，惟说周美成、姜尧章，而以东坡为词诗，稼轩为词论。此说固当，盖曲者曲也，固当以委曲为体。然徒狃于风情婉娈，则亦易厌。回视稼轩所作，岂非万古一清风哉！”（《词品》）

鹧鸪天

有客慨然谈功名，因追念少年时事[①]戏作。

壮岁旌旗拥万夫。锦襜[②]突骑渡江初。燕兵[③]夜娖[④]银胡䩮[⑤]，汉箭朝飞金仆姑[⑥]。

追往事，叹今吾。春风不染白髭须。却将万字平戎策[⑦]，换得东家种树书。

注释

①少年时事：指绍兴三十二年（1162）辛稼轩奉耿京之命南来建康，时虞允文大败金主完颜亮于采石矶，完颜亮旋被部下杀死，是南宋有望振兴的大好时机。但统治者苟且偷安，国事终不可为。

②襜（chān）：短衣，围裙。锦襜代指鲜明简洁的装束。

③燕兵：代指金兵。

④娖（chuò）：准备，整理。

⑤银胡䩮：银色箭袋。胡䩮，皮革制成，战士夜间用做枕头，利用内部空气

的共振作用，探测远处的声响。

⑥金仆姑：箭名。

⑦平戎策：《新唐书·王忠嗣传》，忠嗣"上平戎十八策"。此指稼轩上给朝廷的《美芹十论》、《九议》等奏疏。

点评

辛弃疾一生以气节自负，以功业自许，其长短句也颇具豪壮清健之气。稼轩令词中以豪壮沉郁见称者，除《菩萨蛮》（郁孤台下清江水）、《破阵子》（醉里挑灯看剑）诸篇外，此篇也堪为代表作。词以"有客慨然谈功名"起兴，上片纯属回忆"少年时事"，为稼轩平生最雄壮也最难忘的一幕，刻骨铭心，一触即发。是以挥笔写来，不唯形象生动，境界壮阔，而且豪情满怀，意气风发，令人振奋不已。下片起二句，"追往事，叹今吾"，抚今思昔，很好地起到承转的作用，以下就"叹今"抒发现实感慨。"春风"句叹壮时不再，但笔走轻灵，了无衰弱之态。结二句以互不关涉二事对举，形象地概括出南渡后的壮心抱负和落寞处境，于诙谐幽默中见牢骚悲愤。总观全词，上下片对照鲜明，叙事议论一气贯注，痛快淋漓，讽刺时政和不甘终老田园之意甚明。

陈廷焯评曰，"稼轩《鹧鸪天》云：'却将万字平戎策，换得东家种树书。'哀而壮，得毋有烈士暮年之慨耶！"（《白雨斋词话》）

贺新郎

别茂嘉[1]十二弟。鹈鴂[2]、杜鹃实两种，见《离骚补注》。

绿树听鹈鴂。更那堪、鹧鸪声住，杜鹃声切。啼到春归无寻处，苦恨芳菲都歇[3]。算未抵，人间离别。马上琵琶关塞黑，更长门翠辇辞金阙。[4]看燕燕，送归妾。[5]

将军百战身名裂，向河梁、回头万里，故人长绝。[6]易水萧萧西风冷，满座衣冠似雪。[7]正壮士、悲歌未彻。啼鸟还知如许恨[8]，料不啼清泪长啼血。谁共我，醉明月。

注释

①茂嘉：辛弃疾的族弟，因事被贬官桂林。

②鹈鴂（tí jué）：鸟名。《离骚》：“恐鹈鴂之先鸣兮，使夫百草为之不芳。”宋洪兴祖作《离骚补注》谓：“子规、鹈鴂，二物也。”

③芳菲都歇：花草全都凋谢了。芳菲，花草。

④“马上琵琶”二句：用王昭君出塞事。晋石崇《王明君辞序》：“昔公主嫁乌孙，令琵琶马上作乐，以慰其道路之思。其送明君，亦必尔也。”杜甫《咏怀古迹》诗：“千载琵琶作胡语，分明怨恨曲中论。”长门，汉宫名，汉武帝曾废陈皇后于长门宫，后泛指失意后妃所居之地，这里借指昭君辞汉。翠辇，翠羽装饰的

宫车。

⑤“看燕燕”二句：用卫庄姜送归妾事。《诗·邶风·燕燕》：“燕燕于飞，差池其羽。之子于归，远送于野。瞻望弗及，泣涕如雨。”诗序谓：“燕燕，卫庄姜送归妾也。”（按：《燕燕》一诗，按其内容，为卫君送妹远嫁之诗，诗序之说并不可靠，宋人犹据以为说，故稼轩用之。）

⑥“将军百战”三句：用李陵别苏武事。汉武帝天汉二年李陵率步卒五千出击匈奴，兵败投降。苏武被匈奴羁留于北海牧羊。李陵曾往劝降，苏武坚贞不屈。汉与匈奴和好后，苏武得以归汉，李陵于河梁为其置酒送别。《文选》载李陵《与苏武》诗：“携手上河梁，游子暮何之？”又《汉书·苏武传》载李陵送别语：“异域之人，一别长绝。”河梁，河桥。

⑦“易水萧萧”二句：用荆轲刺秦王事。战国末荆轲受燕太子丹恩遇，出使秦国，欲刺秦王。临发，太子丹及宾客皆白衣冠送之至易水上。“高渐离击筑，荆轲和而歌，为变徵之声，士皆垂泪涕泣。又前为歌曰：‘风萧萧兮易水寒，壮士一去兮不复还！’复为忼慨羽声，士皆瞋目，发尽上指冠。于是荆轲遂就车而去。终已不顾。”（见《战国策·燕策》）萧萧，风声。壮士，指荆轲。

⑧如许恨：离别之恨。

点评

据邓广铭《稼轩词编年笺注》，这首词写于闲居带湖时，但具体写作年代已不可确考。据刘过《沁园春》题作“送辛稼轩弟赴桂林官”，当亦是送别辛茂嘉之作。刘过宁宗嘉泰四年（1204）才进入辛弃疾幕府，由此推之，此词当是1204年之后所作。

此词叠用四事，前二事薄命女子，后二事先败英雄，但均生离死别，且关涉家国命运，足见词人抒情已不囿于兄弟情谊，而有其更深广的现实含蕴。此种现实虽未明示，但无疑暗喻家国兴亡之慨和个人身世之感。周济在《宋四家词选》中说：“前半阕北都旧恨，后半阕南渡新恨。”起首三句出手不俗，连举三种鸟的叫声，以鹈鴂表示离别的时令，鹧鸪表示不得不离别，杜鹃表示伤离别，各有所司，绝无堆砌重复之感，但见起兴之妙。接下来以“啼到春归”和“芳菲都歇”托意，“算未抵”一句则枢纽承转，导入人间离别。但又不直赋眼前离别，而叠用历史故实曲意传情。“如许恨”总收上文，“啼鸟”遥承篇首，互为呼应。而“不

啼清泪长啼血”，则将词意推进一层。结韵“谁共我，醉明月”方翻出送人本意，但也是旋到旋收，且情境兼胜，沉郁苍凉之至。中间铺排离恨故事，一气贯注，过片并不换意，自是江淹《恨赋》笔法。一路泛写别恨，至结句始点出送别之意，则源出唐诗“赋得体”。此二章法，一旦为稼轩灵活运用于词体，便卓然独立，自成创格。

西江月·遣兴

醉里且贪欢笑，要愁那得工夫。近来始觉古人书，信着全无是处。①

昨夜松边醉倒，问松“我醉何如”？只疑松动要来扶，以手推松曰：“去！”②

注释

①“近来”二句：意用《孟子·尽心下》：“尽信书，则不如无书。”孟子以为《尚书·武成》一篇纪事不可尽信。

②“只疑”二句：暗用汉代龚胜之事。汉哀帝时，丞相王嘉被诬有“迷国罔上”之罪。龚胜以为举罪犹轻。夏侯常拟劝龚胜，“胜以手推常曰：‘去！’”

点评

虽然在写词中，恰如其分地引入戏剧性场景并非辛弃疾发明，但是在他手上得到了发扬光大。品读辛弃疾的词，可从词中品出独特别致的戏剧韵味来。

从“醉里且贪欢笑”伊始，通篇“醉”字出现了三次。难道词人真成了沉湎醉乡的“高阳酒徒”吗？否。盖因其力主抗金而不为南宋统治者所用，只好借酒浇愁，免得老是犯愁。然而“抽刀断水水更流，举杯消愁愁更愁”。“近来”二句，才叙饮酒，又说读书，并非醉后说话无条理。这两句是“醉话”，然而“醉话”并非胡言乱语，它是词人的愤激之言。辛弃疾翻用古语，语含新意：古书上尽管有许多“至理名言”，现在却行不通，因此信它不如不信。以上种种，如直说出来，则不过慨叹“世道日非”而已。但词人曲笔达意，正话反说，便有咀嚼不尽之味。

下片更具体描写醉酒的神态。“松边醉倒”，这不是微醺，而是大醉。他醉眼迷离，把松树看成了人，问它：“我醉何如？”看见松枝摇动，只当是松树要扶他起来，便用手推开松树，并厉声喝道：“去！”醉憨神态，活灵活现。词人性格之倔强，亦表露无遗。仅仅二十五个字，构成了剧本的片断：这里有对话，有动作，有神情，又有性格的刻画。小令词能丰富如此，确属罕见。

永遇乐·京口北固亭怀古①

千古江山,英雄无觅,孙仲谋②处。舞榭歌台,风流总被,雨打风吹去。斜阳草树,寻常巷陌,人道寄奴③曾住。想当年,金戈铁马,气吞万里如虎。

元嘉草草,封狼居胥,赢得仓皇北顾。④四十三年,望中犹记,烽火扬州路。⑤可堪回首,佛狸祠下,一片神鸦社鼓。⑥凭谁问,廉颇老矣,尚能饭否。⑦

注释

①京口:今江苏镇江。北国亭:在今镇江城北北固山上,晋蔡谟筑楼山上,名北固楼,亦称北固亭。

②孙仲谋:三国时吴国国主孙权,字仲谋。

③寄奴:南朝宋武帝刘裕,字德舆,小字寄奴。

④"元嘉草草"三句:元嘉,南朝宋文帝年号。狼居胥,一名狼山,在今内蒙古西北。汉武帝元狩四年。遣卫青、霍去病率大军出击匈奴,封狼居胥山而还。(见《史记·霍去病传》)南朝宋文帝欲北伐中原,彭城太守王玄谟屡陈北伐之策。宋文帝曰:"观玄谟所陈,令人有封狼居胥意。"元嘉二十七年发大军北伐,王玄谟主力大败于滑台。(见《南史·王玄谟传》)仓皇北顾,宋文帝有诗云:"惆怅惧迁逝,北顾涕交流。"此三句虽用元嘉故事,实指宋孝宗隆兴元年(1163)宋军北伐失败。

⑤"四十三年"三句:自稼轩于绍兴三十二年(1162)奉表南渡,至开禧元年(1205)稼轩镇京口,整整四十三年。在张浚北代前一年,即高宗绍兴三十二年正月,稼轩奉耿京命,奉表南归,高宗召见,授右承务郎。闰二月,耿京为叛贼张

安国所杀，稼轩缚安国献俘，署江阴签判。隆兴元年稼轩在江阴签判任，张浚北伐与“符离之败”。均所亲见，故曰“四十三年，望中犹记，烽火扬州路”。

⑥佛狸：魏太武帝拓跋焘小字。元嘉二十七年，太武帝率军追击王玄谟，驻军长江北岸瓜步山（今江苏六合东南），在山上修建行宫，后来称为佛狸祠。神鸦：吃祠中祭品的乌鸦。社鼓：社日祭神的鼓声。

⑦“凭谁问”三句：战国赵名将廉颇，因受谗去赵居梁。“赵以数困于秦兵，赵王思复得廉颇，廉颇亦思复用于赵，赵王使使者视廉颇尚可用否。廉颇之仇郭开多与使者金，令毁之。赵使者既见廉颇。廉颇为之一饭斗米，肉十斤，被甲上马，以示尚可用。赵使者还报王曰：‘廉将军虽老，尚善饭。然与臣坐顷之，三遗矢矣。’赵王以为老，遂不召。”（见《史记·廉颇蔺相如列传》）

点评

词作于开禧元年（1205）镇江任上，上片追念起于京口建立功业的孙权、刘裕。孙权坐镇江东，北向抗衡。刘裕北伐一战而复青州，再战而复关中，辛弃疾都深为仰慕。下片“元嘉草草”数句针对韩侂胄正在策划的北伐行动。冒险轻敌，必然招致失败，结果反让佛狸饮马长江，血食至今。次年韩侂胄伐金败绩，果为辛弃疾不幸言中。辛弃疾这年六十六岁了，篇末以廉颇自比，感叹弃置不用。这首词怀古抚今，以词论政，是其特色。词中提到几次南北战争，全是几万、几十万人的大战，都不过用了三四句，或正面铺张（金戈铁马），或反面衬托（仓皇北顾），或用亲身经历（烽火扬州路），或借前代遗迹（佛狸祠），境界全出而色彩各异，像一幕幕历史场景在我们面前轮转变换。全词情调回旋起伏，具有稼轩词特有的兵战气息和英雄气概，雄壮激烈，同时又沉郁悲痛，苍凉遒劲。上片怀念孙刘，惋惜时光的流逝，又赞美功业的不灭。下片回顾历史创伤和个

人处境，热切的期待成为无可奈何的悲愤。有人认为此词用典太多，但作为怀古词不能不涉及众多史事。陈廷焯谓其“以浩气行之”，“不嫌其堆垛”。以廉颇自比，这个典就用得很贴切，既表现了他老当益壮、临阵思战的凌云壮志，又点明了他屡遭谗毁、投闲置散的实际遭遇，同他的心情、身份都有一致之处，含义也就更加深刻。

岳珂在《桯史·稼轩论词》中说他提出《永遇乐》一词“觉用事多”之后，稼轩大喜，“酌酒而谓坐中曰：‘夫君实中余痼。’乃味改其语，日数十易，累月犹未竟”。人们往往从这一段记载引出这样一条结论：辛弃疾词用典多，是个缺点，但他能虚心听取别人的意见，创作态度可谓严肃认真。而这条材料所透露的另一条重要信息却被人们所忽视：以稼轩这样一位语言艺术大师，为什么会“味改其语，日数十易，累月犹未竟”，想改而终于改动不了呢？这不恰恰说明，在这首词中，用典虽多，然而这些典故却用得天衣无缝，恰到好处，它们所起的作用，在语言艺术上的能量，不是直接叙述和描写所能代替的。就这首词而论，用典多并不是辛弃疾的缺点，而正体现了他在语言艺术上的特殊成就。明代杨慎说这首《永遇乐》为稼轩词中第一，殆非虚语。

南乡子·登京口北固亭有怀[1]

何处望神州？满眼风光北固楼。千古兴亡多少事？悠悠[2]。不尽长江滚滚流[3]。

年少万兜鍪，[4]坐断东南战未休。天下英雄谁敌手？曹刘。[5]生子当如孙仲谋[6]。

注释

①京口：今江苏镇江。《元和郡县志》："孙权自吴徙治丹徒，号曰京口。后徙建业，于此置京口镇。"北固亭，见《永遇乐》（千古江山）注①。

②悠悠：长远貌。

③"不尽"句：化用杜甫《登高》诗"不尽长江滚滚来"句。

④年少：指孙权，字仲谋，年十九即继孙策为吴国之主。兜鍪（móu）：头盔，代指战士。

⑤"天下英雄"二句：《三国志·蜀先主传》中曹操曾对刘备说："今天下英雄，惟使君与操耳，本初之徒不足数也。"此化用其语，谓天下英雄谁是孙权敌手，答曰：曹刘，即曹操与刘备。

⑥"生子"句：《三国志·吴主传》裴松之注引《吴历》，曹操与孙权战于濡须，见孙权舟船器杖，军伍整肃，喟然叹曰："生子当如孙仲谋，刘景升儿子若豚犬耳！"

点评

这首词作于宋宁宗嘉泰四年(1204),在京口知府任上,时年六十五岁。作者登楼眺望祖国河山,有感而发。

上片登楼望远,感叹兴亡,写的是作者在北固亭的所见所感。开头二句一问一答,显得很不寻常。这一问一答,既写所见,又写所感,且以倒装形式说出,沉郁悲怆而又振聋发聩。这里说的是当前的现实:登楼远望,只见楼前风光,不见中原故土。但作者的思绪,却由现实的观感升华到历史的透视。当看到眼前奔流不息的万里长江之时,作者似乎觉得古往今来的兴亡都已成为历史。所谓"千古兴亡多少事,悠悠。不尽长江滚滚流"。下片就地怀古,首二句平叙之笔,赞孙权雄踞江东而争霸天下,喻今勉世。"天下"句以问振起,继之活用史实,以曹、刘陪衬孙权。此词上下两片,一借杜诗以眼前景结,一用操语以议论作收,俱水到渠成,浑然天成,直如己出。尤其下片结拍三句化用曹操语意,一气而下,对答如流,备见功力。词的风格明快,问答自如,言简意深,活泼生动,情调比较乐观,充分体现了令词的特点。

陈　亮

陈亮(1143~1194),字同甫,世称龙川先生,婺州永康(今属浙江省)人。是南宋一位杰出的思想家,宋史称他"为人才气超迈,喜谈兵,议论风生,下笔数千言立就"。他积极主张抗金,反对苟安投降,多次上书宋孝宗,陈述抗金方略,不被采纳,反遭诬陷,屡被下狱。他是辛弃疾的密友,以词为抗金进行呐喊,感情激越,风格豪放。有《龙川词》,毛晋称其词"不作一妖语、媚语"(《龙川词跋》)。

念奴娇·登多景楼①

危楼[2]还望[3]，叹此意、今古几人曾会？鬼设神施[4]，浑认作、天限南疆北界。一水横陈，连岗三面，做出争雄势。六朝何事，只成门户私计[5]？

因笑王谢诸人，登高怀远，也学英雄涕。[6]凭却长江，管不到，河洛[7]腥膻[8]无际。正好长驱，不须反顾，寻取中流誓[9]。小儿破贼[10]，势成宁问疆对[11]。

注释

①多景楼：在江苏省镇江市北固山上的甘露寺内。

②危楼：高楼。

③还望：四面眺望。还，通“环”。

④鬼设神施：指江山形势之奇巧非人工所能为。

⑤“只成”句：谓六朝统治者依靠长江做偏安一隅的自私打算。

⑥“因笑”三句：《世说新语·言语》载，东晋初年，南渡士大夫每于新亭聚会，触景生情：“过江诸人，每至美日，辄相邀新亭，藉卉饮宴。周侯中坐而叹曰：‘风景不殊，正自有河山之异！’皆相视流泪。唯王丞相(导)愀然变色曰：‘当共戮力王室，克复神州，何至作楚囚相对?’”

⑦河洛：黄河、洛水，泛指中原。

⑧腥膻：本指牛羊腥膻气，这里指入侵的金军。

⑨中流誓：《晋书·祖逖传》：祖逖领兵北伐。“渡江，中流击楫而誓曰：‘祖逖不能清中原而复济者，有如大江！’”

⑩小儿破贼：《晋书·谢安传》载，淝水大战时，谢玄等军队击败苻坚，有驿书至，(谢安)方对客围棋，看书既竟，便摄放床上，了无喜色，棋如故。客问之，徐答云：“小儿辈遂已破贼。”

⑪疆对：应作“强对”。疆，通“强”。犹言强敌、劲敌。

点评

陈亮四十六岁那年春天到金陵(今南京)、京口(今镇江)两地实地考察，以图抗金恢复之计。作者登临镇江北固山多景楼，隔江远眺中原大地，感慨万分而写下此篇名作。

词之开篇借对京口江山险要形势的赞叹，抒发了积郁已久的愤慨。长江滚滚，三面环绕雄峻的山峰，有利的地形。正可凭借它进取中原，统一全国。然古今有几人曾意识到此点。相反，当权的主和派却把这当作宋金的天然疆界，避隅江南，正如历史上的六朝一样，做自私苟安的打算。下片，“因笑王谢诸人”三句，紧承上片，借典来讽刺南宋当权人物。“也学英雄涕”的“英雄”是反语，讽刺东晋世族，而“也学”二字正勾勒出了南宋当权者的丑恶嘴脸。以下直斥主和派凭着险要的江山却不管中原广大沦陷区的卑懦行径，以赞扬祖逖击楫中流、义无反顾的精神和东晋谢安叔侄淝水之战的胜利，鼓励人们为统一祖国而奋斗，更表达了词人渴望发挥力量，为恢复中原而效力的爱国热忱。

句句指斥东晋南朝，却句句谴责南宋统治者，是本词的价值所在。全词立意高迈，笔力雄健，议论纵横，大气磅礴，具有“起顽立懦”的强烈感染力。

一丛花·溪堂玩月作

冰轮[①]斜辗[②]镜天长，江练隐寒光。危阑醉倚人如画，隔烟村、何处鸣榔[③]。乌鹃倦栖，鱼龙惊起，星斗挂垂扬。

芦花千顷水微茫，秋色满江乡。楼台恍似游仙梦，又疑是、洛浦潇湘[④]。风露浩然，山河影转，今古照凄凉。

注释

①冰轮：指月。

②斜辗：斜照。

③鸣榔：也作“鸣桹”，渔人捕鱼时用长木板敲打船舷，发出桹桹的声音，使鱼惊而入网。

④洛浦潇湘：洛水（在今河南省），相传是女神宓妃出没的地方。曹植写过一篇《洛神赋》，描写了一个人神恋爱的故事。潇湘，这里指湘水（在今湖南省）。屈原《九歌》中的《湘君》和《湘夫人》，都和湘水有关。写的是湘水之神的恋歌。

点评

此词上片写“危阑醉倚”时所见所闻，极力描绘出一个澄澈清旷、恬静而又有声响的美妙世界。下片写梦中经历，宛如身入洛浦潇湘仙境，不尽微茫浩渺。

结拍因“风露浩然”而醒来，山河变换，人世沧桑之慨袭上心头。赏月本图轻松潇洒，却不料依然沉重凄凉，这便是英雄词人陈亮内心愁郁的写照。此词通篇描绘秋江月夜的瑰丽景象，只在词的结尾处才透露出作者感时伤怀的悲凉情怀。与作者其他或豪放或深婉之作相比，此作显然另具风韵。由此看来，陈亮并非只擅“壮语”、“豪语”。

刘过

刘过(1154~1206)，字改之，自号龙洲道人，吉州太和(今江西省泰和县)人。他力主北伐抗金，光宗时曾上书朝廷，提出收复中原的方略，未被采纳。几次应举未中，遂长期流浪江湖间。晚年与辛稼轩过从，甚得稼轩称赏。后寓居昆山，先稼轩一年去世，年五十三。所作词粗犷豪放，痛快淋漓，大多感慨时局，鼓吹抗战，抒发其愤懑不平之气。有《龙洲词》。

沁园春

风雪中欲诣稼轩，久寓湖上，未能一往，因赋此词以自解。

斗酒彘肩[①]，风雨渡江，岂不快哉？被香山居士[②]，约林和靖[③]，与东坡老，驾勒吾回[④]。坡谓“西湖，正如西子，浓抹淡妆临镜台”[⑤]。二公者，皆掉头不顾，只管衔杯。

白云“天竺飞来[⑥]，图画里、峥嵘楼观开。爱东西双涧，纵横水绕，两峰南北，高下云堆”。逋曰“不然，暗香浮动[⑦]，争似孤山[⑧]先探梅？须晴去，访稼轩未晚，且此徘徊”。

注释

①斗酒彘肩：指痛快豪放的宴饮。彘(zhì)肩，猪蹄带肩胛，即整条猪前腿。

②香山居士：白居易晚年的号。

③林和靖：林逋，字和靖，宋初诗人，隐居西湖孤山。

④驾勒吾回："勒吾驾回"之倒装语，即把我的车乘拉了回去。

⑤"坡谓"三句：苏轼《饮湖上初晴后雨》诗："欲把西湖比西子，淡妆浓抹总相宜。"

⑥天竺飞来：指杭州灵隐山东南的飞来峰。传说东晋时中天竺国(今印度)僧人慧理来到西湖。说此峰是中天竺国灵鹫山的小岭，不知何时飞来此处。

⑦暗香浮动：林逋《山园小梅》诗："疏影横斜水清浅，暗香浮动月黄昏。"

⑧孤山：在西湖的里湖和外湖之间。因多植梅花，故又名"梅屿"。

点评

宁宗嘉泰三年(1203)，刘过在杭州，其时出任绍兴知府兼浙东安抚使的辛弃疾派人送信给他，邀他到绍兴一会。恰好刘过当时因为有事不能前往，于是"因效辛体作《沁园春》一词并缄往，下笔便真"。词里把白居易、林逋和苏轼三位不同时期的古人拉在一起对话，想象可谓大胆奇诡。三古人对话，隐括了他们写西湖的著名诗句，编排为一番应先游西湖何处的精彩争论，而最终却要抒作者之情，可谓一石三鸟。笔墨挥洒自如，生动活泼，富有谐趣，且不受格律影响，可见刘过其人豪放不羁的性格特点，学习稼轩词风可谓神似。虽然有人讥讽"白日见鬼"(岳珂语)，却深得辛弃疾的欣赏。

唐多令

安远楼小集，侑觞歌板之姬黄其姓者，乞词于龙洲道人，为赋此《唐多令》，同柳阜之、刘去非、石民瞻、周嘉仲、陈孟参、孟容。时八月五日也。①

芦叶满汀洲，寒沙带浅流。二千年重过南楼。柳下系船犹未稳，能几日又中秋。

黄鹤断矶头②，故人今在不？旧江山浑③是新愁。欲买桂花同载酒，终不似，少年游！

注释

①安远楼：在武昌西南的黄鹄山（一名黄鹤山，即今之蛇山）上，又名南楼。集：聚会。侑（yòu）觞歌板之姬：唱曲劝酒的歌伎。歌板，即歌唱，板为按节之拍板。

②黄鹤矶：在黄鹄山上，上有黄鹤楼，传说仙人王子安曾乘鹤过此，故名。

③浑：全。

点评

此虽为歌伎之词，但词旨激越，感情深婉。故当初传诵一时，后来刘辰翁于临安失陷后，曾步韵和了七首之多。

全篇的基调便是物是人非之感：就自身而言，二十年前风华正茂、狂放风流,二十年后壮志成虚、岁老年暮,不盼中秋而中秋又到;"黄鹤断矶头,故人今在不"暗用崔颢《黄鹤楼》"昔人已乘黄鹤去,此地空余黄鹤楼。黄鹤一去不复返,白云千载空悠悠"诗意,乃是从友人而言,感叹昔日以斩楼兰为己任的将种诗盟志士而今所剩无几;就江山社稷而言,不仅山河未能恢复,且国势日衰,是旧愁未去,又添新愁。有此三者,纵苦中寻乐,也无兴致了:"终不似,少年游!"词人忧愁国事却不直接铺叙,而是曲折抒情,将所有感慨融入"旧江山浑是新愁"一句,使之成为全篇的词眼,亦是为人传诵的名句。清人刘熙载曰:"刘改之词,狂逸之中,自饶俊致,虽沉着不及稼轩,足以自成一家。"用来评此词可谓恰如其分。

崔与之

崔与之(1158~1239),字正子,号菊坡,广州增城(今属广东)人。绍熙四年(1193)进士,历官秘书监,出知成都府,进本路安抚使。理宗朝,召为吏部尚书,拜参知政事、右丞相,皆力辞。以观文殿大学士致仕,封南海郡公。有《菊坡集》,存词二首。

水调歌头·题剑阁[1]

万里云间戍,立马剑门关。乱山极目无际,直北是长安。[2]人苦百年涂炭,鬼哭三边锋镝[3],天道久应还。手写留屯[4]奏,炯炯寸心丹。

对青灯,搔白首,漏声残。老来勋业未就,妨却一身闲。蒲涧[5]清泉白石,梅岭[6]绿阴青子,怪我旧盟寒[7]。烽火平安夜,归梦绕家山。

注释

①剑阁：栈道名。在今四川剑阁县东北大剑山小剑山之间，相传为诸葛亮所修筑，是军事戍守要地。

②"乱山"二句：用杜甫《小寒食舟中作》"云白山青万余里，愁看直北是长安"诗意。长安，代指北宋都城汴京。

③锋镝：锋，兵刃；镝，箭镞。泛指兵器。这里指战争。

④留屯：留下驻守边关。

⑤蒲涧：在广州白云山上。涧中生有九节菖蒲，其水清甜。作者曾隐居于此。

⑥梅岭：大庾岭，在江西、广东交界处。因岭上多梅，故称。

⑦盟寒：犹"寒盟"，违背盟约。

点评

崔与之为南宋后期名臣，宁宗嘉定年间以焕章阁待制出任成都知府兼本路安抚使，对稳定蜀中局势，巩固边防颇有贡献。剑门关在四川剑阁东北，地势险要，为古代兵家必争之地，有"一夫当关，万夫莫开"之称。这首词是作者任职成都，视察川北防务时所作。上片写作者立马剑门关上，北望中原，慨叹国土沦丧、人民涂炭，决心为改变目前的局势、收复失地、统一祖国而贡献自己的力量。起首四句，雄

直豪迈，潘飞声《粤词雅》赞曰："雄壮极矣，虽苏、辛亦无以过之……余谓崔词，非雄直而何！"下片沉郁苍凉，寄慨遥深，自言老来功业未就，虽欲退闲，但重任在身，当以国事为重，所以只能在梦中回到家乡去看看。全篇意境壮阔，气势豪迈。更以词人一腔诚挚的爱国情怀而极具感人力量。麦孺博云："菊坡虽不以词名，然此词豪迈，何减稼轩。"(《艺蘅馆词选》引)是赞其颇得辛词神髓。

刘克庄

刘克庄(1187~1269)，字潜夫，号后村，莆田(今属福建)人。出身世家，得补官。仕途坎坷，曾写《落梅》诗，被认为讪谤，免官废弃多年。理宗时赐进士出身，官至龙图阁学士。诗属江湖派，词属辛派。有《后村大全集》、《后村长短句》。

沁园春·梦孚若①

何处相逢？登宝钗楼②，访铜雀台③。唤厨人斫就，东溟鲸脍④；圉人呈罢，西极龙媒。⑤天下英雄，使君与操⑥，余子谁堪共酒杯？车千乘，载燕南赵北，剑客奇才。

饮酣画鼓如雷，谁信被晨鸡轻唤回？叹年光过尽，功名未立；书生老去，机会方来。使李将军，遇高皇帝，万户侯何足道哉！⑦披衣起，但凄凉感旧，慷慨生哀。

注释

①孚若：方信孺，字孚若，福建莆田人，为刘克庄同乡好友。他曾三次使金，抗节不屈。

②宝钗楼：宋时咸阳酒楼，传为汉代始建。陆游《对酒》诗："但恨宝钗楼，胡沙隔咸阳！"

③铜雀台：曹操所建台名，故址在今河北临漳县西南古邺城西北隅。

④东溟：东海。鲸脍：鱼片。

⑤圉人：养马之人。西极龙媒：西域产骏马。

⑥使君与操：《三国志·先主传》载，曹操曾谓刘备曰："今天下英雄，惟使君与操耳。"

⑦"使李将军"三句：李将军，李广。《史记·李将军列传》：汉文帝谓李广曰："惜乎子不遇时！如令子当高帝时，万户侯何足道哉！"

点评

大凡诗人说梦，总与现实相映照：或由现实堕入梦境，或梦醒后面对现实，或梦与现实共时并行。后村此词即可视为写梦第二法之例。上片写的是与好友方孚若相聚欢宴、畅抒胸怀的场景。相逢的地点之气派典雅、宴饮之壮观豪迈、宾客之胸襟抱负，无不令人叹为观止。作者与好友方孚若的人生价值似乎因而得到了完美的实现。然而，这毕竟是在梦中。词的下片却极具技巧地笔锋一转，以梦境中宴饮时助兴的如雷鸣般的画鼓声，天衣无缝地演化为现实中的晨鸡报晓的啼声，将作者从欢快舒畅的梦境一落千丈地唤回到“叹年光过尽，功名未立；书生老去，机会方来”的严酷凄凉的现实。人生最可怕的莫过于梦醒后面对残酷的现实，发觉无路可走。对于后村而言，所谓无路可走，当然是无法舒展自己抗金卫国的雄心壮志。天赋极高的好友方孚若终生郁郁不得志，这使得作者不禁把好友方孚若比做了汉朝的战功卓著却因生不逢时而得不到升迁的飞将军李广。“披衣起，但凄凉感旧，慷慨生哀”是神来之笔，这一句把作者从梦境中的慷慨激昂到梦醒时分环顾四周，不见故人的惆怅不已、悲从中来的凄凉心境刻画得淋漓尽致、入木三分，令人一唱三叹。俞平伯《唐宋词选释》评曰：“观其通篇不用实笔，似粗豪奔放，仍细腻熨帖，正如脱羁之马，驰骤不失尺寸也。”

贺新郎·送陈真州子华①

北望神州路。试平章、这场公事②，怎生分付？记得太行山百万，曾入宗爷驾驭③。今把作、握蛇骑虎。君去京东豪杰喜，想投戈、下拜真吾父④。谈笑里，定齐鲁。

两河萧瑟惟狐兔。问当年、祖生⑤去后，有人来否？多少新亭挥泪客，谁梦中原块土？算事业，须由人做。应笑书生心胆怯，向车中、闭置如新妇⑥。空目送，塞鸿去。

注释

①这首词作于宝庆三年(1227)。陈韡，字子华。朝廷命他知真州兼淮南东路提点刑狱。真州，今江苏仪征。

②平章：评论，筹划。公事：指卫国抗金大事。

③“记得”二句：指宗泽招募太行山一带王善、杨进、王再兴、李贵等义军事。

见《宋史·宗泽传》。宗爷：宗泽，时为东京留守，金人呼为宗爷爷。

④真吾父：《宋史·岳飞传》载，岳飞以书晓谕起义军首领张用，张得书说“真吾父也”。即投岳飞。

⑤祖生：祖逖。此处借指宗泽、岳飞等抗金将领。

⑥“向车中”句：《梁书·曹景宗传》：“今来扬州作贵人，动转不得。路行开车幔，小人辄言不可。闭置车中如三日新妇。遭此邑邑，使人无气。”

点评

作为辛派重要词人，刘克庄着重发展了词的散文化、议论化。他的词擅长叙事说理，这首词即可为例。上片从送行写起，希望陈子华到北方后能学宗泽、岳飞善待北方豪杰，开创抗金新局面，而不要像别人那样把义军视作危险力量。下片感叹宗泽、岳飞之后，中原便无抗金人物，南宋当权派都是妄自空谈之辈。最后以书生自嘲，借以称赏陈子华勇于渡江到北方前线去任职，归结到送行的题旨。全词气势磅礴，大义凛然，雄奇跌宕，格调高远。起处引出中间大段慷慨激昂的议论，借以表达作者对当前形势的看法。结拍用“空目送，塞鸿去”点题收住，绾合甚密，言有尽而意甚远。全篇纵横开阖，峭拔奇警，堪称“壮语足以立懦”（杨慎《词品》）。冯煦《六十一家词选例言》谓：“后村词与放翁、稼轩犹鼎三足。其生丁南渡，拳拳君国，似放翁；志在有为，不欲以词人自域，似稼轩。”刘克庄的词的确继承了陆游、辛弃疾的爱国主义传统，在南宋后期词坛占有重要地位。

吴文英

吴文英(1200? ~1260?),字君特,号梦窗,晚号觉翁。四明(今浙江宁波)人。终身布衣,以清客身份出入于权贵史宅之、贾似道等之门,常往来苏、杭、绍兴一带,以游幕为生。他的词上承温庭筠,近师周邦彦,在辛弃疾、姜夔词之外,自成一格。他的词多咏物写景之作,音律和谐,描写细腻,颇多好句。有《梦窗词》四卷,存词三百余首。

高阳台

过种山,即越文种墓。①

帆落回潮,人归故国,山椒②感慨重游。弓折霜寒,机心已堕沙鸥③。灯前宝剑清风断,正五湖、雨笠扁舟。④最无情,岩上闲花,腥染春愁。

当时白石苍松路,解勒回玉辇⑤,雾掩山羞。木客⑥歌阑,青春一梦荒丘。年年古苑西风到,雁怨啼。绿水蘋秋⑦。莫登临,几树残烟,西北高楼。

注释

①种山:在今浙江绍兴市北,有越文种墓。文种,春秋时越国大夫,辅佐越王勾践,使越由弱而强,出计灭吴,立有大功。功成,被勾践赐剑自刎。葬于种山。

②山椒:山顶。

③机心已堕沙鸥：机心一动，便惊动了沙鸥。机心，欲念，机诈之心。

④“灯前”二句：是说正身在江湖，却挑灯抚看断剑，有心报国杀敌。清风，剑名。

⑤回玉辇：指送葬的车驾返回。

⑥木客：山中鬼怪。

⑦蘋秋：秋蘋，即红蓼，生水边。

点评

本篇为词人过种山时凭吊感慨之作。上片写自己在弓折剑断、“机心已堕”的情况下，遨游五湖，因而来到种山。过片“最无情，岩上闲花，腥染春愁”三句，以岩上的春花犹带血腥气，暗示文种被杀，点明题意。换头三句，谓文种死葬之时，天为之生愁而降雾，山亦为越国感到耻辱而含羞。“木客”以下借端抒怀，感叹国家形势的危殆：英雄已死，国势如西风古苑、哀鸿残烟。将兴亡之感与英雄被害联系起来，指出了国家兴亡的根源，也流露了词人报国的热忱，运意深远，感情沉郁。

八声甘州·陪庾幕诸公游灵岩[①]

渺空烟四远，是何年、青天坠长星？幻苍崖云树，名娃金屋[②]，残霸宫城。箭径酸风射眼[③]，腻水染花腥[④]。时靸[⑤]双鸳响，廊[⑥]叶秋声。

宫里吴王沉醉，倩五湖倦客，独钓醒醒[⑦]。问苍波无语，华发奈山青。水涵空[⑧]、阑干高处，送乱鸦、斜日落渔汀。连呼酒、上琴台去，秋与云平。

注释

①庾幕：提举常平司的幕僚。灵岩：山名，《吴郡志》："灵岩山即古石鼓山，在吴县西三十里。上有吴馆娃宫、琴台、响屧廊。山前十里有采香径，斜横如卧箭云。"

②名娃金屋：指馆娃宫。名娃，指西施。

③酸风射眼：出自李贺《金铜仙人辞汉歌》："东关酸风射眸子。"酸风，凄风。

④腻水染花腥：以带有美人脂粉的水灌溉花木，使花也染有脂粉香味。杜牧《阿房宫赋》："渭流涨腻，弃脂水也。"

⑤靸（sǎ）：拖鞋，这里用做动词。

⑥廊：指响屧廊。《吴郡志》："相传吴王令西施步屧（即木屐），廊虚而响，故名。"

⑦"宫里"三句：因为吴王夫差荒淫，沉醉深宫。才使得清醒的越国大夫范蠡以西施亡吴之计成，功成退隐于五湖。五湖倦客，指范蠡。醒醒，清醒。

⑧水涵空：天空倒映在水里的景象。涵，包容。

点评

上片凭吊吴宫陈迹。开篇掷笔空寂，横绝古今，词人叩问苍茫天地，是何年青天陨落的星辰幻化为高高的灵岩山？并幻化出苍崖云树、名娃金屋，于是有了人世沧桑、历史风云。其奇思妙想，宏阔空灵。一个"幻"字，直领以下三句，化实为虚，写出了宇宙从无到有的沧海桑田变化，形象地表达了千年古迹给人的历史虚幻感。西施的遗迹本是一片废墟，作者却能联想到当年采香径中的脂香腥味、沙沙落叶，仿佛是响屧空廊里木屐击响的声音，化虚为实。下片褒贬人物，吊古伤今。吴王沉醉，昏庸误国；范蠡清醒，功成身退。三句以吴王荒淫亡国的历史教训隐含着对现实的讽喻，"独醒无语，沉醉奈何，是此词最沉痛处"（《海绡说词》）。"问苍波"以下，词人将身世之感、吊古之意融入空蒙秋景之中。问世事沧桑，怒沧波不答；见青山常绿，叹白发新添。水天茫茫，见其空虚无着；斜日西沉，喻前景渐暗；暮鸦乱飞，念百姓流离。词人忧伤国事的心情皆融入景中。末句更上一层楼，秋云高展，把盏抚琴，尽排伤悼之慨。全词起结相应，气势壮阔。悼昔伤今，笔意纵横。故周济评曰："奇思壮采，腾天潜渊。"(《宋四家词选目录》序论)

陈人杰

陈人杰(1218~1243)，一名经国，字刚父，号龟峰，长乐(今属福建)人。少年寓居临安，后应举不第，浪游两淮荆湘等地，未展其才而逝。有《龟峰词》一卷，存词三十一首，全用《沁园春》词调，抒发深挚的爱国热忱和对当权者的愤慨之情，词风似辛弃疾。

沁园春·丁酉岁感事①

谁使神州，百年陆沉，青毡未还②？怅晨星残月，北州豪杰；③西风斜日，东帝江山。④刘表坐谈⑤，深源轻进⑥，机会失之弹指间。伤心事，是年年冰合⑦，在在风寒。

说和说战都难。算未必江沱⑧堪宴安。叹封侯心在，鳣鲸失水；⑨平戎策就，虎豹当关。渠自无谋，事犹可做，更剔残灯抽剑看。麒麟阁⑩，岂中兴人物，不画儒冠⑪。

注释

①丁酉岁：理宗嘉熙元年(1237)。

②青毡未还：指中原故土未收回。《晋书·王献之传》："献之夜卧斋中。而有偷人入其室，盗物都尽。献之徐曰：'偷儿，青毡我家旧物，可特置之。'群偷

惊走。”

③“怅晨星”二句：为北地英雄豪杰零落稀少如晨星残月而惆怅。

④“西风”二句：为南宋江山危如秋风落日而惆怅。东帝，战国时齐湣王称东帝，后被燕将乐毅攻破。这里指偏安一隅的南宋王朝。

⑤刘表坐谈：刘表，字景升，汉献帝时荆州刺史，不能知人善任，致使国危而无辅。这里用做对南宋当权者的批评。

⑥深源轻进：东晋殷浩字渊源，唐避高祖李渊讳，改渊为“深”。据《晋书·殷浩传》载，永和九年(353)。殷浩见前秦苻坚死，想乘机北伐，收复中原，用羌人姚襄为先锋，后姚襄叛变倒戈，终因轻敌冒进而招致失败。

⑦冰合：冰冻，指局势艰危。

⑧江沱：这里指江南。沱，江水的支流。

⑨“叹封侯”二句：感叹自己虽有建功立业之大志，而无施展抱负的环境。鳣(zhān)鲸，均为大鱼名。大鱼离开了水，喻英雄困顿。

⑩麒麟阁：汉初萧何造，汉宣帝时曾画霍光等十一功臣像于阁上。

⑪儒冠：指代书生。

点评

蒙古与宋于理宗端平元年(1234)联合灭金后，便大举南侵，攻破成都、襄阳、枣阳等地，丁酉七月，又进至合肥。南宋丢城失地，人民饱受苦难。二十岁的词人有感于此，作词指斥当权派的无能，感叹报国无门。议论与抒情融合无间，爱国激情炽烈感人。一起三句，用诘问语表述中原沦陷，国土未复的悲痛之情，谴责当权者误国误民的罪行。接着用一“怅”字领起四个短句，揭示目前所面临的危急形势。“刘表”三句，以古喻今，揭露统治集团昏聩无能，贻误战机，葬送了恢复大业。“伤心事”三句，寓情于景，抒写对国事的忧虑。换头两句，陈述自己对“和”、“战”的看法，反对继续苟且偷安。然后又用一“叹”字领起四个短句，抒发壮志难酬的悲愤。“渠自无谋”三句，一反一正，表达作者欲力挽狂澜的决心。最后三句，慷慨激昂，强烈希望能为国家杀敌立功，名垂青史。

全词从慨叹中原长期沦陷开始，针对南宋统治者宴乐苟安、坐失良机的种种罪行予以深刻地揭露和抨击。歇拍以高昂的语气收束，表示要为宋朝的中兴而奋斗，体现了作者强烈的爱国精神。词中用典虽多，但都切合时事；两片内容前呼后应，议论开阖，笔势纵横，流转自如；歇拍虽自抒怀抱，亦兼号召抗战之意，给人以激励和鼓舞。

刘辰翁

刘辰翁(1232~1297)，字会孟，号须溪，庐陵(今江西省吉安市)人。理宗景定三年(1262)进士，因抨击贾似道迫害忠良，被列为丙等。曾任临安府学教授、濂溪书院山长。宋亡不仕。曾参加文天祥领导的抗元斗争，又在外流落多年，晚年隐居庐陵山中。他的词，宋末时期能揭露朝政的腐败，入元之后则抒写亡国之痛，继承了辛派词人的爱国传统。后人辑其作品为《须溪集》，有词三百五十余首。

兰陵王·丙子送春①

送春去，春去人间无路。秋千外，芳草连天，谁遣风沙暗南浦②。依依甚意绪？漫忆海门飞絮③。乱鸦过、斗转④城荒，不见来时试灯处。

春去，最谁苦？但箭雁沉边⑤，梁燕无主。杜鹃声里长门暮。想玉树凋土⑥，泪盘如露⑦。咸阳送客屡回顾，斜日未能度。

春去，尚来否？正江令恨别⑧，庾信愁赋⑨。苏堤尽日风和雨。叹神游故国，花记前度⑩。人生流落，顾孺子⑪，共夜语。

注释

①丙子：指宋恭帝德祐占二年（1276），这年春二月，元军攻陷南宋京都临安。

②“谁遣”句：暗示元军南侵，使江南地区天昏地暗。南浦，这里代指南宋所辖地区。

③海门飞絮：喻指逃至沿海的南宋君臣。元军破临安后，宰相陈宜中等出逃至福州，立赵昰（shì）为帝，是为端宗；端宗死后文天祥立赵昺为帝，逃至南海崖山。

④斗转：北斗星移了位置。古人说“斗转春回”，这里兼指时代发生了变迁。

⑤箭雁沉边：中箭的雁落在边远的地方，喻指被元军俘虏北去的恭帝及太后等人。

⑥玉树凋土：《晋书·庾亮传》载：“亮将葬，何充叹曰：‘埋玉树于土中，使人情何能已！’”这里指那些为国牺牲的人。另一说为《汉书·扬雄传》：“翠玉树之青葱。”颜师古注：“玉树者，武帝所作，集众宝为之，用供神也。”玉树凋土，言宗庙荒毁。

⑦泪盘如露：汉武帝在建章宫前造神明台，上置铜人，手托承露盘。汉亡后魏明帝下令将铜人从长安搬到洛阳，传说拆卸时铜人眼中流下泪来。

⑧江令恨别：江淹曾被黜为建安吴兴令，著有《别赋》。

⑨庾信愁赋：南朝梁庾信出使北周，被稽留未回，著有《愁赋》。

⑩花记前度：唐刘禹锡被第二次从贬所召回长安后，作《再游玄都观》诗曰：“百亩庭中半是苔，桃花净尽菜花开。种桃道士归何处，前度刘郎今又来。”这里祈望有朝一日临安春回，故人重来。

⑪孺子：孩子，这里指作者的儿子刘将孙。

点评

此首题作《送春》，实以“春”代指南宋王朝，唱出了哀悼故国的悲歌。上片写临安沦陷，幼帝漂流，繁华尽去。南浦情别之地，如今“风沙”暗天；江南水乡，尽遭骚扰。中片以“谁最苦”一问，引出伤心事几桩：君臣被俘，壮士牺牲，士大夫散落。春暮啼鸦，听来凄厉；“长门”皇宫，无比凄凉。下片再以“尚来否”一问，暗写恭帝难归，复国无望。“江令恨别”，写君臣离去之时的感伤；“庾信愁赋”，写君臣离去以后的故国之思；“苏堤风雨”，暗写都城陷落以后的动荡不安。词人面对眼前的残春衰景，留恋故都昔日的繁华，只得“神游故国”，忆花枝于前度。其思乡恋阙，抚事怀人，百愁并集。结三句叹人生流落之可哀，只有和儿子夜语，相抚心头之痛。

全词三片皆以“春去”开头，写暮春衰景，寓悲宋情怀，“曲折说来，有多少眼泪”（陈廷焯《白雨斋词话》）。

永遇乐

余自乙亥上元诵李易安《永遇乐》，为之涕下。今三年矣，每闻此词，辄不自堪。[①]遂依其声，又托之易安自喻。虽辞情不及，而悲苦过之。

璧月初晴，黛云远澹，春事谁主？禁苑[②]娇寒[③]，湖堤倦暖，前度遽如许。香尘暗陌，华灯明昼，长是懒携手去。谁知道，断烟禁夜，满城似愁风雨。

宣和旧日，临安南渡，芳景犹自如故。[④]缃帙流离，风鬟三五，能赋词最苦。[⑤]江南无路，鄜州今夜[⑥]，此苦又谁知否？空相对，残釭无寐，满村社鼓[⑦]。

注释

①乙亥:宋恭帝德祐元年(1275)。上元:正月十五元宵节。李易安《永遇乐》:李清照《永遇乐》(落日熔金)词。不自堪:自己不能承受。

②禁苑:皇家园林。

③娇寒:轻寒。

④"宣和旧日"三句:是说现在的美景如同宣和年间的汴京,南渡之初的临安一样。有"风景不殊,正自有山河之异"(《世说新语·言语》)之意。宣和,宋徽宗年号。

⑤"缃帙流离"三句:写李清照南渡后书物丧失,流离辛苦,所赋《永遇乐》词凄怨悲凉。缃帙,浅黄色书套,指珍贵古籍;风鬟,李清照《永遇乐》词中有句曰:"如今憔悴,风鬟霜鬓,怕见夜间出去。"

⑥鄜(fū)州今夜:杜甫在安史之乱中身陷长安时,写过《月夜》诗:"今夜鄜州月,闺中只独看。"

⑦社鼓:春天村社祭祀时的鼓声。

点评

本词是作者端宗景炎三年(1278)在临安所作,借李清照的身世遭遇抒写自己眷念故国的深哀剧痛,充满了山河依旧、江山换主的感叹。两年前,南宋都城临安已被元人攻陷,大部分领土已沦落敌手,广东一隅虽有微弱的抵抗力量,但已于事无补。刘辰翁重回故都,再读李易安晚年流寓临安时所作的《永遇乐》,顿生"同是天涯沦落人"之感,国破家亡,流离失所之悲苦心情隔世相通,并有过之而无不及。

词的上片写由眼前景物勾起往事回忆。一种春事无主的遗憾令词人愁苦不堪,虽逢元宵佳节,内心却更增凄寒。昔日的节日本是如此繁华,而今却一派萧索。故国都城,偌大的临安似乎被凄风苦雨所带来的浓浓的愁云填塞充满。上片词,作者先是见景生情,再作今昔对比,以亡国后的肃杀景象反衬心中的凄苦悲凉。过片之后,词人落笔回忆,直抒悲苦,李清照亲历国破家亡夫死的惨事,连苦心收藏的金石篆刻、经史子集也一并散佚,适逢元宵之夜她哪有心思梳洗妆扮？苦心之人怕见欢景，只能搜索愁肠，饱蘸悲泪，苦吟诗行。这里词人以己之心度易安之意，同样寄托了自身流离之悲苦。结三句写长夜难眠之痛，独对残釭，何日与家人夜语？静夜中农民祭神之声更加令人感伤！故国之思与流离之苦很好地融合在一起。

词作感情真挚，语言率直，与李清照原作相比，确如作者自己所说的"虽辞情不及，而悲苦过之"。

周密

周密(1232~1308)，字公谨，号草窗。济南人，流寓湖州(今属浙江)之弁山。曾为义乌令，入元，不仕。词与吴文英齐名，并称"二窗"。周密重视格律，研炼词句，但内容并不充实。词有《草窗词》，诗有《蜡屐集》及多种笔记著作，并有南宋词选本《绝妙好词》。

一萼红·登蓬莱阁[1]有感

步深幽，正云黄天淡，雪意未全休。鉴曲[2]寒沙，茂林烟草，俯仰[3]千古悠悠。岁华晚，漂零渐远，谁念我、同载五湖舟？磴[4]古松斜，崖阴苔老，一片清愁。

回首天涯归梦，几魂飞西浦，泪洒东州。故国山川，故园心眼[5]，还似王粲登楼[6]。最负他、秦鬟妆镜[7]，好江山、何事此时游！为唤狂吟老监[8]，共赋销忧。

注释

①蓬莱阁：原词后作者有注曰："阁在绍兴，西浦、东州皆其地。"旧址在今浙江绍兴市卧龙山下。

②鉴曲：鉴湖水边。鉴湖又称镜湖，在绍兴市南。

③俯仰：喻时间短暂。

④磴（dèng）：山路的石级。

⑤心眼：即心，心思，心意，胸怀。

⑥王粲：建安七子之一，其《登楼赋》有感于时世动乱，迁徙流离，抒怀土思乡、怀才不遇之感。

⑦秦鬟：绍兴东南的秦望山形似妇女的发髻，其山因秦始皇登之以望海而得名。妆镜：指鉴湖，湖水明净如妆镜。

⑧狂吟老监：唐诗人贺知章，绍兴人。晚年辞官回乡，隐居鉴湖，自号"四明狂客"。因他曾任秘书监，又称"秘书外监"。他"醉后属词，动成卷轴"，故称"狂吟老监"。

点评

词从登楼时行经的景色着笔，"步深幽"，徐徐行来，渐入深幽悄寂之境。楼上近睹"鉴曲"等景观，远怀此地古人，油然生起"俯仰千古悠悠"之感。悲从中来，不禁发出一声自伤老大的长叹，因而眼前松、苔等景物呈现出"一片清愁"。至歇拍才点破情怀，"清"字浓情淡写，含蓄淳雅。换头以"回首"二字领起，由景入情，直抒故园情思。"故国"三句反用王粲典故，句法高浑，含无限悲凉之意。河山虽好，国不复国，登高四望，徒增亡国之痛。结句以豪健之笔将心中孤寂悲苦喷薄而出。戈载《宋七家词选》谓周词"尽洗靡曼，独标清丽，有韶倩之色，有绵渺之思……于律亦极严谨"。此词足以当之。

本词当作于元灭宋后不久，辞语晓畅，而寄慨遥深，那种江山易主、国破家亡后的悲恨和失落感是无处不在的。故陈廷焯《词则》将此词推为周密的代表作："苍茫感慨，情见乎词，虽使清真、白石为之，亦无以过。当为草窗集中压卷。"

文天祥

文天祥(1236~1283)，初名云孙，字天祥，后改字宋瑞，又字履善，别号文山。庐陵(今江西吉安)人。理宗宝祐四年进士第一。官至丞相，封信国公。德祐元年(1275)，元兵渡江南侵，文天祥在赣州组织武装，入卫临安。次年奉命赴敌营谈判，不屈被拘。后于镇江脱险，由海道南下至福建，再度起兵抗元。祥兴元年(1278)，在广东五坡岭战败被俘，押至燕京。囚禁期间元人多方诱降，始终持节不屈，最后慷慨就义。其诗、文、词皆用血泪写成，辞情哀苦而意气激昂。有《文山先生全集》，词集有《文山乐府》。

满江红

和王夫人《满江红》韵，以庶几后山《妾薄命》之意。①

燕子楼②中，又挨过、几番秋色。相思处、青年如梦，乘鸾仙阙。肌玉暗消衣带缓③，泪珠斜透花钿侧。最无端、蕉影上窗纱，青灯歇。

曲池合，高台灭。人间事，何堪说。向南阳阡上，满襟清血。世态便如翻覆雨，妾身元是分明月。笑乐昌、一段好风流，菱花缺。④

注释

①王夫人：指南宋宫中昭仪王清惠。庶几：差不多。后山：北宋诗人陈师道，号后山居士。所作五言诗《妾薄命》（二首），以一位侍妾悲悼主人的口吻，抒写自己对老师的悼念之情。

②燕子楼：唐代尚书张愔（yīn）有爱姬关盼盼，居燕子楼。张愔死后，盼盼念旧爱而不嫁，居燕子楼十余年，她那执著、坚贞的爱情受到当时诗人张仲素、白居易以及后代苏轼等人的同情和颂扬。

③衣带缓：形容形体消瘦。汉《古诗十九首·行行重行行》："相去日已远，衣带日已缓。"

④"笑乐昌"二句：南朝陈将亡，乐昌公主的驸马徐德言预料夫妻难免离散，于是将铜镜击破，与公主各执一半，以为他日重见时凭证。陈亡，乐昌公主为杨素所有，后经过一番曲折，终与徐德言团圆。

点评

王夫人清惠于驿站壁上题《满江红》词，抒写亡国之痛。文天祥读后，颇多感触，作此词以和之。上片以唐代张愔的爱姬关盼盼自比，暗指自己身陷囹圄，苦熬岁月，但却像关盼盼忠于张愔那样仍然忠于宋室。张愔死后关盼盼感到年轻时乘鸾仙阙的情景都已如梦一样消逝了，香消玉殒人憔悴，珠泪浸透花钿，特别是夜晚独对青灯，更是寂寞孤凄。作者早年状元及第，春风得意的情景也像梦一样逝去，如今国破家亡、兵败被囚的现实使他极为痛苦，但他表示即使宋室已灭，他仍要坚持操守，永不屈敌，谄事新主。下片起首六句直接写亡国之悲，曲池已合，高台无存，山河破碎，国事沧桑，令人痛心疾首，不忍重提。在南阳阡上诀别的满襟清血，再一次表达了他对宋室的坚贞不渝。虽然风云变幻，改朝易代，但自己忠贞之心有如明月。最后引用乐昌公主破镜重圆的典故，表示对那些屈节投敌之流的极大轻蔑。

本词借关盼盼之事表明自己对宋王朝坚贞之志，巧妙地抒发了自己对祖国执着的深情，在凄切悲凉动人的叙述中使人感受到作者那爱国的情怀和令人敬仰的节操。

酹江月

乾坤能[1]大，算蛟龙、元不是池中物[2]。风雨牢愁无着处，那更寒虫四壁？[3]横槊题诗[4]，登楼作赋[5]，万事空中雪。江流如此，方来还有英杰。

堪笑一叶漂零，重来淮水[6]，正凉风新发。镜里朱颜都变尽，只有丹心难灭。去去龙沙[7]，江山回首，一线青如发[8]。故人应念，杜鹃枝上残月。

注释

①能：同"恁"，如此，这样。

②池中物：指蛰处一隅，无远大抱负的人。《三国志·周瑜传》，瑜论刘、关、张三人："恐蛟龙得云雨，终非池中物也。"

③"风雨"二句：这两句说凄风苦雨使人愁苦不堪。无处诉说，再加上四面秋虫哀鸣，更难排解。牢愁，忧愁。

④横槊题诗：苏轼《前赤壁赋》说曹操"方其破荆州，下江陵，顺流而东也……横槊赋诗，固一世之雄也，而今安在哉"？槊，长矛。

⑤登楼作赋：汉末建安诗人王粲避乱荆州时，作《登楼赋》，表达忧国怀乡之情，以上说古代英雄文士们的事业犹如空中的飞雪，转眼之间便消逝得无影无踪了。

⑥重来淮水:作者使元被拘出逃后。曾出没于江淮间,此次被俘又到,故云重来。

⑦龙沙:泛指塞外荒漠之地。

⑧一线青如发:是说遥望故国山川,青青如人的头发。苏轼《澄迈驿通潮阁》诗:"杳杳天低鹘没处,青山一发是中原。"

点评

文天祥被俘后,祥兴二年四月被押往大都,途经金陵驿,同时被俘的同乡友人邓剡因病留医,写词赠文天祥,文天祥和作此词。起首四句以不凡的气势写出天地乾坤的辽阔,英雄豪杰决不会低头屈服,一旦时机成熟,就会像蛟龙出池,腾飞云间。同时又写出风雨送愁、寒虫四壁的俘囚生活使他心情沉闷,怅恨交加。他感叹自己身陷牢笼,无法收拾河山,重振乾坤。"横槊"五句,笔锋一转,虽然像曹操横槊题诗气吞万里、王粲登楼作赋风流千古的人物都已逝去,但眼前滚滚长江,后浪推前浪的壮阔气势,却使他重振精神,坚信事业必有后人完成。词人情绪由悲转壮,对国家的前途充满信心。下片与友人言别,互相勉励。"堪笑"三句嘲笑自己和邓剡身不由己,随秋风流落在秦淮河畔,既点明时间、地点,又写出自己身陷囹圄的悲哀。"镜里朱颜都变尽,只有丹心难灭",以自己矢志不渝、坚贞不屈的决心回答邓剡赠词中坚持操守的勉励,与"人生自古谁无死,留取丹心照汗青"(《过零丁洋》)同为天地可鉴的忠勇壮语,成为光照千古的名句。"去去"三句,是说自己此去北地塞外,心终南向,一步一回首,但见青山隐隐,越来越模糊,表达了作者对江南故国的无限眷恋。最后他嘱咐友人,当你听到月夜杜鹃的哀鸣,就是我的魂魄回到了江南。他把自己的赤子之心和满腔血泪都凝聚在这结句之中。

本词作于被俘北解途中,不仅没有绝望、悲哀的叹息,反而表现了激昂慷慨

的气概，忠义之气，凛然纸上，炽热的爱国情怀令人肃然起敬。王国维《人间词话》曰："文山词，风骨甚高，亦有境界。"文词用生命和鲜血为燃料照亮了宋末词坛，是辛词在宋末的隆隆回响，足以惊天地、泣鬼神！

汪元量

汪元量(1241？~1317?)字大有，号水云。钱塘(今浙江杭州)人。宋度宗时为宫廷琴师，元灭宋，随三宫被掳北去，写下很多纪实诗词，被称为"宋亡之诗史"。后放还江南，浪迹江湖以终。著有《水云集》、《湖山类稿》。

莺啼序·重过金陵

金陵故都最好，有朱楼迢递[①]。嗟倦客、又此凭高，槛外已少佳致。更落尽梨花，飞尽杨花，春也成憔悴。问青山、三国英雄，六朝奇伟？

麦甸葵丘[②]，荒台败垒，鹿豕衔枯荠。正潮打孤城，寂寞斜阳影里。听楼头、哀笳怨角，未把酒、愁心先醉。渐夜深，月满秦淮，烟笼寒水。

凄凄惨惨，冷冷清清，灯火渡头市。慨商女不知兴废，隔江犹唱庭花，余音亹亹[③]，伤心千古，泪痕如洗。乌衣巷口青芜路，认依稀、王谢旧邻里。临春结绮[④]，可怜红粉成灰，萧索白杨风起。

因思畴昔，铁索千寻，漫沉江底[⑤]。挥羽扇，障西尘，便好角巾私第[⑥]。清谈到底成何事？回首新亭，风景今如此，楚囚对泣何时已[⑦]？叹人间、今古真儿戏。东风岁岁还来，吹入钟山，几重苍翠。

注释

①迢递：高貌。

②麦甸葵丘：形容荒草遍野。麦甸，指郊外麦野。葵丘，指长着葵菜的山丘。

③亹（wěi）亹：同娓娓。

④临春结绮：临春阁、结绮阁是陈后主、张丽华所居的宫殿。刘禹锡《台城》：“结绮临春事最奢。”

⑤“铁索”二句：是说东吴将铁索横于长江作为防守，结果仍然被西晋王濬烧断，沉入江底。晋军沿江而下，抵达石头城（金陵），迫使东吴孙皓投降。刘禹锡《西塞山怀古》：“千寻铁索沉江底。”漫，徒然。

⑥“挥羽扇”二句：《世说新语·轻诋》载：“庾公（亮）权重，足倾王公（导），庾在石头，王在冶城坐。大风扬尘，王以扇拂尘曰：‘元规（庾亮字）尘污人。’”又《世说新语·雅量》载：庾亮有东下意。有人建议王导要提防，王曰：“若其欲来，吾角巾径还乌衣，何所稍严。”两句都用东晋王导事，这里借用来说敌氛很恶而不做防备。

⑦“回首新亭”三句：借新亭对泣事，写自己被俘的沉痛心情。楚囚，楚钟仪曾被囚在晋国，《左传·成公九年》：“晋侯观于军府，见钟仪，问之曰：‘南冠而絷者，谁也？’有司对曰：‘郑人所献楚囚也。’”本指被俘的楚国人，后用以借指处境窘迫的人。

点评

《莺啼序》是词中字数最多的长调，共二百四十字，分为四片，每片各四仄韵，宜于铺叙，表现曲折复杂的思想感情。此词是汪元量俘后南归，重临金陵，暗伤亡国之作，词人借六朝兴废吊古伤今，调子低沉，语词悲切，抒发亡国之哀音。

首片总写，以情带景，引出六朝之事。先写故都金陵最好，朱楼接天，但就此凭高远望，却已很少佳丽的景致了。接下来词人突出了春去之感，见景伤情，词人不禁向青山发问：三国六朝之英雄人物的奇功伟业，如今到哪里去了呢？

感叹世事皆空,变化无常。第二片写于故都的所见所闻,感叹人事之非。旧日的繁华古都,而今却只见良田变作荒丘,楼台变作残垣,野猪野鹿在追食野草。潮水拍打着孤城,夕阳下,到处是凄楚的哀音,即使不饮酒,愁心已先醉了;而月色中,清光如烟笼罩秦淮,河水凄冷,寒光脉脉。昔日繁华竞逐的古都,如今却是如此颓败残破,令人触目惊心,欷歔不已。第三片触景伤情,大叹人事之非,追怀亡国之思。“凄凄惨惨,冷冷清清”,词人借用李清照《声声慢》起句的八个字,用双声叠韵来加强语气,把不可名状的愁苦尽纳其中。可是江边泊船上的商女,却仍旧唱着旧日的欢歌,听来令人心为之碎、魂为之断。末片用晋之盛衰总结历史教训,突出亡国之恨。前三句回想西晋灭吴的历史往事,“挥羽扇”二句引用《世说新语》中所载庾亮与王导旧事影射南宋朝廷防御不力,苟且偷安,大臣们庸庸碌碌,不以大局为重。词人以古讽今,辛辣尖锐。“清谈到底成何事?”词人以反问的句式加强语气,写空谈之无益且有害,用“新亭对泣”写东晋苟安江左,不足为训。“今古真儿戏”则以六朝的荒唐史事,来暗喻南宋政局如同儿戏,谴责他们误国误民的罪行。结拍三句发出江山依旧、人事已非的感慨,仍应转第一片。全篇风格苍凉、意境深沉,故许昂霄评曰:“《莺啼序》,慨古实以伤今,当与麦秀之歌、黍离之诗并传。”(《词综偶评》)

张　炎

张炎(1248~1320?),字叔夏,号玉田,晚号乐笑翁。临安(今浙江杭州)人。六世祖张俊为南渡功臣,封循王。父张枢,精音律,与周密为结社词友。张炎前半生在贵族家庭中度过。宋亡以后,家道中落,贫难自给,曾北游燕赵谋官,失意南归,落拓而终。张炎是最早的词论家,精于词学,著有《词源》一书,对后世影响很大。词集名《山中白云词》,词风清雅疏朗,与白石(姜夔)相近,故与白石并称“双白”。存词约三百首。

高阳台·西湖春感

接叶巢莺[1]，平波卷絮，断桥斜日归船。能几番游？看花又是明年。东风且伴蔷薇住，到蔷薇、春已堪怜。更凄然。万绿西泠[2]，一抹荒烟。

当年燕子知何处？但苔深韦曲[3]，草暗斜川[4]。见说新愁，如今也到鸥边。[5]无心再续笙歌梦，掩重门、浅醉闲眠。莫开帘。怕见飞花，怕听啼鹃。

注释

①接叶巢莺：莺儿把巢筑在密林丛叶里。杜甫《陪郑广文游何将军山林》："卑枝低结子，接叶暗巢莺。"

②西泠：桥名，在西湖孤山西北。

③韦曲：地名，在长安城南。唐时韦氏世居于此，故名。此处借指西湖。

④斜川：地名，在江西星子县与都昌县之间，陶渊明有《游斜川》诗描写斜川风景。

⑤"见说"二句：鸥鸟本是悠闲无愁之物，如今也知愁恨了，谓愁之重。黄庭坚《演雅》诗有"江南野水碧于天；中有白鸥闲似我"之句；陆游《曾原伯屡劝居城中……》诗有"闲似白鸥虽自许"之句；辛弃疾《水调歌头·造物故豪纵》："谪仙人，鸥鸟伴，两忘机。"唐陆龟蒙《酬袭美夏首病愈见招》："除却伴谈秋水外，野鸥何处更忘机。"

点评

本词作于元破临安之后，通过吟咏西湖春景，表现了词人对国土沦丧、身世沉浮的哀叹。

开篇“接叶巢莺，平波卷絮，断桥斜日归船”，直接破题，先从湖中归船叙述春暮景物。绿叶浓密，柳絮翻飞，暮色苍茫，这些意象凑在一起，暗示了春之老去，也暗示了南宋的覆亡，色彩暗淡，情辞哀切。“能几番游？看花又是明年。”叹花时已过，盛会难再，句意陡转，警动之至。“东风”一句表达惜春之意，希望东风不要任性狂吹胡摇，应当与蔷薇为伴，那样，春意阑珊时尚有蔷薇可看，“到蔷薇、春已堪怜”，词人仅有的一点留春之梦也破灭了。这一情感逆转，使词人内心理想与现实的矛盾得到了充分展现。“更凄然。万绿西冷，一抹荒烟。”将心头的哀愁加以拓展，更显沉痛。下片移情入景，托物寄意，抒发兴亡之感。“苔深韦曲，草暗斜川”，写出沧桑变化之大，烘托出兴亡之思。“见说新愁，如今也到鸥边。”采用拟人化的手法，以鸥之愁衬人之愁，强化了词人自身的“黍离之悲”。往日的繁华去而不返，笙歌旧梦难以再续，暮春残景又不忍睹，如今唯有尽日掩门垂帘，离群索居，浅醉闲眠，在醉梦中苦度余年。“江山换劫，闭门醉眠，此心真同槁木死灰矣。末以撇笔作收，飞花、啼鹃，徒增人之愁思，故不如不闻不见也。”（唐圭璋《唐宋词简释》）结拍三句，非身历亡国之痛者是道不出的。

不少论者将此词推为玉田词的压卷之作，陈廷焯《白雨斋词话》评曰：“玉田《高阳台》，凄凉幽怨，郁之至，厚之至，与碧山（王沂孙）如出一手，乐笑翁集中亦不多觏。”

解连环·孤雁

楚江[①]空晚。怅离群万里，恍然惊散。自顾影、欲下寒塘[②]，正沙净草枯，水平天远。写不成书，只寄得、相思一点。料因循[③]误了，残毡拥雪[④]，故人心眼[⑤]。

谁怜旅愁荏苒。谩长门[⑥]夜悄，锦筝弹怨。想伴侣、犹宿芦花，也曾念春前，去程应转。[⑦]暮雨相呼，怕蓦地、玉关[⑧]重见。未羞他、双燕归来，画帘半卷。[⑨]

注释

①楚江：泛指南方的江河。

②欲下寒塘：用唐崔涂《孤雁》诗句："暮雨相呼失，寒塘欲下迟。"

③因循：迁延耽搁。

④残毡拥雪：用苏武事。《汉书·苏武传》载，匈奴"幽武置大窖中，绝不饮食。天雨雪，武卧啮雪与毡毛并咽之，数日不死"。

⑤故人：指像苏武一样被幽囚的有节之士。同为宋臣民，即可称故人。心眼：意即心，心思，心意。以上三句说，因为失群耽搁了时日，误了故人自企盼之情。

⑥长门：汉宫名。汉武帝陈皇后被废后幽禁于此。

⑦"想伴侣"三句：意为群飞的伴侣们还在芦苇丛中栖息，它们也一定在盼

望我来年春前转回程飞回北方相聚。

⑧玉关:这里泛指北方地区。

⑨"未羞"二句:意指当画帘半卷,燕子双双归来的时候,自己也已旧侣重逢,便不会因孤单而羞愧了。这是孤雁幻想与伴侣重逢后的情景。

点评

张炎长于咏物,这首《解连环》体物精微,为他赢得了"张孤雁"的雅号。

词中这形单影只、惊恐交集、思慕群侣的孤雁,正是作者自身心境的写照。上片"楚江空晚""离群万里""自顾影""沙净草枯""水平天远",组成了一个空阔而又黯淡的背景,衬托出雁的孤单。"怅离群万里,恍然惊散。"点出雁的离群之恨和恐慌。"写不成书,只寄得、相思一点。"设想新奇,把雁飞成阵和鸿雁传书二事融化为一,可谓巧夺天工。转入下片,从多角度渲染孤雁羁旅哀怨之愁。在向玉关北归的路途中,它不断思念旧侣,幻想有朝一日蓦地重逢,定会悲喜交集。词写雁的失群孤独哀怨,也正见词人破国亡家后的苦痛哀愁、遗民臣子的无所归依之感。词情悲苦,但不颓废,仍然把希望留在人间,孤雁离群,尚有重逢之时,何况北方的"故人"乎?

全词无一字直说题面,却又处处与题面绾合照应,笔调空灵,刻画新警。虽多用典故及前人诗句,但能以意贯穿,堪称咏物名篇。

徐君宝妻

徐君宝妻，姓名不详，宋末岳州(今属湖南)人。被元军掳至杭州，投池水中死，存词一首。

满庭芳

汉上繁华，江南人物，尚遗宣政风流。[1]绿窗朱户，十里烂银钩[2]。一旦刀兵齐举，旌旗拥，百万貔貅。长驱入，歌台舞榭，风卷落花愁。

清平三百载[3]，典章文物，扫地俱休。幸此身未北，犹客南州。破鉴徐郎[4]何在，空惆怅，相见无由。从今后，魂魄千里，夜夜岳阳楼！

注释

①"汉上"三句：这三句说江南都会，还保持有北宋时流风余韵。宣政，宋徽宗年号宣和、政和。

②烂银钩：灿烂的银制帘钩。

③三百载：宋朝建国(960~1279)三百多年，此举整数。

④破鉴徐郎：南朝陈将亡时，驸马徐德言预料妻乐昌公主将被人掳去，乃破一铜镜。夫妻各执一半，约他日正月望日卖于都市。陈亡，公主为杨素所得，德言依期至京，见有苍头卖半镜，出半镜合之，题《破镜诗》一绝。公主得诗，悲泣不食。素知之，召德言还其妻。徐郎，既指徐德言，也指作者的丈夫徐君宝。

点评

据陶宗仪《南村辍耕录》载:"岳州徐君宝妻某氏,亦同时被俘来杭,居韩蕲王府。自岳至杭,相从数千里,其主者数欲犯之,而终以计脱。盖某氏有令姿,主者弗忍杀之。一日主者怒甚,将即强焉。因告曰:'俟妾祭祀先夫,然后乃为君妇不迟也,君奚怒哉?'主者喜诺。即严妆焚香,再拜默祝,南向饮泣,题《满庭芳》词一阕于壁上,已,投大池中以死。"可知作者是一位刚烈的爱国女子,这首《满庭芳》是她在殉国殉节之际写下的绝命词。词把个人的身世不幸与赵宋王朝三百年历史文化之不幸结合起来,把忠于夫婿同忠于故国结合起来,从字里行间流露出作者对祖国壮丽河山的热爱,对残暴的敌人的憎恨,对苦难人民的同情,对自身不幸的哀叹,以及对亲人的无限眷恋。感情深挚,内涵广大,字字血泪。

无名氏

水调歌头

平生太湖上,短棹[1]几经过。如今重到,何事愁与水云多。拟把匣中长剑,换取扁舟一叶,归去老渔蓑。银艾[2]非吾事,丘壑[3]已蹉跎。

脍[4]新鲈,斟美酒,起悲歌。太平生长,岂谓今日识兵戈。欲泻三江[5]雪浪,净洗胡尘[6]千里,不用挽天河。回首望霄汉[7],双泪堕清波。

注释

①短棹(zhào):小桨,这里代指小船。

②银艾:官印,这里指做官。

③丘壑:山水幽深之地,常用来指隐者所居之处。

④脍(kuài):细切鱼肉。

⑤三江:古代所谓三江,有多种说法,这里泛指江河。

⑥胡尘:指金兵。

⑦霄汉:天空。霄,云霄;汉,天河。

点评

宋龚明之《中吴纪闻》卷六载,此词乃建炎四年(1130)有人于吴江(吴淞江)上题写。另据曾敏行《独醒杂志》记,高宗绍兴年间有无名氏题此词于吴江长桥。词情慷慨悲凉,唱出了宋室南渡之初仁人志士之心声。

金人南侵,中原沦陷,一百多年来的承平生活遭到了破坏。作者生长在太平岁月,不知战争为何物,如今烽火连天,兵荒马乱,独自驾着一叶扁舟,重过太湖,抚今思昔,愁情满怀,感慨良多。面对国家危难,既不应归隐渔樵,逃避现实;也无心去品尝鲜美的莼羹鲈脍,追求个人享受。词人举起酒杯,泪如雨下,忍不住放声高唱一曲时代的悲歌。他决心投入抗敌斗争,掀起滔天巨浪,"净洗胡尘千里",恢复国家和平安定的生活。本篇即事抒感,语言平易,风格悲壮,表达了作者忧时伤世的爱国情怀。

蔡松年

蔡松年(1107~1159),字伯坚,自号萧闲老人,真定(今河北正定县)人。其父靖,宣和末年降金,蔡松年随父入金朝。官吏部尚书、右丞相,封卫国公。文笔雅洁,与吴激齐名,号“吴蔡体”。词有《明秀集》。

大江东去

还都后,诸公见追和赤壁词,用韵者凡六人,亦复重韵。

离骚痛饮,笑人生佳处,能消何物![1]夷甫当年[2]成底事,空想岩岩青壁。五亩苍烟,一丘寒碧,岁晚忧风雪。[3]西州扶病[4],至今悲感前杰。

我梦卜筑萧闲,觉来岩桂,十里幽香发。嵬隗[5]胸中冰与炭,一酌春风都灭。胜日[6]神交,悠然得意,遗恨无毫发[7]。古今同致,永和徒记年月[8]。

注释

①“离骚痛饮”三句:意谓笑人生佳处,除了痛饮离骚,还能消何物?亦即除了读离骚,痛饮酒,人生没有更好的消受。《世说新语·任诞》载,王恭言曰:“名士不必须奇才,但使常得无事,痛饮酒,熟读《离骚》,便可称名士。”

②夷甫当年:一本作“江左诸人”。夷甫,西晋王衍字夷甫(256~311),身居要职然崇尚清谈。是东晋一些尚清谈、重风度的上层人物的追慕对象。

③“五亩苍烟”三句:用谢安事。“五亩苍烟,一丘寒碧”,指谢安隐居之地

会稽东山。“岁晚忧风雪”，谓谢安晚年为孝武帝所忌。

④西州扶病：西州，在今南京，谢安临终时，以病舆入西州门，未几即去世。

⑤嵬隗（wéi wěi）：犹块垒，即胸中郁积。

⑥胜日：词中指诸公相聚酬和之日。

⑦遗恨无毫发：无毫发遗恨。

⑧永和：东晋穆帝年号。王羲之《兰亭集序》：“永和九年，岁在癸丑，暮春之初……”记叙东晋士大夫名流上巳日于兰亭宴集之盛事。其时，作曲水流觞之饮，各作诗一首以抒情怀，右军记之成《兰亭集》并作此序以状快意抒感慨。

点评

蔡松年词风格涟脱不俗，豪爽而有韵致，颇得东坡神韵。这首《大江东去》最能代表其慢词的特色。

此词反映了作者屈仕异族统治的愧惧，以及希求解脱的复杂心态。上片借谢安“放情丘壑”，表达自己对名士风流的向往。岁晚之忧、前杰之悲，与词人现实受挫、官场失意的复杂难言的情感相互交织，增加了词作的悲慨之气。下片写梦见卜筑萧闲，心旷神怡，陶醉其间，然而回到现实中仍然感到心灵郁积。为排解愁郁，何不借与知己相聚之际，一醉方休？在醉中与晋代贤士相交，岂不痛快？这首词全从作者心底流出，梦中所闻，虚渺之中见真性情；酒中神交，追慕之中见豪爽，在深沉曲折的笔致中，既有旷达之气，亦潜藏着词人的忧患意识。元好问《中州集》卷八对此词评价甚高，谓：“公乐府中最得意者，读之则平生自处为可见矣！”况周颐《蕙风词话》亦谓“全词清劲能树骨”，确是中肯之语。

元好问

元好问(1190~1257),字裕之,号遗山,太原秀容(今山西忻州)人。兴定五年(1221)进士,曾任国史院编修、南阳令、尚书省左司员外郎等职。金亡后绝意仕进,潜心著述。元好问是有金一代最为杰出的文学家、史学家,博学多才,诗词文兼擅。其词艺术上以苏、辛为典范,博采众长,雅丽沉郁。有《遗山先生全集》,传词三百七十七首。

江月晃重山·初到嵩山时作

塞上秋风鼓角,城头落日旌旗。少年鞍马适相宜。从军乐,莫问所从谁。①

候骑②才通蓟北,先声已动辽西。归期犹及柳依依③。春闺月,红袖不须啼。

注释

①“从军”二句:化用王粲《从军》诗:“从军有苦乐,但问所从谁?”

②候骑:侦察巡逻的骑兵。

③柳依依:《诗经·小雅·采薇》:“昔我往矣,杨柳依依。”

点评

这首词写少年从军的志向，是一首颇为奔放欢快的词作，表现了作者年轻气盛、颇为自负的精神面貌。上片首二句概括描写边塞从军生活场景。“秋风鼓角”指战斗，古时战争一般发生在秋天草黄马肥之时。“城头落日”使人想起高适《燕行歌》诗句：“孤城落日斗兵稀。”“少年”一句指出少年最适宜从军生活，“鞍马”指骑马征战。“从军乐”二句更进一步肯定从军，不问跟什么样的主帅皆可。这里化用王粲诗句表现积极乐观的精神。下片写从军后到处征战，归期可待，寄语家中思妇不必悲伤。青年人所特有的豪情壮志和儿女私情巧妙地融合在一起，壮志凌云，又并非无情铁汉。“归期犹及柳依依”则充满了必胜的信念。

整首词一反许多边塞诗悲怨凄凉情调，写得豪放乐观，富有朝气，是词人前期诗词中的名篇，与后期词风形成鲜明对照。

水龙吟

从商帅国器猎于南阳，同仲泽、鼎玉赋此。[1]

少年射虎名豪，[2]等闲[3]赤羽千夫膳[4]。金铃锦领[5]，平原千骑，星流电转。路断飞潜[6]，雾随腾沸，长围高掩。看川空谷静，旌旗动色，得意似、平生战。

城月迢迢鼓角，夜如何？军中高宴。江淮草木，中原狐兔，先声自远。盖世韩彭，可能只办，寻常鹰犬。问元戎早晚，鸣鞭径去，解天山箭。[7]

注释

①商帅：完颜鼎。《金史·完颜鼎列传》："名鼎，字国器，年二十以善战知名，自寿泗元帅转安平都尉，镇商州。"故称商帅。仲泽：王渥的字。鼎玉：燕人王铉。此次南阳出猎，好问同王渥、王铉各写了一首《水龙吟》纪其事。南阳：疑为南山之误。

②"少年"句：《汉书·李将军列传》记李广出猎，见草中石，以为虎而射之，中石没镞，视之，石也。名豪，即英豪，指商帅国器。

③等闲：无足轻重。

④赤羽千夫膳：写军士之多，军容之盛。这里用杜甫《故武卫将军挽歌》成句。

⑤金铃锦领：为马身上的华美饰物，写乘骑之骏美。

⑥飞潜：天上的鸟禽和水中的游鱼。

⑦"问元戎"三句：意为希望商帅能像薛仁贵那样，讨平蒙军。元戎，即主帅。早晚，犹言何时。天山箭，据《旧唐书·薛仁贵列传》载，薛仁贵平定九族突厥，军中歌曰："将军三箭定天山，战士长歌入汉关。"

点评

元好问作此词时年约二十，生活安定，故有此兴会。词从正面描写了出猎的阵势，猎后的高宴，可说是威武雄壮、有声有色了。然而词人的过人之处更在于，在他看来，像韩信、彭越这样反复不定的人，不过是供人驱遣的鹰犬罢了。只有"三箭定天山"、一举平边患才是值得效法的。作者此时对金室尚存振兴之望，故写来气象恢弘，词意豪迈，风格颇近苏辛。

临江仙·自洛阳往孟津[1]道中作

今古北邙山[2]下路，黄尘老尽英雄。人生长恨水长东。幽怀谁共语？远目送归鸿。

盖世功名将底用？从前错怨天公。浩歌一曲酒千钟。男儿行处是，未要论穷通。[3]

注释

①孟津：地名，在今河南省孟县南十八里。

②北邙山：在洛阳城东北，汉魏以来王侯公卿多葬于此，致使"北邙"为墓地的代称。

③"男儿"二句：这两句显示出不能以成败论英雄的意思。行处是，行处皆是，意谓随遇而安；穷通，困穷与显达。

点评

创作这首词时，元好问三十三岁。此前他曾多次应试，但都不第。这首词吊古伤今，有牢骚，有感慨，更有一分警醒人心的豁达！

首二句慨叹从古至今，北邙山下埋葬了多少英雄壮士。"黄尘老尽英雄"的"老尽"二字，蕴含着作者对英雄不遇、空老京华的无限感伤。"人生长恨水长东”，借李煜《相见欢》（林花谢了春红）词中成句，谓人生充满了许许多多恨事，正如同流水向着东方流去一样永没个完。词人自感一腔幽怨无人共语，内心充满了孤独和哀凉。如果说上片重在言情，那么下片已转入说理。严酷的现实促使词人深思、怀疑：盖世的功名又有什么用处呢，到头来还不是化作北邙山下的一抔土？可见先前埋怨老天不让自己成就功名，是错怪他老人家了。将功名的虚幻看破之后，词人反倒洒脱而乐观起来：要高歌，要“酒千钟”，而不计较其穷困或显达！

全词慷慨激昂，沉郁顿挫，富有豪气，其中所蕴含的人生哲理直到今天仍能给人很多启发。

水调歌头·赋三门津①

黄河九天上，人鬼瞰重关②。长风怒卷高浪，飞洒日光寒。峻似吕梁千仞，壮似钱塘八月，③直下洗尘寰。万象入横溃④，依旧一峰闲⑤。

仰危巢，双鹄过，杳难攀。人间此险何用？万古秘神奸。⑥不用燃犀⑦下照，未必佽飞⑧强射，有力障狂澜。唤取骑鲸客⑨，挝鼓过银山。⑩

注释

①三门津：三门峡，黄河中游著名峡谷，在山西平陆和河南陕县之间，河中岩岛将河水分成三股，称人门、神门、鬼门，合称三门。山岩险峻，水势湍急，成为奇观。

②重关：重门，奥深之门。这里指三门峡。

③“峻似”二句：三门峡险要高峻和吕梁山相似；三门峡水流甚急，其惊涛骇

浪犹如钱塘江八月涨潮一样壮观。

④横溃：谓急流湍啸，横溢泛滥。洪水旁决曰溃。“万象入横溃”，即横溃呈万象。描写水流中各种各样的形状。

⑤一峰闲：一峰，指三门峡中的砥柱山，山岩坚挺，屹峙河中。闲，言砥柱山势之稳，面对横流而岿然不动。

⑥“万古”句：言三门峡之险如有神鬼暗中控制，奥秘不可测。秘，藏。

⑦燃犀：古代有点燃犀角洞照水妖的故事。

⑧佽(cì)飞：汉武官名，掌管弋射鸟兽。

⑨骑鲸客：唐李白自称为海上骑鲸客，此处指仙人。

⑩“挝鼓”句：意为征服狂涛巨浪。挝(zhuā)鼓，击鼓；银山，形容波涛的高大。

点评

这首词是元好问豪放词的杰出代表，直可与苏辛匹敌，而气势甚或过之。词写三门峡之险，笔势气横，罕有其匹。三门峡在古代并不像今天为人所注意，但元好问发现了这一奇观，并被它吸引，因而成功地刻画出这一波涛汹涌、崖岸嵚崎的雄姿。上片写黄河的气势和砥柱山之稳。“黄河九天上，人鬼瞰重关”见出黄河之长、黄河之险。“长风”五句，以粗线条勾勒出黄河怒浪滔天、浪花四射的逼人气势。黄河水浪之高，高过千仞；水浪之急，可比钱塘怒潮。用“峻似吕梁千仞，壮似钱塘八月”形容其高险、壮观，可谓形神俱备。一纵向，一横向，富有立体感。尽管黄河水大浪急，但在砥柱山面前仍旧显得渺小。这里对比三门峡水势与砥柱山，用

“万象入横溃，依旧一峰闲”之句，一动一静，相映成趣。“一峰闲”既烘托砥柱山傲风浪、挺天地的伟姿，也暗示出作者不惧艰险，乐观豁达的气质。下片转入感慨：天地设险，成为千古难解的奥秘。但作者并没有被大自然这种奇险的峡谷、狂暴的河流所难倒，而是想“障狂澜”“过银山”，即控制它、跨越它。表达了词人昂扬奋发、乐观自信的精神面貌，读后使人顿增战胜自然的坚强斗志。

本词景观奇，气势足，景情相生，极其自然，故叶燮《原诗》中赞曰：“抒写胸臆，发挥景物，境皆独得，意自天成。”

鹧鸪天

只近浮名不近情。[①]且看不饮更何成。[②]三杯渐觉纷华[③]远，一斗都浇块垒平。

醒复醉，醉还醒。灵均[④]憔悴可怜生。《离骚》读杀浑无味，好个诗家阮步兵[⑤]！

注释

①“只近”句：这句说不饮酒只是为了虚浮之名而不近人情。其意同陶明《饮酒》诗：“道丧向千载，人人惜其情。有酒不肯饮，但顾世间名。”

②“且看”句：暗用屈原事。《楚辞·渔父》：“屈原曰：‘……众人皆醉我独醒。’”

③纷华：指世俗红尘。《史记·礼书》载，子夏乃孔门高第，犹言“出见纷华盛丽而说，入闻夫子之道而乐，二者心战，未能自决”。

④灵均：指屈原。

⑤阮步兵：阮籍，籍曾官步兵校尉，后世称为阮步兵。

点评

这首词作于金灭亡前后。元好问以金遗民自居，绝意仕进，他既无力恢复金朝，又不愿投靠新朝以求荣，鼎镬余生，栖迟零落，满腹悲愤，无以自吐，不得不借酒浇愁，在醉乡中求得片刻排解。词中极力夸张饮酒的好处，充满愤激之情。他批评屈原不愿与众人同醉，结果一事无成，只落得个自沉汨罗。接着从正面赞颂酒的功效："三杯渐觉纷华远，一斗都浇块垒平。"三杯之后，便觉纷扰的世事离自己很远了，胸中的不平之气也随之而化。词人就是要在这种"醒复醉，醉还醒"，即不断浇着酒的情况下，才能在那个世上生存。"灵均"以下三句，将屈原作比，就醉与醒、饮与不饮立意，从而将满腹悲愤更转深一层。"灵均憔悴可怜生"，是说屈原不肯以酒精麻醉自己，终日保持清醒，以其独醒，悲愤太深，以致憔悴可怜。这里词人对屈原显然也是同情的，但对其虽独醒而无成，反而落得憔悴可怜，则略有薄责之意。《离骚》是屈原的代表作，"浑无味"，并非真的指斥《离骚》无味，而是因其太清醒、太悲愤，在词人胸次难平之心态下，这样的作品读来只能引起更大的悲愤；要从悲愤中解脱出来，只有学阮籍终日醉酒，不问世事了。

词作反复以屈原、阮籍作对照，好像是贬屈而扬阮，其实不过是借题发挥，伤时骂世，另一方面也表明自己"尽弃浮名"之态度。

江城子

醉来长袖舞鸡鸣[①]。《短歌行》[②]，壮心惊。西北神州，依旧一新亭[③]。三十六峰长剑在，[④]星斗气，郁峥嵘。

古来豪侠数幽并[⑤]。鬓星星，竟何成？他日封侯，编简为谁青？[⑥]一掬钓鱼坛[⑦]上泪，风浩浩，雨冥冥。

注释

①舞鸡鸣:用祖逖闻鸡起舞的典故。为英雄豪杰报国励志的典范事迹。

②《短歌行》:乐府歌辞,曹操宴会酒酣时所作,表达了他感叹人生短促,事业无成,希望招贤纳士,建立功业的雄心壮志。

③新亭:亭名,在江苏省南京市南。东晋诸名士于新亭饮宴。感国土沦丧,叹息流泪,后因以喻忧时者。

④三十六峰句:指河南登封嵩山少室山脉有三十六峰,其高耸入云,犹如长剑一般。

⑤幽并:幽州和并州,古代燕赵之地,居民以慷慨豪放、尚气任侠著称,故多并称。

⑥编简为谁青:用杜甫《故武卫将军挽词》"封侯意疏阔,编简为谁青"成句。编简,指著书立说。这句说将来编写史书,应当书写的封侯者是谁呢?

⑦钓鱼坛:《汉书·严光传》:"少有高名,与光武同游学。及光武即位,乃变名姓,隐身不见,披羊裘钓泽中。"钓鱼坛,即指严光在浙江桐庐县富春山垂钓的地方。

点评

这是一首颇为豪放的词作,慷慨悲歌,大有"幽并"之气。上片用了两个典故:祖逖闻鸡起舞和新亭泣泪,暗示国家危难之际,仁人志士应当如何去做。下片则慨叹自己虽以豪侠著称的幽并任,但时至今日,鬓发都斑白了,仍是一事无成。日后史书上记载的封官加爵的人,还能有我吗?词人有志难酬而又身为逸民,所以他才想到严子陵的钓鱼坛,想到严子陵不为功名利禄所动的情怀。但严子陵如此,究竟是可赞还是可悲呢?

段克己

段克己(1196~1254),字复之,稷山(今属山西省)人。金末进士。金亡,与其弟隐居龙门山中。有《遁庵乐府》。

满江红·过汴梁故宫城

塞马[1]南来,五陵[2]草树无颜色。云气黯,鼓鼙声震,天穿地裂。百二河山[3]俱失险,将军束手无筹策。渐烟尘、飞度九重城,蒙金阙。

长戈袅,飞鸟绝,原厌[4]肉,川流血。叹人生此际,动成长别。回首玉津[5]春色早,雕栏犹挂当时月。更西来,流水绕城根,空呜咽。

注释

①塞马:指北方蒙古军队。

②五陵:本指长安城外五个皇帝的陵墓,此代指汴京开封。

③百二河山:指关中地形险要,以二万人马足挡百万之师。

④厌:多余,此处为堆积不下之意。

⑤玉津:指汴京(开封)南门外的玉津园。

点评

段克己有不少词写登临怀古，触景生情，抒发江山易主之悲慨，表达其对故国的深情。如这首《满江红》，是于金亡后重过金朝汴都开封故宫时所作。上片写蒙古骑兵南下，长驱直入，不可阻挡的气势：草木失色，百姓悲号，天昏地暗，战鼓震天，全国呈现出一片混乱。由于朝廷昏暗，将帅无能，束手待毙，终于导致亡国。作者既痛心国亡，又气愤统治者的昏聩，心中之气，悲抑难平。下片换头以下写蒙古军所过之处，飞鸟绝迹，尸体堆积如山，血流遍野，兵燹之酷烈可以想见。“叹人生”二句，表现亡国之际生离死别的巨痛。词写至此，已将国难家难写尽，故“回首”以下四句，追思昔日京都的繁华，慨叹今日亡国之凄凉，点明题旨而绾合今昔，笔带凄声，感情沉痛。

萨都剌

萨都剌(1305? ~1355?) 元代诗人。字天锡，号直斋。答失蛮氏(回族)。其祖思兰不花、父阿鲁赤世以膂力起家，累有功勋，受知于世祖、英宗，命仗节钺留镇云、代，所以萨都剌的生地为雁门(今山西代县)。萨都剌的生卒年难以确指。今参照与萨都剌同年进士杨维桢生年(1296)，及《雁门集序》中“逾弱冠登丁卯进士第”说法，定萨都剌生年为1305年左右。又据萨都剌晚年投入方国珍幕中的传说，定其卒年为1355年左右。

念奴娇·登石头城

石头城①上，望天低吴楚，眼空无物。指点六朝形胜地，唯有青山如壁。蔽日旌旗，连云樯橹②，白骨纷如雪。一江南北，消磨多少豪杰。

寂寞避暑离宫③，东风辇路④，芳草年年发。落日无人松径冷，鬼火高低明灭。歌舞尊前，繁华镜⑤里，暗换青青发。伤心千古，秦淮一片明月。

注释

①石头城：金陵城，故址在今南京清凉山。

②樯橹：指战船。

③离宫：行宫。古代帝王出巡时驻跸之所。

④辇路：指宫中御路。辇，本指使用人力的车。后多指帝王所坐的车。

⑤繁华镜：花纹繁细的铜镜。繁华，繁花，古代用铜镜，镜的背面刻有花纹。

点评

《念奴娇》(石头城上)是萨都剌的代表作，和苏东坡《念奴娇》(大江东去)词原韵，也是继王安石《桂枝香》(登临送目)之后写得最好的金陵怀古词。

首三句，词人登上石头城，举目四望，感到吴楚这一带天都低了。眼前空虚

渺茫，一片苍莽气象。这三句从大处着眼，写得雄浑有力。指点着过去繁华过的地方，一处一处地观看，现在还剩下些什么呢？只有青山壁立，繁华之迹无处寻觅。接下来回忆当初在这里发生的战争：战旗之多之密，仿佛连太阳都可遮住；战船之大之高，上与云连。可是争战的结果又如何呢？不过是留下一片“白骨纷如雪”的惨状供人缅怀和凭吊！更有那么多的英雄，将他们的智慧、勇气乃至生命都消磨在这条江的两岸！

下片专从南朝繁华的消亡来写。在金陵，帝王们避暑离宫的旧地，如今已荒凉寂寞、衰败不堪了。离宫里的御路，年年生出新的芳草，再也没有皇帝的车辇走过。落日以后的离宫在无人的松径里，鬼火忽高忽低忽明忽灭。这几句触目生慨，用芳草、鬼火来衬托离宫的荒凉寂寞。“歌舞尊前，繁华镜里，暗换青青发”三句略推开，说自己在歌舞酒宴的生活中，不知不觉地变老了，镜里的青发已经悄悄地变白。苏轼的《念奴娇》（大江东去）从怀古转到感叹自己：“故国神游，多情应笑我，早生华发。”萨都剌也是这样，由为古人叹息而转为对自身嗟伤。词人在这既悲古人又悲自身的深痛大哀之中，最后吐出两句凄怆难禁的悲语：“伤心千古，秦淮一片明月。”对全词的悲情作了一个总结。

这首词将山水描写、登临吊古、伤时感世和自叹身世结合在一起，眼前景物、胸中感慨，交汇于笔端。深沉豪迈、凄凉悲慨兼而有之，是难得的佳作。刘子钟在《萨天锡诗集序》中评价萨作：“其所以神化而超出于众表者，殆犹天马行空而未骤不凡，神蛟混海而隐现莫测，威风仪庭而光彩翩跹，莫不耸观而快睹也。”用于评价此词也是恰当的。

高启

高启(1336~1374),字季迪,号青丘子。长洲(今江苏苏州)人。洪武初,召修《元史》,授翰林院国史编修,擢户部右侍郎,不受。后因事下狱,腰斩于南京。少有才名,博学工诗。诗风雄健,词风疏旷。有《高青丘集》、《扣舷词》。

念奴娇·自述

策勋[①]万里,笑书生骨相[②],有谁曾许?壮志平生还自负,羞比纷纷儿女。酒发雄谈,剑增奇气,诗吐惊人语。风云无便,未容黄鹄轻举。

何事匹马尘埃,东西南北,十载犹羁旅。只恐陈登[③]容易笑,负却故园鸡黍。笛里关山,樽前日月,回首空凝伫。吾今未老,不须清泪如雨。

注释

①策勋:记功于策。

②骨相:骨骼相貌。古人以骨相推论人的命和性。

③陈登:字元龙,东汉末人。深沉有大略,以平吕布功封伏波将军。

点评

此作书写词人凌云壮志的理想与匹马羁旅的现实处境，将豪放的个性、非凡的才能与被迫借酒浇愁、神伤意迷的无聊生活加以对比，以抒发壮志未酬的强烈苦闷。叹怀才不遇，惜光阴匆匆，沉郁而悲慨。值得注意的是，词人虽感叹不遇，却非常自负和自信，对眼前的坎坷不遇毫不气馁，故全词充满了豪迈之气。

文徵明

文徵明(1470~1559)，字徵仲，长洲(今江苏苏州)人，明代著名书画家，诗文与祝允明、唐寅、徐祯卿称“吴中四才子”。五十四岁以岁贡生荐试吏部，任翰林待诏，三年后辞归。画艺与沈周、唐寅、仇英并称“明四大家”。亦善诗词。有《甫田集》。

满江红

拂拭残碑，敕[1]飞字、依稀堪读。慨当初、依飞何重，后来何酷？岂是功高身合死，可怜事去言难赎。最无端、堪恨又堪悲，风波狱[2]！

岂不念，疆圻蹙[3]？岂不念，徽钦辱？念徽钦既返，此身何属？千载休谈南渡错，当时自怕中原复。笑区区、一桧[4]亦何能，逢其欲。

注释

①敕(chì):皇帝诏令。

②风波狱:岳飞冤死于临安大理寺风波亭狱。

③蹙:减缩。疆圻蹙,国土削减。

④桧(huì):秦桧,南宋贼臣,北宋末官御史中丞,曾降金,成为金太宗弟挞赖亲信。后放回,在南宋高宗朝两任宰相,前后执政十九年,其间杀害岳飞,贬逐张浚、赵鼎等人,力主和议,让宋向金称臣纳贡,为历史上有名的奸相。

点评

此词为评论岳飞冤狱之作。元明两代悼念武穆之诗词极多,大多鞭挞贼臣秦桧。文徵明此词却直捣罪魁宋高宗赵构,揭示其卑鄙自私心理,为了一己私欲,置国家、祖宗之奇耻大辱于不顾,见解极为卓越。诗词议论,以含蓄为佳,此词却以彻底直露取胜。盖诗人愤恨填膺,不能自已,故能真切感人。

杨慎

杨慎(1488~1559),字用修,号升庵,新都(今属四川省)人。正德六年(1511)状元,授翰林修撰,后充经筵讲官。因直言进谏忤旨,被明世宗廷杖谪戍云南永昌达三十多年,最终卒于戍所。升庵学识广博,著述极丰,被推为明代第一。词风清疏明丽,有《升庵词》二卷,收入《升庵全集》。

临江仙①

滚滚长江东逝水，浪花淘尽英雄。是非成败转头空。青山依旧在，几度夕阳红。

白发渔樵江渚上，惯看秋月春风。一壶浊酒喜相逢。古今多少事，都付笑谈中。

注释

①这首《临江仙》出自杨慎的《历代史略十段锦词话》(明末被他人改称为《廿一史弹词》)。见于第三段“说秦汉”的开端，本是杨慎用来评说秦汉之事的，在当时并没有引起人们的注意。杨慎离开人世一百余年后，极具慧眼的清代小说评点家毛纶、毛宗岗父子将它移植到了“毛评本”《三国演义》的卷首。使这首词成为一首脍炙人口的名作，三百年来流布极广。

点评

杨慎学识广博，才华横溢，兼史家之胸怀、诗人之气质和文人超脱淡宕之情趣。这三者在这首小词里恰好得到了集中体现。“滚滚长江东逝水，浪花淘尽英雄。是非成败转头空。”起首几句甚为豪迈、悲壮，其中有大英雄功成名就后的失落、孤独感，又含高人隐士对名利的淡泊、轻视，更蕴涵着词人对时光无情、沧桑瞬变之慨叹。历史给人的感受是浓厚、深沉的，不似单刀直入的快意，而似历尽荣辱后的沧桑。“青山依旧在，几度夕阳红”，既像是对英雄伟业的印证，又像是对其的否定。不变的青山，永远的斜阳，这些长存的景物说明着“不变”的道理，它引导词人从对人事瞬息成空之“变”的悲悼中解脱出来，寻求人生的真谛。

上片着眼于对历史的怀想，而下片转入现世。白发的渔夫、悠然的樵汉，意趣盎然于秋月春风。春去秋来不萦于怀，成功失败不系于心，人智人愚不碍于眼，一壶浊酒，足以倾谈，相逢即喜，何庸其他，这便是隐士的境界。那些名垂千古的丰功伟绩不过是一份谈资，何足道哉？唯有通达处世、尽意挥洒世俗生活中的自我才是最重要的啊！结句将论史的主题轻轻一笔带过，尽显超脱自然，潇洒风流。

这首小词似浅实深，似直实曲，韵味深长，既有严肃无情的历史纵深感，更有立足当世对自我充分肯定的通达超迈的人生观与价值观，与苏轼《前赤壁赋》中的意趣有着异曲同工之妙。

陈子龙

陈子龙(1608~1647)，字卧子，又字人中，号大樽，松江华亭(今上海松江)人。崇祯十年(1637)进士，官至兵科给事中。清军陷南京后，四处奔走，图谋复国，事泄被捕，投水殉国。清乾隆时追谥“忠裕”。龙榆生编选《近三百年名家词选》，将陈子龙置于首位，其原因是：“词学衰于明代，至子龙出，宗风大振，遂开三百年来词学中兴之盛，故特取冠斯编。”词风婉丽，绵邈凄恻，为明词一大家。后人辑其作品为《陈忠裕公全集》，词有《陈忠裕公词》。

点绛唇·春日风雨有感

满眼韶华，东风惯是吹红去。几番烟雾，只有花难护。
梦里相思，故国王孙路。春无主。杜鹃啼处，泪染胭脂雨[①]。

注释

①胭脂雨：红雨，指落花。

点评

这是一首惜春的词，从悼惜春光的逝去、落红的飘零，感念国家的兴亡。陈子龙词原以婉约见长，此作形式上“风流婉丽”，但却蕴涵着深刻的意蕴和悲壮的气氛，是具豪放之美的佳作。

词一开头即以濡染大笔为我们展现了一派春光旖旎、万紫千红却正遭受狂风摧残的宽阔的时代画面。“韶华”（春光）和“红”（花），代表美好事物，代表词人所热爱的明代江山和人民；而“东风”则是邪恶势力的象征，也隐喻清兵的南下。“东风惯是吹红去”，一个“惯”字，说明东风之摧残百花非止一次，而是经常如此。尽管朝去暮来几度烟笼雾锁，也保护不住这随风而去的残芳，“只有花难护”的惜春之句，是对词人及同道奔走呼号、出生入死、力求挽救明朝危亡却毫无效果的慨叹和痛惜。下片径写对明王朝的系念，“王孙”，本指贵族子弟，这里指代明朝的宗室子弟，作者将复兴明王朝的希望寄托在他们身上，但残酷的现实令他不得不发出“春无主”的哀叹。词人的失国之痛在词末达到了顶峰，望落花成雨，听杜鹃啼血，在血泪迸流、乱红成雨这样绮丽壮烈的氛围中结束了全词。

夏完淳

夏完淳(1631~1647)，原名复，字存古，号小隐，松江华亭(今上海松江)人。明末著名抗清英雄、诗人。十五岁从军，十七岁为清军所俘，押至南京，从容就义。清乾隆时追谥节愍。以诗、文、赋、词、曲，抒发政治抱负，反映斗争经历，无不悲歌激烈，血泪交融。著有《玉樊堂集》、《内史集》、《南冠草》等，后人编为《夏节愍全集》。

一剪梅·咏柳

无限伤心夕照中，故国凄凉，剩粉余红。金沟[①]御水日西东，昨岁陈宫，今日隋宫。

往事思量一饷空，飞絮无情，依旧烟笼。长条短叶翠蒙蒙。才过西风，又过东风。

注释

①金沟：御沟，御河。

点评

这首词借咏柳表达亡国之恨,手法新颖别致。上片首句为全篇定调,写出了国土被夺、无力挽回的悲伤。故国之残山剩水犹如惨遭风吹雨打的落花残红,皇宫在丧乱中已荒废无主,只有御沟里的流水无语长流。"昨岁"二句,以亡国的陈后主之陈宫更为隋炀帝之隋宫,喻指南明之主不吸取历史教训,一个个地走向灭亡。"往事思量一饷空,飞絮无情,依旧烟笼",坐下来认真想一想往事,一切都已经没有用了,一切都已经变成空;亡国之人,无限伤心,而御沟边的杨柳"依旧烟笼",照样飞舞,长条短叶,一片翠绿。它们并不因亡国而有所改变,照样春来秋去,抽枝发芽,送走西风,迎来东风。柳枝是亡国的见证,此以无情之柳衬有情之人,益觉人的凄苦之深重。

全篇除首句"伤心"字样外,纯以意象结撰,词体小令,容量见大。叠句"昨岁""今日","才过""又过",承上是似断而续,启下则绵悠深长,余意曲包。

吴伟业

吴伟业(1609~1671),字骏公,号梅村,江苏太仓人。明思宗崇祯四年(1631)会试第一,廷试第二。官至少詹事。明亡,隐居十年。清世祖(顺治)闻其名,力迫入都,累官国子监祭酒,次年即以病乞归。伟业尤长于诗,少时才华艳发,后经丧乱,遂多悲凉之作,论者方之庾信。与钱谦益齐名。著有《梅村家藏稿》、《梅村诗余》等。

沁园春·观潮

八月奔涛，千尺崔嵬，砉然[1]欲惊。似灵妃顾笑，神鱼进舞；冯夷击鼓，白马来迎。[2]伍相鸱夷[3]，钱王羽箭[4]，怒气强于十万兵。峥嵘甚，讶雪山中断，银汉西倾。

孤舟铁笛风清，待万里、乘搓问客星。叹鲸鲵[5]未翦，戈船[6]满岸；蟾蜍[7]正吐，歌管倾城。狎浪儿童，横江士女，笑指渔翁一叶轻。谁知道？是观潮枚叟[8]，论水庄生[9]。

注释

①砉（xū）然：皮骨相离声。

②“冯夷”二句：谓冯夷击起大鼓，钱塘江的潮就像万匹白马乘风奔腾。冯夷。古代传说中的江河之神。

③伍相鸱（chī）夷：谓春秋吴国相伍员（子胥）。员本楚人，入吴佐吴王夫差。后吴败越，越王勾践请和，夫差许之。伍员谏，夫差使使赐伍员属镂之剑。员告舍人曰：抉吾眼，悬吴东门之上。以观越人灭吴也。夫差闻之，大怒，取员尸，盛以鸱夷，浮之江。传说从此钱塘江便有了波涛滚滚的大潮，乃伍员暴怒所致。鸱夷，是一种革囊。

④钱王羽箭：钱王，谓五代吴越国王钱镠。《北梦琐言》：“杭州连岁潮头直打罗刹石。吴越钱尚父（即钱镠）俾张弓弩，候潮至，逆而射之，由是渐退，罗刹

石化而为陆地。”

⑤鲸鲵：能吞食小鱼之大鱼，古以喻凶恶之人。

⑥戈船：战船。

⑦蟾蜍：蛙之大者。《后汉书》注：“羿请不死之药于西王母，姮娥窃之以奔月，是为蟾蜍。”后因谓月为蟾蜍。

⑧观潮枚叟：汉枚乘作《七发》，中有论江潮名段。

⑨论水庄生：庄子有《秋水》篇。

点评

这是一首写钱塘江中秋节大潮汐的词。上片完全是景语，写得有声有色。下片感慨时事：一方面是鲸鲵未翦，戈船满岸，局势是那么紧张；一方面是蟾蜍正吐，歌管倾城，人们却在寻欢作乐。末语中的观潮枚叟、论水庄生，是指渔翁，也指作者自己。全词描景状物雄浑壮伟，抒怀感事苍凉沉郁，用典贴切自然，全无斧斫痕迹，纵横捭阖，洒脱不羁。

贺新郎·病中有感

万事催华发[①]！论龚生[②]，天年竟夭，高名难没。吾病难将医药治，耿耿胸中热血。待洒向、西风残月。剖却心肝今置地，问华佗[③]、解我肠千结？追往恨，倍凄咽。

故人慷慨多奇节。[④]为当年、沉吟不断，草间偷活。艾灸眉头瓜喷鼻，[⑤]今日须难决绝。早患苦、重来千叠。脱屣妻孥非易事，竟一钱不值何须说！人世事，几完缺？

注释

①华发:白发。

②龚生:西汉龚胜,字君宾。在汉哀帝朝历任谏议大夫、光禄大夫等职。王莽专政时,胜归老于乡里。及王莽篡位,复征召龚胜,胜坚不肯出。并申言:"吾受汉家厚恩,亡以报,今年老矣,旦暮入地,岂以一身事二姓下见故主哉!"

③华佗:三国时名医。

④"故人"句:作者的许多朋友,明亡时慷慨死节。如陈子龙、夏允彝父子。

⑤"艾灸"句:古医学上治疗疾病的方法。

点评

这是一首反映个人身世之感以及仕清后悔恨心态的词作,相传是吴伟业的绝笔。词一开头即提出那"天年竟夭,高名难没"的龚胜,作为自己的对照,他痛恨自己当时为什么不慷慨一死?这种痛苦的心病,虽华佗再生,也是难以医治的。下片想起许多慷慨死节的老朋友,更反衬出自己当年"沉吟不断,草间偷活"的可耻!他意识到:名节既污,这个人也就落得一钱不值了。这种痛苦念头纠缠着他、折磨着他,真如生了一种重病,虽用"艾灸眉头瓜喷鼻"的疗法,这种病还是难以治愈。末二语总结全篇,承认人世事有完缺,完者,如"慷慨多奇节"的故人;缺者,自己即是。词人背负怀旧自悔的感情负担,使全词格调更显得悲怆而低沉,但也正是这种真实而复杂的身世之感,使吴梅村的词作亦具有了感动人心的力量,如陈廷焯所评:"吴梅村词,虽非专长,然其高处有令人不可捉摸者,此亦身世之感使然。"又曰:"梅村高者,有与老坡神似处。"(《白雨斋词话》卷三)正是就此词而言的。

徐灿

徐灿(1619? ~1678 以后),女,字湘蘋,号明霞。长洲(今江苏苏州)人。光禄丞徐子懋次女,海宁大学士陈之遴继室,工诗善画,尤擅侍声。徐灿是清初词坛上卓异的才女,不少词论家推举她为清季成就最高的女词人,认为她是李清照之后女性词史上耸立的又一座丰碑。著有《拙政园诗余》三卷,其中虽多有传统春恨秋愁及思夫怀远之作,但因逢国破家亡,故多伤世感事之语,又寓沧桑之感,寄冰雪之思。

满江红·感事

过眼韶华,凄凄又、凉秋时节。听是处①,捣衣声急,阵鸿凄切。往事堪悲闻玉树②,采莲歌杳啼鹃血。叹当年,富贵已东流,金瓯③缺。

风共雨,何曾歇?翘首望,乡关月。看金戈④满地,万里云叠。斧钺⑤行边遗恨在,楼船⑥横海随波灭。到而今,空有断肠碑,英雄业。

注释

①是处:处处,到处。

②玉树:南朝陈后主所作《玉树后庭花》的省称。故以之为亡国之音。

③金瓯:比喻疆土之完固,亦用以指国土。《南史·朱异传》载,梁武帝尝言:"我国家犹若金瓯,无一伤缺。"

④金戈：借指雄师劲旅。

⑤斧钺：斧与钺，泛指兵器，亦泛指刑罚、杀戮。

⑥楼船：有楼的大船。古代多用做战船，亦代指水军。

点评

徐灿后期的大多数词多感事抒怀，抒发国破家亡之痛和思念乡关之情。清人吴骞谓徐灿“多历患难，忧愁怫郁之思，时时流露楮墨间”（《拜经楼诗话》），指的正是《满江红》（过眼韶华）这一类词。

词的上片从叙事开始，首句点明时间，美好的春光是那样地短暂，转眼之间凄凉萧瑟的深秋又到了，虽为叙事，亦兼抒情，惋惜与哀叹之意不言自明。起句虽略显凄恻徘徊，却也是为后文的抒情奠定悲凉基调。下三句特写所见所闻。因是深秋时节，又是缝制棉衣的时候了，远远地，砧杵之声不绝于耳。抬眼望，只见归鸿排列成阵飞行，其鸣甚哀。北雁南飞，鸟儿尚能南归，人却有家难回。“玉树”，即是《玉树后庭花》，传为南朝陈后主所作，后来成为亡国之音的代称。“采莲”，即《采莲曲》，本于《江南曲》：“江南可采莲，莲叶何田田。”这里被作者引为故乡江南的象征。回首往事，满怀悲伤，欢乐娱人的《采莲曲》早已杳不可闻，只有不忍卒闻的亡国之音，和子规“不如归去”的含血的哀鸣。江山易代，国破家亡，时间留给词人的是一段悲伤的记忆，难忘的憾恨。

如果说上片是借景抒情，借物言悲，从“风共雨”起，下片转入对乡关之思、家国之悲的直接倾诉。“风共雨，何曾歇”一个问句，极为警醒，领起下文，山河破碎、风雨飘摇之状，如在目前。而“翘首望，乡关月”二句，情感的抒发愈发浓烈、直接。清军的铁蹄蹂躏了江南的大好河山，美丽的故乡已是金戈满地，愁云惨淡。万里风雨飘摇之中的山河，呈现在词人面前的再也不是往昔的青山秀水，而是干戈满眼，狼烟遍地，留给词人的再也不是吴语欢笑，而是无边的憾恨。

这是“看金戈满地”等四句的意思。末三句则以深沉的悲叹结束全篇，家国之痛充塞于天地之间。

在这首词中，徐灿将满怀悲怆大力挥洒，或用典以借古喻今，或直写以描摹当下，将萧飒与激壮、哀痛与感愤、风云气与苍凉意充分而自然地融会一处，令人油然而生沉郁悲壮之思。特别是结拍，忧愤铿锵，掷地有金石之声，按照前代的文学经验，已不似出自女子手笔。是徐灿对以往女性词的一种突破。

李清照词中本有表现“兴亡之悲”的绝妙之音，如《永遇乐》(落日熔金)、《声声慢》(寻寻觅觅)等，作者极为传神地写出了国变家亡之后个人生活的凄凉况味。而徐灿的词，却将历史的纵深视野交融进眼前兴亡的画卷，营造出更为沉重的历史感受，如这首《满江红》(过眼韶华)将可怖可痛的现实与可叹可恨的历史交叠，“风雨”中的孤独者与万山之外惨罹战祸的“乡关”两相间阻，显示出兴亡意识、故国之思与忧患意识的沉重与错综。与她的前辈相比，词中的意绪被她开掘得更为深入了。故徐乃昌盛赞徐灿词：“其冠冕处，即李易安亦当避席，不独为本朝第一。”(《小檀栾室汇刻闺秀词》)

陈维崧

陈维崧(1625~1682)，字其年，号迦陵，宜兴(今属江苏)人。其父陈贞慧，为明末著名复社文人。陈维崧少有才名，入清后出游四方，晚年得举博学鸿词科，官翰林检讨。他学识渊博，性情豪迈，才情卓越，词风兼收并蓄。陈廷焯在《白雨斋词话》中说：“国初词家，断以迦陵为巨擘。”陈维崧不仅是清初很有影响力的词人，而且是清三百年间最有成就、最为杰出的词人。现存词一千九百多首，数目之丰居古今词人之冠。

醉落魄·咏鹰

寒山几堵[1]，风低削碎中原路，[2]秋空一碧无今古。醉袒貂裘，略记寻呼处[3]。

男儿身手和谁赌？老来猛气还轩举[4]。人间多少闲[5]狐兔？月黑沙黄，此际偏思汝[6]。

注释

①寒山几堵：几座寒冷的秋山，横空壁立。

②"风低"句：这句描写鹰低空飞翔，掠过原野的雄姿。削碎，意指扫荡；中原，原野。

③寻呼处：呼鹰寻猎的地方。

④轩举：高扬。

⑤闲：等闲，寻常。

⑥汝：指鹰。这句有老来猛气犹存，仍渴望干一番事业之意。

点评

此词咏鹰，却通篇不着一"鹰"字；处处无鹰，又处处有鹰。词中没有细致地描写鹰的形貌，甚至也没有勾勒出它的轮廓，只写了它的影子，却能使人感到它的凶猛凌厉。开篇"寒山几堵"的"堵"字、"削碎中原路"的"削"字下得极新颖而重拙，有此二字，凌厉激荡的气势喷薄欲出，堪称炼字的典范。接数句以"袒貂裘""略记"写出词人浩然风度，为后文铺垫。下片兴感，作者像鹰搏击人间"狐兔"，却难以奋飞，抒发了作者壮志难酬的悲壮襟怀。"男儿"三句极豪迈，又极悲愤，精警无匹，如干将出匣，寒光射人。此等句是他人想不到、写不出者，最能代表迦陵词“鼓舞风雷”、“蹈扬湖海”的特色。末二句以荒莽景象收束全篇，于奔放之后作含蓄的一折，特别凸现词人九曲黄河般的积郁之情，力量沉厚。

咏物抒怀，咏物而不泥于物，是本篇的特色。陈维崧在诸多作品中皆以鹰自比，他所看中的是鹰的轩举的“猛气”与矫捷的“身手”，用以抒发自己疾恶如仇、惩奸除弊的人格风范与人生理想。读本篇不仅令我们体察到“声色俱厉”（陈廷焯《白雨斋词话》卷三）的雄健之美，尤其可感受到“顽者警、懦者立”的精神震撼。

全词格调豪雄俊爽，堪称陈词中的优秀之作。

满江红·秋日经信陵君祠[1]

席帽[2]聊萧[3]，偶经过、信陵祠下。正满目、荒台败叶，东京[4]客舍。九月惊风将落帽，半廊细雨时飘瓦。柏[5]初红、偏向坏墙边，离披[6]打。

今古事，堪悲诧。身世恨，从牵惹。倘君而尚在，定怜余也。我讵不如毛薛辈[7]，君宁甘与原尝[8]亚？叹侯嬴、老泪苦无多，如铅泻。[8]

注释

①信陵君祠：故址在今河南开封市。信陵君，即战国时魏国公子无忌，昭王少子。为“战国四君子”之一，以养士好客闻名。

②席帽：古代流行的一种遮阳帽，以藤席为骨，敷以面料，周有大缘，如同斗笠。古人常以“席帽随身”指辛勤求取功名。

③聊萧：寂寞，冷落。这里作者表明自己屡次应乡试，未中一第。此时还是一个落拓江湖的书生。

④东京：指开封（今河南开封市），信陵君曾居此。

⑤柏：木名，即乌柏，其叶秋天经霜变红。

⑥离披：分散的样子。

⑦毛薛辈：毛公、薛公一类人。毛公、薛公均为战国时魏国处士，被信陵君纳为门客，深得信赖。秦乘信陵君留赵不归，出兵伐魏。二人冒死劝他归国，魏因而得救。

⑧原尝：平原君和孟尝君。平原君赵胜是战国时赵国宗室大臣；孟尝君田文为齐国宗室大臣。二人均为“战国四君子”之一。

⑨“叹侯嬴”二句：可叹我空有侯嬴之才，无处见用，只落得老泪干涸，连泪水也不能像铅水一般地倾泻。言其欲哭无泪，欲哭无声，一片哀叹无处倾诉。侯嬴：战国时魏国人，年七十为大梁夷门监门小吏。信陵君慕名往访，亲为执辔驾车，迎为上客。公元前 257 年，秦围邯郸，赵向魏求援。魏王始令晋鄙率军救赵，继而改变主意，令他中途停兵不前。侯嬴献计。信陵君盗得兵符，椎杀晋鄙，率晋鄙军击退秦军。赵国得救。此处作者以侯嬴自比，如铅，泪如铅水。李贺《金铜仙人辞汉歌》诗有“忆君清泪如铅水”句。

点评

迦陵词中怀古之作数量颇多，成就亦高。其主题可大致分为两类：一类抒发故国沦亡的“黍离之悲”，一类寄寓英雄失路的身世之感。本篇当属后者。词人才名卓著，人称“江左凤凰”。但是，他生逢乱世，潦倒穷愁，死前四年始以诸生应康熙十八年（1679）博学鸿词之征，授职检讨。康熙七年（1668）他又赴京求仕，未果而归，途经河南开封，在凭吊那里的信陵君祠时，感慨万分，写下了这首声情悲愤的词作。

词上片写信陵君祠的荒凉破败，寄托凭吊之情。“荒台败叶”的萧瑟，“惊风”、“细雨”的酸楚，红柏“离披”的凄凉，一一逗出词人心境之荒寞激荡，为后文抒情烘托点染。下片以“今古事”四句过渡，一片怨怒之情喷薄而出，声闻纸上。古代贤人识才、爱才、重才，使怀才不遇的当代词人深感生不逢时。“倘君而尚在，定怜余也”为全篇眼目，以下词人以毛公、薛公相比，自言即使不如毛、薛二公那样能为信陵君排忧解难，相信信陵君待我也绝不会甘心在好客的平原君和孟尝君之下的！语辞恳切，又不乏自负，身世之恨、不平之气，如江河奔泻。故陈廷焯评之为“慨当以慷，不嫌自负。如此吊古，可谓神交冥漠”（《白雨斋词话》卷四）。

沁园春

题徐渭文[①]《钟山梅花图》，同云臣、南耕、京少赋。[②]

十万琼枝，矫若银虬，翩如玉鲸。[③]正困不胜烟，香浮南内[④]，娇偏怯雨，影落西清[⑤]。夹岸亭台，接天歌板，十四楼[⑥]中乐太平。谁争赏？有珠珰贵戚，玉佩公卿。

如今潮打孤城[⑦]，只商女船头月自明。叹一夜啼乌，落花有恨，五陵[⑧]石马，流水无声，寻去疑无，看来似梦，一幅生绡[⑨]泪写成。携此卷，伴水天闲话，江海余生。

注释

①徐渭文：名元徕，渭文其字，又作文清，阳羡名画家，亦工诗文词，名词人徐喈凤的堂弟。

②云臣：史惟圆字，号蝶庵，别署荆水钓客，有《蝶庵词》。南耕：曹亮武号，字渭公，与作者为中表兄弟，有《南耕词》。京少：蒋景祁字，宜兴人。有《梧月

词》、《罨画溪词》。以上三人皆宜兴人,阳羡词派重要成员。

③"十万"三句:这三句写梅枝的态势。琼枝,指梅花;矫,形容梅花盘曲昂健的姿态;虬,古代传说中龙的一种;翩,形容梅花轻盈铺张的姿态。

④南内:南宫。朱元璋定都南京,此处指明皇城。

⑤西清:宫内游宴之处。

⑥十四楼:明洪武年间南京官妓所居的十四座楼。

⑦潮打孤城:化用刘禹锡《石头城》诗:"山围故国周遭在,潮打空城寂寞回。"

⑧五陵:本指西汉五位皇帝的陵墓,此指明太祖孝陵。

⑨生绡:生丝织成的薄绸,用以作画。这里指《钟山梅花图》。

点 评

徐渭文的《钟山梅花图》是一幅借画昔日钟山梅花盛况以寄寓亡国之恨的作品,阳羡词人从不同角度、以不同词调题咏殆遍,形成一次相当独特的凭吊故国的联吟酬唱格局。其中迦陵此篇尤为翘楚,被陈廷焯誉为"情词兼胜,骨韵都高,几合苏、辛、周、姜为一手"(《白雨斋词话》卷三)。

这首题画词的主题与徐渭文画《钟山梅花图》的主旨相同。词上片就画面着笔,写昔日钟山梅花的盛况和南京"夹岸亭台,接天歌板"的升平景象。下片写今日南京的荒凉冷落,与画面对比,寄托作者的明亡之痛。词作词藻清丽,却包蕴了极其复杂的遗民心绪:有"一夜啼乌,落花有恨"的哀思,有对"珠珰贵戚,玉佩公卿"们"十四楼中乐太平"的误国行径的怨慨以及"寻去疑无,看来似梦"的泪眼愁看。遗民群体"孤臣孽子"悲凉、幻灭、欲哭无泪、欲隐无地的感情在词中得到了真实的披露,令人不由黯然神伤。阳羡词人借徐渭文此图遥祭故国,所拈者为"大题目",寄寓者为"大意义"(谢章铤语)。在清朝初年,因此种遗民情绪而招致诛杀惨祸者不知凡几，故而，“一幅生绡泪写成”的悲凄后面其实隐藏着凶险的刀光剑影和这一词人群体非凡的胆力和勇气，这是我们不能不予以表彰的。

朱彝尊

朱彝尊(1629~1709)，字锡鬯，号竹垞，晚号小长芦钓鱼师，浙江秀水(今嘉兴)人。康熙十八年(1679)应博学鸿词试，授检讨，充《明史》纂修官。后入直南书房，充日讲官。其人博通经史，工诗词古文，是清代初年著名的大学者、诗人，《清史稿·朱彝尊》中评价他：“当时王士祯工诗，汪琬工文，毛奇龄工考据，独彝尊兼有众长。”他同时因开创浙西词派，与陈维崧并称“朱陈”，执掌词坛牛耳。词宗姜夔、张炎，讲究艺术形式，以淳雅清空为旨归。有《曝书亭集》八十卷，其中词分《江湖载酒集》、《静志居琴趣》、《茶烟阁体物集》、《蕃锦集》四种。

卖花声·雨花台①

衰柳白门②湾，潮打城还。小长干接大长干③，歌板酒旗零落尽，剩有渔竿。

秋草六朝④寒，花雨空坛⑤。更无人处一凭阑。燕子斜阳来又去，如此江山。

注释

①雨花台：在南京市南。岗阜最高处可俯瞰南京城。

②白门：南朝宋时称建康(今南京)城西门为白门。西方金，金气白，故称。

后遂为南京的别名。

③小长干、大长干:南京城的两个地名,故址在南门外。

④六朝:吴、东晋及南朝的宋、齐、梁、陈相继定都南京,故称为六朝。

⑤花雨空坛:相传梁武帝时,有云光法师讲经于此,天花坠落如雨,因而得名。

点评

这首词是朱彝尊的名作,抚今追昔,感慨物是人非,写得视野开阔,精警有力,谭献曾有“声可裂竹”(《箧中词》卷二)的赞语。

战氛甫靖的易代之初,昔日金粉地一派残破荒落景象,激起了这位明末遗民登临者的兴亡之叹。首句将秦淮河边一片荒凉空寂,唯有衰柳摇曳的景象呈现在读者面前。大小长干曾经市肆繁盛,商贾云集,秦淮河从这里蜿蜒而过,是画船如织、笙歌彻夜的游览之地,而今映入眼帘的,却是一幅“歌板酒旗零落尽,剩有渔竿”的荒凉画面。词的上片写登临所见,由远及近。下片扣回题面,吊古伤今,“六朝”两字将古今千年括于笔端,写出六朝以来南京的衰飒凄凉之状,现实和历史融为一体。“凭阑”二字,为落笔抒情主体,同时也点醒前文所述,均系眼前实景。在此败落凄凉的背景中,复以神来之笔,将斜阳残照、燕子翩飞一齐摄入,巧妙地将“凭阑”之愁和“江山”之思紧相结合,表现了他的阔大胸怀,使词的境界大大拓展,把词推向一个高层次。陈廷焯评价曰:“气韵沉雄。结得妙,妙在其味不尽。”

这首词将眼前萧瑟的秋景、六朝古都的冷落以及事过境迁的历史沧桑之感紧密糅合在一起,句酌字炼,清醇高雅,最能体现朱彝尊的才情和风格。其中最突出的一个特点,是对前人诗(词)意的化用。例如“潮打城还”化用了刘禹锡

《石头城》"潮打空城寂寞回"的诗意；"秋草六朝寒，花雨空坛"则从王安石《桂枝香》（登临送目）"六朝旧事随流水，但寒烟、芳草凝绿"句化出，收到引人联想、丰富意境的效果，有助于形成雅洁隽永的语言特色。

长亭怨慢·雁

结多少、悲秋俦侣[①]。特地年年，北风吹度。紫塞[②]门孤，金河[③]月冷，恨谁诉？回汀枉渚，也只恋，江南住。随意落平沙[④]，巧排作、参差筝柱[⑤]。

别浦，惯惊移莫定，应怯败荷疏雨。一绳[⑥]云杪[⑦]，看字字、悬针垂露[⑧]。渐欹斜、无力低飘，正目送、碧罗天幕。写不了相思，又蘸凉波飞去。

注释

①俦侣：伴侣。

②紫塞：指长城。

③金河：黑河，在今内蒙古自治区境内。

④落平沙：平沙落雁，古琴曲名。

⑤筝柱：乐器筝上有十三弦，支弦的柱子参差排列。这里是说雁行排列有序。

⑥一绳：指雁行排成"一"字形，似拉开的绳子。

⑦云杪：云端。

⑧悬针垂露：书法中的两种字体，这里比喻雁飞之形。

点评

借“咏物”而“咏情”，继而抒发亡国之慨，在朱彝尊的作品中是屡见不鲜的。此词通篇不见“雁”字，却字字写雁，句句扣题。词中展现的是秋雁的凄凉行程及其在此行程中的动态、静态、情态：它们时而高飞入云端，时而低飘掠凉波，有时降落在平沙，有时栖息于汀渚；雁行之排列如筝柱，如一绳，雁字之形状如悬针，如垂露，这些描绘已曲尽雁之物态。更加耐人寻味的是，词人笔下之雁深怀悲秋情、江南恋，渡紫塞、金河而感“门孤”“月冷”，栖汀渚而“惊移莫定”，闻雨声而胆寒心“怯”，背负着如此沉重的人间哀愁。其所托之意，虽难以句句坐实，但其中含意，明眼人自可心领神会：词中通过对秋雁所处的“北风”“疏雨”“天幕”“凉波”等凄切悲凉的环境的渲染，抒发的正是词人抗清失败、漂泊四方的无限感慨！正如陈廷焯在《白雨斋词话》卷三中所评：“感慨身世，以凄切之情，发哀婉之调，既悲凉，又忠厚，是竹垞直逼玉田（张炎）之作。”

纳兰性德

纳兰性德（1654~1885），原名成德，因避讳改名性德，字容若，满洲正黄旗人，太傅明珠长子。善骑射，好读书，作词主情致，尤工小令。词的风格接近李煜，多写离别相思及个人感受，许多词，写得凄婉动人，其中又充塞着磊落不平之气，在词史上独具一格。梁启超在评价他的词作时，说他“直追李主”，况周颐也认为“纳兰容若为国初第一词人”。二十四岁那年，纳兰性德把自己的词作编选成集，名为《侧帽词》。顾贞观后来重刊纳兰的词作，更名为《饮水词》。

蝶恋花·出塞

今古河山无定据①，画角②声中，牧马频来去。满目荒凉谁可语？西风吹老丹枫树。

从前幽怨应无数。铁马金戈，青冢③黄昏路。一往情深深几许？④深山夕照深秋雨。

注释

①无定据：谓自古以来，权力纷争不断，江山变化不定。无定，无准。

②画角：古乐器，形如竹筒，古时军中多用之以警昏晓。

③青冢：汉代王昭君墓，在内蒙古自治区首府呼和浩特市南。传说当地草多白而此处独青，故云。

④“一往”句：化用欧阳修《蝶恋花》“庭院深深深几许”句意。

点评

纳兰性德在康熙年间曾官至一等侍卫，深受宠信。但他厌倦随驾扈从的仕宦生涯，产生“临履之忧”的恐惧和志向难酬的苦闷，再目睹官场的腐败，日夕读《左传》《离骚》自我排遣，以宣泄失望和烦恼之情。这首词为随驾外出时所写，苍凉感慨，蕴涵深厚，和他那些哀感顽艳的悼亡伤逝词相比，别是一番风味。

历来咏史之作，多针对本朝实事有所感发，而纳兰此阕，显然已突破了一般的怀古伤今窠臼，站在了整个人类历史的高度，来总结盛衰兴亡之理。起首一句“今古河山无定据”，即有上下千年、纵横万里之气概。接着词人挥舞画笔，为我们描绘出了一幅有声有色、充满动感的边塞景物图：画角声声，牧马驰骤，这既是眼前所见之实景，又引人联想起历史上的一幕幕活剧。岁月倏忽，往事已矣，今天当词人风尘仆仆奔走在边塞道上的时候，只见满目荒凉，唯有如火如血的片片枫叶在萧瑟西风中飘摇，似乎在倾诉着无穷的幽怨。在这片融埋了多少历史的土地上，词人仿佛倾听到了“金戈铁马，气吞万里如虎”（辛弃疾《永遇乐》）的英雄呐喊和“一去紫台连朔漠，独留青冢向黄昏”（杜甫《咏怀古迹》）的美人幽怨。不论是肝肠如火的英雄，还是色笑如花的美人，都已融入历史的长河，唯有一片深情，在这深山夕照、深秋烟雨的笼罩之下，联通了古贤与来者。

谢章铤说：“长短调并工者，难矣哉。国朝其惟竹垞（朱彝尊）、迦陵（陈维崧）、容若乎。竹垞以学胜，迦陵以才胜，容若以情胜。”（《赌棋山庄词话》）参之此词，可知谢氏此言不虚。王国维《人间词话》云：“纳兰侍卫以天赋之才，崛起于方兴之族。其所为词，悲凉顽艳，独有得于意境之深，可谓豪杰之士，奋乎百世之下者矣。”正言明了纳兰词之成就。

金缕曲·赠梁汾①

德②也狂生耳！偶然间、缁尘京国③，乌衣门第④。有酒唯浇赵州土，⑤谁会成生⑥此意？不信道、竟逢知己。青眼高歌俱未老，向尊前、拭尽英雄泪。君不见，月如水。

共君此夜须沉醉。且由他、蛾眉谣诼⑦，古今同忌。身世悠悠何足问？冷笑置之而已！寻思起、从头翻悔。一日心期千劫在，⑧后生缘、恐结他生里。然诺重，君须记。

注释

①梁汾：顾贞观之号。顾也是清初著名的诗人，一生郁郁不得志，早年担任秘书省典籍。因受人轻视排挤，忿而离职。此后经人介绍，当了纳兰性德的家

庭教师，两人相见恨晚，成为忘年之交。

②德：纳兰性德自称。

③缁尘京国：谓在京城奔走供职，衣裳为风尘染黑。缁尘即尘污，比喻世俗的污垢。

④乌衣门第：谓生在贵族之家。

⑤“有酒”句：李贺《浩歌》诗：“买丝绣作平原君，有酒唯浇赵州土。”赵国多慷慨悲歌之士，赵平原君又是贤公子，故李贺和性德都心向往之。

⑥成生：性德自指。

⑦蛾眉谣诼：谓美女遭人妒忌。《离骚》：“众女嫉余之蛾眉兮，谣诼谓余以善淫。”

⑧“一日”句：谓一日心期相许，成为知己，其情感虽经历千劫，仍然存在。劫，佛经言天地之一成一坏为一劫。

点评

这首慢词是纳兰集中的名作，词为自己写照，也为其交友写照。词中没有华丽的词藻，词人运笔如流水行云，一任真纯充沛的感情在笔端酣畅地抒发。

“德也狂生耳”，起句十分奇兀，使人陡然一惊，其实这实在是纳兰的肺腑之言，他表示自己并不是一个拘守礼法、不近人情的迂腐文人，这样正可打消对方的顾虑，使友人不致因为身份、地位上的悬殊而不敢接近自己。接下来三句是他对自己身世的看法，坦率地把自己鄙薄富贵家庭的心境告诉给顾贞观，是希望出身寒素的朋友们理解他，不要把他看成是一般的贵公子。“有酒”句用李贺《浩歌》成句，表明自己对战国时期广纳天下贤士的赵国平原君的景慕，但遗憾的是并没有人理解自己的一片苦心。可见其内心之孤独落寞。前几句，作者极写心情的抑郁，这正好为得遇知己朋友的兴奋预作蓄势。就在感到山穷水尽的时候，他遇到梁汾了："不信道、竟逢知己。"骤然看来，在"不信道"之后，又加上"竟"字，显得有点累赘，但重复强调意外之感，是为了表达得友的狂喜。这几句，笔势驰骤，极尽腾挪变化之妙。上片歇拍"君不见，月如水"是景语也是情语，在欣得知己、相与慷慨激昂一番之后，词人心情逐渐趋于平静，这时突然发现原来月色竟如此美好，皎洁的月色似是他们纯洁友谊的见证。

下片纳兰从同情顾贞观的坎坷遭遇着笔，交错着对蛾眉遭嫉的感叹。在纳兰性德看来，古往今来，有才识之士被排斥不用者多如牛毛，他只有以"且由他"三字劝慰友人，希望他能够超脱些，不要为遭人谗毁而苦恼。从顾贞观等今古才人的遭遇中，词人想到自己。在污浊的社会中，过去的生涯，毫无意趣，将来的命运，也不值一哂，因而他发出了"寻思起、从头翻悔"的感叹。在词的开头，词人已透露出他对门阀出身的不屑，这里再一次申明，是强调他和顾贞观有着同样的烦恼，对现实有着同样的认识，他和顾贞观一起承受着不合理社会给予的压力。在这里，通过词人对朋友安慰体贴相濡以沫的态度，我们也看到了他对现实生活的不满和激愤。歇拍把笔锋拉回，用沉着坚定的调子抒写词人对友情的珍惜："然诺重，君须记。"纳兰对友情的重视，对然诺的看重，令人击节赞叹。

纳兰词最大的特点是直抒性灵，感情直率，这首《金缕曲》不事雕饰，天籁自鸣，体现了一种意到笔随、流利又豪宕的风格特征。彭孙遹评此词："词旨钦崎磊落，不啻坡老、稼轩，都下竞相传写。于是教坊歌曲间，无不知有《侧帽词》者。"(《词藻》)指明此词与苏、辛豪放风格的接近。

郑燮

郑燮(1693~1765)，字克柔，号板桥，兴化(今属江苏)人。乾隆元年(1736)进士。任范县知县，调潍县令，前后十二年，有善政，因请开仓赈济忤上司，被罢归。书画诗俱工，人称三绝，"扬州八怪"之一。亦能词，有《板桥集》，词名《板桥词钞》。

沁园春·恨

花亦无知，月亦无聊，酒亦无灵。把夭桃[1]斫断，煞他风景；鹦哥煮熟，佐我杯羹。焚砚烧书，椎琴裂画，毁尽文章抹尽名。荥阳郑，有慕歌家世，乞食风情。[2]

单寒骨相难更[3]，笑席帽[4]青衫[5]太瘦生。看蓬门秋草，年年破巷；疏窗细雨，夜夜孤灯。难道天公，还钳恨口，不许长吁一两声？颠狂甚，取乌丝[6]百幅，细写凄清。

注释

①夭桃：《诗·周南·桃夭》："桃之夭夭，灼灼其华。"夭，美盛貌。

②"荥阳郑"三句：白行简《李娃传》传奇，言河南荥阳郑生奉父命到长安应试，眷恋青楼女李娃，遂流连于花巷间，后金尽被逐。流落街头，为丧葬店歌者，复行丐于市。

③难更：犹言无双。更，再，又。

④席帽：以藤席制的帽，古为未第者所戴。

⑤青衫：青襟、青领，为学子之服，借指读书人，明清时专指秀才。

⑥乌丝：乌丝栏的略语。在缣帛上下以乌丝织成栏，中间以朱墨界行，称为乌丝栏。代指纸笺。

点评

这首词题为“恨”，主要抒发词人激烈的愤世嫉俗之情，在结构上颇具特色，字里行间极具个性。上片首三句连用排比，否定“花”、“月”、“酒”的作用。这些本是文人雅兴的东西，作者却觉其无知、无聊、无灵。接着七句，用六件事反话正说，写尽种种激愤，让人读来畅快淋漓：砍断盛美桃树，败人赏花雅兴，煮熟巧嘴鹦哥，饱我口腹之欲；焚砚台，烧经书，破瑶琴，撕书画，什么诗词文章，文人功名，全都被词人毁于愤激之间。不仅如此，作者更进一步否定了自身，说自己这郑氏就曾做过低贱的事情。下片首六句承上文直接写自己的穷酸相和孤贫生活。“难道天公”三句，突然反诘，质问老天，把人逼迫至此，还不许人叹息两声？愤激之情，至此决堤。可见前面所言皆为反语，亦可见作者内心愤怒之强烈。末三句犹如大恸之后的泣诉，系正面抒情，却换了一副声口，与前面的激愤之词形成对比，但更添一种凄凉清冷的感情色彩，使全词情感跌宕起伏。

全词多用对偶、排比句式，一气贯下，痛快淋漓，读之，可感作者傲然独立神态。清查慎行认为此词“风神豪迈，气势空灵，直追古人”（《铜鼓书堂词话》）。陈廷焯《词坛丛话》认为“板桥词，远祖稼轩，近师其年（陈维崧字），别创一格，不与稼轩、其年沿袭，真有独往独来之概”。都能道出郑燮词的特点。

黄景仁

黄景仁（1749~1783），字汉镛，一字仲则，号鹿菲子。江苏武进人。监生，乾隆游江南，召试，中二等，候选县丞，未补官卒。少家贫，奔走四方，曾为安徽督学朱筠幕客。富有才情，诗学李白，负盛名于当世。词名《竹眠词》，一名《悔存词钞》，又名《两当轩诗余》。

贫也乐

一匹马，千金买，邯郸少年有声价。唱龙沙①，拍胡笳，吾曹健儿不听筝琵琶。

汉家边衅②今朝始，去去同生复同死。天苍苍，野茫茫，一片秦时明月挂边墙③。

注释

①龙沙：古时指西部、西北部边远山区和沙漠地区。泛指边塞。《后汉书·班超赞传》："定远慷慨，专攻西遐。坦步葱雪，咫尺龙沙。"

②边衅：指边关报警。

③边墙：边塞城墙。指长城。

点评

这首《贫也乐》所写未必实有其人其事，假想出一个国家边疆有外敌入侵的情势，将少年儿郎激昂慷慨、重义气的豪侠性格尽显无遗。起首三句暗用"千金市骨"典，以示少年豪杰难得，盼望世上多有燕昭王之类求贤若渴的明主。上片后三句写少年豪情，尤其"吾曹健儿"一句，境界阔大。下片写边关报警，外敌入侵，狼烟起，战火燃。前两句尽抒热血儿男同生死、共命运的豪爽义气，最后三句分别化用北朝乐府民歌《敕勒川》和唐王昌龄《出塞》成句，境界雄浑深远。"天苍苍，野茫茫"，写塞外苍穹辽远，平原无际，这恰如男儿的心胸。"一片秦时明月挂边墙"，不仅画面优美，更借用王昌龄诗意，将"但使龙城飞将在，不教胡马度阴山"的豪迈情怀寓于"明月挂边墙"的意象之中。

贺新郎·太白墓和稚存韵[1]

何事催人老？是几处，残山剩水，闲凭闲吊。此是青莲[2]埋骨地，宅近谢家之朓[3]。总一样，文人宿草[4]。只为先生名在上[5]，问青天，有句何能好？打一幅，思君稿。

梦中昨夜逢君笑。把千年，蓬莱清浅，旧游相告。更问后来谁似我，我道：才如君少。有亦是，寒郊瘦岛。语罢看君长揖去，顿身轻、一叶如飞鸟。残梦醒，鸡鸣了。

注释

①太白墓：指李白墓，在安徽当涂采石矶。稚存：洪亮吉字，黄景仁同乡好友。

②青莲：李白号青莲居士。

③谢家之朓：指南北朝南齐著名诗人谢朓。采石矶有谢公山。李白诗："宅近青山同谢朓，门垂碧柳似陶潜。"

④文人宿草：指文人之墓。宿草，隔年之草。《礼记》："朋友之墓，有宿草而不哭焉。"

⑤先生名在上：采石矶太白楼有楹联云："我辈此中唯饮酒，先生在上莫题诗。"此数句中"先生"、"君"皆指李白。

点评

词人来到李白墓前，面对萧瑟景象，发出“何事催人老”的感慨：在这青山荒草之下，一位曾经风流倜傥的大文豪已沉睡千年。想当年这位谪仙人对酒当歌，吟诗赏月，如今他的身影飘逸不再，唯有这残山剩水伴着一抔黄土！李白在自己埋骨之地，距谢朓宅不远之处，也曾唱出“蓬莱文章建安骨，中间小谢又清发”。但“总一样，文人宿草”，更何况，“朋友之墓，有宿草而不哭焉”。词人之所以来此荒凉之地，也是因为他景仰李白诗句：“青天有月来几时？我今停杯一问之。”千载之下，词人从李白诗句中仍能找到一个令自己深深羡慕的他者，仍能获得共鸣。词人思入天际，境与梦偕，下片便借助梦境，构造与李白对话的情景。对话甫毕，李白长揖行礼，顿时身轻如燕，飞逝无踪。词人亦从梦中醒来，却已是鸡鸣桑树，东方欲晓，亦恰如太白当时之“唯觉时之枕席，失向来之烟霞”，空留梦者回忆梦境。

此词虽为凭吊之作，但文采词情，飞扬豪逸，其借助太白，浸染于太白之处固然不少，但也不乏自家的豪爽，故时人对作者有“见者以为谪仙人复出也”（洪亮吉《黄君行状》）之评。

龚自珍

龚自珍(1792~1841)，又名巩祚，字璱人，号定庵，浙江仁和(今浙江杭州)人。道光九年(1829)进士，授内阁中书，升宗人府主事，改礼部主事，后告归不复出。博识，通经学、小学、史地学，是晚清著名的思想家和具有革新精神的诗人。诗文多议时政，词主言情，以绵丽为宗，偶有抒怀感事之作。有《定庵诗集》、《定庵词》。

湘月

壬申[1]夏泛舟西湖，述怀有赋，时予别杭州盖十年矣。

天风吹我，堕湖山一角，果然清丽。[2]曾是东华生小客，[3]回首苍茫无际。屠狗功名，雕龙文卷，岂是平生意？[4]乡亲苏小[5]，定应笑我非计[6]。

才见一抹斜阳，半堤香草，顿惹清愁起。罗袜音尘何处觅，[7]渺渺予怀孤寄。怨去吹箫，狂来说剑，两样销魂味。两般春梦，橹声荡入云水。

注释

①壬申：嘉庆十七年(1812)。

②"天风"三句：自言出生在杭州。

③"曾是"句：谓小时曾客居京城。东华，指北京，北京紫禁城东门曰东华门。

④屠狗功名：谓屠狗者得功名。《史记·樊哙传》："舞阳侯樊哙者，沛人也。以屠狗为事。"雕龙文卷：对文章精雕细琢。岂是平生意：谓平生大志，不是取得功名与文名而已。

⑤乡亲苏小：苏小，即苏小小，传为南齐钱塘名妓。作者为钱塘人，故称。袁枚有诗曰："钱塘苏小是乡亲。"

⑥非计：不是好打算。

⑦罗袜音尘：曹植《洛神赋》："凌波微步，罗袜生尘。"音尘，音讯。这句由"乡亲苏小"联想而来。佳人无觅处，实寓知己难得，理想难以实现之意。

点评

定庵作此词时,年仅二十岁。"屠狗功名,雕龙文卷,岂是平生意",充分显示了他凌驾一切的壮志豪情。全篇内涵深厚,又极有情致。"如此不同凡响,此其所以为龚定庵也!"(黄瑞云《词苑英华》)谭献谓定庵词"绵丽飞扬,意欲合周(邦彦)辛(弃疾)而一之,奇作也"。此词即是显例。

吴藻

吴藻(1799~1862),女,字蘋香,号玉岑子,浙江仁和(今杭州)人。出生在一个商贾之家,从小接受了比较全面的文学艺术教育,能识谱,会弹琴,善吹箫,亦长于绘画,尤工词曲。著有《花帘词》、《香南雪北词》,笔法单纯爽露,并善于向姜夔、周密、厉鹗等不同时期的词人学习,在词曲上取得的成就轰动一时。

满江红

谢叠山[1]遗琴二首,琴名号钟,为新安吴素江明经家藏。

半壁江山,浑不似、莺花故业[2]。叹回首,萧条野寺,凄凉落月。乡国风烟何处认,桥亭卜卦谁人识?记孤城、只手挽银河,心如铁。[3]

才赋罢,无家别;早殉此,余生节。[4]尽年年茶坂[5],杜鹃啼血。三尺焦桐[6]遗古调,一抔黄土埋忠穴。想哀弦、泉底瘦蛟蟠[7],苔花热。

注释

①谢叠山：谢枋得（1226~1289）。宋信州弋阳（今属江西省）人，字君直，号叠山。与文天祥同年举进士。为建康考官时，出题暗讥时政，忤权臣贾似道。元兵入侵信州，谢枋得力拒之。信州失陷后，入建宁唐石山。变姓名，后卖卜建阳。宋亡，居闽中，被荐不赴。福建行省参政强之北行，至大都，不食两死，有《崇真院绝粒》诗明志。

②莺花故业：繁华富贵之故国。

③“记孤城”二句：指谢枋得信州拒元兵事。只手挽银河，犹言力挽狂澜。

④“才赋”四句：这四句说谢枋得才失故家，即以身殉臣节。

⑤茶坂：种植茶树的山坡。

⑥焦桐：琴名。据《后汉书·蔡邕传》载，东汉蔡邕曾用烧焦的桐木造琴，音质极美，后世因称琴为焦桐。

⑦瘦蛟蟠：李贺《李凭箜篌引》：“梦入神山教神妪，老鱼跳波瘦蛟舞。”蛟，传说中似龙的动物。

点评

本词借琴来写人，以叹息的调子，赋写谢枋得赤心爱国的英雄志业，措语之词，时时流露出女词人对于谢枋得的景仰之情。词为英雄作传，正笔、倒笔兼用，虚笔、实笔相映，扩张了意境的包蕴空间，也增强了抒情的效果。在用典方面，亦能妥帖自然，体现出词人所具有的较高文史修养。

金缕曲

闷欲呼天说。问苍苍、生人在世，忍偏磨灭？从古难消豪杰气，也只书空咄咄[①]。正自检，断肠诗阅。看到伤心翻失笑，笑公然、愁是吾家物。都并入，笔端结。

英雄儿女原无别。叹千秋、收场一例[②]，泪皆成血。待把柔情轻放下，不唱柳边风月。且整顿[③]、铜琶铁拨。读罢《离骚》还酌酒，向大江东去歌残阕。声早遏，碧云裂！

注释

①书空咄咄：据《世说新语·黜免》，晋殷浩被桓温废免。一天到晚不说话，只用手在空中写"咄咄怪事"。

②一例：一样。

③整顿：准备。

点评

吴藻的不少词作抒写人生不遇的悲愤牢骚和伤心感叹，这种感受成为她的词有别于他人的标志性情感。这首《金缕曲》（闷欲呼天说）是吴藻此类词作最为著名的一首。

整体来看，此词不仅有豪放之概，且不乏跌宕之致。这主要表现于抒情主人公认识的深化和情绪的变化。她曾经以为"愁是吾家物"，但后来发现"从古难消豪杰气，也只书空咄咄""叹千秋、收场一例，泪皆成血"，因此不"愁"反

"笑",由"笑"且"歌",这种态度变化实际上揭示了从忧伤至绝望、从绝望至愤怒的情绪发展过程。作者逐步深化的认识具有很强的说服力,易于引起情感共鸣。"问苍苍、生人在世,忍偏磨灭?"这里的"忍"字携带着丰富的情感信息:作者把"苍苍"看作人的出身之地,既然"苍苍""生人在世",有情如此,应"不忍"使人的才智和理想埋没。一个"忍"字,定格了她对茫茫天意的不解与不满情绪。实际上,"有情"的当然不会是"苍苍",从认为"苍苍有情"到发现其"忍",展示的是作者由对完善生命激情澎湃到受挫伤心的精神历程。

过片"英雄儿女原无别。叹千秋、收场一例,泪皆成血",又将千古"儿女"的悲痛等量齐观,揭示出全体社会成员的个性遭到压抑的严峻现实。这样一个让所有有志儿女"泪皆成血"的人世还有什么希望可言?因此她断然宣称"待把柔情轻放下,不唱柳边风月"。"柳边风月"和"大江东去"分别出自柳永的《雨霖铃》(寒蝉凄切)和苏轼的《念奴娇》(大江东去),分别被视为婉约词和豪放词的代表。吴藻认为"柳边风月"含有太多的"柔情",只有"向大江东去歌残阕。声早遏,碧云裂"才能抒发对现实的愤慨。由此可见,此处选择豪放词风是她用来表达反抗现实态度的有意识的行为。

全篇表达作者才情没有出路的苦闷,不注重婉转曲折的抒情深隐性,不借用过多的修辞造成文体上细腻的美感,而是呵壁问天,直抒其愤慨不平之气,气脉急促、思路开阔,与结尾处高唱入云,化"伤心失笑"的悲郁苦恨为遏云裂石之声,真是可摩苏、辛的豪宕之作。清代陈文述曾这样评价吴词:"疏影暗香,不足比其清也;晓风残月,不足方其怨也;滴粉搓酥,不足写其缠绵也;衰草微云,不足宣其湮郁也。顾其豪宕,尤近苏辛。宝钗桃叶,写风雨之新声;铁板铜弦,发海天之高唱,不图弱质,足步芳徽。"(《花帘词序》)当代学者严迪昌也极赞吴藻:"其词豪宕悲慨,迥异闺秀常见气韵,几欲与须屑争雄一时。"(《近代词钞》)

金缕曲

生本青莲界①。自翻来、几重愁案，替谁交代？愿掬银河三千丈，一洗女儿故态。收拾起、断脂零黛。莫学兰台悲秋②语，但大言③、打破乾坤隘④。拔长剑，倚天外。⑤

人间不少莺花海，尽饶它、旗亭画壁，双鬟低拜。⑥酒散歌阑仍撒手，万事总归无奈。问昔日，劫灰⑦，安在？识得无无⑧真道理，便神仙，也被虚空碍。尘世事，复何怪！

注释

①青莲界：佛境，青莲是佛教典籍常用比喻，也是佛教僧、寺的借称。

②兰台悲秋：战国时楚人宋玉作《九辩》，有“悲哉秋之为气也”之语。兰台，楚国宫殿，宋玉曾随侍楚襄王游于此，宋玉因有“兰台公子”之称。

③大言：宋玉有《大言赋》，构想出一个身材高大、能量无比的巨人。

④乾坤隘：天地的狭隘。

⑤“拔长剑”二句：谓脱离世网束缚，自立为精神巨人。

⑥“尽饶它”二句：计有功《唐诗纪事》：开元中，诗人王昌龄、高适、王之涣往旗亭饮酒，适遇伶官招诸伎会饮。三人以诸伎所歌诗为赌，后惊动诸伎，得众伎俯首相拜，相邀同饮竟日。旗亭，酒楼。

⑦劫灰：佛教用语，指劫火余灰。

⑧无无：佛教讲四大皆空，且连虚空也是空的。

点评

本词与《金缕曲》(闷欲呼天说)气性相近而意蕴、笔路不尽相同。上词是一气呵成,本词则翻折多变。人世间的幸与不幸、荣达与冷落,在吴藻看来是这样地不公,不能忍耐时,就一吐为快,写成了这首牢骚动荡、意气勃发的重笔抒情词。

词的上片慷慨豪放,在表达了以往女性词人所体验过的类似痛苦之外,词作上片展现出来的女性觉醒的新意识更令此词具有了震撼人心之力量。词人的觉醒既体现在"一洗女儿故态"一语中对女性传统存在状态的否定,"拔长剑,倚天外"中对精神极度扩张的新自我的展示,更体现在"大言打破乾坤隘"一语中对于既定秩序的破坏欲望。然而,因为对尘世万事不公的痛切感受,最终都找不到出路,词人不得不借"无无真道理",即绝对的虚无观来消解之,平定之。从下片悲凉萧索的句子中,人们可以看见吴藻的精神成长和无奈,也可以瞥见她的痛苦之深。

顾 春

顾春(1799~1876),女,本为西林觉罗氏,后改为姓顾,字梅仙,又字子春,道号太清,晚号云槎外史,常以太清春、西林春自署,满洲人。是乾隆皇帝的玄孙贝勒奕绘之侧室。善诗词,工书画,才貌双全,颇为世人所重。在清代满族词人中,有"男中成容若,女中顾太清"之誉。有《天游阁集》、《东海渔歌》、《红楼梦影》等诗词、小说流传于世。

高山流水·次夫子清风阁落成韵

群山方壑引长风，透林皋①、晓日玲珑。楼外绿阴深，凭栏指点偏东。浑河②水，一线如虹。清凉极，满谷幽禽啼啸，冷雾溟濛。任海天寥阔，飞跃此生中。

云容。看白衣苍狗③，无心者、变化虚空。细草络危岩，岩花秀媚日承红。清风阁，高凌云汉，列岫如童。待何年归去，谈笑各争雄。

注释

①林皋：高处的树林。

②浑河：源出浑源县，西流入桑干河。此处非实指，是说西山别墅中的“清风阁”偏东有条细细的小河。

③白衣苍狗：变幻无常的意思。

点评

词学家况周颐评：“太清词得力于周清真（邦彦），旁参白石（姜夔）之清隽，深稳沉着，不琢不率，极合倚声消息。”又赞扬太清词：“纯乎宋人法乳，故能不烦洗伐，绝无一毫纤艳涉其笔端。”即赞扬她的词没有清代填词普及的同时所滋长的纤弱浮艳的流风，能直接继承宋代格律派词的那种深稳精纯。在词学家的严格挑剔的眼光中，太清的词，不失大家风范，这主要是因为她能将以前女性词中特别浓郁的伤春怨秋、压抑哀伤之情放在一边，把以往女性词人面对惨淡人生、压抑现实时无法摆脱的自怜和自抑——那种挫折性、内倾性的情绪感受——化为风流倜傥、美人飞仙似的自赏和自许，超越了一般闺秀词的“小慧”和“纤佻”。这首《高山流水》即能很好地体现出这一特点。此词为作者同丈夫为他们西山别墅中的“清风阁”落成所写的唱和之作，在对清风阁的幽雅环境作淋漓尽致的描述的同时，更展现了词人潇洒旷达、对流俗掉头不顾的精神面貌。作者“任海天寥阔，飞跃此生中”的自由奔放，“待何年归去，谈笑各争雄”的潇洒豪情，绝非精神萧索、自卑或愤怨者所能梦见。使词作具有融刚雄和清美为一体的风格魅力。

蒋春霖

蒋春霖(1818~1868)，字鹿潭，江阴(今属江苏省)人。少时登黄鹤楼赋诗，隽才卓出，一时有“乳虎”之誉。家道中落，科场失意，乃弃举业，就两淮盐官。一生落拓，性情倜傥不羁，中年专力于词，抒写身世之感，风格沉郁悲凉。词与纳兰性德、项廷纪齐名，人称“二百年中，分鼎三足”。著有《水云楼诗剩稿》、《水云楼词》。

木兰花慢·江行晚过北固山

泊秦淮雨霁，又灯火，送归船。正树拥云昏，星垂野阔[①]，暝色浮天。芦边夜潮骤起，晕波心、月影荡江圆。梦醒谁歌楚些[②]？泠泠霜激哀弦。

婵娟，不语对愁眠，往事恨难捐。看莽莽南徐[③]，苍苍北固，如此山川！钩连，更无铁锁，任排空[④]、樯橹自回旋。寂寞鱼龙睡稳[⑤]，伤心付与秋烟。

注释

①星垂野阔：杜甫《旅夜书怀》诗中有“星垂平野阔，月涌大江流”之句。

②楚些（suò）：泛指楚辞或楚地乐调。些，楚人习用的语气词；楚辞句尾多用“些”。

③南徐：古地名。指今江苏镇江。

④排空：指浪花喷涌。

⑤“寂寞”句：写秋江深夜的冷寂景象。杜甫《秋兴八首》其四有云：“鱼龙寂寞秋江冷，故国平居有所思。”

点评

清代著名词学家谭献极为推崇蒋春霖，所谓蒋鹿潭“与成容若、项莲生二百年中，分鼎三足”（《箧中词》）之说正是来自谭献的评价。词学界对此多有异议，或以为此说以偏概全，有拔高之嫌。但至少视其为有清一代第一流词人，应为服众之论。

这首《木兰花慢》是《水云楼词》中的名篇。对它的写作时间和背景，有多种说法，最切近词意的当为近人吴征铸在《晚清史词》一文中的解释，即为哀愤鸦片战争中镇江之为英军所攻破而作。“莽莽南徐，苍苍北固”两句，明白点出镇江；“更无铁锁”云云，更是江防废弛及英舰在江上横行无阻的写照。

上片以浓重笔墨描写过北固山前的江行所见、舟中所闻，旨在为下片所表达之过北固山时生发的悲慨烘托氛围，渲染场景，从而拓宽词境，加重词情。“正树拥云昏”六句，构成了一卷景象万千的秋江夜行图，星云、夜潮、月影，动静有致，江上夜景境界因之全出，而“拥”、“垂”、“浮”、“荡”几个动词，成为托出境界的点睛之笔。下片透露出“往事恨难捐”、“伤心”的具体内容，非词人一己之事、身世之恨，而是北固难“固”、“如此山川”的感喟。“钩连”四句，并不是对江景的一般描写，而是镇江为外敌侵占的真实写照。睹此沉沉夜色、浩浩秋江，词人一片“伤心”之情无处陈说，只有付与夜幕中、江水上迷蒙缥缈的秋烟。

此词以真情道出实感，雍容大雅，无搔头弄姿之态。确是胸中浩然浇铸，非刻意工之者所能及。造语精妙，也是这首词的成功之处，化用了杜甫等人的不少诗句，使其内涵显得厚重深沉。谭献《箧中词》中评价此词云："子山(庾信)、子美(杜甫)把臂入林。"认为它与庾信、杜甫那些哀时感事的诗篇可以并传。

王鹏运

王鹏运(1848~1904)，字幼遐，号半塘，临桂(今属广西壮族自治区)人。同治九年(1870)进士。历官内阁中书、内阁侍读、监察御史等，值谏垣十余年，弹劾权贵殆遍，直声震天下。晚年南归，寓居苏州。曾与朱孝臧、刘伯崇合写《庚子秋词》，成为名闻天下的富有爱国精神的词人。朱孝臧在《半塘定稿序》中说："予谓君词于回肠荡气中，仍不掩其独往独来之概。君乃大以为知言。"寓"独往独来之概"于"回肠荡气中"，确是半塘词的一个重要特点。王鹏运是清季四大词人之一，其词能较多反映现实，不作恍惚逮离之语。有《半塘定稿》。

念奴娇·登旸台山[1]绝顶望明陵[2]

登临纵目，对川原绣错[3]，如接襟袖。指点十三陵树影，天寿[4]低迷如阜[5]。一霎沧桑，四山风雨[6]，王气销沉久！涛生金粟[7]，老松疑作龙吼。

惟有沙草微茫，白狼[8]终古，滚滚边墙走。野老也知人世换，尚说山灵呵守。平楚[9]苍凉，乱云合沓，欲酹无多酒。出山回望，夕阳犹恋高岫。

注释

①旸台山：在北京西北郊，山麓有大觉寺，杏花甚多，为游览胜地。

②明陵：十三陵，位于北京西北约九十里的昌平区天寿山下的小盆地上。明成祖（永乐）长陵至思宗（崇祯）思陵十三座皇帝墓散布山中。

③绣错：谓山川旷野花草树木如锦绣交织。

④天寿：山名，在昌平北。

⑤阜：土丘。

⑥四山风雨：元胡僧杨琏真伽发掘越中宋六陵后，义士唐珏收骸葬之，赋《梦中作》诗云："亲拾寒琼出幽草，四山风雨鬼神惊。"此处化用其意，以切明末史实。

⑦金粟：山名，在陕西蒲城东北。唐玄宗祭祀五陵，至桥陵，见金粟山冈有龙盘虎踞之势，遂选为陵墓之地，后玄宗泰陵即建于此。此代指明陵。

⑧白狼：河名，古称白狼水，即今之大凌河，在辽宁西部。

⑨平楚：犹平野。登高远望，见树梢齐平，故云平楚。

点评

这是一首登临吊古之作，写于甲午战争的前一年（1893）。名为凭吊明陵而作，实不啻为清王朝唱起挽歌。"夕阳犹恋高岫"，无限依依，不胜人世沧桑之感。当时的中国内忧外患，国难深重，腐败没落的清王朝正处于大厦将倾之时。作者以古慨今，在对明朝"一霎沧桑、四山风雨"的历史总结回顾中，分明感喟的是"王气销沉"的哀叹，表达了词人对晚清王朝前程的深沉忧虑和亡国预感。而"尚说山灵呵守"又对当局固步自封、自欺欺人的态度表示了冷峻的讽刺和愤慨，颇具警戒意义。词境空阔雄浑，风格沉郁苍凉，别具一格。

文廷式

文廷式(1856~1904),字道希(亦作道羲、道溪),号云阁(亦作芸阁),别号纯常子、罗霄山人、芗德。江西萍乡人。光绪十六年(1890)进士,殿试一甲第二名及第,授职编修,擢侍读学士,以盛名抗直,为忌者所中,罢官。戊戌政变,几陷不测。东走日本,后归国潦倒,卒于萍乡。其词于浙西、常州两派外独树一帜。著有《云起轩词钞》。

水龙吟

落花飞絮茫茫,古来多少愁人意!游丝窗隙,惊飙[①]树底,暗移人世[②]。一梦醒来,起看明镜,二毛[③]生矣!有葡萄美酒,芙蓉宝剑,都未称,平生志。

我是长安倦客,二十年,软红尘[④]里。无言独对,青灯一点,神游天际。海水浮空,空中楼阁,万重苍翠。待骖鸾[⑤]归去,层霄回首,又西风起。

注释

①惊飙:突起的风。

②暗移人世:时局变化已在暗中进行。

③二毛:头发斑白。潘岳《秋兴赋·序》:“余春秋三十有二,始见二毛。”

④软红尘:谓都会繁华之地。

⑤骖鸾:驾鸾,指神游天际。

点评

文廷式在清光绪年间，曾任翰林院侍读学士，后因支持光绪亲政，并在甲午战争中猛烈抨击李鸿章，反对《马关条约》，终于触怒了慈禧太后，于光绪二十二年（1896）被革职，并被驱逐出京。这首词当作于作者被逐出京之后，抒发了他报国无门、回天无力的苦闷心情。

起调两句“落花飞絮茫茫，古来多少愁人意”，气象苍茫，包罗古今。后十句感叹世事变化之疾，回顾这段政治经历，自有“梦醒”之感。更悲哀的是，词人平生志意百无一酬，悲慨之气由衷而来。下片用浪漫主义的笔触，勾勒出一幅“神游天际”、“万重苍翠”的理想画卷，表达作者意欲冲破尘网、超脱世事的“游仙”之思。结拍三句笔锋突转，流露出终不能忘情人间的依依“回首”之情：从天际回首，江河日下的晚清政权正处于风雨飘摇之中。盖作者始终关怀国事，在流亡中仍结交胜流，积极从事政治活动，并非逃世之士。

全词大起大落，想象非凡，突出表现了词人出世与入世的矛盾及眷恋祖国的赤子之心。对这首《水龙吟》，龙榆生《清季四大词人》中评为“拟之稼轩，又何多让”。王瀣评此词：“思涩笔超，后片字字奇幻，使人神寒。”（手批《云起轩词钞》）叶恭绰亦云“胸襟兴象，超越凡庸”（《广箧中词》），是切中肯綮的。

谭嗣同

谭嗣同（1865~1898），字复生，号壮飞，湖南浏阳人。光绪年间参与戊戌变法，失败被诛，为“戊戌六君子”之一。能文，工诗词，风格雄健。有《谭嗣同集》。

望海潮·自题小影

曾经沧海，又来沙漠，四千里外关河。骨相空谈，肠轮自转[1]，回头十八年过。春梦醒来么？对春帆细雨，独自吟哦。唯有瓶花，数枝相伴不须多。

寒江才脱鱼蓑。剩风尘面貌，自看如何？鉴不因人，形还问影，岂缘醉后颜酡[2]！拔剑欲高歌，有几根侠骨，禁得揉搓？忽说此人是我，睁眼细瞧科[3]。

注释

①肠轮自转：谓愁思缠绕。

②颜酡（tuó）：饮酒脸红。

③科：古代戏曲中表示动作的用词。

点评

这首自题小影，意在借小影以抒豪情壮志和忧患落寞之情，作于词人十八岁时。词人幼居京师，十三岁随父远放甘肃，十五岁回湖南浏阳读书，后再返西北，“曾经沧海，又来沙漠，四千里外关河”，仿佛看惯了春华秋实，踏遍了江南塞漠，透露出几许老成。从骨相上看，必成大业，可回首往事，岁月匆匆，如今依旧只有肠轮自转，暗自感叹。下片展现词人入世的豪迈，慷慨而磊落。词人揽镜自顾，形影两相对，镜中人虽历经风尘，依旧容光难掩，那不是醉酒后的颜酡，而是心中的激愤使然。国事日非，外侮迭至，他“拔剑欲高歌”，一抒壮志难酬的抑塞心情，要用几根铮铮侠骨，与奸佞争斗，同浊世周旋，任他千磨百折，万般揉搓，永不夭折！全词起伏跌宕又激昂慷慨，塑造了一位襟怀坦荡、有着远大理想的青年英杰形象。

梁启超

梁启超(1873~1929)，字卓如、任甫，人称任公，号饮冰子，广东新会人。光绪十五年(1889)举人。光绪年间，与康有为一起倡导变法，世号“康梁”。戊戌政变后，亡命日本。民国初归国，曾参加北洋政府。袁世凯称帝野心暴露后，参与反袁之役。晚岁离开政界，主讲清华大学研究院，较早以新学眼光研究古代文化，开启了近代学术研究新风。有《饮冰室合集》，卷帙浩繁，附词一卷。

金缕曲

丁未[①]五月归国，旋复东渡，却寄沪上诸子。

瀚海飘流燕。乍归来、依依难认，旧家庭院。惟有年时芳俦在，一例差池双剪。[②]相对向，斜阳凄怨。欲诉奇愁无可诉，算兴亡，已惯司空见。忍抛得，泪如线。

故巢似与人留恋。最多情、欲粘还坠，落泥片片。我自殷勤衔来补，珍重断红犹软[③]。又生恐，重帘不卷[④]。十二曲阑[⑤]春寂寂，隔蓬山、何处窥人面？休更问，恨深浅。

注释

①丁未：光绪三十三年(1907)。作者自戊戌变法(1898)失败后逃往日本，九年后一度返回上海。但见国事益不可为，又东渡日本。此词即写于此时。

②"惟有"二句：这两句说虽国事日非，而当年主张变法的志同道合之友人仍均在为实现初衷而奔走。芳俦，朋友。同辈知己：一例，都，全部；差(cī)池，出自《诗经·燕燕》："燕燕于飞，差池其羽。"双剪，燕子上下穿插翻飞的样子。

③断红犹软：喻指光绪帝及当年的同志尚在，人们对变法维新尚记忆犹新，这正是作者的希望所在。断红，落花。

④重帘不卷：重帘高卷，燕子才能飞回。朱东润《中国历代文学作品选》云："帘所以遮隔内外者，重帘不卷则遮隔更深。作者以此自喻为被人遮隔，无从表见。"

⑤十二曲阑：泛指仙境中的楼台，仙人居处，与下文"蓬山"呼应。

点评

这首词题材重大，托物比兴，作者在词中处处以燕自喻。燕之漂流迁徙，象征自己十年来的动荡生涯；以燕之苦苦寻春补巢，抒自己"补天"之恨；以"芳俦"翻飞、"斜阳凄怨"，描述戊戌同仁们的现状与心理；借重帘不卷、蓬山阻隔，暗指光绪皇帝被软禁瀛台，君臣无由相见。这所有"奇愁"，透露出词人欲挽颓澜却无力回天之苦心。

作者在写作此词之际，旧恨新愁齐上心头，千忧百悔都来笔下，一时思绪千回百转，因而词情回肠荡气之致。叶恭绰曰："深心托豪素。"(《广箧中词》)正点明了这首词情感之真切，分量之沉重。

秋瑾

秋瑾(1875~1907),女,原名闺瑾,字璇卿,号竞雄,又号鉴湖女侠,浙江山阴(今绍兴)人。嫁湘潭富绅子王廷钧。为寻求救国真理,1904年东渡日本留学,次年加入同盟会。归国后提倡女学,组织光复军,在绍兴组织起义,事泄被捕,英勇不屈,就义于绍兴轩亭口。善诗词,作品多感怀家国,激昂慷慨,格调雄壮。后人辑其作品为《秋瑾集》。

满江红

小住京华[1],早又是,中秋佳节。为篱下、黄花开遍,秋容如拭[2]。四面歌残终破楚,八年[3]风味徒思浙。苦将侬、强派作蛾眉,殊未屑。

身不得,男儿列;心却比,男儿烈。算平生肝胆,因人常热。俗子胸襟谁识我?英雄末路当磨折。莽红尘。何处觅知音?青衫湿。

注释

①小住京华:光绪二十九年(1903),秋瑾之夫王廷钧捐官户部主事。秋瑾随之自湘潭迁居北京。

②秋容如拭:谓秋容为之一新,好像用什么东西擦过一样。拭,以巾去垢。

③八年:指秋瑾自出嫁到迁居京师的八年时间。

点评

这是一首述志词，抒写个人情怀。

上片点明作词的时间，兼写秋景。篱下菊花为秋节美景，但词人无心赏景，而由此引发种种与社会、人生有关的感触。四面楚歌的典故，描绘出险恶的形势或环境，暗指因清廷腐败而招致帝国主义列强瓜分的危境，这正是作者日夜所忧虑的。秋瑾怀抱爱国救国的热忱，时时以民族命运为念，不甘在锦衣玉食中碌碌无为，而其夫唯有苟且偷生之念。不同的志向导致了二人情感不睦，秋瑾的婚姻生活中充满了不幸和痛苦，使她在中秋佳节更加思念家乡。“苦将侬，强派作蛾眉，殊未屑”，表达了她不满于身为女性受压迫、被轻视，只能为男性的附庸的地位，发出了对命运的抗争和向世俗观念挑战的呼声。

下片词人坦率表达自己的襟怀和志向，她鄙视王廷钧一类的俗子，渴望与男子一样建功立业。她为妇女不能施展抱负愤愤不平，“身不得，男儿列；心却比，男儿烈”是她心高志壮的写照。“算平生肝胆，因人常热”是上四句的延伸或补充，她那女侠的豪肠，不是为自己，而是为别人屡热。她有着不甘为女子的英雄襟怀，然而“俗子胸襟谁识我？英雄末路当磨折”，接下来几句笔锋一转，词意转向低沉。革命者的道路必然充满坎坷磨折，结局难料，作者有为国献身的决心和志向，只可叹莽莽红尘，知音难觅，她的胸襟和志向不能为旁人所理解，这是令她最痛苦的现实困境。

全词波澜起伏，跌宕有致，忧国、怀乡的忧郁之思和慷慨激昂的雄心壮怀交织在一起，真实地展示了秋瑾走上革命道路之前丰富而复杂的内心世界。很多选本和文学史著作，将此词作为秋瑾的代表作，是非常合适的。

鹧鸪天

祖国沉沦感不禁，闲来海外[①]觅知音。金瓯[②]已缺总须补，为国牺牲敢惜身！

嗟险阻，叹飘零，关山万里作雄行。休言女子非英物[③]，夜夜龙泉[④]壁上鸣！

注释

①海外：指日本。秋瑾于1904年东渡日本留学。

②金瓯：金质盆盂器皿，泛指贵重器皿。《南史·朱异传》载，梁武帝云："我国家犹若金瓯，无一伤缺。"后世遂以金瓯喻疆土完整，以金瓯缺喻山河破碎。

③英物：卓越不凡的人物。

④龙泉：宝剑名，泛指宝剑。

点评

这首词是秋瑾留日时所写。起义失败后，清绍兴府将此词稿搜去作为"罪状"公布，仅此一点，便足以证明此词革命性之强。词上片说祖国危亡，令人感慨难禁，自己留学海外，为的是寻找志同道合的同志一起谋求救国的办法。破碎的祖国总需人来重整，为了它的完整，我怎敢顾惜自身？下片表达词人不怕艰险报国的志向。人生的道路固然有险阻，自己飘零的身世固然太孤苦，但不妨将这万里壮丽的雄关隘口当作我雄行的背景吧！不要说女子中没有卓越不凡的人物，你听，为杀敌立功，我那壁上的宝剑夜夜都在发出声响！以宝剑之铮铮作响，形容女子心中的不平和报国杀敌的英雄气概，真是有声有色，咄咄逼人，很好地烘托了词人的英雄形象。邵元冲在论及秋瑾词时说："鉴湖女侠成仁取义，大义炳然，不必以文词鸣而自足以不朽。然即以文词而论，朗丽亮亢，亦有渐离击筑之风，而一往三叹，音节嘹亮，又若公孙大娘舞剑，光芒灿然，不可迫视。"(《秋瑾女侠遗集·序》)这首《鹧鸪天》正体现出了这种特色。

李叔同

李叔同(1880~1942)，单名凡，又名文涛，号叔同，别号惜霜等。浙江平湖人。光绪三十一年(1905)去日本，习西洋绘画和音乐，加入同盟会，组织春柳社。回国后，加入南社，在浙江、南京等地任美术和音乐教员。1916年在杭州定慧寺出家，受戒于灵隐寺，法名演音，号弘一。有《弘一法师文钞》。

金缕曲·东渡[1]留别祖国

披发佯狂[2]走。莽中原、暮鸦啼彻，几株衰柳。破碎山河谁收拾？零落西风依旧。便惹得、离人消瘦。行矣临流重太息[3]，说相思，刻骨双红豆。愁黯黯，浓于酒[4]。

漾情不断淞波溜。[5]恨年年、絮飘萍泊，遮[6]难回首。二十文章惊海内[7]，毕竟空谈何有？听匣底、苍龙狂吼。长夜西风眠不得，度群生、那惜心肝剖！是祖国，忍孤负！

注释

①东渡：光绪三十一年(1905)李叔同自费留学日本，时年二十五岁。

②披发佯狂：《史记·宋微子世家》：商纣王淫泆无道，“箕子谏，不听……(箕子)乃披发佯狂而为奴”。

③临流重太患：《史记·孔子世家》：“孔子既不得用于卫，将西见赵简子。至于河而闻窦鸣犊、舜华之死也，临河而叹曰：‘美哉水，洋洋乎！丘之不济此，命也夫！’”

④浓于酒：张耒《秋蕊香》(帘幕疏疏风透)词：“别离滋味浓于酒，著人瘦。此情不及墙东柳，春色年年如旧。”

⑤“漾情”句：漾情不断，温庭筠《锦城曲》词：“巴水漾情情不尽，文君识得春机红。”淞波溜，吴淞江波涛奔涌。

⑥遮：多，都。

⑦文章惊海内：杜甫《宾至》诗：“岂有文章惊海内，漫劳车马驻江干。”李叔同于光绪二十四年(1898)到达上海，入城南诗社，三次获该社征文第一名。时年十九。

点评

这首词写于1905年李叔同东渡日本求学之时。此词抒写了词人为拯救国家危亡、谋取大众幸福而不惜远涉重洋，剖心洒血，表达了他离开祖国时依依不舍的心情。

首句“披发佯狂走”，表达词人对满清王朝腐朽无能的愤慨。“莽中原”二句，以寒鸦残柳、莽苍天涯来象征大好河山遭铁蹄践踏，衰残破败的境况。这“破碎山河谁收拾”，凡属英雄，皆不忍看“零落西风依旧”，遂东渡西留，期望师夷长技以制夷。临别祖国之时，伤感之情翻涌而出，心事难以消解，“便惹得、离

人消瘦”，临歧虽只轻轻喟叹，但相思之意，却刻骨铭心。虽然化用自古诗句“玲珑骰子嵌红豆，刻骨相思知不知”，但词中离恨别绪已不再限于个人与个人之间的交谊，而是个人对于国家——这一现代民族共同体的一腔深情。下片写一介书生，长夜漫漫，苦雨兼着凄风，海上飘零，向域外求取生存。心中纷繁复杂的忧思让词人难以成眠，不得入睡。“长夜”以下四句，同鉴湖女侠“金瓯已缺总须补，为国牺牲敢惜身”的誓言何其相似。回国后的几年间，他确也表现出投身祖国的热情，但曾几何时便心灰意冷。“试问何乡堪着我，欲求大道况多歧”的王国维求仁得仁，以死明志；李叔同则如苏曼殊一样，遁入空门。这实在是一个时代的悲剧。

婉约词

唐玄宗

唐玄宗李隆基,睿宗李旦第三子。天宝间,安禄山反,幸蜀。太子即位,尊为上皇。谥曰明皇。

好时光

宝髻偏宜宫样,莲脸嫩,体红香。眉黛不须张敞[①]画,天教入鬓长。

莫倚倾国[②]貌,嫁取个,有情郎。彼此当年少,莫负好时光。

注释

①张敞:汉宣帝时,为京兆尹,曾为妻子画眉。后来成为夫妻恩爱的典故,传为佳话。

②倾国:极言妇女之美貌。

点评

此词取篇末三字为名。词中着意描写一位倾国丽人,莲脸修眉,年轻貌美。希望她能及时"嫁取个"多情郎君,莫辜负"好时光"。这首小令,抒情委婉,描写细腻,对后世词风有一定影响。

王 建

王建，字仲初，唐代颍川人。代宗大历十年进士，官陕州司马。所作宫词百首，以诗纪事，是其创格。与韩愈、张籍齐名。著有《王司马集》。

调笑令

团扇①，团扇，美人并②来遮面。玉颜憔悴三年，谁复商量管弦③？弦管，弦管，春草昭阳④路断。

注释

①团扇：圆形的扇子，古代歌女在演唱时常用以遮面。

②并：作“伴”字解。

③管弦：用丝竹做的乐器，如琴、箫、笛。

④昭阳：汉代宫殿名。

点评

这首小令，描写宫廷歌女的痛苦生活。“谁复”一句，描述被摈弃后百无聊赖的愁苦况味。“弦管”一转，说明春虽再来，而自身却再无召幸的希望。“路断”，绝望之词，情极哀婉。

白居易

白居易，字乐天，自号香山居士，太原（今属山西）人。德宗贞元十六年进士。历任翰林学士等官。由于他反对苛政，以诗歌指斥权贵，被贬为江州司马，后又知苏、杭，以刑部尚书致仕。他最工于诗，是中唐新乐府运动的中坚。在民间词的影响下，倚声填词，通俗平易，清新隽丽，流传较广。

忆江南

江南好，风景旧曾谙[①]。日出江花红胜火，春来江水绿如蓝[②]，能不忆江南。

注释

①谙：熟悉。

②蓝：蓼科植物，其叶可制青绿色颜料。

点评

这首小令写出了对江南的美好回忆。作者以比喻手法，描绘了江南水乡的秀丽风光。

"江花红胜火"、"江水绿如蓝"，色彩明丽，写尽江南春色。全词以平易的语言表现了优美的情韵，唤起人们对祖国河山和美好事物的无限热爱。

长相思

汴水[1]流，泗水[2]流，流到瓜州[3]古渡头。吴山[4]点点愁。
思悠悠[5]，恨悠悠，恨到归时方始休。月明人倚楼。

注释

①汴水：源于河南，东南流入安徽宿县、泗县，与泗水合流，入淮河。

②泗水：源于山东曲阜，经徐州后，与汴水合流入淮河。

③瓜州：在今江苏省扬州市南面。

④吴山：泛指江南群山。

⑤悠悠：深长的意思。

点评

这首《长相思》，写一位女子倚楼怀人。在朦胧的月色下，映入她眼帘的山容水态，都充满了哀愁。前三句用三个“流”字，写出水的蜿蜒曲折，也酿造成低徊缠绵的情韵。下面用两个“悠悠”，更增添了愁思的绵长。全词以“恨”写“爱”，用浅易流畅的语言，和谐的音律，表现人物的复杂感情。特别是那一派流泻的月光，更烘托出哀怨忧伤的气氛，增强了艺术感染力，显示出这首小词言简意富、词浅味深的特点。

刘禹锡

刘禹锡，字梦得，洛阳人。唐德宗贞元九年登进士第，官监察御史。晚年为检校礼部尚书兼太子宾客。他是一位具有进步思想的政治家、文学家。早期流放于巴山楚水之时，曾深入民间，学习当地民歌，创制不少新词，如《杨柳枝》、《竹枝词》等。词中描绘了地方风光，反映了人民疾苦，歌颂了劳动妇女健康的爱情。他的词轻柔流畅，语语可歌。今存《刘梦得集》，词作集于两卷乐府中。

忆江南

春去也，多谢洛城人。[1]弱柳从风疑举袂[2]，丛兰浥[3]露似沾巾。独坐亦含颦[4]。

注释

①多谢：殷勤致意的意思。洛城人：指洛阳人。

②袂：衣袖。

③浥：沾湿。

④颦：皱眉。

点评

这首词，作者曾自注："和乐天（即白居易）春词，依《忆江南》曲拍为句。"词中写的是一位洛阳少女的惜春之情。她一边惋惜春天的归去，一边又觉得春天对她也有无限依恋之情。诗人通过拟人化手法，不写人惜春，却从春恋人着笔。杨柳依依，丛兰洒泪，写来婉转有致，耐人寻味。最后"独坐亦含颦"，以人惜春收束全词，更增添了全词的抒情色彩。这首小词，抒发了惜春、伤春之情。构思新颖，描写细腻，手法多变。充分体现了诗人乐府小章的"清新流畅、含思婉转"的艺术特色。

潇湘曲

斑竹[1]枝，斑竹枝，泪痕点点寄相思。楚客欲听瑶瑟[2]怨，满江深夜月明时。

注释

①斑竹：湘妃竹。相传舜崩苍梧，娥皇、女英二妃追至，哭啼极哀，泪染于竹，斑斑如泪痕，故谓"斑竹"。

②瑶瑟：以美玉装饰成的瑟，古代之管弦乐器。

点评

刘禹锡《潇湘》一曲，借咏斑竹以寄怀古之幽思。"深夜月明"，潇湘泛舟。诗人触景生情，怀古抒怀。全词哀婉幽怨，思绪缠绵，体现了梦得词的风格特色。

刘长卿

刘长卿字文房，唐代河间人，开元中进士。历任监察御史，终随州刺史。据《全唐诗话》载：长卿以诗驰声上元、宝应间。皇甫湜云："诗未有刘长卿一句，已呼宋玉为老兵矣；语未有骆宾王一字，已骂宋玉为罪人矣。"其名重如此，著作有集。

谪仙怨

晴川[1]落日初低，惆怅孤舟解携。鸟向平芜[2]远近，人随流水东西。

白云千里万里，明月前溪后溪。独恨长沙[3]谪去，江潭春草萋萋[4]。

注释

①晴川：指在阳光照耀下的江水。

②平芜：指草木繁茂的原野。

③长沙：这里用汉代贾谊谪迁长沙的典故。

④萋萋：草盛貌。

点评

长卿任鄂岳观察史期间，遭权臣吴仲儒诬奏，贬为潘州南巴尉，寻除睦州司马。去国怀乡之思，有感而发。"白云千里万里"，"人随流水东西"。离别筵上，歌此一曲，委婉含蓄地表露了怀才不遇，远离乡国的感慨。全词写眼前之景，抒不尽之意。情思悠远，内含丰富，耐人寻味。

温庭筠

温庭筠本名岐，字飞卿，唐代太原人。少负才名，然屡试不第。又好讥讽权贵，多犯忌讳，因而长期抑郁，终生不得志。他精通音律，熟悉词调，在词的格律形式上，起了规范化的作用。艺术成就远在晚唐其他词人之上。其词题材较狭窄，多红香翠软，开花间词派香艳之风。有些词在意境的创造上，表现了他杰出的才能。他善于选择富有特征的景物构成艺术境界，表现人物情思，文笔含蓄，耐人寻味。有《温庭筠诗集》、《金奁集》，存词70余首。

梦江南

（一）

千万恨，恨极在天涯。山月不知心里事，水风空落眼前花，摇曳碧云斜。

（二）

梳洗罢，独倚望江楼。过尽千帆皆不是，斜晖[①]脉脉[②]水悠悠，肠断白苹洲[③]。

注释

①斜晖：偏西的阳光。

②脉脉：相视含情的样子，后多用以寄情思。

③白苹洲：长满了白色苹花的小洲。

点评

《梦江南》是温庭筠的名作，写思妇的离愁别恨。第一首，写思妇深夜不寐，望月怀人。第二首，写思妇白日倚楼，愁肠欲断。两首词以不同场景塑造同一类人物。一个是深夜不寐，一个是晨起登楼，都写得朴素自然，明丽清新，没有刻意求工、雕琢辞句，却能含思凄婉，臻于妙境。刻画人物，形象、生动、传神，揭示人物心理，细腻、逼真，足见作者技巧纯熟，既擅雕金镂玉的瑰丽之作，又有凝练的绝妙好词。

更漏子

柳丝长，春雨细，花外漏声迢递①。惊塞雁，起城乌，画屏②金鹧鸪。香雾薄③，透帘幕，惆怅谢家④池阁。红烛背⑤，绣帘垂，梦君君不知⑥。

注释

①迢递：远远传来。

②画屏：有画的屏风。

③香雾：香炉里喷出来的烟雾。

④谢家：西晋谢安的家族，这里泛指仕宦人家。

⑤红烛背：指烛光熄灭。

⑥梦君君不知：又作“梦长君不知”。

点评

这首词描写古代仕女的离情。上段写更漏报晓的情景，下段述夜来怀念远人的梦思。先以柳丝春雨，花外漏声，写晓色迷蒙的气象。再写居室禽鸟为之惊动的情景。不独城乌塞雁，即画上鹧鸪，似亦被惊起。这种化呆为活、假物言人的写法，实即指人亦闻声而动。夜来怀人，写熏香独坐之无聊，灭烛就寝之入梦。通首柔情缱绻，色彩鲜明。

菩萨蛮

小山重叠金明灭，[1]鬓云欲度香腮雪。[2]懒起画娥眉，弄妆[3]梳洗迟。

照花前后镜，花面交相映，新帖绣罗襦[4]，双双金鹧鸪[5]。

注释

①小山：指屏风上雕画的小山。金明灭：金光闪耀的样子。

②鬓云：像云朵似的鬓发。度：覆盖。香腮雪：雪白的面颊。

③弄妆：梳妆打扮。

④罗襦：丝绸短袄。

⑤鹧鸪：这里指装饰的图案。

点评

这首《菩萨蛮》，为了适应宫廷歌伎的语气，也为了点缀皇宫里的生活情趣，把妇女的容貌写得很美丽，服饰写得很华贵，体态也写得十分娇柔。仿佛描绘了一幅唐代仕女图。

词的上片，写床前屏风的景色及梳洗时的娇慵姿态；下片写妆成后的情态，暗示了人物孤独寂寞的心境。全词委婉含蓄地揭示了人物的内心世界，并成功地运用反衬手法。鹧鸪双双，反衬人物的孤独；容貌服饰的描写，反衬人物内心的寂寞空虚。表现了作者的词风和艺术成就。

南歌子

手里金鹦鹉，胸前绣凤凰。偷眼暗形相[①]，不如从嫁与[②]，作鸳鸯。

注释

①暗形相：暗中打量。

②从嫁与：就这样嫁给他。

点评

待嫁的女子，带着心爱的金鹦鹉，穿起了绣着凤凰的彩衣，暗中左顾右盼，偷偷打量，心想就这样嫁给他，做一生的鸳鸯吧。这首小令，明丽自然而富于情韵，具有浓郁的民歌风味。一说“手里金鹦鹉，胸前绣凤凰”二句指贵公子，即拟嫁与之人，亦通。

韦庄

韦庄(836~910)，唐末五代诗人、词人。字端己，长安杜陵(今西安)人，唐初宰相韦见素后人，诗人韦应物的四代孙。曾经家陷黄巢兵乱，身困重围。公元894年(乾宁元年)登进士第，授校书郎。后任左补阙等职。曾入蜀为王建掌书记。唐亡，力劝王建称帝，王氏建立前蜀，他任宰相，蜀之开国制度多出其手，后终身仕蜀，官至吏部侍郎兼平章事。他的诗词都很著名，诗极富画意，词尤工。与温庭筠同为“花间派”重要词人。有《浣花集》。

菩萨蛮

人人尽说江南好，游人只合①江南老。春水碧于天，画船听雨眠。垆边人②似月，皓腕③凝霜雪。未老莫还乡，还乡须④断肠⑤。

注释

①游人：这里指漂泊江南的人。合：应当。

②垆边人：这里指当垆卖酒的女子。

③皓腕：洁白的手腕。

④须：应。

⑤断肠：形容非常伤心。

点评

韦庄《菩萨蛮》共五首，是前后相呼应的组词。本词为第二篇，采用白描手法，抒写游子春日所见所思，宛如一幅春水图。起二句直言江南美好。“春水”二句承上，一写江南水乡景色美，一写江南民居生活美。下片“垆边”二句进一层写垆边肌肤洁白娇嫩的美女。江南既有“碧于天”的美景，又有“画船听雨眠”的生活，还有双臂洁白如雪的美女，组合成“游人”只应该在江南终老的情意。然而结末二句转入“未老莫还乡”的深沉感叹之中。词人以避乱入蜀，饱尝离乱之苦，时值中原鼎沸，欲归不能，“还乡须断肠”一句，巧妙地刻划出特定历史环境下的词人思乡怀人的心态，可谓语尽而意不尽。

思帝乡①

春日游，杏花吹满头。陌上谁家年少足风流②？妾拟将身嫁与一生休③。纵被无情弃，不能羞。④

注释

①思帝乡：原是唐教坊曲名，后用作词调名。

②足：足够，十分。

③一生休：这一辈子就算了。

④“纵被”两句：即使被遗弃，也不在乎。

点评

这首词是正面抒写女子在婚姻生活上要求自由选择对象的强烈愿望的情歌。作者以白描手法,清新明朗的笔触,勾出了一位天真烂漫、热烈追求爱情的少女形象。这首词语言质朴多情韵,无辞藻堆砌现象,却有浓郁的民歌风味,在“花间”词中独具一格。

司空图

司空图,字表圣,河中虞乡(今山西虞县)人。咸通末年进士,官至中书舍人。黄巢起义后,隐居中条山王官谷。朱温代唐后,召其任礼部尚书,不食而死。他是晚唐著名的山水诗人,词亦清雅可爱。著作有《一鸣集》。

酒泉子

买得杏花,十载归来方始坼①。假山西畔药阑东,满枝红。旋②开旋落旋成空。白发多情人更惜。黄昏把酒祝东风,且从容③。

注释

①坼:裂开。

②旋:俄顷之间。

③从容:舒缓,不急进。

点评

司空图生于晚唐，身经乱世，对眼前事物易生感慨。这首小词，感时伤世，借花抒怀。明知满枝红杏“旋开旋落旋成空”，却依然从容酹酒，遥祝东风，愿留春光暂驻。画意诗情，深深吸引了读者。

杨柳枝

桃源[1]仙子不须夸，闻道惟裁一片花[2]。何似浣纱溪[3]畔住，绿阴相间两三家。

注释

①桃源：桃花源。

②一片花：陶渊明《桃花源记》谓桃源洞外有桃花林，“芳草鲜美，落英缤纷”云云。

③浣纱溪：又名若耶溪，在浙江绍兴市南，即西施浣纱处。

点评

江南山清水秀，风光旖旎，胜似传说中的桃源仙境。词人用淡雅的笔墨，传达出人间春色的无限情韵。司空图诗崇王维山林隐逸之风，其词亦然，清新自然，雅洁可爱。

张 曙

张曙小字阿灰，四川成都人。侍郎张祎之从子。唐昭宗龙纪元年进士，官至拾遗。曙工诗善词，才名籍甚。颇为乡里所重。

浣溪沙

枕障熏炉[①]隔绣帷[②]，二年终日苦相思，杏花明月始相知。

天上人间何处去？旧欢新梦觉来时，黄昏微雨画帘垂。

注释

①熏炉：炉烟熏香。熏：香草，亦香气也。

②帷：屏幔，帐幕。绣帷：锦绣的帷幔。

点评

这首小词，委婉地抒写了相思之苦。眼前房帷依旧，花月如常，而斯人隔绝已两年。

人间天上，何处寻觅！“旧欢新梦觉来时，黄昏微雨画帘垂。”此情此景，益增相思。

全词情思缠绵，真挚感人。

吕岩

吕岩，字洞宾，唐代京兆人。咸通举进士，曾两为县令。值黄巢起义，携家入终南山学道，不知所终。

梧桐影

落日斜，秋风冷。今夜故人来不来？教人立尽梧桐影。

点评

夕阳西沉，秋风萧瑟，期待故人之来，心情焦急。词中人搔首踟蹰，徘徊徜徉，其久盼不至而又不忍离去的缱绻之情，微嗔之意，呼之欲出。北宋柳永《倾杯》词中“愁绪终难整，又是立尽、梧桐碎影”，即袭此意。

皇甫松

皇甫松一名嵩，字子奇，睦州新安(今浙江淳安)人。唐工部郎中皇甫湜之子。工诗词，尤擅竹枝小令。能自制新声。

梦江南

兰烬[①]落，屏上暗红蕉[②]。闲梦江南梅熟日，夜船吹笛雨萧萧[③]。人语驿[④]边桥。

注释

①兰烬：因烛光似兰，故称。烬，物体燃烧后剩下的部分。
②暗红蕉：谓更深烛尽，画屏上的美人蕉模糊不辨。
③萧萧：同潇潇，形容雨声。
④驿：驿亭，古时公差或行人暂歇处。

点评

烛光暗淡，画屏模糊，词人于梦中又回到了梅熟时的江南；仿佛又于静谧的雨夜中，听到船中笛声和驿边人语，亲切无比，情味深长。

采莲子

船动湖光滟滟[①]秋，贪看年少信舡流[②]。无端[③]隔水抛莲子，遥被人知半日羞。

注释

①滟滟:水光摇曳晃动。

②信舡流:任船随波逐流。

③无端:无故。

点评

一、二句与三、四词写采莲秋湖,情态淳朴天真,一如荷之出水,不沾尘染。词中句末原有小字"举棹"和"年少"均为传唱时的和声,以加强词的音乐效果。

李存勖

后唐庄宗李存勖,本姓朱耶,其先沙陀部人,赐姓李氏。武帝李克用之长子,天佑五年嗣晋王位。后即皇帝位,继唐正统。灭梁,都洛阳。在位四年,兵乱,中流矢亡。

《五代史补》:庄宗为公子时,雅好音律,又能自撰曲子词。其后,凡用兵皆以所撰词授之,使扬声而唱,谓之御制。

如梦令

曾宴桃源深洞,一曲舞鸾歌凤①。长记别伊时,和泪出门相送。如梦,如梦,残月落花烟重。

注释

①一曲舞鸾歌凤：一本作“一曲清歌舞凤”。鸾、凤：鸾鸟和凤凰，古代传说中吉祥美丽的鸟。

点评

那次宴会中“舞鸾歌凤”的欢乐和别“伊”时“和泪相送”的情景，依然如在眼前。回忆起来，真是“如梦”一般。

眼前的“残月落花”，更引起了别后的相思；如烟的月色，给全词笼上了迷蒙孤寂的气氛。这首小令，抒情细腻，婉丽多姿，辞语美，意境更美。

一叶落

一叶落，搴①珠箔②，此时景物下萧索③。画楼月影寒，西风吹罗幕，往事思量着。

注释

①搴：揭起。

②珠箔：珠帘。

③萧索：萧条，冷落。

点评

秋风落叶，景物萧索。触景怀人，能不勾起往事的回忆！

“思量着”，余味无限，耐人寻思。这首小词借景抒情，睹物思人。

“画楼月影”，“落叶西风”，意境优美，情韵绵长。

俞陛云《唐五代两宋词选释》：庄宗《一叶落》词，其佳处在结句，与《如梦令》同一机局、“残月落花”句，寓情于景，用兴体也。“往事思量”句，直抒其意，用赋体也。因悲愁而怀旧，情耶怨耶？在“思量”两字中索之。

阳台梦

薄罗衫子金泥凤①，困纤腰怯铢衣②重。笑迎移步小兰丛，亸金翘玉凤③。

娇多情脉脉，羞把同心④捻弄。楚天云雨却相和，又入阳台⑤梦。

注释

①金泥凤：这里指罗衫的花色点缀。

②铢衣：衣之至轻者，多指舞衫。

③亸：下垂。金翘、玉凤：皆古代妇女的首饰。

④同心：古代男女表示爱情的同心结。

⑤阳台：宋玉《高唐赋序》，楚襄王尝游高唐，梦一妇人来会，自云巫山之女，在“高台之下”。旧时因称男女欢会之所为“阳台”。

点评

诗人着意描写了女子的服饰、体态，抒发内心的思慕之情。这首小词轻柔婉丽，对后世词风不无影响。

李璟

李璟字伯玉，史称南唐中主。好读书，多才艺。“时时作为歌诗，皆出入风骚”，具有较高的文学艺术修养。经常与其宠臣如韩熙载、冯延巳等饮宴赋诗，于是适用于歌筵舞榭的词，便在南唐获得了发展的机会。他的词，感情真挚，风格清新，语言不事雕琢，对南唐词坛产生过一定的影响。存词五首，其中《南唐二主词》收四首，《草堂诗余》收一首。

浣溪沙

手卷真珠①上玉钩，依前春恨锁重楼。风里落花谁是主，思悠悠！

青鸟不传云外信，②丁香空结③雨中愁。回首绿波三楚暮④，接天流。

注释

①真珠：珠帘。

②青鸟：传说曾为西王母传递消息给武帝，这里指带信的人。云外：指遥远

的地方。

③丁香空结：丁香的花蕾，此外诗人用以象征愁心。

④三楚：指南楚、东楚、西楚。三楚地域，说法不一。这里用《汉书·高帝纪》注：江陵（今湖北江陵一带）为南楚；吴（今江苏吴县一带）为东楚；彭城（今江苏铜山县一带）为西楚。“三楚暮”，一作“三峡暮”。

点评

这首词借抒写男女之间的怅恨来表达作者的愁绪与感慨。上片写重楼春恨，落花无主。下片进一层写愁肠百结，固不可解。有人认为这首词非一般的对景抒情之作，可能是在南唐受后周严重威胁的情况下，李璟借小词寄托其彷徨无措的心情。

李璟的词，已摆脱雕饰的习气，没有晦涩之病。辞语雅洁，感慨深沉。

浣溪沙

菡萏[①]香销翠叶残，西风愁起绿波间。还与韶光[②]共憔悴，不堪看。

细雨梦回鸡塞远，[③]小楼吹彻[④]玉笙寒。多少泪珠何限恨，倚阑干。

注释

①菡萏：荷花的别名。

②韶光：美好的时光。

③梦回：梦醒。鸡塞：鸡鹿塞，汉时边塞名，故址在今内蒙古，这里泛指边塞。

④吹彻：吹到最后一曲。彻，大曲中的最后一遍。

点评

这首词，写一个女子的悲秋念远之情，充满了感伤和哀怨，从而反映了封建时代夫妻远离给妇女带来的痛苦。全词借景抒情，情景交融，前写悲秋，后写念远。构思新颖，自然贴切。体现了南唐词坛清新自然、不事雕琢的特色。

冯延巳

冯延巳，一名延嗣，字正中，广陵（今江苏扬州人）。多才艺，工诗词。仕南唐，李璟时为宰相。他的词虽也写妇女、相思之类的题材，但不像花间派那样雕章琢句。他能用清新的语言，着力刻画人物内心的活动和哀愁，他运用“托儿女之辞，写君臣之事”的传统手法，隐约流露出对南唐王朝国势的关心与忧伤，对温庭筠以来的婉约词风有所发展。

谒金门

风乍[①]起，吹绉一池春水。闲引[②]鸳鸯香径里，手挼[③]红杏蕊。

斗鸭[④]阑干独倚，碧玉搔头[⑤]斜坠。终日望君君不至，举头闻鹊喜。

注释

①乍：忽然。

②闲引：无聊地逗引着玩。

③挼：揉搓。

④斗鸭：以鸭相斗为欢乐。斗鸭阑和斗鸡台，都是官僚显贵取乐的场所。

⑤碧玉搔头：碧玉簪。

点评

冯延巳擅长以景托情，因物起兴的手法，蕴藏个人的哀怨。写得清丽、细密、委婉、含蓄。这首脍炙人口的怀春小词，在当时就很为人称道。尤其“风乍起，吹绉一池春水”，是传诵古今的名句。

鹊踏枝

谁道闲情①抛掷久？每到春来，惆怅还依旧。日日花前长病酒②，不辞镜里朱颜瘦。

河畔青芜③堤上柳，为问新愁，何事年年有？独立小桥风满袖，平林新月人归后。

注释

①闲情：闲愁，实际指爱情、相思。

②病酒：饮酒过量，醉酒。

③青芜：丛生的青草。

点评

这首《鹊踏枝》，把“闲情”写得缠绵悱恻，难以排遣。

词的上片着重写爱情，词中人物为相思所苦，憔悴不堪；下片着重写景。而杨柳依依牵愁，畔草青青惹恨。全词情景交融，意蕴深婉。这首词并不着意刻画人物的外在形象，也不经心描写具体景物或情事，而是把笔墨集中在创造缠绵凄恻的感情境界上，形成了冯词的独特风格。

长命女

春日宴，绿酒[1]一杯歌一遍。再拜陈三愿。一愿郎君千岁，二愿妾身长健，三愿如同梁上燕，岁岁长相见。

注释

①绿酒：古时米酒酿成未滤时，面浮米渣，呈淡绿色，故名。

点评

词写春日开宴,夫妇双方祝酒陈愿。词以妇人口吻,用语明白如话,带有民歌情调。末两句以梁燕双栖喻夫妻团圆,天长地久。全词浅近而又含蓄。

阮郎归

南园春半踏青时,风和闻马嘶。青梅如豆柳如眉,日长[1]蝴蝶飞。

花露重,草烟低,人家帘幕垂。秋千慵困[2]解罗衣,画梁双燕栖。

注释

①日长:春分之后,白昼渐长。《春秋繁露》:"春分者,阴阳相半也。故昼夜均而寒暑平。"

②慵困:懒散困乏。

点评

前人谓"冯词如古蕃锦,如周、秦宝鼎彝,琳琅满目,美不胜收"。此词写仲春景色,豆梅丝柳,日长蝶飞,花露草烟,秋千慵困,画梁双燕,令人目不暇接。而人物踏青时的心情,则仅于"慵困"、"双燕栖"中略予点泄,显得雍容蕴藉。

清平乐

雨晴烟晚，绿水新池满。双燕飞来垂柳院，小阁画帘高卷。
黄昏独倚朱栏，西南新月眉弯。砌[1]下落花风起，罗衣特地[2]春寒。

注释

①砌：台阶。
②特地：特别。

点评

双燕穿柳，池水新绿，已经春满人间。这首小词，通过江南春景的描写，委婉含蓄地反衬出人物内心的孤寂。独倚朱阑，那楼头新月，砌下落花，不禁勾起相思之情。全词以景托情，辞语雅洁，意境清新。“罗衣特地春寒”，雅丽含蓄，饶有韵致，令人揽撷不尽。

采桑子

花前失却游春侣，独自寻芳。满目悲凉，纵有笙歌亦断肠。
林间戏蝶帘间燕，各自双双。忍[1]更思量，绿树青苔半夕阳。

注释

①忍：那堪，怎忍。

点评

正当春花怒放，携手观赏时，失却了“游春侣”！独自寻芳的心情，纵有笙歌，也不免愁肠欲断。眼前蝶戏林间，燕穿帘栊，更使人不堪思量。词中用“各自双双”反衬人物的孤寂。“绿树青苔半夕阳”韵味无限，耐人寻思。全词情景相渗，构思新颖，风流蕴藉，雅淡自然。体现了冯词的特色。

和凝

和凝，字成绩，郓州须昌（今山东东平）人。少好学，年十九，登进士第。初仕后唐，继为后晋宰相。凝生平为文章，长于短歌艳曲，有“曲子相公”之称。有集百卷。其长短名句《红叶稿》，又名《香奁集》。

喜迁莺

晓月坠，宿云披，银烛锦屏帷[1]。建章[2]钟动玉绳[3]低，宫漏[4]出花迟。

春态浅，来双燕，红日初长一线。严妆[5]欲罢啭黄鹂，飞上万年枝。

注释

①锦屏帷：锦绣的帷屏。

②建章：汉代宫名，这里泛指宫阙。贾至《早期大明宫》诗："千条弱柳垂青琐，百啭流莺绕建章。"

③玉绳：星名。

④宫漏：古时宫禁中用以计时之铜壶滴漏。

⑤严妆：妆饰整齐。

点评

和凝当后晋全盛之时，身居相位。故而他的词多承平"雅"、"颂"之声。这首小词，抒写了宫中生活的情景。上片以"晓月坠"、"宿云披"、"钟声"、"宫漏"，生动地描绘了春宫破晓时的景色。正像他在《薄命女》中所写的天曙之状："宫漏穿花声缭绕，窗外星光少。"生动形象，情辞俱佳。下片写晨起理妆之所见所感。红日渐长，鸟啼燕飞，春意浅上花枝，隐约地透露了人物的情思。这首词意境新、语言美。

河满子

正是破瓜年纪①，含情惯得人饶②。桃李精神鹦鹉舌，③可堪④虚度良宵。却爱蓝罗裙子，羡他长束纤腰。

注释

①破瓜：旧时文人拆“瓜”字为二八字以纪年，谓十六岁。诗文中多用于女子。

②饶：饶恕，这里有怜爱之意。

③桃李精神鹦鹉舌：伶牙俐齿，美丽多姿。

④可堪：哪堪。

点评

一位体态轻盈、艳丽多情的少女，眉目含情，风采动人。

诗人通过这首小词，表达了自己的爱慕之情。全词描写细腻，抒情委婉。自是《香奁集》中之佳作，表现了和凝词的特色。

晏殊

晏殊(991~1055)，字同叔，临川(今江西省抚州市)人。七岁能属文，以神童应召试，赐同进士出身；三十岁拜翰林学士；庆历二年(1042)官同中书门下平章事，兼枢密使。晏殊“文章赡丽，应用不穷，尤工诗，闲雅有情思”(《宋史》本传)。其词擅长小令，是婉约派代表作家，其词风流旖旎，时有真情流露。有《珠玉词》三卷。

浣溪沙[①]

一曲新词酒一杯，去年天气旧亭台。夕阳西下几时回。

无可奈何花落去，似曾相识燕归来。[②]小园香径[③]独徘徊。

注释

①浣溪沙：唐教坊曲名，张泌词有“露浓香泛小庭花”句，名“小庭花”；贺铸名“减字浣溪沙”，韩淲词有“芍药酴醾满院春”句，名“满院春”；有“东风拂槛露犹寒”句，名“东风寒”；有“一曲西风醉木犀”句，名“醉木犀”；有“霜后黄花菊自开”句，名“霜菊黄”；有“广寒曾折最高枝”句，名“广寒枝”；有“春风初试薄罗衫”句，名“试香罗”；有“清和风里绿阴初”句，名“清和风”；有“一番春事怨啼鹃”句，名“怨啼鹃”。

②无可奈何花落去，似曾相识燕归来：萧纲《春日》诗：“欲道春园趣，复忆春时人。春人竟何在，空爽上春期。独念春花落，还似昔春时。”两者立意相似。晏殊另有诗《假中示判官张寺丞王校勘》：“元巳清明假未开，小园幽径独徘徊。春寒不定斑斑雨，宿醉难禁滟滟杯。无可奈何花落去，似曾相识燕归来。游梁赋客多风味，莫惜青钱万选才。”可见是晏殊的得意之作，只是不知先有诗，还是先有词。

③香径：落花满径，留有芬芳，故云香径。唐戴叔伦《游少林寺》诗：“石龛苔藓积，香径白云深。”

点评

这是晏殊词中最为脍炙人口的篇章。此词虽含伤春惜时之意，却实为感慨抒怀之情。词之上片绾合今昔，叠印时空，重在思昔；下片则巧借眼前景物，重在伤今。全词语言圆转流利，通俗晓畅，清丽自然，意蕴深沉，启人神智，耐人寻味。词中对宇宙人生的深思，给人以哲理性的启迪和美的艺术享受。

起句“一曲新词酒一杯，去年天气旧亭台”写对酒听歌的现境。从复叠错综的句式、轻快流利的语调中可以体味出，词人面对现境时，开始是怀着轻松喜悦的感情，带着潇洒安闲的意态的，似乎主人公十分醉心于宴饮涵咏之乐。的确，作为安享尊荣而又崇文尚雅的“太平宰相”，以歌侑酒，是作者习于问津、也乐于问津的娱情遣兴方式之一。但边听边饮，这现境却又不期然而然地触发对“去年”所历类似境界的追忆：也是和“今年”一样的暮春天气，面对的也是和眼前一样的楼台亭阁，一样的清歌美酒。然而，似乎一切依旧的表象下又分明感觉到有的东西已经起了难以逆转的变化，这便是悠悠流逝的岁月和与此相关的一系列人事。此句中正包蕴着一种景物依旧而人事全非的怀旧之感。在这种怀旧之感中又糅合着深婉的伤今之情。这样，作者纵然襟怀冲淡，又怎能没有些微的伤感呢？于是词人不由得从心底涌出这样的喟叹：“夕阳西下几时回？”夕阳西下，是眼前景。但词人由此触发的，却是对美好景物情事的流连，对时光流逝的怅惘，以及对美好事物重现的微茫的希望。这是即景兴感，但所感者实际上已不限于眼前的情事，而是扩展到整个人生，其中不仅有感性活动，而且包含着某种哲理性的沉思。夕阳西下，是无法阻止的，只能寄希望于它的东升再现，而时光的流逝、人事的变更，却再也无法重复。细味“几时回”三字，所折射出的似乎是一种企盼其返，却又情知难返的纡细心态。

下片仍以融情于景的笔法申发前意。“无可奈何花落去，似曾相识燕归来”一联工巧而浑成、流利而含蓄，声韵和谐，寓意深婉，用虚字构成工整的对仗、唱叹传神方面表现出词人的巧思深情，也是这首词出名的原因。但更值得玩味的倒是这一联所含的意蓄。花的凋落，春的消逝，时光的流逝，都是不可抗拒的自然规律，虽然惋惜流连也无济于事，所以说“无可奈何”，这一句承上“夕阳西下”；然而这暮春天气中，所感受到的并不只是无可奈何的凋衰消逝，而是还有

令人欣慰的重现，那翩翩归来的燕子不就像是去年曾此处安巢的旧时相识吗？这一句应上“几时回”。花落、燕归虽也是眼前景，但一经与“无可奈何”、“似曾相识”相联系，它们的内涵便变得非常广泛，意境非常深刻，带有美好事物的象征意味。惋惜与欣慰的交织中，蕴含着某种生活哲理：一切必然要消逝的美好事物都无法阻止其消逝，但消逝的同时仍然有美好事物的再现，生活不会因消逝而变得一片虚无。只不过这种重现毕竟不等于美好事物的原封不动地重现，它只是“似曾相识”罢了。渗透在句中的是一种混杂着眷恋和惆怅，既似冲淡又似深婉的人生怅触。唯其如此，此联作者既用于此词，又用于《示张寺丞王校勘》一诗。“小园香径独徘徊”，即是说他独自一人在花间踱来踱去，心情无法平静。这里伤春的感情胜于惜春的感情，含着淡淡的哀愁，情调是低沉的。

此词之所以脍炙人口，广为传诵，其根本的原因于情中有思。词中似乎于无意间描写司空见惯的现象，却有哲理的意味，启迪人们从更高层次思索宇宙人生问题。词中涉及时间永恒而人生有限这样深广的意念，却表现得十分含蓄。

浣溪沙①

一向②年光有限身，等闲离别易销魂③。酒筵歌席莫辞频。

满目山河空念远，④落花风雨更伤春。不如怜取眼前人。⑤

注释

①一向(shǎng):片刻。向,同“晌”。

②等闲:平常。销魂:谓心灵震荡,如魂飞魄散,形容极度哀愁感伤。

③满目山河空念远:由唐李峤《汾阴行》诗“山川满目泪沾衣”句化出。念远,思念远方友人。

④怜:爱怜。唐《会真记》载崔莺莺诗:“还将旧来意,怜取眼前人。”此句化用其意。

点评

此词慨叹人生有限,抒写离情别绪,所表现的是及时行乐的思想。全词在章法结构上下关合:下片“满目”句照应上片次句,因离别而念远;“落花”句照应上片首句,因慨叹人生短暂而伤春。结句借用《会真记》中的诗句,即转即收。

“一向年光有限身”,劈空而来,语甚警炼。“一向”,即一晌,一会儿。片刻的时光啊,有限的生命!词人的哀怨是永恒的,那是无法抗拒的自然规律,谁不希望美好的年华能延续下去呢?惜春光之易逝,感盛年之不再,这虽是《珠玉词》中常有的慨叹,而本词中强烈地直接呼喊出来,便有撼人心魄的效果。紧接“等闲”句,加厚一笔。词中所写的,不是生离,更不是死别,而只不过是寻常的离别而已!“等闲”二字,殊不等闲,具见词人之深于情。在短暂的人生中,别离是不止一次会遇到的,而每一回离别,都占去有限年光的一部分,词人唯有强自宽解:“酒筵歌席莫辞频。”痛苦是无益的,不如对酒当歌,自遣情怀吧。“频”,谓宴会的频繁。叶梦得《避暑录话》载,晏殊“惟喜宾客,未尝一日不宴饮,每有嘉客必留,留亦必以歌乐相佐”,“日以饮酒赋诗为乐,佳时胜日,未尝辄废”。“酒筵歌席”,即指这些日常的宴饮。这句写及时行乐，聊慰此有限之身。过片二语，气象宏阔，意境莽苍，以健笔写闲情，兼有刚柔之美，是《珠玉词》中不可多得的佳句。两句是设想之辞。若是登临之际，放眼辽阔的河山，徒然地怀思远别的亲友，就算是独处家中，看到风雨摧落了繁花，更令人感伤春光易逝。语本李峤《汾阴行》："山川满目泪沾衣，富贵荣华能几时？"作者不欲刻意去伤春伤别，故要想办法从痛苦中解脱出来。吴梅《词学通论》特标举此二语，认为较大晏的名句"无可奈何花落去，似曾相识燕归来"胜过十倍而人未知之。吴氏之语虽稍偏颇，而确是能独具慧眼。此处"满目山河"二语，重、拙、大兼而有之，晏殊词中仅此而已。

"不如怜取眼前人。"意谓去参加酒筵歌席，好好爱怜眼前的歌女。作为富贵宰相的晏殊，他不会让痛苦的怀思去折磨自己，也不会沉湎于歌酒之中而不能自拔，他要"怜取眼前人"，也只是为了眼前的欢娱而已，这是作者对待生活的一贯态度。本词是晏殊的代表作。词中所写的并非一时所感，也非一事，而是反映了作者人生观的一个侧面：悲年光之有限，感世事之无常；慨叹空间和时间的距离难以逾越，慨叹对已逝美好事物的追寻总是徒劳，在山河风雨中寄寓着对人生哲理的探索。词人幡然感悟，认识到要立足现实，牢牢地抓住眼前的一切。

这首词又是《珠玉词》中的别调。大晏的词作，用语明净，下字修洁，表现出闲雅蕴藉的风格；而在本词中，作者却一变故常，取景甚大，笔力极重，格调遒上。抒写伤春念远的情怀，深刻沉着，高健明快，而又能保持一种温婉的气象，使词意不显得凄厉哀伤，这是本词的一大特色。

清平乐[①]

红笺[②]小字，说尽平生意。鸿雁在云鱼在水，[③]惆怅此情难寄。

斜阳独倚西楼，遥山恰对帘钩。人面不知何处，绿波依旧东流。[④]

注释

①王灼《碧鸡漫志》:"清平乐,《松窗录》云:开元中,禁中初种木芍药,得四本,红、紫、浅红、通白繁开,上乘照夜白,太真妃以步辇从,李龟年手捧檀板押众乐前,将歌之。上曰:焉用旧词为?命龟年宣翰林学士李白,立进《清平调》词三章,上命梨园弟子约格调,抚丝竹,促龟年歌。太真妃笑领歌意甚厚。张君房《脞说》指此为《清平乐》曲。按:明皇宣白进《清平调》,乃是令白于《清平调》中制词。盖古乐取声律高下合为三,曰清调、平调、侧调,此谓三调。明皇止令就择上两调偶,不乐侧调故也。况白词七字绝句,与今曲不类,而《尊前集》亦载此三绝句,止目曰《清平调》,然唐人不深考,妄指此三绝句耳。此曲在越调,唐至今盛行。今世又有黄钟宫、黄钟商两音者,欧阳炯称白有应制《清平乐》四首,往往是也。"复据《词谱》,《花庵词选》名"清平乐令",张辑词有"忆着故山萝月"句,名"忆萝月";张翥词有"明朝来醉东风"句,名"醉东风"。

②红笺:红色笺纸。

③鸿雁在云鱼在水:暗含鱼雁传书之意。《全唐诗》收张泌《生查子》:"鱼雁疏,芳信断,花落庭阴晚。"

④人面不知何处:语本崔护《题都城南庄》诗"人面不知何处去,桃花依旧笑春风"。

点评

此为怀人之作。词中寓情于景,以淡景写浓愁,言青山常在,绿水长流,而自己爱恋着的人却不知去向;虽有天上的鸿雁和水中的游鱼,它们却不能为自己传递书信,因而惆怅万端。

词的上片抒情。起句"红笺小字,说尽平生意"语似平淡,实包蕴无数情事,无限情思。红笺是一种精美的小幅红纸,可用来题诗、写信。词里的主人公便用这种纸,写上密密麻麻的小字,说尽了平生相慕相爱之意。显然,对方不是普通的友人,而是倾心相爱的知音。

三四两句抒发信写成后无从传递的苦闷。古人有"雁足传书"和"鱼传尺素"的说法,前者见于《汉书·苏武传》,后者见于古诗《饮马长城窟行》(客从远

方来),是诗文中常用的典故。作者以"鸿雁在云鱼在水"的构思,表明无法驱遣它们去传书递简,因此"惆怅此情难寄"。运典出新,比起"断鸿难倩"等语又增加了许多风致。

过片由抒情过渡到写景。"斜阳"句点明时间、地点和人物活动,红日偏西,斜晖照着正在楼头眺望的孤独人影,景象已十分凄清,而远处的山峰又遮蔽着愁人的视线,隔断了离人的音信,更加令人惆怅难遣。"远山恰对帘钩"句,从象征意义上看,又有两情相对而遥相阻隔的意味。倚楼远眺本是为了抒忧,如今反倒平添一段愁思,从抒情手法来看,又多了一层转折。

结尾两句化用崔护《题都城南庄》诗句:"人面不知何处去,桃花依旧笑东风"之意,略加变化,给人以有余不尽之感。绿水,或曾映照过如花的人面,如今,流水依然在眼,而人面不知何处,唯有相思之情,跟随流水,悠悠东去而已。

此词以斜阳、遥山、人面、绿水、红笺、帘钩等物象,营造出一个充满离愁别恨的意境,将词人心中蕴藏的情感波澜表现得婉曲细腻,感人肺腑。全词语淡情深,闲雅从容,充分体现了词人独特的艺术风格。

宋 祁

宋祁(998~1061),字子京,祖居安陆(今属湖北省),徙居雍丘(今河南省杞县)。天圣二年(1024)与兄庠同登进士第,奏名第一。章献太后以为弟不可先兄,乃擢庠为第一,置祁第十,号称"大小宋"。累官至工部尚书、翰林学士承旨。曾参与修撰《新唐书》,著有《宋景文公集》。他以《木兰花》(又名《玉楼春》)词中"红杏枝头春意闹"句享誉词坛,人称"红杏尚书"。王国维称道其《木兰花》"'红杏枝头春意闹',着一'闹'字而境界全出"(《人间词话》)。其词多写个人生活琐事,语言工丽。近人赵万里辑有《宋景文公长短句》一卷。

木兰花·春景

东城渐觉风光好，縠皱[①]波纹迎客棹。绿杨烟外晓寒轻，红杏枝头春意闹。

浮生长恨欢娱少，肯爱千金轻一笑[②]。为君持酒劝斜阳，且向花间留晚照[③]。

注释

①縠（hú）皱：绉纱似的波纹。

②肯爱千金轻一笑：意即怎么肯爱惜金银而轻视欢乐的生活呢。千金一笑，据《艺文类聚》卷五十七引东汉崔骃《七依》云："酒酣乐中，美人进以承宴，调欢欣以解容。四顾百万，一笑千金。"盖宴席中侑酒美女难得笑颜，后遂用"一笑千金"形容歌姬舞女娇美的形象与动人的笑容。

③且向花间留晚照：化用李商隐《写意》诗"日向花间留返照"句。

点评

起首一句泛写春光明媚。第二句以拟人化手法，将水波写得生动、亲切而又富于灵性。“绿杨”句写远处杨柳如烟，一片嫩绿，虽是清晨，寒气却很轻微。“红杏”句专写杏花，以杏花的盛开衬托春意之浓。词人以拟人手法，着一“闹”字，将烂漫的大好春光描绘得活灵活现，呼之欲出。

过片两句，意谓浮生若梦，苦多乐少，不能吝惜金钱而轻易放弃这欢乐的瞬间。此处化用“一笑倾人城”的典故，抒写词人携妓游春时的心绪。结拍两句，写词人为使这次春游得以尽兴，要为同时冶游的朋友举杯挽留夕阳，请它花丛间多陪伴些时候。这里，词人对于美好春光的留恋之情，溢于言表，跃然纸上。

这首词章法井然，开阖自如，言情虽缠绵而不轻薄，措辞虽华美而不浮艳，将执着人生、惜时自贵、流连春光的情怀抒写得淋漓尽致，具有不朽的艺术价值。

欧阳修

踏莎行

候馆[1]梅残，溪桥柳细，草熏[2]风暖摇征辔。离愁渐远渐无穷，迢迢不断如春水。

寸寸柔肠，盈盈粉泪，楼高莫近危阑倚。平芜[3]尽处是春山，行人更在春山外。

注释

①候馆：原指可以登高观望的楼，此指旅舍。

②草熏：青草发出香气。江淹《别赋》："闺中风暖，陌上草熏。"李善注："熏，香气也。"征辔（pèi）：远行之马的缰绳，此处代马。柳永《满江红》："匹马驱驱，摇征辔，溪边谷旁。"

③平芜（wú）：草木丛生的平旷原野。江淹《去故乡赋》："穷阴匝海，平芜带天。"

点评

这首词写的是早春的离情相思之情。词的上片写行人在旅途的离愁，下片写妇在家室的离愁，两地相思，一种情怀，全篇主要表现离愁。此词是欧阳修深婉词风的代表作。这是一首写一个旅人在征途中的感受，离情别绪，题材常见，但手法奇妙，意境优美，读来令人神远。上片写行者在得意去梅残，草熏风暖的春天在别馆与恋人离别。他初不经意，信马由缰，优哉游哉；渐行渐远，离愁上心，渐远渐无穷，仿如迢迢不断的春流水，自然真实地刻画居人望归的愁情。居人望尽平芜，望断春山，不见行者；行人还远在春山之外不知何处，居人盼归不见的绝望痛苦心情，可以想见。这首词写春景发离愁，景愈传教而愁愈深，语浅淡而情有致。上片"离愁渐远渐无穷，迢迢不断如春水"这两句，为全词之眼，以不断之春水状无穷之离愁，化抽象为具象，比喻贴切。渐行渐远，离愁上心，渐远渐无穷，信如迢迢不断的春流水，自然真实地刻画了行者离情别绪萌生渐深的过程。

蝶恋花

庭院深深深几许？杨柳堆烟，帘幕无重数。玉勒雕鞍游冶处，楼高不见章台路[①]。

雨横[②]风狂三月暮，门掩黄昏，无计留春住。泪眼问花花不语[③]，乱红飞过秋千去。

注释

①章台路：汉朝长安有章台街，歌伎居之。唐朝许尧佐有《章台柳传》，后人因以章台为歌伎聚居之地。

②雨横（hèng）：雨下得猛。

③泪眼问花花不语：唐严恽《惜花》："春光冉冉归何处，更向花前把一杯。尽日问花花不语，为谁零落为谁开。"

点评

此词描写闺中少妇的伤春之情，一起一结颇受推赏。上片写深闺寂寞，阻隔重重，想见意中人而不得。下片写美人迟暮，盼意中人回归而不得，幽恨怨愤之情自现。此词写景状物，疏俊委曲，虚实相融，辞意深婉，尤对少妇心理刻画写意传神，堪称欧词之典范。

上片开头三句写“庭院深深”的境况，“深几许”于提问中含有怨艾之情，“堆烟”状院中之静，衬人之孤独寡欢，“帘幕无重数”，写闺阁之幽深封闭，是对大好青春的禁锢，是对美好生命的戕害。“庭院”深深，“帘幕”重重，更兼“杨柳堆烟”，既浓且密——生活在这种内外隔绝的阴森、幽邃环境中，女主人公身心两方面都受到压抑与禁锢。叠用三个“深”字，写出其遭封锁，形同囚居之苦，不但暗示了女主人公的孤身独处，而且有心事深沉、怨恨莫诉之感。因此，李清照称赏不已，曾拟其语作“庭院深深”数阕。显然，女主人公的物质生活是优裕的。但她精神上的极度苦闷，也是不言自明的。

“玉勒雕鞍”以下诸句，逐层深入地展示了现实的凄风苦雨对其芳心的无情蹂躏：情人薄幸，冶游不归，意中人任性冶游而又无可奈何。

下片前三句用狂风暴雨比喻封建礼教的无情，以花被摧残喻自己青春被毁。“门掩黄昏”四句喻韶华空逝，人生易老之痛。春光将逝，年华如水。结尾二句写女子的痴情与绝望，含蕴丰厚。“泪眼问花”，实即含泪自问。“花不语”，也非回避答案，正讲少女与落花同命共苦，无语凝噎之状。“乱花飞过秋千去”，不是比语言更清楚地昭示了她面临的命运吗？“乱红”飞过青春嬉戏之地而飘去、消逝，正是“无可奈何花落去”也。在泪光莹莹之中，花如人，人如花，最后花人莫辨，同样难以避免被抛掷遗弃而沦落的命运。“乱红”意象既是下景实摹，又是女子悲剧性命运的象征。这种完全用环境来暗示和烘托人物思绪的笔法，深婉不迫，曲折有致，真切地表现了生活在幽闭状态下的闺中少妇难以明言的内心隐痛。

当然，溯其渊源，此前，温庭筠有“百舌问花花不语”（《惜春词》）句，严恽也有“尽日问花花不语”（《落花》）句，欧阳修结句或许由此蜕化而来，但不独语言更为流美，意蕴更为深厚，而且境界之浑成与韵味之悠长，也远过于温、严原句。

蝶恋花

谁道闲情抛弃久？每到春来，惆怅还依旧。日日花前常病酒①，不辞镜里朱颜瘦。

河畔青芜②堤上柳，为问新愁，何事年年有？独立小桥风满袖，平林新月人归后。

注释

①病酒：醉酒。《世说新语·任诞》："刘伶病酒，渴甚，从妇求酒。"

②青芜（wú）：茂盛的草地。杜甫《徐步》诗："整履步青芜，荒庭日欲晡。"

点评

这首词写闲情的苦恼不能解脱，以独特的笔法写尽了一个"愁"字。前半片写年轻人的春愁。愁因春起，赏花有愁，举杯有愁，对镜也有愁，家里处处都是愁。表现了在情感方面欲抛不能的一种盘旋郁结的痛苦。抒写主人公想要挣扎出来却不可能。以下各句所写均由此生发而出，故此句有笼罩全篇之效。接下写春来闲愁依旧，宁可瘦也要饮酒来打发闲愁。词的后半片仍在写愁，不过是从家里扩展到家外，河畔青草、堤上绿柳蒙上了愁，天色薄暮更引起了愁，一人独立小桥还在品味首愁。下片前后均是景语，中间两句是情语，使前后之景均为情增添色彩。见到青草绿柳，又增新愁，故独立小桥望月，任凭春风吹拂。全词通过写情感交织的愁闷，徘徊在心，从而产生一种对韶光易逝，人生苦短，世事变迁的感叹。

柳　永

柳永(987? ~1053?)，初名三变，字耆卿，崇安(今福建崇安)人。屡举不第，流连坊间，为乐工妓女撰写歌词，自谓“才子词人，自是白衣卿相”。宋仁宗景祐元年(1034)考取进士，曾官屯田员外郎，世称柳屯田，又因排行第七，称柳七。他是北宋专力写词的第一人，一生致力于词的创作与革新，“掩众制高尽其妙”(胡寅《题酒边词》)。他在扩大词境、发展慢词、丰富词作表现手法上都有杰出贡献，奠定了宋词昌盛的基础。柳词流播极广，“凡有井水饮处，即能歌柳词”(《避暑录话》)，“好之者终不绝也”(《四库全书总目》)。有《乐章集》。

曲玉管[1]

陇首云飞[2]，江边日晚，烟波满目凭阑久。立望关河萧索，千里清秋。

忍凝眸。杳杳神京，[3]盈盈仙子[4]，别来锦字[5]终难偶。断雁无凭，[6]冉冉飞下汀洲[7]。思悠悠。

暗想当初，有多少、幽欢佳会，岂知聚散难期，翻成雨恨云愁[8]。阻追游。每登山临水，惹起平生心事，一场消黯[9]，永日无言[10]，却下层楼。

注释

①曲玉管，为唐教坊曲名。此调并不常见，只柳永这一首词。

②陇首云飞：《梁书·柳恽传》记载，“少工篇什，始为诗曰：‘亭皋木叶下，陇首秋云飞。’琅邪王元长见而嗟赏，因书斋壁”。“陇首云飞”语本于此。

③杳（yǎo）杳：远隔貌。神京：指都城汴京。意谓词人离京后，与自己思念的人天各一方。

④仙子：容颜姣好的女子。唐宋间常以“仙子”代指娼妓或女道士。

⑤锦字：又称锦书，情书的美称。《晋书》卷九十六：“窦滔妻苏氏，始平人也，名蕙，字若兰，善属文。滔苻坚时为秦州刺史，被徙流沙。苏氏思之，织锦为回文旋图诗，以赠滔。宛转循环以读之，词甚凄惋。”因以“锦字”指情侣间往还的书信。

⑥断雁无凭：言孤鸿不足以传书。断雁，孤鸿。雁，传书之鸿雁。典出《汉书·苏武传》。

⑦汀洲：水中的小洲。

⑧雨恨云愁：言聚散如云似雨，难以预料。王禹偁《点绛唇·感兴》：“雨恨云愁，江南依旧称佳丽。”

⑨消黯（àn）：黯然销魂，语出江淹《别赋》。

⑩永日：从早到晚，整天。

点评

此词抒写了羁旅中的怀旧伤离情绪。词的第一叠写眼前所见，第二叠写所思之人，又将此平列的两段情景交织起来，使其成为有内联系的双头。

此词首句化用梁柳恽的名句，第一叠“陇首”三句，是当前景物和情况。“云飞”、“日晚”，隐含下“凭阑久”。“亭皋木叶下，陇首秋云飞。”陇首，犹言山头。

云、日、烟波，皆凭阑所见，而有远近方分。“一望”是一眼望过去，由近及远，由实而虚，千里关河，可见而不尽可见，逼出“忍凝眸”三字，极写对景怀人、不堪久望之意。此段五句都是写景，却仅用“忍凝眸”三字，极写对景怀人、不堪久望之意。此段五句都是写景，用“忍凝眸”三字，便将内心活动全部贯注到上写景物之中，做到了情景交融。

第二叠则反过来，先写情，后写景。“杳杳”三句，接上“忍凝眸”来。“杳杳神京”，写所思之人在汴京；“盈盈仙子”，则写所思之人的身份。唐人诗中习惯上以仙女作为美女之代称，一般用来指娼妓或女道士。这里大约是指汴京的一位妓女。“锦字”化用窦滔、苏蕙夫妻之典。作者和这位“仙子”，虽非正式夫妻，但其落第而出京，与窦滔之获罪远徙，有些近似之故。此句是说，“仙子”虽想寄与“锦字”，而终难相会。鸿雁本可传书，而说“断”，说“无凭”，则是她终不曾负担起它的任务。雁给人传书，无非是个传说或比喻，而雁“冉冉飞下汀洲”，则是眼前实事。由虚而实，体现出既得不见着信又见不了面的惆怅心情。“思悠悠”三字，总结次段之意，与上“忍凝眸”遥应，而更深入一层。

第三叠则是“思悠悠”的铺叙。当日之惆怅，实缘于旧日之欢情，所以“暗想”四句，便概括往事，写其先相爱，后相离，既相离，难再见的愁恨心情。

“阻追游”三字，横插上四句下五句中间，包括了多少难以言说的辛酸。回到当前之时，却又荡开一笔，平叙之中，略作波折，指出这种“忍凝眸”、“思悠悠”的情状，并不是这一次，而是许多次，每次“登山临水”就“惹起平生心事”。这回依然如此，“黯然销魂”的心情之下，长久无话可说，走下楼来。“却下层楼”，遥接“凭阑久”，使全词从头到尾，血脉流通。

雨霖铃[1]

寒蝉[2]凄切。对长亭晚，骤雨初歇。都门帐饮[3]无绪，留恋处、兰舟[4]催发。执手相看泪眼，竟无语凝噎。[5]念去去、千里烟波，暮霭沉沉楚天阔。[6]

多情自古伤离别。更那堪、冷落清秋节。今宵酒醒何处[7]，杨柳岸、晓风残月。此去经年[8]，应是良辰、好景虚设。[9]便纵有、千种风情，更与何人说。

注释

①雨霖铃，又作雨淋铃，唐教坊曲名。据王灼《碧鸡漫志》引《明皇杂录》及《杨妃外传》记载：安史之乱爆发后，唐玄宗避乱入蜀，初入斜谷，霖雨弥日，栈道中闻铃声。玄宗方悼念贵妃，采其声为雨淋铃曲以寄托哀思。后由伶人张微（野狐）演奏，流传于世。又据《唐诗品汇》卷五十二引《明皇别录》记载："洎至德中，复幸华清宫，从宫嫔御皆非昔人，帝于望京楼令张微奏此曲，不觉凄怆流涕，其曲后入法部。"唐诗人崔道融《羯鼓》："华清宫里打撩声，供奉丝簧束手听。寂寞銮舆斜谷里，是谁翻得雨淋铃。"以雨霖铃事入诗的唐诗还有若干首，可见，玄宗翻制雨霖铃曲调事，广为唐人所知。雨霖铃又作雨霖铃慢，双调。王灼《碧鸡漫志》云："今双调雨霖铃慢，颇极哀怨，真本曲遗声。"

②寒蝉：秋蝉之谓。陆佃《埤雅》卷八："立秋之节，初五日凉风至，次五日白露降，后五日寒蝉鸣。"

③帐饮：于郊外搭起帐篷，摆宴送行。江淹《别赋》："帐饮东都，送客金谷。"《海录碎事》卷六："野次无宫室，故曰帐饮。"

④兰舟：在古诗词中，常用兰舟极言舟之华贵。梁任防《述异记》卷下："木

兰川在浔阳江中，多木兰树。昔吴王阖闾植木兰于此，用构宫殿也。七里洲中有鲁班刻木兰为舟，舟至今在洲中。诗家云木兰舟出于此。”

⑤执手相看泪眼，竟无语凝噎：江淹《别赋》：“造携手而衔泪，各寂寞而伤神。”（文字据四部丛刊宋本《江文通集》）可以对读。

⑥“念去去”至“楚天阔”句：可参看唐代诗人黄滔《旅怀寄友人》“一船风雨分襟处，千里烟波回首时”。去去，不断远去，越走越远。楚天，江南楚地的天空。

⑦今宵酒醒何处：言以酒去愁，酒醒更愁。李璟《应天长》：“昨夜更阑酒醒，春愁过却病。”周邦彦《关河令》：“酒已都醒，如何消永夜。”句意相似。

⑧经年：年复一年。

⑨应是良辰、好景虚设：言若无相爱的人陪伴，美好的光景就等于虚设。类似的意思，柳永在其他词作中反复表现过多次。《慢卷紬》：“对好景良辰，皱着眉儿，成甚滋味。”《应天长》中也说：“把酒与君说：恁好景佳辰，怎忍虚设。”

点评

此词为抒写离情别绪的千古名篇，也是柳词和有宋一代婉约词的杰出代表。词中，作者将他离开汴京与恋人惜别时的真情实感表达得缠绵悱恻，凄婉动人。

词的上片写临别时的情景，下片主要写别后情景。全词起伏跌宕，声情双绘，是宋元时期流行的“宋金十大曲”之一。

起首三句写别时之景，点明了地点和节序。《礼记·月令》云：“孟秋之月，寒蝉鸣。”可见时间大约是农历七月。然而词人并没有纯客观地铺叙自然景物，而是通过景物的描写，氛围的渲染，融情入景，暗寓别意。秋季，暮色，骤雨寒蝉，词人所见所闻，无处不凄凉。“对长亭晚”一句，中间插刀，极顿挫吞咽之致，更准确地传达了这种凄凉况味。这三句景色的铺写，也为后两句的“无绪”和“催发”，设下伏笔。“都门帐饮”，语本江淹《别赋》：“帐饮东都，送客金谷。”他的恋人在都门外长亭摆下酒筵给他送别，然而面对美酒佳肴，词人毫无兴致。

接下去说："留恋处、兰舟催发。"这七个字完全是写实，然却以精练之笔刻画了典型环境与典型心理：一边是留恋情浓，一边是兰舟催发，这样的矛盾冲突何其尖锐！这里的"兰舟催发"，却以直笔写离别之紧迫，虽没有他们含蕴缠绵，但却直而能纡，更能促使感情的深化。于是后面便迸出"执手相看泪眼，竟无语凝噎"二句。寥寥十一字，语言通俗而感情深挚，形象逼真，如目前真是力敌千钧！

词人凝噎喉的就是"念去去"二句的内心独白。这里的去声"念"字用得特别好，读去声，作为领格，上承"凝噎"而自然一转，下启"千里"以下而一气流贯。"念"字后"去去"二字连用，则愈益显示出激越的声情，读时一字一顿，遂觉去路茫茫，道里修远。"千里"以下，声调和谐，景色如绘。既曰"烟波"，又曰"暮霭"，更曰"沉沉"，着色一层浓似一层；既曰"千里"，又曰"阔"，一程远似一程。道尽了恋人分手时难舍的别情。

上片正面话别，下片则宕开一笔，先作泛论，从个别说到一般。"多情自古伤离别"意谓伤离惜别，并不自他始，自古皆然。接以"更那堪、冷落清秋节"一句，则极言时当冷落凄凉的秋季，离情更甚于常时。"清秋节"一辞，映射起首三句，前后照应，针线极为绵密；而冠以"更那堪"三个虚字，则加强了感情色彩，比起首三句的以景寓情更为明显、深刻。

"今宵"三句蝉联上句而来，是全篇之警策，成为柳永光耀词史的名句。这三句本是想象当晚旅途中的况味，遥想不久之后一舟临岸，词人酒醒梦回，却只见习习晓风吹拂萧萧疏柳，一弯残月高挂杨柳梢头。整个画面充满了凄清的气氛，客情之冷落，风景之清幽，离愁之绵邈，完全凝聚在这画面之中。这句景语似工笔小帧，无比清丽。清人刘熙载《艺概》中说："词有点，有染。柳耆卿《雨霖铃》云：'多情自古伤离别。更那堪、冷落清秋节。今宵酒醒何处？杨柳岸、晓风残月。'上二句点出离别冷落，'今宵'二句乃就上二句意染之。点染之间，不得有他语相隔，隔则警句亦成死灰矣。"也就是说，这四句密不可分，相互烘托，相互陪衬，中间若插上另外一句，就破坏了意境的完整性，形象的统一性，而后面这两个警句，也将失去光彩。

"此去经年"四句，改用情语。他们相聚之日，每逢良辰好景，总感到欢娱；可是别后非止一日，年复一年，纵有良辰好景，也引不起欣赏的兴致，只能徒增怅触而已。"此去"二字，遥应上片"念去去"，"经年"二字，近应"今宵"，时间与思绪上均是环环相扣，步步推进。"便纵有、千种风情，更与何人说"，以问句归纳全词，犹如奔马收缰，有住而不住之势；又如众流归海，有尽而未尽之致。

此词之所以脍炙人口,是因为它艺术上颇具特色,成就甚高。早在宋代,就有记载说,以此词的缠绵悱恻、深沉婉约,“只合十七八女郎,执红牙板,歌‘杨柳岸、晓风残月’”。这种格调的形成,有赖于意境的营造。词人善于把传统的情景交融的手法运用到慢词中,把离情别绪的感受,通过具有画面性的境界表现出来,意与境会构成一种诗意美的境界,会给读者以强烈的艺术感染。全词虽为直写,但叙事清楚,写景工致,以具体鲜明而又能触动离愁的自然风景画面来渲染主题,状难状之景,达难达之情,而出之以自然。末尾二句画龙点睛,为全词生色,为脍炙人口的千古名句。

蝶恋花①

伫倚危楼风细细。望极春愁,黯黯生天际。② 草色烟光残照里,无言谁会凭阑意。

拟把疏狂③图一醉。对酒当歌④,强乐⑤还无味。衣带渐宽终不悔,为伊消得人憔悴。⑥

注释

①蝶恋花,为唐教坊曲名,本名为鹊踏枝。晏殊取梁简文帝萧纲诗句“翻阶蛱蝶恋花情”改作今名。又名黄金缕、凤栖梧、卷珠帘、江如练等。

②望极春愁,黯黯生天际:黯黯春愁,生于天际。黯黯,意为伤心忧愁的样子。以黯黯言春愁有韦应物《寄李儋元锡》诗:“世事茫茫难自料,春愁黯黯独成眠。”另,“薄暮起瞑愁”是古诗中一个常见的主题,此处言日暮时分,心生春愁。前人有不少类似的诗句,唐人张祜《折杨柳枝》:“伤心日暮烟霞起,无限春愁生翠眉。”《鹤林玉露》引唐人赵嘏诗云:“夕阳楼上山重迭,未抵春愁一倍多。”

③疏狂:豪放而不受拘束。白居易《代书诗寄微之》:“疏狂属年少,闲散为

官卑。”朱敦儒《鹧鸪天·西都作》词:“我是清都山水郎,天教懒慢带疏狂。”

④对酒当歌:语出曹操《短歌行》“对酒当歌,人生几何”。

⑤强乐:勉强作乐。《二程遗书》卷十八:“勉强乐不得,须是知得了,方能乐得。”

⑥“衣带渐宽”以下二句:“衣带渐宽”化自《古诗十九首》中的“相去日已远,衣带日已缓”。柳词中的这两句言为思念而憔悴,虽憔悴而不悔,较之《古诗十九首》又更进一层。冯延巳《蝶恋花》有“日日花前常病酒,不辞镜里朱颜瘦”句,两相比较,意虽有相似,但境界、气象已是不同。王国维《人间词话》将这两句作为“古今之成大事业大学问”的第二重境界,看重的正是柳永在这首词中所创造的锲而不舍、执着如一的精神境界。消得,犹言值得。唐人崔涂《夷陵夜泊》:“一曲巴歌半江月,便应消得二毛生。”柳永《尾犯》:“一种劳心力,图利禄殆非长策。除是恁,点检笙歌,访寻罗绮消得。”

点评

这首词采用“曲径通幽”的表现方式,抒情写景,感情真挚。巧妙地把漂泊异乡的落魄感受,同怀恋意中人的缠绵情思融为一体。

“伫倚危楼风细细。”说登楼引起了“春愁”。全词只此一句叙事,便把主人公的外形像一幅剪纸那样突现出来了。“风细细”,带写一笔景物,为这幅剪影添加了一点背景,使画面立刻活跃起来了。

“望极春愁,黯黯生天际。”极目天涯,一种黯然魂销的“春愁”油然而生。“春愁”,又点明了时令。对这“愁”的具体内容,词人只说“生天际”,可见是天际的什么景物触动了他的愁怀。从下一句“草色烟光”来看,是春草。芳草萋萋,划尽还生,很容易使人联想到愁恨的连绵无尽。柳永借用春草,表示自己已经倦游思归,也表示自己怀念亲爱的人。那天际的春草,所牵动的词人的“春愁”究竟是哪一种呢?词人却到此为止,不再多说了。

“草色烟光残照里,无言谁会凭阑意。”写主人公的孤单凄凉之感。前一句用景物描写点明时间,可以知道,他久久地站立楼头眺望,时已黄昏还不忍离去。“草色烟光”写春天景色极为生动逼真。春草,铺地如茵,登高下望,夕阳的余晖下,闪烁着一层迷蒙的如烟似雾的光色。一种极为凄美的景色,再加上“残照”二字,便又多了一层感伤的色彩,为下一句抒情定下基调。“无言谁会凭阑意”,因为没有人理解他登高远望的心情,所以他默默无言。有“春愁”又无可诉说，这虽然不是“春愁”本身的内容，却加重了“春愁”的愁苦滋味。作者并没有说出他的“春愁”是什么，却又掉转笔墨，埋怨起别人不理解他的心情来了。作者把笔宕开，写他如何苦中求乐。“愁”，自然是痛苦的，那还是把它忘却，自寻开心吧！“拟把疏狂图一醉。”写他的打算。他已经深深体会到了“春愁”的深沉，单靠自身的力量是难以排遣的，所以他要借酒浇愁。词人说得很清楚，目的是“图一醉”。为了追求这“一醉”，他“疏狂”，不拘形迹，只要醉了就行。不仅要痛饮，还要“对酒当歌”，借放声高歌来抒发他的愁怀。但结果却是“强乐还无味”，他并没有抑制住“春愁”。故作欢乐而“无味”，更说明“春愁”的缠绵执着。

至此，作者才透露这种“春愁”是一种坚贞不渝的感情。他的满怀愁绪之所以挥之下去，正是因为他不仅不想摆脱这“春愁”的纠缠，甚至心甘情愿为“春愁”所折磨，即使渐渐形容憔悴、瘦骨伶仃，也决不后悔。“为伊消得人憔悴”才一语中的：词人的所谓“春愁”，不外是“相思”二字。

这首词紧扣“春愁”即“相思”，却又迟迟不肯说破，只是从字里行间向读者透露出一些消息，眼看要写到了，却又煞住，掉转笔墨，如此影影绰绰，扑朔迷离，千回百折，直到最后一句，才使真相大白。使相思感情达到高潮的时候，戛然而止，激情回荡，感染力更强了。

采莲令[①]

月华收，[②]云淡霜天曙。[③]西征客、此时情苦。翠娥执手送临歧[④]，轧轧[⑤]开朱户。千娇面、盈盈伫立，[⑥]无言有泪[⑦]，断肠争忍回顾。

一叶兰舟，便恁急桨凌波[⑧]去。贪行色[⑨]、岂知离绪。万般方寸，但饮恨，脉脉同谁语[⑩]。更回首、重城不见，寒江天外，隐隐两三烟树。

注释

①《文献通考》卷一百四十六：宋朝循旧制，教坊凡四部。皇帝曲宴游幸，教坊所奏乐凡十八调四十大曲，其中第九调为双调，其中有曲，名为“采莲”。可知“采莲令”亦本于教坊曲，此调为孤调，仅存柳永词一首。

②月华收：言月已落，而天将明。月华，月光、月色。南朝梁江淹《杂体诗·效王微(养疾)》：“清阴往来远，月华散前墀。”

③云淡霜天曙：孟浩然有句“微云淡河汉，疏雨滴梧桐”，一时叹为清绝。张元幹《芦川词》：“月淡霜天，今夜空清坐。”句意与此仿佛。曙，天明。

④临歧：行至岔路口，古诗中常用“歧路”表现朋友分别的场景。王勃《送杜少府之任蜀州》：“无为在歧路，儿女共沾巾。”高适《别韦参军》：“丈夫不作儿女别，临歧涕泪沾衣巾。”皆是。

⑤轧(yà)轧：象声词，开门声。

⑥千娇面、盈盈伫立：柳永《玉女摇仙佩》“争如这多情，占得人间，千娇百媚”。盈盈，言女子体态轻盈。《古诗十九首》：“盈盈楼上女，皎皎当窗牖。”

⑦无言有泪：柳永《雨霖铃》中“执手相看泪眼，竟无语凝噎”意同此。

⑧凌波：在水面上行走。汉庄忌《哀时命》：“势不能凌波以径度兮，又无羽翼而高翔。”

⑨行色：行旅出发前后的情状、气派。刘因《临江仙》：“行色匆匆缘底事，山阳梅信相催。”

⑩脉脉同谁语：《古诗十九首》中有“盈盈一水间，脉脉不得语”句，此处化用此句。

点评

“月华收，云淡霜天曙。”月亮走了，夜晚已经过去了，一夜缠绵，离别就要到了。“收”字收去的不只是月光，更是即将离别的恋人相互厮守的时间。一对恋人，很可能是一夜未眠，分离在即，怎么能够睡得安稳？他们眼看着月光一点点消失，随着月光的消失，分手的时刻越来越近，真恨不得让把月光留住，让时间停止。而此时“云淡霜天曙”，“霜天”点明季节是秋天，似乎太多的离别都发生在秋季,那万木萧瑟的季节,让离愁染上了更深的痛苦。云淡天高,曙光已现,没有任何理由可以不分离,相恋的人纵使多么不舍,也只能把一切缠绵埋在心底,面对分离的现实。

“西征客、此时情苦。”直写自己内心情感:自己要奔赴遥远的西方,一个“客”字,把这离别写得如此伤感!原来自己一直只是一个客人,总要踏上征程,这里只是生命中的一个驿站,自己不可能永远留在这里,作为一个客人,时间到了,自己也就该离去了,这离别似乎带着一种宿命的悲哀。或许正因为认识到了离别的宿命,自己才感到一种绝望,因为绝望,才会越发感到“此时情苦”。在作者漂泊的生命中,有过太多离别,每一次都让作者痛彻心扉,正是因为那太多离别,才让他觉得自己只是人生中的一个过客,匆匆穿行于每一个人生驿站,历经一次次离别之痛。经过的离别次数多了,离别时刻那种心神俱伤更甚,“此时情苦”既是对无数次分离的体验,也是对这次分离的深刻感受。

“翠娥执手送临歧,轧轧开朱户。”“翠娥”,作者的恋人,想来一定是千娇百媚,仪态万方。“执手送临歧”,恋人牵着作者的手不肯分开,一定要把他送到岔路口。她慢慢打开朱红色大门,大门吱吱呀呀地叫着,仿佛在替人叹息。“翠娥”心中的悲伤作者怎会不知,作者的“情苦”“翠娥”怎能不解!心痛两相知,却空有深深的怜惜,无法回避的理由让他们无法相守,人生啊,总是无奈多于如愿!

“千娇面、盈盈伫立,无言有泪,断肠争忍回顾。”这里实写“翠娥”的美貌:“千娇面,盈盈伫立”,绝美的容颜,曼妙的身姿,静静伫立在路口,在这分离的最后一刻,竟一句话也说不出来。心中的悲伤太深,语言已不能承载,只是“无言有泪”。这是一个似曾相识的画面,柳永在《雨霖铃·寒蝉凄切》中,曾这样描写过分手画面:“执手相看泪眼,竟无语凝咽。”看来痛到深处是无言!“翠娥”的“无言有泪”,落在作者眼里,不是“断肠”还会是什么?心太痛,实在不能面对这流泪的眼,只能强忍悲伤,头也不回地向前走:“断肠争忍回顾。”其实作者的不回首,也是为了不把自己的悲伤留给恋人,不让她再痛上加痛。

词的上片写分手场面，极写离别之痛；而下片侧重表现羁旅之愁，是分离后作者一个人在旅途中对恋情的怀念。

与李白的“千里江陵一日还”中对飞速船行的喜悦相反，作者不想与恋人分离，他对船的快速离去心中是多么不愿意！因为他踏上船时，心还留在恋人身边，还想多在这里滞留一会，可“一叶兰舟，便恁急桨凌波去”，船怎么会这么匆忙，就这样急急地摇了桨，冲开水波远去了，不让自己再多看一眼这撒满爱情的地方，这船是多么无情！

其实这怎么能怪船无情呢？“贪行色、岂知离绪。”船要急着赶路，前面还有长长的征程等待着它，它怎么会知道作者心中那离别的愁绪呢？在这天高云淡时早早上路，才能更快到达目的地，当然要“贪行色”了，而作者的离绪却因为船的“急桨凌波”而越发重了。

恋人被远远的抛开，心中的愁苦此时能同谁人说起？“万般方寸，但饮恨，脉脉同谁语。”心事百结，只能深深积在心底，能听自己倾诉衷情的人不在身边，只能抱恨含悲！这一句把离别后的愁苦写得淋漓尽致，与恋人分开本来就心痛如裂，而这痛苦又无处可说，没有人安慰，自己反复咀嚼的结果是疼痛更深，而这疼痛将永远伴随自己漂泊的人生。

万般痛苦中，作者还想看一眼恋人所在的城郭，或许那熟悉的山山水水的影子还能给自己一点安慰，可是“更回首、重城不见，寒江天外，隐隐两三烟树”。谁能想到，这不算高的期望也落空了，重叠的城郭回头看时已没有一点踪影，更不用说自己的恋人了，只有带着寒气的浩茫江天与三两株烟树落入眼中。这结篇的景语是写实，是作者回首时见到的苍凉景致，而这景致深刻地表现了作者此时的心境——悲愁至极而又找不到依凭，这心中的愁苦如何释放？

柳永的这首《采莲令·月华收》，用笔灵动，铺排细密，意曲而情深，把离别之情与羁旅之愁表现得细致入微，这也是这首词得以传唱千古的原因吧！

浪淘沙慢[1]

梦觉透窗风一线，寒灯吹息。那堪酒醒，又闻空阶，夜雨频滴。[2]嗟因循、久作天涯客。[3]负佳人、几许盟言，便忍把、从前欢会，陡顿[4]翻成忧戚。

愁极，再三追思，洞房[5]深处，几度饮散歌阑，香暖鸳鸯被。岂暂时疏散，费伊心力。殢云尤雨[6]，有万般千种，相怜相惜。

恰到如今、天长漏永[7]，无端自家疏隔。知何时、却拥秦云[8]态，愿低帏昵枕，轻轻细说与，江乡夜夜，数寒更思忆。[9]

注释

①浪淘沙慢，是词牌浪淘沙的别格，由柳永、周邦彦演制。唐五代所传《浪淘沙》词皆为令词小调，二十八字或五十四字，至柳永则演制为一百三十五字(正体)的长篇慢调。这首词为三片构成的双拽头格式，首片写词人夜半酒醒，忧思难寐；次片追思过往之情事；第三片回到眼下，同时设想将来两人欢会的情景。

②又闻空阶，夜雨频滴：龚颐正《芥隐笔记》中有"阴铿有'夜雨滴空阶'，柳耆卿用其语，人但知为柳词耳"。

③因循：延宕不归，徘徊不去。姚合《武功县中作》诗之二曰："门外青山路，因循自不归。"韦庄《出关》诗："马嘶烟岸柳阴斜，东去关山路转赊。到处因循缘嗜酒，一生惆怅为判花。"久作天涯客：周邦彦《苏幕遮》"故乡遥，何日去，家住吴门，久作长安旅"，句意与此相似。

④陡顿：突然。柳永《斗百花》："无限幽恨，寄情空滞纨扇。应是帝王，当初

怪妾辞辇。陡顿今来，宫中第一妖娆，却道昭阳飞燕。”辛弃疾《贺新郎·题傅岩叟悠然阁》：“更风雨、东篱依旧。陡顿南山高如许，是先生、拄杖归来后。”

⑤洞房：这里并不是新婚夫妇的卧室，而是泛指幽深的内室。多指卧室、闺房。《楚辞·招魂》：“姱容修态，絙洞房些。”

⑥殢(tì)云尤雨：指男欢女爱，备极缠绵。蒲松龄《聊斋志异·荷花三娘子》：“更初，(女)果至宗斋，殢雨尤云，备极亲爱。”

⑦漏永：时间漫长。漏，古代的计时器，即漏壶。永，长。《红楼梦》中《“女儿”酒令》(其一)：“展不开的眉头，挨不明的更漏。”正是此意。

⑧秦云：秦云楚雨。司空图《浙江二首》(其一)：“丹桂石楠宜并长，秦云楚雨暗相和。”这里借指男女欢爱之事。

⑨“知何时”以下五句：运意谋篇与李商隐《夜雨寄北》“何当共剪西窗烛，却话巴山夜雨时”相似，由眼前遥想未来，在未来的某一个时段，再回首眼前的场景，到那时，而今的眼前场景已变成过往的回忆。时空回环交错，妙不可言。

点评

这首词写恋情，突出别后相思。全词三阕，以主人公自责、自悔、自怨为线索，以追忆昔日欢情为主脉，委婉曲折地诉说征客缠绵凄楚的相思之情。上阕写旅途中的征客深夜被风雨声吵醒，透窗冷风将灯吹熄，酒醒梦回后对“佳人”的痛苦思念。中阕主要追忆昔日与佳人“洞房”“欢会”的缠绵情事。当时不愿片刻分离，强调“欢会”时的心情与离别后的事实的对比，将辜负“盟言”再一次申说和自谴。下阕写今日的思念，以及重温欢情的希望。第三次自责。

定风波①

自春来、惨绿愁红②,芳心是事可可。④日上花梢④,莺穿柳带,犹压香衾卧。暖酥⑤消,腻云亸⑥。终日厌厌倦梳裹⑦。无那⑧!恨薄情一去,音书无个。⑨

早知恁么。悔当初、不把雕鞍锁。向鸡窗、只与蛮笺象管,⑩拘束教吟课。镇相随,莫抛躲。针线闲拈伴伊坐。和我,免使年少,光阴虚过。⑪

注释

①定风波,唐教坊曲名,唐崔令钦《教坊记》有记载。敦煌曲子词残卷中有《定风波》,其中有"问儒士,谁人敢去定风波"句。就其曲名与内容看,《定风波》可能与古之"赳赳武夫,公侯干城"之类的尚武之曲有关。及后蜀欧阳炯所作《定风波》(暖日闲窗映碧纱),句律已有不同,元李冶《敬斋古今黈》卷八称之为"诗句定风波也"。欧阳炯的这首词最早见于《尊前集》,宋人遂以为正调。至柳永演为慢词,又名卷春空、定风流、定风波令、醉琼枝等。

②惨绿愁红:张孝祥《减字木兰花》中有"惨绿愁红,憔悴都因一夜风"。如果说张孝祥眼中的"惨绿愁红"是由风雨所致,那么柳永眼中的"惨绿愁红",则更多的是因为心情使然,此正是王国维《人间词话》所谓的"移情入境"、"有我之境"。

③是事:所有的事。《敦煌变文字义通释》:"'是'作所有解,是唐宋人的习语。"可可:两可,无可无不可,即不在意、不经心的样子。前蜀薛昭蕴《浣溪沙》词:"瞥地见时犹可可,却来闲处暗思量。"

④日上花梢:太阳升起来了,天已大亮。李吕《临江仙》:"日上花梢初睡起,

绣衣闲纵金针。”

⑤暖酥：本意指乳酪因温度升高而融化，这里比喻女子松软的皮肤。酥，原本指乳酪，这里代指女子白皙的皮肤。黄庭坚《清平乐》：“舞回脸玉胸酥，缠头一斛明珠。”

⑥腻云亸（duǒ）：在古诗词中常用来比喻女子的头发，这里指头发蓬松，未经梳洗。

⑦终日厌厌倦梳裹：《诗经·伯兮》中有“自伯之东，首如飞蓬，岂无膏沐，谁适为容”，两者取意相同。

⑧无那：无奈。

⑨恨薄情一去，音书无个：陈以庄《菩萨蛮》中有“叵耐薄情夫，一行书也无”，都是怨情。

⑩鸡窗：指书斋。《艺文类聚》卷九一引南朝宋刘义庆《幽明录》：“晋兖州刺史沛国宋处宗尝买得一长鸣鸡，爱养甚至，恒笼着窗间。鸡遂作人语，与处宗谈论，极有言智，终日不辍。处宗因此言巧大进。”唐罗隐《题袁溪张逸人所居》诗：“鸡窗夜静开书卷，鱼槛春深展钓丝。”蛮笺：唐时高丽纸的别称，亦指蜀地所产名贵的彩色笺纸。宋辛弃疾《贺新郎》词：“十样蛮笺纹错绮，粲珠玑。”象管：象牙制的笔管，亦指珍贵的毛笔。

⑪免使年少，光阴虚过：整首词在谋篇布局上，与王昌龄的绝句《闺怨》很相似。“闺中少妇不知愁，春日凝妆上翠楼。忽见陌头杨柳色，悔教夫婿觅封侯。”都突出一个“悔”字。

点评

这首词以代言体的形式，为不幸的歌伎诉内心的痛苦，字里行间流露出作者对歌伎的深怜痛惜，这在“万般皆下品，唯有读书高”的封建社会是不为正统文人所认同的。相传柳永曾去拜访晏殊，晏殊就以这首词中“针线闲拈伴伊坐”相戏，足见两者艺术趣味之迥异。

这首《定风波》是一首写爱情的词篇，表现的是被情人抛弃者的一腔闺怨，具有鲜明的民间风味，是柳永"俚词"中具有代表性的作品。这首词以一个少妇（或妓女）的口吻，抒写她同恋人分别后的相思之情，刻画出一个天真无邪的少妇形象。

词从春来写起："自春来、惨绿愁红，芳心是事可可。"自从春天回来之后，他却一直杳无音讯。因此，桃红柳绿，尽变为伤心触目之色，即"惨绿愁红"；一颗芳心，整日价竟无处可以安放。尽管窗外已是红日高照、韶景如画，可她却只管懒压绣被，不思起床。"日上花梢，莺穿柳带"之美景反衬出"犹压香衾卧"的惨愁。长久以来不事打扮、不加保养，相思的苦恼，已弄得她形容憔悴，"暖酥"皮肤为之消损，"腻云"头发为之蓬松，可她却丝毫不想稍作梳理，只是愤愤然地喃喃自语："无可奈何！恨薄情郎一去，音书无个。"接下来，词人让这位抒情女主人公站出来直抒胸臆：早知这样，真应该当初就把他留身旁。我俩那间书房兼闺房的一室之中，他自铺纸写字，念他的功课，我则手拈着针线，闲来陪他说话，这种乐趣该有多浓、多美，那就不会像现在这样，一天天地把青春年少的光阴白白地虚度！

词的上阕重以景衬情，描写人物的外在表现。下阕则深入到理想情趣，写内心的悔恨和对美好生活的向往。头三句，点明"悔"字，反映出这位少妇的悔恨之情。继之，又用"锁"字与此相衬，烘托出感情的真挚、热烈与性格的泼辣。

中六句是对理想中的爱情生活的设想和追求。他们坐在窗明几净的书房里吟诗作赋，互相学习，终日形影不离。然而现实却是冷酸无情的，多少个被情郎抛弃的青年女子在无边的苦海中虚度着大好的青春年华。柳永代她们发出了心中的呼声："和我，免使年少，光阴虚过。"结尾三句明确表示对青春的珍惜和对生活的热爱。主人公的理想就是让心上人安安稳稳地吟诗诵书，自己在一旁温存相伴，过一份静谧、温馨的正常人的生活。

这首词具有浓厚的民歌风味。它不仅吸取了民歌的特点，保留了民间词的风味，而且还具有鲜明的时代特色。作者没有采取传统的比兴手法，也不运用客观的具体形象来比喻和暗示自己爱情的炽烈与坚贞，而是采取感情的直接抒写和咏叹。词中，感情的奔放热烈带有一种赤裸无遗的色彩，明显地具有一种市民性。这是柳永生活时代都市高度繁荣的客观反映。

从思想上看，这首词明显带有市民意识。市民阶层是伴随着商业经济的发展而壮大起来的一支新兴力量。它较少封建思想的羁縻，也比较敢于反抗封建礼教的压迫。“男女授受不亲”的封建时代，它表现出一种新的思想面貌，反映在文人词里，就形成了《定风波》中这位女性的口吻：“镇相随，莫抛躲。针线闲拈伴伊坐。和我，免使年少，光阴虚过。”

从艺术上看，这首词的特点是语言通俗，口吻自然，纯用白描，这说明柳永在向民间词学习方面获得了巨大的成功。他扩大了“俚词”的创作阵地，丰富了词的内容和词的表现力。以深切的同情，抒写了沦落于社会下层的歌伎们的思想感情，反映了她们对幸福生活的追求与向往，以及内心的烦恼与悔恨。上片融情入景，以明媚的春光反衬人物的厌倦与烦恼情绪。下片通过细腻的心理刻画，反映歌伎对自由幸福生活的渴望与追求。这首词是柳永俚词的代表作之一。

柳永以前，词坛基本是小令的天下，它要求含蓄、文雅。到了柳永，他创制了大量的慢词长调，铺叙展衍，备足无余。柳词所写的一对青年男女，实际上是属于市民阶层中的“才子佳人”，是功名未就的柳永自己和他青楼中的恋人的化身。所以，为了要表现这样的生活和心态，柳词就采用一种从俗的风格和从俗的语言。

柳永的这种文学追求和他的生活经历密切相关。官场失意后落魄文人和知书识文的风尘女子极易产生共鸣，这首词就是这种共鸣的产物。难怪元曲大家关汉卿会据此把柳词摆上舞台，用另一种方式传唱这种非正统的精神。

对于当时的市民群众来说，也唯有这种毫不掩饰的热切恋情，才是他们备感亲切的东西。因而，这种既带有些俗气却又十分真诚的感情内容的词作虽得不到正统文人的认同，却能从市井间不胫而走，以至达到凡有井水饮处皆能诵歌的地步。

少年游①

长安古道马迟迟,②高柳乱蝉嘶③。夕阳岛外④,秋风原上,目断四天垂。⑤

归云一去无踪迹⑥,何处是前期?狎兴⑦生疏,酒徒萧索,不似少年时。

注释

①少年游,最早见于晏殊的《珠玉词》,因其中有"长似少年时"句,于是以"少年游"取为调名。又名小阑干、玉腊梅枝。这首词可能是柳永晚年之作,词以"少年游"为名,对少年快意的光阴却不着一字,只是从衰飒、颓唐的晚景写入,有追思,有悔恨,有迷惘。

②长安古道马迟迟:长安古道向来是追名逐利之途,自古而今,车轮辐辏,从不稍歇。陈德武《望海潮》:"长安古道长亭,叹马蹄不住,车辙难停。"杨慎《瑞龙吟》:"记曲江池上,长安古道,多少愁落愁开,风横雨暴,沉吟无语时,把朱阑靠。"据考,柳永曾有长安之行。马迟迟:言人心萧散失意之至。白居易《立秋日登乐游园》:"独行独语曲江头,回马迟迟上乐游。萧飒凉风与衰鬓,谁教计会一时秋。"

③乱蝉嘶:乱蝉噪。不用鸣、吟、唱来形容蝉的叫声,而着一个"嘶"字,说明

词人心境的烦躁。元稹《哭子十首》(其一):“独在中庭倚闲树,乱蝉嘶噪欲黄昏。”

④岛外:犹方外、世外,具体说可以是京城、闹市之外,抽象说可以是世俗礼法之外。罗隐《出试后投所知》:“岛外音书应有意,眼前尘土渐无情。”齐己《道林寺居寄岳麓禅师二首》(其一):“山袍不称下红尘,各是闲居岛外身。”贯休《题一上人经阁》:“岛外何须去,衣如藓亦从。但能无一事,即是住孤峰。”

⑤秋风原上,目断四天垂:原为长安南郊的乐游原,唐时为长安士女游赏的胜地。李白《登乐游园望》诗:“独上乐游园,四望天日曛。”其后一句与“目断四天垂”摹画相似。梅尧臣《闻永叔出守同州寄之》:“访古寻碑可销日,秋风原上足麒麟。”此“秋风原上”指的就是乐游原。

⑥归云一去无踪迹:参见晏几道《鹧鸪天》“凭谁问取归云信,今在巫山第几峰”。

⑦狎(xiá)兴:狎游的兴致。

点评

一般人论及柳永词者,往往多着重于他在长调慢词方面的拓展,其实他在小令方面的成就,也是极可注意的。叶嘉莹在《论柳永词》一文中,曾经谈到柳词在意境方面的拓展,以为唐五代小令中所叙写的“大多不过是闺阁园亭伤离怨别的一种‘春女善怀’的情意”,而柳词中一些“自抒情意的佳作”,则写出了“一种‘秋士易感’的哀伤”。这种特色,在他的一些长调的佳作,如《八声甘州》、《曲玉管》、《雪梅香》诸词中,都曾经有很明白的表现。然而柳词之拓展,却实在不仅限于其长调慢词而已,就是他的短小的令词,在内容意境方面也同样有一些可注意的开拓。就如这一首《少年游》小词,就是柳永将其“秋士易感”的失志之悲,写入了令词的一篇代表作。

柳永之所以往往怀有一种“失志”的悲哀,盖由于其一方面既因家世之影响,而曾经怀有用世之志意,而另一方面则又因天性之禀赋而爱好浪漫的生活。当他早年落第之时,虽然还可以借着“浅斟低唱”来加以排遣,而当他年华老去之后,则对于冶游之事既已失去了当年的意兴,于是遂在志意的落空之后,又增加了一种感情也失去了寄托之所的悲慨。而最能传达出他的双重悲慨的便是这首《少年游》小词。

这首小词，与柳永的一些慢词一样，所写的也是秋天的景色，然而在情调与声音方面，却有着很大的不同。在这首小词中，柳永既失去了那一份高远飞扬的意兴，也消逝了那一份迷恋眷念的感情，全词所弥漫的只是一片低沉萧瑟的色调和声音。从这种表现来判断，这首词很可能是柳永的晚期之作。开端的“长安”可以有写实与托喻两重含义。先就写实而言，则柳永确曾到过陕西的长安，他曾写有另一首《少年游》，有“参差烟树灞陵桥”之句，足可为证。再就托喻言，“长安”原为中国历史上著名古都，前代诗人往往以“长安”借指为首都所在之地，而长安道上来往的车马，便也往往被借指为对于名利禄位的争逐。不过柳永此词在“马”字之下接上“迟迟”两字，这便与前面的“长安道”所可能引起的争逐的联想，形成了一种强烈的反衬。至于在“道”字上著以一“古”字，则又可以使人联想及在此长安道上的车马之奔驰，原是自古而然，因而遂又可产生无限沧桑之感。总之，“长安古道马迟迟”一句意蕴深远，既表现了词人对争逐之事早已灰心淡薄，也表现了一种对今古沧桑的若有深慨的思致。

下面的“高柳乱蝉嘶”一句，有的本子或作“乱蝉栖”，但蝉之为体甚小，蝉之栖树决不同于鸦之栖树之明显可见，而蝉之特色则在于善于嘶鸣，故私意以为当作“乱蝉嘶”为是。而且秋蝉之嘶鸣更独具一种凄凉之致。《古诗十九首》云“秋蝉鸣树间”，曹植《赠白马王彪》去“寒蝉鸣我侧”，便都表现有一种时节变易、萧瑟惊秋的哀感。柳永则更在蝉嘶之上，还加上了一个“乱”字，如此便不仅表现了蝉声的缭乱众多，也表现了被蝉嘶而引起哀感的词人心情的缭乱纷纭。至于“高柳”二字，一则表示了蝉嘶所在之地，再则又以“高”字表现了“柳”之零落萧疏，是其低垂的浓枝密叶已凋零，所以乃弥见其树之“高”也。

下面的“夕阳岛外，秋风原上，目断四天垂”三句，写词人在秋日郊野所见之萧瑟凄凉的景象。值此日暮之时，郊原上寒风四起，故又曰“秋风原上”，此景此情，读之如在目前。然则在此情景之中，此一失志落拓之词人，又将何所归往乎？故继之乃曰“目断四天垂”，则天之苍苍，野之茫茫，词人乃双目望断而终无一可供投止之所矣。以上前半阕是词人自写其当时之飘零落拓，望断念绝，全自外界之景象着笔，而感慨极深。

下阕，开始写对于过去的追思，则一切希望与欢乐也已经不可复得。首先“归云一去无踪迹”一句，便已经是对一切消逝不可复返之事物的一种象喻。盖天下之事物其变化无常一逝不返者，实以“云”之形象最为明显。故陶渊明《咏贫士》第一首便曾以“云”为象喻，而有“暧暧空中灭，何时见余晖”之言，白居易

《花非花》词，亦有“去似朝云无觅处”之语，而柳永此句“归云一去无踪迹”七字，所表现的长逝不返的形象，也有同样的效果。不过其所托喻的主旨则各有不同。关于陶渊明与白居易的象喻，此处不暇详论。至于柳永词此句之喻托，则其口气实与下句之“何处是前期”直接贯注。所谓“前期”者，可以有两种提示：一则是指旧日之志意心期，一则可以指旧日的欢爱约期。总之“期”字乃是一种愿望和期待，对于柳永而言，他可以说正是一个在两种期待和愿望上，都已经同样落空了的不幸人物。

于是下面三句乃直写自己当时的寂寥落寞，曰“狎兴生疏，酒徒萧索，不似少年时”。早年失意之时的“幸有意中人，堪寻访”的狎玩之意兴，既已经冷落荒疏，而当日与他在一起歌酒流连的“狂朋怪侣”也都已老大凋零。志意无成，年华一往，于是便只剩下了“不似少年时”的悲哀与叹息。这一句的“少年时”三字，很多本子都作“去年时”。本来“去年时”三字也未尝不好，盖人当老去之时，其意兴与健康之衰损，往往会不免有一年不乃一年之感。故此句如作“去年时”，其悲慨亦复极深。不过，如果就此词前面之“归云一去无踪迹，何处是前期”诸句来看，则其所追怀眷念的，似乎原当是多年以前的往事，如此则承以“不似少年时”，便似乎更为气脉贯注，也更富于伤今感昔的慨叹。

柳永这首《少年游》词，前阕全从景象写起，而悲慨尽在言外；后阕则以“归云”为喻象，写一切期望之落空，最后三句以悲叹自己之落拓无成作结。全词情景相生，虚实互应，是一首极能表现柳永一生之悲剧而艺术造诣又极高的好词。总之，柳永是一个禀赋有浪漫之天性及谱写俗曲之才能的青年人，而生活于当日之士族的家庭环境及社会传统中，本来就已经注定了是一个充满矛盾不被接纳的悲剧人物，而他自己由后天所养成的用世之意，与他自己先天所禀赋的浪漫的性格和才能，也彼此互相冲突。他在早年时，虽然还可以将失意之悲，借歌酒风流以自遣，但是歌酒风流却毕竟只是一种麻醉，而并非可以长久依恃之物，于是年龄老大之后，遂终于落得了意志与感情全部落空的下场。昔叶梦得《避暑录话》卷记下柳永以谱写歌词而终生不遇之故事，曾慨然论之曰：“永亦善他文辞，而偶先以是得名，始悔为己累，……而终不能救。择术不可不慎。”柳永的悲剧是值得后人同情，也值得后人反省的。

戚　氏[1]

晚秋天，一霎微雨洒庭轩。槛菊[2]萧疏，井梧零乱，惹残烟。凄然，望江关，飞云黯淡夕阳闲。当时宋玉[3]悲感，向此临水与登山。远道迢递[4]，行人凄楚，倦听陇水[5]潺湲。正蝉吟败叶，蛩[6]响衰草，相应喧喧。

孤馆，度日如年。风露渐变，悄悄至更阑。长天净，绛河[7]清浅，皓月婵娟[8]。思绵绵。夜永对景那堪，屈指暗想从前。未名未禄，绮陌红楼[9]，往往经岁迁延。

帝里[10]风光好，当年少日，暮宴朝欢。况有狂朋怪侣，遇当歌、对酒竞留连。别来迅景[11]如梭，旧游似梦，烟水程[12]何限。念利名、憔悴长萦绊。追往事、空惨愁颜。漏箭[13]移，稍觉轻寒。渐呜咽、画角[14]数声残。对闲窗畔，停灯向晓，抱影[15]无眠。

注释

①戚氏始见于《乐章集》，为柳永创调，宋人少有填此调者。宋李之仪《姑溪居士前集》卷三十八有《跋戚氏》云：“东坡老人自礼部尚书为定州安抚使”，“多令官妓随意歌于坐侧，各因其谱，即席赋咏。一日歌者辄于老人之侧作《戚氏》，意将索老人之才于仓卒，以验天下之所向慕者，老人笑而颔之，邂逅方论《穆天

子》事，颇谪其虚诞，遂资以应之，随声随写，歌竟篇就，才点定五六字尔。坐中随声击节，终席不问他辞，亦不容别进一语，临分曰：足以为中山一时盛事，前固莫与比，而后来者未必能继也”。《东坡词》中有《戚氏》词，声律与柳永词又有不同。元人丘处机尝填此调，声律、用字又不同于柳词苏词。丘词首句为“梦游仙”，后人于是以“梦游仙”作为《戚氏》的别名。

②槛(jiàn)菊：栏杆边的菊花。下句“井梧”指井边的梧桐树。

③宋玉：屈原弟子，辞赋家。所作《九辩》有“悲哉，秋之为气也……登山临水兮送将归”句。

④迢递：遥远。

⑤陇水：河流名。

⑥蛩(qióng)：蟋蟀。

⑦绛河：银河。

⑧婵娟：形容月色明媚。唐刘长卿《琴曲歌辞·湘妃》：“婵娟湘江月，千载空蛾眉。”

⑨绮(qǐ)陌红楼：指花街柳巷、歌楼妓馆。

⑩帝里：指都城汴京。

⑪迅景：飞速的光阴。

⑫程：路径，行程。

⑬漏箭：漏壶的部件，上刻时辰度数，随水浮沉以计时，借指光阴。

⑭画角：传自西羌古管乐器，发声哀厉高亢。

⑮抱影：守着影子，形容孤独。汉严忌《哀时命》：“廓抱景而独倚兮，超永乎故乡。”晋左思《咏史》之八：“落落穷巷士，抱影守空庐。”

点评

《戚氏》调是柳永创立的长调慢词，全词二百一十二字，是长调中最长的体制之一。通篇音律谐协，句法活泼，平仄韵位错落有致。共分为三片，上片写夕阳西下时，中片写入夜时分，下片写从深夜到拂晓，都围绕一个独宿旅寓的行人，写他这三段时间内的所见、所思和所感。

上片描写的是微雨刚过、夕阳西下时的情景。“晚秋”二字点出了时令是九月。词先从近景写起：秋雨梧桐，西风寒菊，点缀着荒寂的驿馆。“萧疏”见得花

之凋残。“零落”说明花正黄落。“惹残烟”,一字一层。“烟”而曰“残”,见出梧菊凋零、无复烟笼霭密的生气。“残”而曰“惹”,则见出其勉为弄姿曳枝头的眷恋之情,益发令人怜惜。传神就一个“惹”字。“凄然”以下写远景。“夕阳闲”的“闲”字下得好,对比强烈,是移情的手法。“倦听”以下,转写所闻:一个“应”字更把蝉鸣、蛩响彼此呼应的秋声写活了。这里,“蝉鸣”与“蛩响”彼此相应,实际上与作者内心的凄凉之感相共鸣,这是一种融情于景的手法。

中片从日斜到日暮,再至更阑,风清露冷,天气渐变,人声悄然,至此深入一层,刻画此地此时的心理状态。月明夜静,一身孤旅,清宵独坐,怎能不勾起抑郁的情思来呢?“长空净,绛河清浅,皓月蝉娟”,但见长空云净,银河清浅,明月光辉,怎不让人“思绵绵”呢?“夜永对景那堪”,六字为句,“屈指”以下转入忆旧,纯乎写情。以虚衬实,放笔直书,情真意厚、流转自如。

下片“帝里”六句,写狂放不羁的少年生活,具体地补足了“暗想”的内容。仍用虚笔,与上片密衔细接。“别来迅景如梭”一句转写实景。词笔虚实相间,腾挪有致。以向日的欢娱,衬出如今的落寞,烟村水驿,无限凄凉。经过一番铺垫与蓄势,然后引出了“念利名憔悴长萦绊”一句。为什么要抛亲别友,孤旅天涯,受这份煎熬呢?不正是被区区的名利所羁绊么?往事萦回,使他数遍更筹,听残画角,终夕难眠。结拍“停灯向晓,抱影无眠”为一篇词眼,写尽了伶仃孤处的滋味,传神地勾画出一个独倚虚窗、形影相伴的天涯倦客形象。

这首词将羁旅情愁、身世之感写得淋漓尽致,入木三分,是柳永的名作之一。同时代的王灼其所著的《碧鸡漫志》中转引过“《离骚》寂寞千年后,《戚氏》凄凉一曲终”的赞语。拿《戚氏》和《离骚》相比,说明它声情并茂、凄怨感人,堪称一曲旷世的凄凉之歌。

夜半乐[1]

冻云[2]黯淡天气，扁舟一叶，乘兴离江渚。度万壑千岩，越溪深处。怒涛渐息，樵风[3]乍起，更闻商旅相呼，片帆高举。泛画鹢、翩翩过南浦。[4]

望中酒旆[5]闪闪，一簇烟村，数行霜树。残日下，渔人鸣榔[6]归去。败荷零落，衰杨掩映，岸边两两三三、浣[7]纱游女。避行客，含羞笑相语。

到此因念，绣阁轻抛，浪萍难驻。叹后约，丁宁[8]竟何据。惨离怀，空恨岁晚归期阻。凝泪眼，杳杳神京路[9]。断鸿[10]声远长天暮。

注释

①王灼《碧鸡漫志》，“《夜半乐》，《唐史》云：明皇自潞州还京师，夜半举兵，诛韦皇后。制《夜半乐》、《还京乐》二曲。”唐崔令钦《教坊记》载有此曲名，柳永据旧曲名翻成新调。

②冻云：严冬的阴云。唐方干《冬日》诗：“冻云愁暮色，寒日淡斜晖。”

③樵(qiáo)风：指顺风、好风。《后汉书·郑弘传》“郑弘字巨君，会稽山阴人”，李贤注引南朝宋孔灵符《会稽记》：“射的山南有白鹤山，此鹤为仙人取箭。汉太尉郑弘尝采薪，得一遗箭，顷有人觅，弘还之，问何所欲，弘识其神人也，曰：‘常患若邪溪载薪为难，愿旦南风，暮北风。’后果然。”唐宋之问《游禹穴回出若邪》诗：“归舟何虑晚，日暮使樵风。”

④画鹢：画有鹢鸟的船，泛指船。南浦：指送别的地方。

⑤酒旆(fèi):酒旗。

⑥榔(lánɡ):用来敲击船舷的木棒,捕深水藏鱼时用之。

⑦浣(huàn):洗涤。

⑧丁宁:同“叮咛”。

⑨杳(yǎo)杳:遥远。神京:北宋都城汴京。

⑩断鸿:失群的孤雁。

点评

这首《夜半乐》是柳永用旧曲创制的新声。全词共有一百四十四字,分为三片,写的是柳永在浙江会稽一带舟游的情况。上片、中片都是写景,其中上片叙述舟行的经历,中片描写舟中的见闻。下片则是写情,上两片的精神在凝聚之中展开抒怀。片与片之间结合甚紧,是一篇大开大阖的长调。

上片首句点明时令,交代出发时的天气。“冻云”句说明已届初冬,天公似酿雪,显得天色黯淡。“扁舟”二句写到自身,以“黯淡”的背景,反衬自己乘一叶扁舟驶离江渚时极高的兴致。

“乘兴”二字是首叠的主眼,从“离江渚”开始,直到“过南浦”,词人一直保持着饱满的游兴。“渡万壑”二句,概括交代了很长的一段路程,给人以“轻舟已过万重山”的轻快感觉。“怒涛”四句,写扁舟继续前行时的所见所闻。此时已从万壑千岩的深处出来,到了比较热闹的开阔江面上,浪头渐小,吹起顺风,听见过往经商办事的船客彼此高兴地打招呼,船只高高地扯起了风帆。“片帆高举”是写实,也可想象出词人顺风扬帆时独立船头、怡然自乐的情状。“泛画鹢”的“鹢”,是一种水鸟,古代常画鹢于船头,这里以“画鹢”代指舟船。“翩翩”,轻快的样子。“南浦”,南岸的水边。“翩翩”遥应“乘兴”,既写舟行的轻快,也是心情轻快的写照。从整个上片来看,柳永当时的心情是轻松愉快的。

中片写舟中所见,所有景物都“望中”生发,时间是“过南浦”以后,已届傍晚,地点从溪山深处转到了南浦以下的江村。词人乘兴扬帆翩翩而行,饶有兴味地观赏着展现眼前的风光。“望中”三句写岸上,只见高挑的酒帘风中闪动,

烟霭朦胧中隐约可见有一处村落，其间点缀着几排霜树。“残日”句转写江中，渔人用木棒敲击船舷的声音把词人的注意力吸引了过来，发现残日映照的江面上，渔人“鸣榔归去”。接下来却见，浅水滩头，芰荷零落；临水岸边，杨柳只剩下光秃秃的枝条；透过掩映的柳枝，看得见岸边一小群浣纱归来的女子。“浣纱游女”是词人描写的重点，他工笔细描她们“避行客、含羞笑相语”的神情举止。眼前这三三两两的浣纱游女，触动并唤醒了词人沉埋心底的种种思绪，顿生羁旅行役的感慨，真所谓因触目而惊心。整个中片承上启下，与下片存有内部的有机联系。

下片由景入情，写的是去国离乡的感慨，用“到此因念”四个字展开。“此”字直承二叠末的写景，“念”字引出此叠的离愁别恨。“绣阁轻抛”，后悔当初轻率离家；“浪萍难驻”，慨叹此时浪迹他乡。将离家称为“抛”，在“抛”前着一“轻”字，后悔之意溢于言表；自比浮萍，又“萍”前安一“浪”字，对于眼下行踪不定的生活，不满之情见于字间。最使词人感到凄楚的是后会难期。“叹后约”四句，便是从不同的角度抒写难以与亲人团聚的感慨。

“叹后约”句遥当年别离时分，妻子殷勤叮咛，约定归期，而此时难以兑现。“惨离怀”二句一叹现时至岁暮，但还不能回家，因而只能空自遗憾；再叹目前自己离妻子寄身的京城汴梁，路途遥远，不易到达，只得“凝泪眼”而长望。结语“断鸿”句，重又由情回到景上，望神京而不见，映入眼帘的，唯有空阔长天，苍茫暮色，听到耳中的只有离群的孤雁渐去渐远的叫声。这一景色，境界浑涵，所显示的氛围，与词人的感情十分合拍。“断鸿”句所写的是情中之景，着重表现的是寄寓景物中的主观感受。下片把去国离乡的离愁和羁旅行役的苦况写得令人读来心神惨然。

柳永词善于铺叙,上、中片写景,感情悠游不迫,笔调舒徐从容,由叙述转为描绘。描叙内容也从自然现象转到社会人事,整体上层次分明,铺排有序。末片抒情,感情汪洋恣肆,一发难收,笔调也变得急促起来,抒写了悔当初、恨现在的感情;接着的几句,围绕着"别易会难"这一中心,做多角度的反复抒写。音韵上,从"叹后约"句开始,用韵转密,如促节繁弦,正好适应了硬咽语塞、一吐为快的抒情需要。写景,为抒情铺垫;徐缓,为急骤蓄势。通篇转承自然,浑然天成,体现了柳永长调的突出优点。

玉蝴蝶①

望处雨收云断,凭阑悄悄,目送秋光。晚景萧疏②,堪动宋玉悲凉。水风轻、蘋花③渐老,月露冷、梧叶飘黄。遣情伤。故人何在,烟水茫茫。

难忘。文期酒会④,几孤⑤风月,屡变星霜⑥。海阔山遥,未知何处是潇湘⑦。念双燕、难凭远信,指暮天、空识归航。黯相望,断鸿声里,立尽斜阳。

注释

①又名玉蝴蝶慢,此调有小令、长调两体,小令始于温庭筠,见《花间集》;长调始于柳永,见《乐章集》。在柳永的词作中,男女恋情是最常见的一种抒情形态。

②萧疏:有寂寞、凄凉之意。

③蘋(pín)花:夏秋季开的一种白色小花。

④文期酒会:指文人雅集。

⑤孤：辜负。

⑥星霜：星辰运转，一年一循环，寒霜秋降，一年一轮回，一星霜即一年。

⑦潇湘：古水名，在今湖南省，此借指所思之处。

点评

这首《玉蝴蝶》是作者为怀念湘中故人所作。这首词以抒情为主，把写景和叙事、忆旧和怀人、羁旅和离别、时间和空间，融汇为一个浑然的艺术整体，具有很强的艺术感染力。

“望处雨收云断”，是写即目所见之景，可以看出远处天边风云变幻的痕迹，使清秋之景，显得更加疏朗。“凭阑悄悄”四字，写出了独自倚阑远望时的忧思。这种情怀，又落脚到“目送秋光”上。“悄悄”，忧愁的样子。面对向晚黄昏的萧疏秋景，很自然地会引起悲秋的感慨，想起千古悲秋之祖的诗人宋玉来。“晚景萧疏，堪动宋玉悲凉”，紧接上文，概括了这种感受。宋玉的悲秋情怀和身世感慨，这时都涌向柳永的心头，引起他的共鸣。他将万千的思绪按捺住，将视线由远及近，选取了最能表现秋天景物特征的东西，做精细的描写。“水风轻、蘋花渐老，月露冷、梧叶飘黄”两句，似乎是用特写镜头摄下的一幅很有诗意的画面：只见秋风轻轻地吹拂着水面，白蘋花渐渐老了，秋天月寒露冷的时节，梧桐叶变黄了，正一叶叶地轻轻飘下。萧疏衰飒的秋夜，自然使人产生凄清沉寂之感。“轻”、“冷”二字，正写出了清秋季节的这种感受。“蘋花渐老”，既是写眼前所见景物，也寄寓着词人寄迹江湖、华发渐增的感慨。“梧叶飘黄”的“黄”字用得好，突出了梧叶飘落的景象。“飘”者有声，“黄”者有色，“飘黄”二字，写得有声有色，“黄”字渲染了气氛，点缀了秋

景。作者捕捉了最典型的水风、蘋花、月露、梧叶等秋日景物，用“轻”、“老”、“冷”、“黄”四字烘托，交织成一幅冷清孤寂的秋光景物图，为下文抒情作了充分的铺垫。“遣情伤”一句，由上文的景物描写中来，由景及情，词中是一转折。

景物描写之后，词人引出“故人何，烟水茫茫”两句，既承上启下，又统摄全篇，为全词的主旨。“烟水茫茫”是迷蒙而不可尽见的景色，阔大而浑厚，同时也是因思念故人而产生的茫茫然的感情，这里情与景是交织在一起的。这几句短促凝重，大笔濡染，声情跌宕，苍莽横绝，为全篇之精华。

换头“难忘”二字唤起回忆，写怀念故人之情，波澜起伏，错落有致。词人回忆起与朋友一起时的“文期酒会”，那赏心乐事，至今难忘。分离之后，已经物换星移，秋光几度，不知有多少良辰美景因无心观赏而白白地过去了。“几孤”，“屡变”，言离别之久，旨加强别后的怅惘。“海阔山遥”句，又从回忆转到眼前的思念。“潇湘”，这里指友人所居之地，因不知故人何，故云“未知何处是潇湘”。

“念双燕、难凭远信，指暮天、空识归航”，写不能与思念中人相见而产生的无可奈何的心情。眼前双双飞去的燕子是不能向故人传递消息的，以寓与友人欲通音讯，无人可托。盼友人归来，却又一次次的落空，故云“指暮天、空识归航”。这句词把思念友人的深沉、诚挚的感情表现得娓娓入情。看到天际的归舟，疑是故人归来，但到头来却是一场误会，归舟只是空惹相思，好像嘲弄自己的痴情。一个“空”字，把急盼友人归来的心情写活了。它把思念友人之情推向了高潮和顶点。词人在这里替对方着想，从对方着笔，从而折射出自己长年羁旅、怅惘不堪的留滞之情。

“黯相望”以下，笔锋转回自身。词人用断鸿的哀鸣，来衬托自己的孤独怅惘，可谓妙合无垠，声情凄婉。“立尽斜阳”四字，画出了抒情主人公的形象，他久久地伫立在夕阳残照之中，如呆如痴，感情完全沉浸在回忆与思念之中。“立尽”二字言凭栏伫立之久，念远怀人之深，从而使羁旅不堪之苦言外自现。

柳永这首词层次分明，结构完整，脉络井然，有效地传达了诗人感情的律动。同时修辞上既不雕琢，又不轻率，而是俗中有雅，平中见奇，隽永有味，故能雅俗共赏。

八声甘州[1]

对潇潇、暮雨洒江天，一番洗清秋。渐霜风[2]凄紧，关河[3]冷落，残照当楼。是处红衰翠减[4]，苒苒物华休[5]。惟有长江水，无语东流。

不忍登高临远，望故乡渺邈[6]，归思[7]难收。叹年来踪迹，何事苦淹留。想佳人、妆楼颙望[8]，误几回、天际识归舟[9]。争知我、倚阑干处，正恁[10]凝愁。

注释

①《甘州》为唐教坊大曲，杂曲中也有《甘州子》，属边塞曲。《八声甘州》是从大曲《甘州》改制而成，由于整首词共八韵，故称《八声甘州》，尽管规模比大曲《甘州》小了很多，但仍属慢词。

②霜风：刺骨的寒风。庾信《卫王赠桑落酒奉答》诗："霜风乱飘叶，寒水细澄沙。"

③关河：泛指关塞河川。《后汉书·荀彧传》："此实天下之要地，而将军之关河也。"

④红衰翠减：指花凋叶落。李商隐《赠荷花》："此花此叶长相映，翠减红衰愁杀人。"

⑤苒(rǎn)苒：渐渐。物华休：景物凋残。

⑥渺邈(miǎo)：遥远。

⑦归思(sī)：归家的心情。

⑧颙(yóng)望：举首凝望。唐李赤《望夫山》诗："颙望临碧空，怨情感离别。"

⑨天际识归舟：此句化自谢朓《之宣城郡出新林浦向板桥》："江路西南永，归流东北骛。天际识归舟，云中辨江树。"

⑩恁（rèn）：如此。

点评

这首传颂千古的名作，融写景、抒情为一体，通过描写羁旅行役之苦，表达了强烈的思归情绪，语浅而情深。是柳永同类作品中艺术成就最高的一首，其中佳句"不减唐人高处"（苏东坡语）。

开头两句写雨后江天，澄澈如洗。一个"对"字，已写出登临纵目、望极天涯的境界。当时，天色已晚，暮雨潇潇，洒遍江天，千里无垠。其中"雨"字，"洒"字，和"洗"字，三个上声，循声高诵，定觉素秋清爽，无与伦比。

自"渐霜风"句起，以一个"渐"字，领起四言三句十二字。"渐"字承上句而言，当此清秋复经雨涤，于是时光景物，遂又生一番变化。这样词人用一"渐"字，神态毕备。秋已更深，雨洗暮空，乃觉凉风忽至，其气凄然而遒劲，直令衣单之游子，有不可禁当之势。一"紧"字，又用上声，气氛声韵写尽悲秋之气。再下一"冷"字，上声，层层逼紧。而"凄紧"、"冷落"，又皆双声叠响，具有很强的艺术感染力量，紧接一句"残照当楼"，境界全出。这一句精彩处"当楼"二字，似全宇宙悲秋之气一起袭来。"是处红衰翠减，苒苒物华休。"词意由苍莽悲壮，而转入细致沉思，由仰观而转至俯察，又见处处皆是一片凋落之景象。"红衰翠减"，乃用玉溪诗人之语，备觉风流蕴藉。"苒苒"，正与"渐"字相为呼应。一"休"字寓有无穷的感慨愁恨，接下"惟有长江水，无语东流"写的是短暂与永恒、改变与不变之间的这种直令千古词人思索的宇宙人生哲理。"无语"二字乃"无情"之意，此句蕴含百感交集的复杂心理。"不忍"句点明背景是登高临远，云"不忍"，又多一番曲折、多一番情致。至此，词以写景为主，情寓景中。但下片妙处于词人善于推己及人，本是自己登远眺，却偏想故园之闺中人，应也是登楼望远，伫盼游子归来。“误几回”三字更觉灵动。

结句篇末点题。“倚阑干”，与“对”，与“当楼”，与“登高临远”，与“望”，与“叹”，与“想”，都相关联、相辉映。词中登高远眺之景，皆为“倚闺”时所见；思归之情又是从“凝愁”中生发；而“争知我”三字化实为虚，使思归之苦，怀人之情表达更为曲折动人。

这首词章法结构细密，写景抒情融为一体，以铺叙见长。词中思乡怀人之意绪，展衍尽致。而白描手法，再加通俗的语言，将这复杂的意绪表达得明白如话。这样，柳永的《八声甘州》终成为词史上的丰碑，得以传颂千古。

迷神引[①]

一叶扁舟轻帆卷。暂泊楚江南岸。孤城暮角[②]，引胡笳[③]怨。水茫茫，平沙雁，旋惊散。烟敛寒林簇，画屏展。天际遥山小，黛眉[④]浅。

旧赏轻抛，到此成游宦。觉客程劳，年光晚。异乡风物，忍萧索，当愁眼。帝城赊[⑤]，秦楼[⑥]阻，旅魂乱。芳草[⑦]连空阔，残照满。佳人无消息，断云[⑧]远。

注释

①“引”常常是一首乐曲的序曲。宋晁补之也填过该调，清《词谱》以柳永“红板桥头秋光暮”为正体。这是一首典型的羁旅行役之词，是柳永五十岁后宦游各地的心态写照。

②角：古代乐器，即画角。

③胡笳（jiā）：古代北方民族使用的管乐器。

④黛眉：形容远山。

⑤帝城：京城，指汴京。赊(shē)：距离远。

⑥秦楼：妓院。

⑦芳草：屈原《离骚》有："何所独无芳草兮，尔何怀乎故宇。"

⑧断云：片云，南朝梁简文帝《薄晚逐凉北楼迥望》诗："断云留去日，长山减半天。"

点评

这首《迷神引》是柳永五十岁后宦游各地的心态写照，是一首典型的羁旅行役之词。这首词深刻地反映了柳永的矛盾心理，特别是作为一名不得志的封建文人的苦闷与不满，有一定的思想意义。

词起句写柳永宦游经过楚江，舟人将风帆收卷，靠近江岸，作好停泊准备。"暂泊"表示天色将晚，暂且止宿，明朝又将继续舟行。从起两句来看，词人一起笔便抓住了"帆卷"、"暂泊"的舟行特点，而且约略透露了旅途的劳顿。可见他对这种羁旅生活是很有体验的，继而作者以铺叙的方法对楚江暮景作了富于特征的描写。"孤城暮角，引胡笳怨"描写的是：傍晚的角声和笳声本已悲咽，又是从孤城响起，这只能勾惹羁旅之人凄黯的情绪，使之愈感旅途的寂寞了。"暮角"与"胡笳"定下的愁怨情调笼罩全词。接着自"水茫茫"始描绘了茫茫江水，平沙惊雁，漠漠寒林，淡淡远山。这样一幅天然优美的屏画，也衬托出游子的愁怨和寂寞之感。上片对景色层层白描，用形象来表达感受，给人以身临其境之感。

下片起两句直接抒发宦游生涯的感慨，接下来将这种感慨作层层铺叙。旅途劳顿，风月易逝，年事衰迟，是写行役之苦："异乡风物"，显得特别萧索，是写旅途的愁闷心情；帝都遥远，秦楼阻隔，前欢难断，意乱神迷，是写伤怀念远的情绪。词人深感"旧赏"与"游宦"难于两全，为了"游宦"而不得不"旧赏轻抛"。"帝城"指北宋都城汴京，"秦楼"借指歌楼。这些是词人青年时代困居京华、留连坊曲的浪漫生活的象征。按宋代官制,初等地方职官要想转为京官是相当困难的,因而在词人看来,帝城是遥远难至的。宋代不许朝廷命官到青楼坊曲与歌伎往来,否则会受到同僚的弹劾,于是柳永便与歌伎及旧日生活断绝了关系。故而词人概叹“帝城赊,秦楼阻”。

“芳草连空阔,残照满”是实景,形象地暗示了赊远阻隔之意;抒情中这样突然插入景语,叙写富于变化而生动多姿。结句“佳人无消息,断云远”,补足了“秦楼阻”之意。“佳人”即“秦楼”中的人,因种种原因断绝了消息,旧情像一片断云随风而逝。从这首词中可以看出作者对仕途的厌倦情绪和对早年生活的向往,内心十分矛盾痛苦。可以说,这首《迷神引》是柳永个人生活的缩影:少年不得志,便客居京都,流连坊曲,以抒激愤;中年入仕却不得重用,又隔断秦楼难温旧梦,心中苦不堪言。苦不堪言却偏要言,这首词上片言“暂泊”之愁,下片道“游宦”之苦。大肆铺叙中见出作者心中真味,可谓技巧娴熟,意蕴隽永。

竹马子[①]

登孤垒荒凉,危亭旷望,静临烟渚。对雌霓[②]挂雨,雄风[③]拂槛,微收烦暑。渐觉一叶惊秋[④],残蝉噪晚,素商[⑤]时序。览景想前欢,指神京、非雾非烟深处。

向此成追感,新愁易积,故人难聚。凭高尽日凝伫。赢得消魂[⑥]无语。极目霁霭[⑦]霏微,暝鸦零乱,萧索[⑧]江城暮。南楼画角,又送残阳去。

注释

①宋叶梦得《石林词》中又名竹马儿。

②雌霓(ní):虹双出,色鲜艳者为雄,色暗淡者为雌,雄曰虹,雌曰霓。

③雄风：猛烈的风。宋玉《风赋》："此所谓大王之雄风也。"

④一叶惊秋：《淮南子·说山》有"见一叶落而知岁之将暮"。

⑤素商：秋日，因为秋色尚白，音属商，故名。梁元帝《纂要》："秋曰素商，亦曰高商。"

⑥赢得：剩得。消魂：销魂。江淹《别赋》："黯然销魂者，唯别而已矣。"

⑦霁霭(jì ǎi)：晴天的烟雾。

⑧萧索：萧条。

点评

《竹马子》是柳永的自度曲。从意境上讲，这首词属柳永的雅词，其中不只抒发了个人的离愁别恨，而且也是对封建文人命运的凭吊，整体情绪沉郁深远。

这首词是词人漫游江南时抒写离情别绪之作，所表现的景象雄浑苍凉。词人将古垒残壁与酷暑新凉交替之际的特异景象联系起来，抒写了壮士悲秋的感慨。

"雌霓"是虹的一种，色泽偏暗。"雄风"是清凉劲健之风。这两个词语雅致而考究，表现了夏秋之交雨后的特有现象。孤垒危亭之上，江边烟渚之侧，更加能够感到时序变换。孤垒、烟渚、雌霓、雄风，这一组意象构成了雄浑苍凉的艺术意境，词意的发展以"渐觉"两字略作一顿，以"一叶惊秋，残蝉噪晚"进一步点明时序。"素商"即秋令。这里，词人的悲秋情绪逐渐向伤离意绪发展，于是他又"览景想前欢"了。从"前欢"一语来推测，词中所怀念当是帝都汴京和作者过从甚密的一位歌伎。可是往事已如过眼烟云，帝都汴京遥远难以重到。

上阕的结句已开始从写景向抒情过渡，下阕便紧接而写"想前欢"的心情。

柳永不像其他词里将“想前欢”写得具体形象，而是仅写出目前思念时的痛苦情绪。“新愁易积，故人难聚”，很具情感表达的深度。离别之后，旧情难忘，因离别更添加新愁；又因难聚难忘，新愁愈加容易堆积，以致使人无法排遣。“易”和“难”既是对比关系又是因果关系，这对比与因果就是所谓“成追感”的内容。“尽日凝伫”、“消魂无语”形象地表现了无法排遣离愁的精神状态，也充分流露出对故人的诚挚而深刻的思念，并把这种情绪发挥到极致。最后作者巧妙地以黄昏的霁霭、归鸦、角声、残阳的萧索景象来衬托和强化悲苦的离情别绪。特别是结尾“南楼画角，又送残阳去”两句，意味极为深长，把一己羁旅苦愁拓展为人世兴衰的浩叹。

这首词虚实相生，在情与景的处理上表现出极高的艺术造诣。上片首九句写景，属实写；后三句写情，属虚写。虚实相生，善于抓住时序变化，描绘了特定环境中的景色，奠定了全词的抒情基调。下片则相反，前五句抒情，属虚写；后五句写景，属实写，以景结情，情景交融。这种交错的布局，不仅使整体结构富于变化，而且如实地反映了作者的思想感情在特定环境中活动变化的过程。全词意脉相承，严谨含调，是一首优秀的长调慢词。

晏几道

晏几道（1038～1110），字叔原，号小山，抚州临川（今属江西省）人。晏殊第七子。由恩荫入仕，曾任太常寺太祝。熙宁七年（1074）受郑侠案株连而入狱；获释后曾任颍昌府许田镇监官、开封府推官等。他出身名门贵族却仕途坎坷，困顿潦倒又疏狂孤傲。他的词多写一见钟情的爱恋与一厢情愿的凄苦，缠绵悱恻又伤感无奈，使小令的艺术技巧臻于炉火纯青。与其父晏殊齐名，世称“二晏”。有《小山词》一卷。

临江仙

梦后楼台高锁，酒醒帘幕低垂。去年春恨却来时。落花人独立，微雨燕双飞。①

记得小蘋②初见，两重心字罗衣③。琵琶弦上说相思。④当时明月在，曾照彩云归⑤。

注释

①"落花"二句：语本五代翁宏《春残》诗"又是春残也，如何出翠帏。落花人独立，微雨燕双飞"。

②小蘋：歌伎的名字。

③心字罗衣：用一种心字香熏过的罗衣，这里含有深情蜜意的双关意思。

④琵琶弦上说相思：与白居易《琵琶行》"低眉信手续续弹，说尽心中无限事"取意相同。

⑤彩云归：李白《宫中行乐词》有"只愁歌舞散，化作彩云飞"句。又，白居易《简简吟》："大都好物不坚牢，彩云易散琉璃脆。"

点评

这首词抒发作者对歌女小蘋的怀念之情。据他在《小山词·自跋》里说："沈廉叔，陈君宠家有莲、鸿、蘋、云几个歌伎。"晏每填一词就交给她们演唱，晏与陈、沈"持酒听之，为一笑乐"，晏几道写的词就是通过两家"歌儿酒使，俱流传人间"，可见晏跟这些歌女结下了不解之缘。他有一首这样的《破阵子》："柳下笙歌庭院，花间姊妹秋千。记得青楼当日事，写向红窗夜月前，凭伊寄小莲。绛腊等闲陪泪，吴蚕到老缠绵，绿鬓能供多少恨，未肯无情比断弦，今年老去年。”可见，这首《临江仙·梦后楼台高锁》不过是他的好多怀念歌女词作中的一首。比较起来，这首《临江仙·梦后楼台高锁》更有其独到之处。

《临江仙》共四层：

“梦后楼台高锁，酒醒帘幕低垂”为第一层。这两句首先给人一种梦幻般的感觉。如不仔细体味，很难领会它的真实含义。其实是词人用两个不同场合中的感受来重复他思念小蘋的迷惘之情。由于他用的是一种曲折含蓄，诗意浓郁的修辞格调。所以并不使人感到啰嗦，却能更好地帮助读者理解作者的深意。如果按常规写法，就必须大力渲染梦境，使读者了解词人与其意中人过去的生活情状及深情厚谊。而作者却别开生面，从他笔下迸出来的是“梦后楼台高锁”。即经过甜蜜的梦境之后，含恨望着高楼，门是锁着的，意中人并不真的在楼上轻歌曼舞。作者不写出梦境，让读者去联想。这样就大大地增加了词句的内涵和感染力。那么“梦”和“楼”有什么必然联系呢？只要细心体味词中的每

一句话，就会找到答案。这两句的后面不是紧接着“去年春恨却来时……”么？既然词人写的是“春恨”，他做的必然是春梦了。回忆梦境，却怨“楼台高锁”，那就等于告诉读者，他在梦中是和小蘋歌舞于高楼之上。请再看晏几道的一首《清平乐》：幺弦写意，意密弦声碎。书得凤笺无限事，却恨春心难寄。卧听疏雨梧桐，雨余淡月朦胧，一夜梦魂何处？那回杨叶楼中。这首词虽然也没有写出梦境，却能使读者联想到，这是多么使人难以忘怀的梦境呀！以上所谈是词人第一个场合的感受。另一个场合的感受是：“酒醒帘幕低垂”，在不省人事的醉乡中是不会想念小蘋的，可是一醒来却见原来居住小蘋的楼阁，帘幕低垂，门窗是关着的，人已远去，词人想借酒消愁，愁岂能消！

“去年春恨却来时。落花人独立，微雨燕双飞。”三句为第二层。“去年”两

字起了承前启后的作用。有了“去年”二字第一层就有了依据,说明两人相恋已久,刻骨铭心。下文的“记得”“当时”“曾照”就有了着落,把这些词句串联起来,整首词就成了一件无缝的天衣。遣词之妙,独具匠心!“却”字和李商隐《夜雨寄北》中“却话巴山夜雨时”中的“却”字一样,当“又”字“再”字解。意思是说:去年的离愁别恨又涌上了心头。紧接着词人借用五代翁宏《春残》“又是春残也,如何出翠帏?落花人独立,微雨燕双飞”的最后两句,但比翁诗用意更深。“落花”示伤春之感,“燕双飞”寓缱绻之情。古人常用“双燕”反衬行文中人物的孤寂之感。如:冯延巳《醉桃源》“秋千慵困解罗衣,画梁双燕飞”就是其中一例。晏词一写“人独立”再写“燕双飞”,形成了鲜明的对比。拙作《悼亡》“怕听孤鸿声惨切,每看双燕泪潸然”触景生情,确实使人痛苦万分!

“记得小蘋初见,两重心字罗衣。琵琶弦上说相思”为第三层。欧阳修《好女儿令》“一身绣出,两重心字,浅浅金黄”。词人有意借用小蘋穿的“心字罗衣”来渲染他和小蘋之间倾心相爱的情谊,已够使人心醉了。他又信手拈来,写出“琵琶弦上说相思”,使人很自然地联想起白居易《琵琶行》“低眉信手续续弹,说尽心中无限事”的诗句来,给词的意境增添了不少光彩。

第四层是最后两句:“当时明月在,曾照彩云归。”这两句是化用李白《宫中行乐词》“只愁歌舞散,化作彩云飞”。中国社会科学院文学研究所编的《唐宋词选》把“当时明月在,曾照彩云归”解释为“当初曾经照看小蘋归去的明月仍在眼前,而小蘋却已不见”,这样解释虽然不错,但似乎比较乏味。如果把这两句解释为“当时皓月当空,风景如画的地方,现在似乎还留下小蘋归去时,依依惜别的身影”。这样会增加美的感受。像彩云一样的小蘋在读者的头脑里,会更加妩媚多姿了。把“在”字当作表示处所的方位词用,因为在吴系语中,“在”能表达这种意思。某处可说成“某在”。杨万里《明发南屏》“新晴在在野花香”。“在在”犹“处处”也,可作佐证。这首《临江仙》含蓄真挚,字字关情。词的上阕“去年春恨却来时”可说是词中的一枚时针,它表达了词人处于痛苦和迷惘之中,其原因是由于

他和小蘋有过一段甜蜜幸福的爱情。时间是这首词的主要线索。其余四句好像是四个相对独立的镜头(即1.梦后;2.酒醒;3.人独立;4.燕双飞),每个镜头都渲染着词人内心的痛苦,句句景中有情。

下阕写词人的回忆。词人想到是"两重心字"的"罗衣"和"曾照彩云归"的地方,还有那倾诉相思之情的琵琶声。小蘋的形象不仅在词人的心目中再现,就是今天的读者也不能不受到强烈的感染。字字情中有景,整篇结构严谨,情景交融,不失为我国古典诗词中的珍品。

蝶恋花

梦入江南烟水路,行尽江南,不与离人遇。睡里消魂无说处,觉来惆怅消魂误。

欲尽此情书尺素①,浮雁沉鱼②,终了无凭据。却倚缓弦歌别绪,断肠移破秦筝③柱。

注释

①尺素:古人将书信写在尺许长的绢帛上,故以尺素代指书信。

②浮雁沉鱼:古人认为鱼、雁能够传书,雁浮鱼沉,书信便无从传递。

③移破:移遍。秦筝:古秦地所用的一种弦乐器。岑参《秦筝歌送外甥萧正归京》诗:"汝不闻秦筝声最苦,五色缠弦十三柱。"

点评

此词上片写梦里相思,下片写醒后遣怀。全词语言清畅,而抒情有递进、有顿挫,故沉挚有力。

起首三句:“梦入江南烟水路,行尽江南,不与离人遇。”是说梦游江南,梦中始终找不到离别的“心上人”。“行尽”二字,状梦境倏忽和求索之苦;求索之苦又反映思念之深,出于梦中的潜意识活动,深更可知。“烟水路”三字写出江南景物特征,使梦境显得优美。上下句“江南”叠用,加深感情力量。

接着两句:“睡里消魂无说处,觉来惆怅消魂误。”这两句写得最精彩,它表示梦中找不到“心上人”的“消魂”情绪无处可说,已经够难受;醒来寻思,加备“惆怅”,更觉得这“消魂”的误人。“消魂”二字,也是前后重叠;但重叠中又用反跌机势,递进一层,比“江南”一词的重叠,更为曲折,自然也就倍增绵邈。这种以反跌为递进的句法,词中不多见。词之上片,写梦中无法寻觅到离人。

下片转写寄信事。起三句:“欲尽此情书尺素,浮雁沉鱼,终了无凭据。”说的是写了信要寄无从寄出,寄了也得不到回音。相思之情,真到了无可弥补、无可表达的地步了,那只好借音乐来排遣。

结尾两句:“欲倚缓弦歌别绪,断肠移破秦筝柱。”用的乐器是秦筝。古筝弦、柱十三,每根弦有柱支撑,“柱”左右移动以调节音高,弦急则高,弦缓则低。她借低音缓弦抒发伤别的情怀,移遍筝柱不免是“断肠”之声。以“缓弦”、“移柱”来表达其“幽怀难写”,可见以行动写心理,自有其妙处。

冯煦《宋六十一家词选·例言》称小晏亦是“古之伤心人”,所以写出来的词,“淡语皆有味,浅语皆有致”。这首词就有这种淡而有味,浅而有致的独特风格。

蝶恋花

醉别西楼醒不记，春梦秋云，聚散真容易①。斜月半窗还少睡，画屏闲展吴山翠②。

衣上酒痕③诗里字，点点行行，总是凄凉意。红烛自怜无好计，夜寒空替人垂泪④。

注释

①春梦秋云，聚散真容易：化用乃父晏殊《木兰花》“长于春梦几多时，散似秋云无觅处”词意。而晏殊则化用白居易《花非花》诗：“来如春梦不多时，去似秋云无觅处。”

②吴山翠：指画屏上描绘的江南风景。

③酒痕：酒滴的痕迹。岑参《奉送贾侍御史江外》诗：“荆南渭北难相见，莫惜衫襟着酒痕。”

④夜寒空替人垂泪：化用杜牧《赠别》“蜡烛有心还惜别，替人垂泪到天明”诗意。

点评

晏几道由于“不受世之轻重”，“遂陆沉下位，无效国之机缘，只好流连歌酒而自遣，成为古之伤心人”。他的词作，大多工于言情，颇得后人称颂。其词惆怅感伤的基调、超乎寻常的艺术技巧，具有永不消退的艺术魅力，即以此词而论，就颇能打动读者，给人以美的享受。昔日欢情易逝，当日幽怀难抒，来日重逢无期，往复低回，沉郁悲凉，都在这首抒写离情别绪的怀旧词中得到了淋漓尽致的表现。

开篇忆昔，写往日醉别西楼，醒后却浑然不记。这似乎是追忆往日某一幕具体的醉别，又像是泛指所有的前欢旧梦，实虚莫辨，笔意殊妙。二、三句用春梦、秋云作比喻，抒发聚散离合不常之感。春梦旖旎温馨而虚幻短暂，秋云高洁明净而缥缈易逝，用它们来象征美好而不久长的情事，最为真切形象而动人遐想。

"聚散"偏义于"散"，与上句"醉别"相应，再缀以"真容易"三字，好景轻易便散的感慨便显得非常强烈。这里的聚散之感，似主要指爱情方面，但与此相关的生活情事，以至整个往昔繁华的生活，也自然包括在内。

上片最后两句，转写眼前实境。斜月已低至半窗，夜已经深了，由于追忆前尘，感叹聚散，却仍然不能入睡，而床前的画屏却在烛光照映下悠闲平静地展示着吴山的青翠之色。这一句似显实质，正是传达心境的妙笔。心情不静、辗转难寐的人看来，那画屏上的景色似乎显得特别平静悠闲，这"闲"字正从反面透露了他的郁闷伤感。

过片三句承上"醉别"、"衣上酒痕"，是西楼欢宴时留下的印迹："诗里字"，是筵席上题写的词章。它们原是欢游生活的表征，只是此时旧侣已风流云散，回视旧欢陈迹，翻引起无限凄凉意绪。前面讲到"醒不记"，这"衣上酒痕诗里字"却触发他对旧日欢乐生活的记忆。至此，可知词人的聚散离合之感和中宵辗转不寐之情由何而生了。

结拍两句，直承"凄凉意"而加以渲染。人的凄凉，似乎感染了红烛。它虽然同情词人，却又自伤无计消除其凄凉，只好在寒寂的永夜里空自替人长洒同情之泪了。

此词为离别感忆之作，但却更广泛地慨叹于过去欢情之易逝，此时孤怀之难遣，将来重会之无期，所以情调比其他一些伤别之作，更加低回往复，沉郁悲凉。词境含蓄蕴藉，情意深长。全词充满无可排遣的惆怅和悲凉心绪。作者用拟人化的手法，从红烛无法留人、为惜别而流泪，反映出自己别后的凄凉心境，结构新颖，词情感人，很能代表小山词的风格。

鹧鸪天[1]

彩袖殷勤捧玉钟，[2]当年拼却醉颜红[3]。舞低杨柳楼心月，歌尽桃花扇底风。

从别后，忆相逢，几回魂梦与君同。今宵剩把银釭照，[4]犹恐相逢是梦中[5]。

注释

①唐五代词中无此调，首见于宋祁之作，至晏几道多为此调。《词苑丛谈》云，调名取自唐郑嵎“春游鸡鹿塞，家在鹧鸪天”诗句。但杨慎《词品》认为此说未必确实。因贺铸词中有“化出白莲千叶花”句，故名《千叶莲》，又因其有“梧桐半死清霜后”句，又名《半死桐》等。

②彩袖：代指歌女。玉钟：酒杯。

③拼却：甘愿，不顾。

④剩把：尽把。银釭（gāng）：银白色的烛台。

⑤“今宵”二句：从杜甫《羌村》诗“夜阑更秉烛，相对如梦寐”两句化出。

点评

这首词是作者脍炙人口的名作，写词人与一个女子的久别重逢。上片回忆当年佳会，用重笔渲染，见初会时情重；过片写别后思念，忆相逢实则盼重逢，相逢难再，结想成梦，见离别后情深；结尾写久别重逢，竟然将真疑梦，足见重逢时的情厚。通篇词情婉丽，读来沁人心脾。晁补之称赞小晏不蹈袭人语，风度闲雅，自成一家，举出“舞低杨柳楼心月”一联，说“知此人必不生于三家村中者”。（见《侯鲭录》）

刘体仁《七颂堂词绎》中云：“夜阑更秉烛，相对如梦寐，叔厚云：‘今宵剩把银釭照，犹恐相逢是梦中。’此诗与词之分疆也。”上片叙写当年欢聚之时，歌女殷勤劝酒，自己拼命痛饮，歌女杨柳围绕的高楼中翩翩起舞，摇动绘有桃花的团扇时缓缓而歌，直到月落风定，真是豪情欢畅，逸兴遄飞。词中用词绚烂多彩，如“彩袖”、“玉钟”、“醉颜红”、“杨柳楼”、“桃花扇”等。但是，所有这一切又都是追忆往事，似实却虚，所以更有了一种如梦如幻的美感。

下片叙写久别重逢的惊喜之情。“银釭”即是银灯；“剩”，只管。末二句从杜甫《羌村》诗“夜阑更秉烛，相对如梦寐”两句脱化而出，但表达更为轻灵婉折。这是因为晏几道作此词是承平之世，而久别重逢的对象亦是相爱的歌女，

情况不同，则情致各异。词中说，别离之后，回想欢聚时的境况，常是梦中相见，而今番真的相遇了，反倒疑是梦中。情思委婉缠绵，词句清空如话，而其妙处更于能用声音配合之美，造成一种迷离惝恍的梦境，有情文相生之妙。

这首词的艺术手法是上片利用彩色字面，描摹当年欢聚的情况，似实而却虚，当前一现，倏归乌有；下片抒写久别相思不期而遇的惊喜之情，似梦却真，利用声韵的配合，宛如一首乐曲，使听者也仿佛进入梦境。全词不过五十几个字，而能造成两种境界，互相补充配合，或实或虚，既有彩色的绚烂，又有声音的谐美，足见晏几道词艺之高妙。

鹧鸪天

醉拍春衫惜旧香。天将离恨恼疏狂①。年年陌上生秋草②，日日楼中到夕阳。

云渺渺，水茫茫。征人③归路许多长。相思本是无凭语，莫向花笺④费泪行。

注释

①疏狂：不受拘束。白居易《代书诗寄微之》："疏狂属年少，闲散为官卑。"

②生秋草：李白《寄远》（其七）有"一为云雨别，此地生秋草"句。

③征人：游子。

④花笺：彩色信笺。末二句与晏几道自己的《采桑子》"长情短恨难凭寄，枉费红笺"情意相同。

点评

此词在对作者往日欢歌笑乐的回忆中，流露出他对落拓平生的无限感慨和微痛纤悲。

上片于室内的角度写离恨。起首两句抒写离恨的无法排遣。"旧香"是往日与伊人欢乐的遗泽，乃勾起"离恨"之根源，其中凝聚着无限往昔的欢乐情事，自觉堪惜，"惜"字饱含着对旧情的深切留念。而"醉拍春衫"则是产生"惜旧香"情思的活动，因为"旧香"是存留在"春衫"上的。句首用一"醉"字，可使人想见其纵恣情态，"醉"，更容易触动心怀郁积的情思。次句乃因"惜旧香"而激起的无可奈何之情。"疏狂"二字是作者个性及生活情态的自我写照。"疏"为

阔略世事之意。“狂”为作者生活情态的概括。他的《阮郎归》曾说“殷勤理旧狂”，可见“狂”在他并非偶然，而是生活中常有的表现。“莫问逢春能几回，能歌能笑是多才”（《浣溪沙》），“彩袖殷勤捧玉钟，当年拚却醉颜红。舞低杨柳楼心月，歌尽桃花扇底风”（《鹧鸪天》），俱是其生活狂态的具体写照。这句意谓以自己这个性情疏狂的人却被离恨所烦恼而无法排遣，而在句首着一“天”字，使人觉得他的无可奈何之情是无由开解的。“年年”两句选取最常见的秋草、夕阳，烘托思妇日复一日、年复一年的思念之情。路上秋草年年生，实写征人久久不归；日日楼中朝暮独坐，实写为离恨折磨之苦。

过片承“夕阳”而写云、水，将视野扩展，从云水渺茫、征人归路难寻中，突出相见无期。此二句即景生情，以景喻情，道出了主人公于楼上怅望时的情思。结拍两句是无可奈何的自慰，措辞无多，然而读之使人更觉哀伤。“莫向花笺费泪行”虽是决绝之辞，却是情至之语，从中带出已往情事，当是曾向花笺多费泪行，如《西厢记》所说，把书信“修时和泪修，多管阁着笔尖儿未写早泪先流”。既然离恨这般深重，非言辞所能申写，如果再“向花笺费泪行”，那便是虚枉了。小晏也曾在一首《采桑子》中写道：“长情短恨难凭寄，枉费红笺。”情意正同。此二句意谓此际相思之情，绝非言语所能表达得出来的。夏敬观云：“叔原以贵人暮子，落拓一生，华屋山邱，身亲经历，哀丝号竹，寓其微痛纤悲，宜其造诣又过于父。”

从此词中，可以见出以上论述之深透。全词在痛楚的往事追忆中流露出词人亲身经历的慨叹，意境深阔，感人至深，具有较强的艺术魅力。

生查子①

金鞭美少年，去跃青骢马②。牵系玉楼人，绣被春寒夜。
消息未归来，寒食梨花谢。无处说相思，背面秋千下③。

注释

①生查子，唐教坊曲名，敦煌曲子词中有此调，该调文人词当以晚唐诗人韩偓为最早。《词苑丛谈》云："查，古槎字，张骞乘槎（往天河）事也。"聊备一说，又名《陌上郎》、《梅和柳》、《楚云深》、《愁风月》等。

②青骢（cōng）马：毛色青白相杂的骏马。

③背面秋千下：化用李商隐诗《无题二首》其一"十五泣春风，背面秋千下"。

点评

此为思妇词。词中通过环境、景物描写来烘托人物的感情，抒写了女主人公的相思怀人之情。

词之上片写少年出游，下片写闺思，以"牵系"二字提契全篇，抒情重点在末二句。起首两句描绘"金鞭美少年"的形象，这是女主人公思念的对象。他那扬鞭跃马、威武俊美的英姿，大概就是他临走时所留给女主人公的最后印象。三、四两句写少年走后，女主人公的感情和思绪始终牵系在远处的丈夫身上：到了夜晚，绣被春寒，孤灯独眠，寂寞难耐。“绣被春寒夜”，是通过环境的渲染，来突出人物的孤寂。过片两句写女主人公天天盼，月月盼，寒食节过去了，梨花开了又谢了，一次次地等待，始终没有等到丈夫的音信，随之而来的，只是一次次的失望！“寒食梨花谢”，是通过节令和景物来暗示出时间的流逝，表现她无限的怅惘。结拍两句，写女主人公在秋千架下背面痴痴地站着，她在默默地承受着相思之苦，无处诉说，也不想对人诉说。“背面”暗示出她在难过，在哭泣。“秋千下”本是青年妇女嬉戏之处，选择这一场景可增强艺术效果。李商隐诗及欧阳修词“泪眼问花花不语，乱红飞过秋千去”，均是这种手法。所谓“无处说相思”，实则相思不必具体说出，只从结句具见相思之深切。无怪乎“吕东莱极喜诵此词，以为有思致”。

生查子

关山魂梦长，塞雁音书少。两鬓可怜青①，只为相思老。
归傍碧纱窗，说与人人②道。真个别离难，不似相逢好。

注释

①青：白色。

②人人：为宋时口语，指所爱的人。欧阳修《蝶恋花》词：“翠被双盘金缕凤。忆得前春，有个人人共。”

点评

对意中女子的思恋，以直露的语言说出，同样能够感受到词人按捺不住的恋情。分别以后路途遥远，音尘难通，相思之情与日俱增，以致两鬓青丝改色。

被恋情所折磨的词人,实在不能吞吐含蓄了,直接叫喊道:“只为相思老。”词人无数次自我排解、不断压抑的情感喷薄而出,最易引起有类似处境读者的同感。在这种明朗基调与直露情绪的支配下,下片写梦境也变得清晰可辨。梦中回到心上人居住的“碧纱窗”,词人立即将分手之后经历了无数次痛苦折磨而获得的最简单也是最正确的人生哲理告诉恋人:“真个别离难,不似相逢好。”醒来之后发现一场空,那时一定更加痛苦不堪。晏几道这两首《生查子》风格十分相似,与晏几道的主体风格有相当的差异,可见词人风格多样化。一位出类拔萃的作家,总是能够运用不同风格的语言,表现出多种风格,晏几道也是这样。

木兰花

东风又作无情计,艳粉娇红①吹满地。碧楼帘影不遮愁,还似去年今日意。

谁知错管春残事,到处登临曾费泪。此时金盏直须②深,看尽落花能几醉。③

注释

①艳粉娇红:指落花。

②金盏:华美的酒杯。直须:尽管。

③末二句化用唐人崔敏童《宴城东庄》“能向花前几回醉，十千沽酒莫辞频”句意，另外与韩偓《惜花》“临轩一盏悲春酒，明日池塘是绿阴”立意亦同。

点评

暮春时节，东风吹落花满地，一年之大好时光又将过去，离人在相思煎熬中又度过一春。“去年今日”点明思愁由来已久，自分手之后便是“碧楼帘影不遮愁”。这是“无理而妙”的表达。闺中人躲进“碧楼”，原意仿佛是要避开春日的花开花落，避免心绪的起伏波折。愿望落空后，便埋怨起“碧楼帘影不遮愁”。每年春残时候都要经历这样一番情感折磨，“到处登临”，相思流泪，清醒过来后仿佛感觉到不值得。离人因此开导自己及时作乐，饮酒赏花。故作姿态的自我排解，正说明了愁苦的深度。

木兰花

秋千院落重帘暮。彩笔[①]闲来题绣户。墙头丹杏雨余花，门外绿杨风后絮。

朝云[②]信断知何处。应作襄王春梦去。紫骝[③]认得旧游踪，嘶过画桥东畔路。

注释

①彩笔：五色笔。据《南史·江淹传》：相传南朝梁代江淹，才思横溢，名章隽语，层出不穷，后梦中为郭璞索还曾借与他的彩笔，从此作品绝无佳者。

②朝云：代指所思念的人。宋玉《高唐赋序》有楚襄王梦会巫山神女事，其中有“旦为行云，暮为行雨”句。

③紫骝（liú）：黑鬃黑尾红身的马，泛指骏马。

点评

晏几道写情沉郁顿挫，除感情真挚外，艺术表现上也别具一格，这就是以婉曲的方式表情达意，尽量避免尽情直泻。此词充分体现了这一特点，是一首以深婉含蓄见长的言情词。

上片前两句写旧地重游时似曾相识的情景。这秋千院落、垂帘绣户之内，仿佛有一位佳人把笔题诗。佳人是谁，词中未作交代。然从过片“朝云”二字来看，可能是指莲、鸿、蘋、云中的一位。“秋千院落”，本是佳人游戏之处，如今不见佳人，唯见秋千，已有空寂之感；益之以“重帘幕”一词，暮色苍茫，帘幕重重，其幽邃昏暗可知。这种环境中居住的佳人，孤寂无聊，何以解忧？“彩笔闲来题绣户”一句做出了回答。“彩笔”，即五色笔，相传南朝梁代江淹，才思横溢，名章隽语，层出不穷，后梦中为郭璞索还彩笔，从此作品绝无佳者。这位佳人闲来能以彩笔题诗，可见是一位才女。“题绣户”者，当窗题诗耳。一位佳人当窗题诗之美景，当系词人旧地重游所想见的，这位佳人已经不在了。

上片歇拍两句，主要写词人从外面所看到的景色，以及由此景色所触发的情思。此时词人恍如从幻梦中醒来，眼前只见一枝红杏出墙头，几树绿杨飘白絮。美丽的景色勾起美好的回忆，那红杏就像昔日佳人娇艳的容颜，经过风吹雨打已变得憔悴；那绿杨飘出的残絮又好似词人漂泊的行踪，幸喜又回到故枝。这工整的一联，韵致缠绵，寄情深远，以眼前景，写胸中情，意寓言外。

过片用楚襄王梦遇巫山神女的典故，表达对这位佳人的怀念。据《小山词》自序云，莲、鸿、蘋、云四位歌伎，后来"俱流转于人间"，不知去向。这里说佳人像朝云一样飞去，从此音信杳然，也许又去赴另一个人的约会。事虽出于猜想，但却充满关切之情，从中也透露了这位女子沦落风尘的消息。惝恍迷离，昨梦前尘，尽呈眼底。

结拍词意陡转，从佳人写到自己。然而似离仍合，虚中带实，形象更加优美，感情更加深挚。词人不说这位佳人的住处他很熟悉，而偏偏以拟人化的手法，托诸骏马。这一比喻很符合词人作为贵家子弟的身份，可知词人确曾身骑骏马，来到这秋千深院，与玉楼绣户中人相会。由于常来常往，连马儿也认得游踪了。紫骝骄嘶，柳映画桥，意境极美，这是虚中写实，实中有虚。清人沈谦说："填词结句，或以动荡见奇，或以迷离称胜，著一实语，败矣。康伯可'正是销魂时候也，撩乱花飞'；晏叔原'紫骝认得旧游踪，嘶过画桥东畔路'；秦少游'放花无语对斜晖，此恨谁知'，深得此法。"(《填词杂说》)所说颇中肯綮。

此词以深婉含蓄见胜。黄蓼园《蓼园词选》分析此词："首二句别后，想其院宇深沉，门阑紧闭。接言墙内之人，如雨余之花；门外行踪，如风后之絮。后段起二句言此后杳无音信，末二句言重经其地，马尚有情，况于人乎？"然而，这些意蕴，作者都未实说，而是为读者留下了充分的想象空间。

清平乐

留人不住，醉解兰舟去。一棹碧涛春水路，过尽晓莺啼处。

渡头杨柳青青，枝枝叶叶离情。[1]此后锦书[2]休寄，画楼云雨无凭[3]。

注释

①“渡头杨柳青青”二句：从刘禹锡《竹枝词》“杨柳青青江水平，闻郎江上踏歌声。东边日出西边雨，道是无情却有情”中化出。

②锦书：锦字书。《晋书》载，前秦窦滔妻苏蕙寄给丈夫锦字回文诗。后多用以指情书。

③云雨无凭：用宋玉《高唐赋》写神女的典故，指行踪不定。

点评

此词写离别，然而所写景物却是碧涛春水、青青杨柳、晓莺啼鸣。此乃以春天美好的景物写离别，并把枝枝叶叶都赋予离情。

起笔“留人不住”四字，扼要地写出送者、行者双方不同的情态，一个曾诚意挽留，一个却去意已定。“留”而“不住”，故启末二句之怨思。次句写分手前的饯行酒宴。席间那个不忍别的送行女子，想必是吃不下去；而即将登舟上路的男子，却喝了个“醉”。“一棹碧涛春水路，过尽晓莺啼处”二句紧承“醉上兰舟去”，写的是春晨江景，也是女子揣想情人一路上所经的风光。江中是碧绿的春水，江上有婉转的莺歌，是那样的宜人。这景象似乎正是轻别的行者轻松愉快的心境的象征。而“渡头杨柳青青，枝枝叶叶离情”则遥应“留人不住”句，是兰舟既发后渡头空余的景物，也是女子主观感觉中的景物，所以那垂柳“枝枝叶叶”俱含“离情”。以上四句写景，浑然一体，却包含两种不同情感的象征。

结句写情，却突然转折，说出决绝的话，寄语对方“此后锦书休寄”，因为“画楼云雨无凭”，犹言“我们青楼女子是靠不住的，你今后不必来信了，从此割断情感联系吧”。其实这是负气之言，其中暗含难言之隐。妓女社会地位低下，没有爱的权利，即使有了倾心的男子，也没有长聚不散之理。彼此结欢之夕，纵使千般恩爱，时过境迁，便“留人不住”了。有感于此，所以干脆叫对方“此后锦书休寄”了。话虽如此，倘不想得到“锦书”，何以特别提到？

总之，结尾两句以怨写爱，抒写出因多情而生绝望、绝望恰表明不忍割舍之情的矛盾情怀。周济《宋四家词选》评曰：“结语殊怨，然不忍割。”此乃深透之语。

阮郎归①

旧香残粉似当初，人情恨不如。一春犹有数行书，秋来书更疏②。

衾凤③冷，枕鸳④孤。愁肠待酒舒。梦魂⑤纵有也成虚，那堪和梦无。

注释

①《神仙记》云："刘晨、阮肇入天台山采药，遇二仙女，留住半年，思归甚苦。既归，则乡邑零落，经已十世。"调名本此，又名《碧桃春》、《醉桃源》、《濯缨曲》、《宴桃源》等。

②疏：少。

③衾(qīn)凤：绣着凤凰的被子。

④枕鸳：绣有鸳鸯的枕头。

⑤梦魂：离开肉体的灵魂。唐刘希夷《巫山怀古》诗："颓想卧瑶席，梦魂何翩翩。"晏几道《鹧鸪天》词："春悄悄，夜迢迢，碧云天共楚宫遥。梦魂惯得无拘检，又踏杨花过谢桥。"

点评

此词抒写的是居者思行者的情怀，但它同其他同类主题的作品比较，在技巧上自有特色。作者在词中运用层层开剥的手法，把人物面对的情感矛盾逐步推上尖端，推向绝境，从而展示了人生当中不可解脱的一种深沉的痛苦。

上片起首两句将物与人比照起来写，意谓往昔所用香粉虽给人以残旧之

感，但物仍故物，香犹故香，而离去之人的感情，却经不起空间与时间的考验，逐渐淡薄，今不如昔了。上片歇拍两句，是上两句的补充和延伸，举出人不如物、今不如昔的事实，那就是行人春天初去时还有几行书信寄来，到了秋天，书信越来越稀少了。上片四句，即物思人，感昔伤今，抒写了女主人公对行者薄情的满腔怨恨。词的下片转而叙述女主人公夜间的愁思，抒写其处境的凄凉、相思的痛苦。

过片两句，写词中人的情感体验，赋予客观的物象——衾与枕以女主人公清冷、孤寂的主观情感，将女主人公的内心感受渲染得淋漓尽致。这里写衾与枕而着眼于凤与鸳，还有其象征意义，是词中人因见衾、枕上绣的凤凰、鸳鸯而想到情侣的分离，以凤凰失侣、鸳鸯成单，来暗示自己的处境已经物是人非、今非昔比了。“愁肠”一句，是其人在愁肠百结之际希冀在酒醉中求得暂时的解脱，这是她可能找到的唯一消愁的办法。但这里只说“待酒舒”，未必真入醉乡，而酒也未必真能舒愁。联系下两句看，其愁肠不仅未舒，更可能徒然加重相思之情和幽怨愁恨。

结拍两句，写一觉醒来时的空虚和惆怅。既然人已成个，今已非昨，而又往事难忘，后会难期，那就只有在入睡之际，寄希望于梦中与相思之人重温旧情了。尽管梦境幻而非真，虚而非实，梦回后反而会令人惘然若失。但梦里倘能相见，总也聊胜于无。可是，最可悲的是，夜来空有相思，竟难成梦，连这一点片刻的虚幻的慰藉也得不到，就更令人难以为释怀了。这结拍两句是层层逼近的写法。上句说已看穿了梦境的虚幻，似乎有梦无梦都无所谓，绝望之情已跃然纸上，而下句一转，把词意又推进一层。从下句再回过来看上句，才知上句是衬垫和加重下一句的，也可以说是未发先敛，欲擒故纵，从而形成跌宕，显示波澜。这种写法，有一波三折、一唱三叹、荡气回肠之妙，将女主人公的一腔怨情抒写得撼人心魄，读来使人为之销魂。

阮郎归[1]

天边金掌[2]露成霜，云随雁字[3]长。绿杯红袖[4]趁重阳。人情似故乡。

兰佩紫[5]，菊簪黄[6]，殷勤理旧狂。欲将沉醉换悲凉。清歌莫断肠。

注释

①这首词为重阳佳节宴饮之作。

②金掌：铜制的手掌。汉武帝时所做金铜仙人，手捧铜盘承露，取露饮之，以求长生不老。

③雁字：雁飞行时常排列成“一”字或“人”字形，称为雁字。

④绿杯红袖：代指美酒歌女。

⑤兰佩紫：以紫兰为佩。《离骚》：“纫秋兰以为佩。”

⑥菊簪黄：簪黄菊，将菊花插在头上。杜牧《九日齐山登高》：“尘世难逢开口笑，菊花须插满头归。”

点评

此词写于汴京，是重阳佳节宴饮之作。词中感喟身世，自抒怀抱，虽写抑郁之情，但并无绝望之意。全词写情波澜起伏，步步深化，由空灵而入厚重，音节从和婉转到悠扬，适应感情的变化，整首词的意境是悲凉凄冷的。

起首两句以写秋景起，点出地点是在京城汴梁，时序是在深秋，为下文的“趁重阳”作衬垫。汉武帝在长安建章宫建高二十丈的铜柱，上有铜人，掌托承露盘，有承武帝想饮以求长生的“玉露”。承露金掌是帝王宫中的建筑物，词以“天边金掌”指代宋代汴京景物，选材突出，起笔峻峭。但作者词风不求以峻峭胜，故第二句即接以闲淡的笔调。白露为霜，天上的长条云彩中飞出排成一字的雁队，云影似乎也随之延长了。这两句意象敏妙，满怀悲凉，为全词奠定了秋气瑟瑟的基调。三、四两句将客居心情与思乡之情交织来写，用笔细腻而蕴涵深厚，一方面赞美故乡人情之美，表达出思乡心切的情怀，另一方面又赞美了重阳友情之美，表达了对友情的珍惜。

过片从《离骚》中“纫秋兰以为佩”和杜牧的“尘世难逢开口笑，菊花须插满头归”化出“兰佩紫，菊簪黄”两句，写出了人物之盛与服饰之美，渲染了宴饮的盛况。接下来一句，写词人仕宦连蹇，陆沉下位，情绪低落，不得不委屈处世，难得放任心情，今日偶得自在，于是不妨再理旧狂，甚至“殷勤”而“理”，以不负友人的一片盛情。况周颐《蕙风词话》卷二说：“‘绿杯’二句，意已厚矣。‘殷勤理旧狂’，五字三层意：狂者，所谓一肚皮不合时宜，发见于外者也。狂已旧矣，而理之，而殷勤理之，其狂若有甚不得已者。”试想，本是清狂耽饮的人，如今要唤起旧情酒兴，还得“殷勤”去“理”才行，此中的层层挫折，重重矛盾，必有不堪回首、不易诉说之慨，感情的曲折，自然把意境推向比以前更为深厚的高度。结尾两句：“欲将沉醉换悲凉。清歌莫断肠。”由上面的归结，再来一个大的转折，又引出很多层次。词人想寻求解脱、忘却，而他自己又明知这并不能换来真正的欢乐，这是真正的悲哀。《蕙风词话》又说：“‘欲将沉醉换悲凉’，是上句注脚；‘清歌莫断肠’仍含不尽之意。”此乃中肯之语。词之结句，竟体空灵，包含着万般无奈而聊作旷达的深沉苦楚，极尽回旋曲折、一咏三叹之妙。“兰佩紫”二句，承上片“人情”句的含蓄转为宽松；“殷勤”句随着内容的迅速浓缩，音节也迅速转向悠扬；“欲将”二句，感情越来越深沉、曲折，音节也越来越悠扬、激荡。谭献评周邦彦《兰陵王》词的“斜阳冉冉春无极”句,说“微吟千百遍,当入三昧,出三昧”。读晏几道这首词的最后三句,使人也有同样的感觉,因为它的意境、音节配合得极有韵味和感染力,妙处须细细体会。《宋词举》中云:“小山多聪俊语,一览即知其胜。此则非好学深思,不能知其妙处。”此词正说明了这一点。

纵观全词,尽管作者那种披肝沥胆的真挚一如既往,但在经历了许多风尘磨折之后,悲凉已压倒缠绵;虽然还有镂刻不灭的回忆,可是已经害怕回忆了。

六幺令[①]

绿阴春尽,飞絮绕香阁[②]。晚来翠眉[③]宫样,巧把远山[④]学。一寸狂心未说,已向横波[⑤]觉。画帘遮匝[⑥]。新翻[⑦]曲妙,暗许闲人带偷掐[⑧]。

前度书多隐语,意浅愁难答。昨夜诗有回文[⑨],韵险还慵押。都待笙歌散了,记取来时霎。不消红蜡。闲云归后,月在庭花旧阑角。

注释

①六幺令,原唐教坊曲名,后用作此调。宋王灼《碧鸡漫志》:“此曲拍无过六字者,故曰六幺。”《燕乐考原》认为:“幺”指细小而繁急之声调,此曲共用六种幺调。又名《绿腰》、《乐世》、《录要》。

②香阁:闺房。

③翠眉:古代女子以青黛画眉。

④远山:指眉。

⑤横波:形容眼神流动。傅毅《舞赋》:“眉连娟以增绕,目流睇而横波。”

⑥遮匝(zā):周围都被遮盖。

⑦翻：谱写。白居易《残酌晚凋》："舞看新翻曲，歌听自作词。"

⑧偷掐：暗地里学习弹奏乐曲。掐（qiā），掐记。即以手指叩弦而记其声调。

⑨回文：指诗中的字句回环往复读，皆可成诗。

点评

此词极为细腻婉曲地写一位歌女和情人的约会，通过这样一个角度，展现女主人公的内心活动，寄寓了词人对于这位歌女向往真正的爱情而不可得的深切同情。

起首两句，点出季节时令和住所，又以柳絮飞舞环绕的比喻把歌女因有约会而产生的兴奋、紧张的心情作了一番引人联想的比拟。"晚来"两句写她描眉梳妆，学着宫中的远山眉样，精心描画。《赵飞燕外传》载，赵飞燕妹合德，为薄眉，号远山黛。这是"女为悦己者容"，翠眉是画给她的情人看的。写眼睛的两句更为生动。此时她化妆已毕，步出宴会厅前，"一寸狂心未说，已向横波觉"。"狂心"，是难以抑制的热切之心。"已向横波觉"，"向"字、"觉"字，其中隐隐有一个人在，就是当晚她所要密约的人。这人已在席间，她一瞥见，就向他眼波传情，而被这个人察觉了，彼此心照不宣。"画帘"三句谓歌女处于"画帘遮匝"的环境中，没有追求个人爱情、幸福的自由，只能把感情寄托在新翻的曲子里，希望有人把自己的曲子传出去。下片言歌女所爱的人来信写得很含蓄，而自己写得很浅露，难以给她回信；昨夜想写几句诗给他，又心灰意冷，思想上很矛盾，只好作罢，既不要写信，也无须写诗，让彼此都记取过去那短暂的相聚情景：那是一个幽静的美好夜晚，庭院中开满鲜花，人们散去之后，月亮还挂在庭院的旧阑角上。

作者通过刻画歌女复杂矛盾的心情，表达了对这位歌女向往真正的爱情而不可得的同情。此词以真挚的感情、新颖的构思、精美的语言和生动的描绘，对歌伎舞女的生活进行了深入开掘和细致表现，展现了她们复杂而痛苦的内心世界，流露出对她们的同情与关切，产生了强烈的艺术魅力。

御街行①

街南绿树春饶②絮，雪③满游春路。树头花艳杂娇云④，树底人家朱户。北楼闲上，疏帘高卷，直见街南树。

阑干倚尽犹慵去，几度黄昏雨。晚春盘马⑤踏青苔，曾傍绿阴深驻。落花犹在，香屏空掩，人面知何处⑥。

注释

①这是一首冶游之作。

②饶：丰富。

③雪：谓白色柳絮飘如雪。

④娇云：彩云。

⑤盘马：驰马盘旋。

⑥人面知何处：暗用唐崔护《题都城南庄》"人面不知何处去，桃花依旧笑春风"诗意。

点评

此为冶游之作。全词以含蓄有致的笔触，从眼前景物咏起，渐渐勾起回忆，抒写了故地重游中的恋旧情怀。

上片写景。起首四句，是北楼南望中的景色和意想。正因鸟瞰，才能看得那样远，看得见成行的柳树和别的花树，看得见花絮红白相间织成的灿烂"娇云"，看得见漫天飞絮。这里，"雪满游春路"是由柳树"饶絮"而生的奇想，同时又点出"晚春"二字。至于"树底人家朱户"，当是从"树头"的空隙间隐约见之，它是掩映在一片艳花娇云之中的，把一种急切的寻寻觅觅的情态表现得非常传神。

过片由景及情，写出了词中人不忍离的情态和心理。“晚春”两句写不忍离去的原因。“盘马”显然不是今日之事，“晚春”也不是眼前这个晚春，而“绿阴”、“青苔”的所在，必定是“街南绿树”底下的那某个“人家”。要之，这里是词中人昔游之地。对景枨触如此，必有值得永久纪念的特殊情事。于是，结拍“落花犹在，香屏空掩，人面知何处”点明词旨。较之“桃花依旧笑东风”之句，尤觉有花落人去之苦。词中人只于北楼闲望，原来他已经访过不曾出现的伊人了，她那里断无消息，惟“香屏空掩”而已。此词与唐朝诗人崔护《题都城南庄》一诗的意境——“去年今日此门中，人面桃花相映红。人面不知何处去，桃花依旧笑东风”有异曲同工之妙，而两首作品艺术表现上的差异，读者诸君也自会有一番感悟。

虞美人①

曲阑干外天如水②，昨夜还曾倚。初将明月比佳期，长向月圆时候、望人归。

罗衣着破前香在，旧意谁教改。一春离恨懒调弦，犹有两行闲泪宝筝前。

注释

①虞美人，原为唐教坊曲名，后用为此调。原本用于吟咏项羽宠妃虞姬，调名也由此而来。

②天如水：语本柳永《二郎神》词“乍露冷风清庭户，爽天如水，玉钩遥挂”。可参看唐赵嘏《江楼旧感》：“独上江楼思渺然，月光如水水如天。同来望月人何处，风景依稀似去年。”

点评

此为怀人怨别词。词中以浅近而真挚的语言，回旋往复地抒写了词人心中短暂的欢乐和无法摆脱的悲哀，寄托了词人在落拓不堪的人生境遇中对于人情冷暖、世态炎凉、身世浮沉的深沉感慨。词中着意刻画的女子形象，隐然蕴含作者自伤幽独之感。

留春令[①]

画屏天畔[②]，梦回依约[③]，十洲云水[④]。手捻红笺寄人书，写无限伤春事。

别浦[⑤]高楼曾漫倚。对江南千里。楼下分流[⑥]水声中，有当日凭高泪。

注释

①《词谱》以晏几道的这首词为正调。

②天畔：指画屏上部。

③依约：依稀隐约。

④十洲云水：托名为汉东方朔撰的《十洲记》载，八方大海中，有祖洲、瀛洲、玄洲、炎洲、长洲、元洲、流洲、生洲、凤麟洲、聚窟洲。

⑤别浦：离别的地方。

⑥分流：古乐府《白头吟》有"蹀躞御沟上，沟水东西流"句。

点评

这首词写女子伤春怀人的情思。

词中例以美人为仙,美人所居为仙境,暗指所思念的人的居处,写出了梦境的虚幻和醒后的怅惘,真是妙有远神,令人掩抑低回不已。人倚高楼,念远之泪却滴向楼下分流的水中,将离愁别绪与怀人之情抒写得深婉曲折而又缠绵悱恻,具有感人至深的艺术力量。

思远人[1]

红叶黄花[2]秋意晚,千里念行客。飞云过尽,归鸿无信,何处寄书得?

泪弹不尽临窗滴。就砚旋研墨。[3]渐写到别来,此情深处,红笺为无色。

注释

①《词谱》:"调见《小山乐府》,因词有'千里念行客'句,取其意以为名。"《词谱》指的正是晏几道的这首词。

②红叶:枫叶。黄花:菊花。

③就砚旋研墨:此承上句,谓泪滴入砚,即以泪研墨。语本孟郊《归信吟》"泪墨洒为书"一句。

点评

此词就“寄书”二字发挥，写以泪研墨，泪滴红笺，情愈悲而泪愈多，竟至笺上的红字褪尽。用夸张的手法表情达意，写出感情发展的历程，是此词艺术上的突出特点。无论是泪、墨、红笺，都融进闺人的深情之中，物与情已浑然一体。这首词与小晏惯常的“情溢词外，未能意蕴其中”这一风格不同，全词用笔甚曲，下字甚丽，宛转入微，味深意厚，堪称小晏词中别出机杼的异调。

满庭芳①

南苑吹花②，西楼题叶③，故园欢事重重。凭阑秋思，闲记旧相逢。几处歌云梦雨，可怜便流水西东。别来久，浅情未有、锦字系征鸿④。

年光还少味，开残槛菊，落尽溪桐。谩留得，尊前淡月西风。此恨谁堪⑤共说，清愁付、绿酒杯中。佳期在，归时待把、香袖看啼红。

注释

①《词统源流》以为《满庭芳》调名出自柳宗元诗“偶此即安居，满庭芳草积”，及吴融“满庭芳草易黄昏”诗句。又名《满庭霜》、《江南好》、《话桐乡》、《满庭花》、《锁阳台》、《潇湘夜雨》、《潇湘雨》。这首词为怀人之作。词中主人公自与情人分手后，回忆往日欢情，期待重约佳期。在萧瑟的秋天，怨恨交

加，悲不自胜。全词婉约有致，情溢言外，余味无穷。

②吹花：古代重阳节的一种活动。

③题叶：指红叶题诗传情。唐玄宗时顾况于"苑中，坐流水上，得大梧叶"，上有题诗云："一入深宫里，年年不见春。聊题一片叶，寄与有情人。"况亦于叶上题诗与之，反复唱和。事见唐孟棨《本事诗一隋感》。

④锦字系征鸿：系于雁足的书信。语出《汉书·苏武传》："昭帝即位。数年，匈奴与汉和亲。汉求武等，匈奴诡言武死。后汉使复至匈奴，常惠请其守者与俱，得夜见汉使，具自陈道。教使者谓单于，言天子射上林中，得雁，足有系帛书，言武等在某泽中。使者大喜，如惠语以让单于。单于视左右而惊，谢汉使曰：'武等实在。'"锦字，即锦字书，指书信。

⑤堪：能够，可以。

点评

晏几道家境中衰，情场失意的时候占多数。他自以为对歌伎付出了情感，便祈求对方同等的反馈。事与愿违之后，无休的怨恨汹涌而来，这首词就是宣泄心中的不满与怨恨。虽然借歌伎之口叙说，表现的却是词人自己的真实感受。

苏轼

苏轼（1037~1101），字子瞻，号东坡居士，眉州眉山（今四川眉山）人。宋仁宗嘉祐二年（1057）进士。官至翰林学士、知制诰、礼部尚书。因反对王安石变法，受新党排挤，请求外任；后因作诗讽刺新法而入狱，险些丧命。旧党执政后苏轼复因反对尽废新法而受排挤，被迫离京外任。哲宗亲政，新党重新掌权，苏轼被一贬再贬，直至惠州（今属广东省）、儋州（今属海南省）。徽宗朝遇赦，北还途中病逝于常州。苏轼诗词文兼擅，是北宋诗文革新运动的主将。对词的贡献尤大，他扩大了词的题材，怀古、感旧、抒志、咏史、写景、记游、说理等均可入词，使词真正突破了"花间"、"尊前"的樊篱，开拓出豪放的词境，与辛弃疾并称"苏辛"。《东坡乐府》存词三百五十多首。

水龙吟[1]·次韵章质夫杨花词[2]

似花还似非花，也无人惜从教坠。抛家傍路，思量却是，无情有思[3]。萦损柔肠，困酣娇眼，欲开还闭。梦随风万里，寻郎去处，又还被、莺呼起。[4]

不恨此花飞尽，恨西园、落红难缀。晓来雨过，遗踪何在，一池萍碎[5]。春色三分，二分尘土，一分流水。细看来，不是杨花，点点是离人泪。

注释

①调名取自李白诗《宫中行乐词八首》其三："笛奏龙吟水，箫鸣风下空。"《词谱》以苏轼这首词为正调。这是东坡少有的婉约风格的咏物词作。词人藉暮春之际"抛家傍路"的杨花，化"无情"之花为"有思"之人，"直是言情，非复赋物"，幽怨缠绵而又空灵飞动地抒写了带有普遍性的离愁。王国维《人间词话》："咏物之词，自以东坡《水龙吟》为最工。"

②章质夫：名楶(jié)，字质夫，浦城(今属福建省)人。曾作《水龙吟》咏杨花，苏轼依章词原韵唱和，故称"次韵"。

③无情有思：前代诗人，有的说杨花无情，如韩愈《晓春》诗"杨花榆荚无才思"。有的说杨花有情，如杜甫《白丝行》诗"落絮游丝亦有情"。

④"梦随"三句：与唐金昌绪《春怨》"打起黄莺儿，莫教枝上啼。啼时惊妾梦，不得到辽西"句意相似。

⑤萍碎：苏轼自注："杨花落水为浮萍，验之信然。"此说并无科学根据，是词人的误解。

点评

苏轼是北宋豪放词派的先驱，而这首词却是属于婉约派的。单从咏杨花来说，这词无可挑剔，但结合了当时作者的心境，反而觉得让此文为之失色。当时，苏东坡贬谪黄州，心情落寞，文中的泪，正是他当时心情的写照。从中可以看出，他把自己比作怨妇，朝廷就是他的郎。他仍盼望朝廷能再次起用他，对仕途仍然没有彻底绝望。这符合古代文人，与学而优则仕，为官入朝，实现自己的理想、抱负，同时光宗耀祖的传统思想是分不开的。对功名如粪土，他还是没有全然看开，唯感叹年华如流水，岁月空蹉跎。

洞仙歌①

仆七岁时，见眉州老尼，姓朱，忘其名，年九十岁。自言尝随其师入蜀主孟昶②宫中。一日大热，蜀主与花蕊夫人夜纳凉摩诃池上，③作一词。朱具能记之。今四十年，朱已死久矣，人无知此词者。但记其首两句，暇日寻味，岂《洞仙歌令》乎，乃为足之。

冰肌玉骨，自清凉无汗。水殿风来暗香满。绣帘开，一点明月窥人，人未寝、欹枕④钗横鬓乱。

起来携素手，庭户无声，时见疏星渡河汉⑤。试问夜如何，夜已三更，金波淡、玉绳低转⑥。但屈指、西风几时来，又不道、流年暗中偷换。

注释

①宋张邦基《墨庄漫录》卷九：东坡作长短句《洞仙歌》所谓"冰肌玉骨，自清凉无汗"者，公自叙云："予幼时见一老人，年九十余，能言孟蜀主时事，云：'蜀主尝与花蕊夫人夜起纳凉于摩诃池上，作《洞仙歌》，令老人能歌之。'予今但记其首两句，力为足之。"近见李公彦《季成诗话》乃云："杨元素作《本事记》，《洞仙歌》'冰肌玉骨，自清凉无汗'，钱唐有老尼能诵后主诗首章两句，后人为足其意，以填此词。"其说不同。予友陈兴祖德昭云："顷见一诗话，亦题云李季成作，乃全载孟蜀主一诗：'冰肌玉骨清无汗，水殿风来暗香满。帘间明月独窥人，敧枕钗横云鬓乱。三更庭院悄无声，时见疎星度河汉。屈指西风几时来，只恐流年暗中换。'云：东坡少年遇美人，喜《洞仙歌》，又邂逅处景色暗相似，故隐括稍协律以赠之也。予以谓此说近之，据此乃诗耳，而东坡自叙乃云是《洞仙歌令》，盖公以此叙自晦耳，《洞仙歌》腔出近世，五代及国初，未之有也。"

②孟昶(chǎng)：五代时后蜀国君，生活奢靡，喜好词曲。

③花蕊夫人：后蜀主孟昶之妃。摩诃池：在蜀王宫宣华苑，相传故址在今成都昭觉寺。

④敧枕：倚枕，靠着枕头。

⑤河汉：指天河。

⑥金波：指浮动的月光。《汉书·礼乐志》："月穆穆以金波，日华耀以宣明。"颜师古注："言月光穆穆，若金之波流也。"玉绳：星名，此处泛指群星。

点评

这首词描述了五代时后蜀国君孟昶与其妃花蕊夫人夏夜在摩河池上纳凉的情景，着意刻绘了花蕊夫人姿质与心灵的美好、高洁，表达了词人对时光流逝的深深惋惜和感叹。

这首词写古代帝王后妃的生活，在艳羡、赞美中附着作者自身深沉的人生感慨。全词清空灵隽，语意高妙，想象奇特，波澜起伏，读来令人神往。

青玉案①·和贺方回韵送伯固归吴中故居②

三年枕上吴中路。遣黄犬③、随君去。若到松江呼小渡。莫惊鸳鹭,四桥尽是,老子④经行处。

《辋川图》⑤上看春暮,常记高人右丞⑥句。作个归期天定许。春衫犹是,小蛮⑦针线,曾湿西湖雨。

注释

①这是一首赠别词。

②贺方回:词人贺铸。伯固:苏坚字伯固,苏轼族人。

③黄犬:据《晋书》载,陆机有犬名黄耳,机在洛阳时,曾把书信系在它的脖子上,送至松江家中,并得回信。

④老子:作者自称,宋人习用语,犹老夫。辛弃疾《水调歌头·和王正之吴江观雪见寄》词:"老子旧游处,回首梦耶非。"

⑤《辋(wǎng)川图》:王维隐居辋川别墅,曾在清凉寺绘《辋川图》,此指作者有归隐之意。

⑥右丞:王维官尚书右丞。杜甫《解闷》:"不见高人王右丞,蓝田丘壑漫寒藤。"

⑦小蛮:白居易侍妾名,此指苏轼妾朝云。

点评

元祐四年到元祐六年,苏轼出任杭州太守,时苏坚为其下属。两人交情甚笃,苏轼治理西湖多得苏坚的帮助。三年之后,送别友人归"吴中"故乡,惜别之情难以自已。上阕写送别，苏轼欲“遣黄犬”送信，寄达自己对友人的思念。且认为友人这次归故里是要与“鸳鹭”为伍，摆脱仕途之累，在“松江”“四桥”间潇洒往来，自在生活。下阕设想友人隐逸故里的情景。友人将学习唐贤王维隐居“辋川”的做法，吟诗作乐，自由随意。结尾三句用典，写当年在杭州共事的情景，以回味两人的友谊作结。

江城子[1]·乙卯正月[2]二十日夜记梦

十年生死两茫茫，不思量，自难忘。千里孤坟[3]，无处话凄凉。纵使相逢应不识，尘满面、鬓如霜[4]。

夜来幽梦忽还乡，小轩窗，正梳妆。相顾无言，惟有泪千行。料得年年肠断处，明月夜，短松冈。

注释

①清李良年《词家辩证》：“南唐张泌有《江城子》二阕。”五代欧阳炯用此调填词，词中有“如西子镜，照江城”句，犹含本意。唐词为单调，宋人演为双调。又名《江神子》、《村意远》、《水晶帘》等。

②乙卯正月：本篇为宋神宗熙宁八年（1075）正月，作者在密州悼念亡妻王弗而作。王弗，眉州青神人。十六岁嫁与苏轼，二十七岁时病亡。从王弗逝世（1065）到作者作此词正好十年。

③千里孤坟：此时作者在密州（今山东省诸城县），王弗葬于眉山东北（今四

川省彭山县）苏洵夫妇墓旁，两地相距何止千里。

④鬓如霜：言两鬓斑白。白居易《闻龟儿咏诗》：“莫学二郎吟太苦，才年四十鬓如霜。”

点评

苏轼十九岁与同郡王弗结婚，嗣后出蜀入仕，夫妻琴瑟调和，甘苦与共。十年后王弗亡故，归葬于家乡的祖茔。这首词是苏轼在密州一次梦见王弗后写的，距王弗之卒又是十年了。生者与死者虽然幽明永隔，感情的纽带却结而不解，始终存在。“不思量，自难忘”两句，看来平常，却出自肺腑，十分诚挚。“不思量”极似无情，“自难忘”则死生契阔而不尝一日去怀。这种感情深深地埋在心底，怎么也难以消除。读惯了词中常见的那种“一日不思量，也攒眉千度”（柳永）的爱情浓烈的词句，再来读苏轼此词，可以感受到它们写出不同人生阶段的情感类型。前者是青年时代的感情，热烈浪漫，然而容易消退。后者是进入中年后一起担受着一生忧患的正常的夫妻感情，它像日常生活一样，平淡无奇，然而淡而弥永，久而弥笃。苏轼本来欣赏“外枯而中膏，似淡而实美”的艺术风格，这首词表达的感情就是如此，因此才能生死不渝。

木兰花①·次欧公②西湖韵

霜余已失长淮阔，空听潺潺清颍③咽。佳人犹唱醉翁词，四十三年④如电抹。

草头秋露流珠滑，三五盈盈还二八。⑤与余同是识翁人，惟有西湖波底月。

注释

①这首词是苏轼五十六岁时为怀念恩师欧阳修而作。

②欧公：指欧阳修，欧阳修曾作一词《玉楼春》咏颍州西湖。

③清颍：颍水，淮河支流，在今河南省。

④四十三年：自欧阳修作《木兰花》至苏轼作此词，已相距四十三年。电抹：形容光阴飞逝。范成大《泛湖诗》："一笑流光飞电抹，嫦娥相对两愁绝。"

⑤三五：指每月十五。二八：指每月十六。

点评

宋哲宗元祐六年八月，苏轼移知颍州，四十三年前欧阳修曾任此地长官，有多篇咏颍州西湖的歌词。欧阳修是苏轼的座师，非常欣赏苏轼。所以，当苏轼听到当地歌伎"犹唱醉翁词"时，便有许多感慨。他感慨时光的流逝，表达了对欧阳修的深深怀念之情。

贺新郎[1]

乳燕飞华屋[2]，悄无人、桐阴转午[3]，晚凉新浴。手弄生绡白团扇，扇手一时似玉。渐困倚、孤眠清熟。帘外谁来推绣户，枉教人、梦断瑶台[4]曲。又却是、风敲竹。

石榴半吐红巾蹙[5]，待浮花、浪蕊都尽，伴君幽独。秾艳[6]一枝细看取，芳心千重似束。又恐被、西风惊绿。若待得君来向此，花前对酒不忍触。共粉泪、两簌簌[7]。

注释

①清毛先舒《填词名解》谓此调为苏轼首创。因苏词中有“晚凉新浴”句，故名《贺新凉》，后误“凉”为“郎”，调名盖本此。又名《金缕曲》、《金缕歌》、《金缕词》、《风敲竹》、《乳燕飞》、《貂裘换酒》等。

②乳燕飞华屋：宋赵彦卫《云麓漫抄》卷四，“东坡长短句《贺新郎》词云：‘乳燕飞华屋’尝见其真迹，乃‘栖华屋’。”

③转午：天已到午后。

④瑶台：传说中神仙居住的地方。

⑤蹙（cù）：褶皱。

⑥裱（biǎo）艳：艳丽。

⑦簌（sù）簌：坠落貌。

点评

这是一首抒写闺怨的双调词，咏人兼咏物，上片描写在清幽环境中的一位美人，她高洁绝尘，又十分孤独寂寞；下片掉转笔锋，专咏榴花，借花取喻，时而花人并列，时而花人合一。作者赋予词中的美人、榴花以孤芳高洁、自伤迟暮的品格和情感，在这两个美好的意象中渗透进自己的人格和感情。词中写失时之佳人，托失意之情怀；以婉曲缠绵的儿女情肠，寄慷慨郁愤的身世之感。

秦观

秦观(1049~1100),字少游,一字太虚,号淮海居士。高邮(今属江苏省)人。少有才名,研习经史,喜读兵书。熙宁十年(1077),往谒苏轼于徐州,次年作《黄楼赋》,苏轼以为"有屈、宋姿"。元丰八年(1085)进士,元祐初,任秘书省正字,兼国史院编修;晚年一再遭贬。他是"苏门四学士"之一,其诗清新婉丽;词多写恋情和身世之慨,语工而入律,情韵兼胜,哀艳动人,曾因《满庭芳》词赢得"山抹微云君"的雅号。他毕生追随苏氏兄弟,而词风不学东坡,独创一格,以秀丽含蓄取胜,情调略显柔弱与凄凉。有单刻本《淮海居士长短句》三卷行世,后收入《彊村丛书》。

望海潮①

梅英疏淡,冰澌②溶泄,东风暗换年华。金谷③俊游,铜驼④巷陌,新晴细履平沙。长记误随车⑤。正絮翻蝶舞,芳思交加。柳下桃蹊,乱分春色到人家。

西园夜饮鸣笳。⑥有华灯碍月,飞盖妨花。兰苑未空,行人渐老,重来是事⑦堪嗟!烟暝酒旗斜。但倚楼极目,时见栖鸦。无奈归心,暗随流水到天涯。

注释

①调见柳永《乐章集》。钱塘自古为观海潮的胜地,调名大约取意于此。为《词苑丛谈》卷七,"柳耆卿与孙相何为布衣交,孙知杭,门禁甚严,耆卿欲见之不

得,作《望海潮》词,往诣名妓楚楚曰:‘欲见孙相,恨无门路,若因府会,愿朱唇歌之,若问谁为此词,但说柳七。’中秋夜会,楚宛转歌之,孙即席迎耆卿预坐。”

②冰澌(sī):冰块。

③金谷:金谷园,晋石崇所建别墅名园,常在此园中招待宾客,饮宴游玩。

④铜驼:汉代洛阳街名,街道两侧有铜驼相对立,故名。

⑤长记误随车:语出韩愈《游城南十六首》的《嘲少年》:“直把春偿酒,都将命乞花。只知闲信马,不觉误随车。”以及张泌的《浣溪沙》:“晚逐香车入凤城,东风斜揭绣帘轻,慢回娇眼笑盈盈。消息未通何计是?便须佯醉且随行,依稀闻道太狂生。”则都可作误随车的注释。

⑥西园夜饮鸣笳:暗指元祐三年苏轼、秦观等十七人在驸马都尉王诜家西园雅集之事。曹植《公燕》诗:“清夜游西园,飞盖相追随。明月澄清景,列宿正参差。”

⑦是事:事事,每件事。

点评

此词不止于追怀过去的游乐生活,还有政治失意之慨叹其中。有一年早春时节,作者重游洛阳。洛阳这个古代名城,是北宋的西京,也是当时繁华的大城市之一。词人曾经在这里生活过一段时期,对此地留下了难忘的记忆。词人旧地重游,人事沧桑给他以深深的触动,使他油然而生惜旧之情,写下了这首词。

此词的艺术特色主要是:其一,结构别具一格,上片先写今后写昔,下片先承上写昔后再写今,忆昔部分贯通上下两片。其二,大量运用对比手法,以昔衬今,极富感染力。

八六子①

倚危亭，恨如芳草，萋萋刬②尽还生。念柳外青骢别后，水边红袂③分时，怆然④暗惊。

无端天与娉婷⑤，夜月一帘幽梦，春风十里柔情。⑥怎奈向、欢娱渐随流水，素弦声断，⑦翠绡香减，⑧那堪片片飞花弄晚，濛濛残雨笼晴，正销凝⑨，黄鹂又啼数声。

注释

①调见《尊前集》中杜牧的作品。杜词全词八韵，以六字句为主，调名可能取自此意。因秦观词有"黄鹂又啼数声"句，故又名《感黄鹂》。

②刬（chǎn）：铲除。李煜《清平乐》："离恨恰如春草，更行更远还生。"

③红袂（mèi）：红色衣袖。

④怆（chuàng）然：悲伤貌。

⑤娉婷（pīng tíng）：姿态美好貌。

⑥"夜月"二句：借用杜牧《赠别》诗句"娉娉袅袅十三余，豆蔻梢头二月初。春风十里扬州路，卷上珠帘总不如"。

⑦素弦声断：意谓分别后无心弹琴。

⑧翠绡（xiāo）香减：意谓分别后懒于修饰。

⑨销凝：因伤感而凝思出神。此二句化用杜牧《八六子》末句："正销魂，梧桐又移翠阴。"

点评

此词写作者与他曾经爱恋的一位歌女之间的离别相思之情。全词由情切入，突兀而起，其间绘景叙事，或回溯别前之欢，或追忆离后之苦，或感叹现实之悲，委婉曲折，道尽心中一个“恨”字。此词语言上好用对句，如“柳外水边”、“夜月春风”、“素琴翠绡”、“飞花残雨”皆是，尤以“夜月”和“飞花”两联为佳，不仅语言工丽，而且各具意境。全词情景交融，景语情语难分，可谓感人至深，独具匠心。

满庭芳①

山抹②微云，天连衰草，画角声断谯门③。暂停征棹，聊共引离尊。多少蓬莱旧事，空回首、烟霭纷纷。斜阳外，寒鸦万点，流水绕孤村。④

消魂，当此际，香囊⑤暗解，罗带轻分⑥。谩赢得青楼，薄幸名存。⑦此去何时见也，襟袖上、空惹啼痕。伤情处，高城望断，灯火已黄昏。

注释

①这首词写离情别绪。

②抹：涂抹。词人另有《泗州东城晚望》诗：“林梢一抹青如画，应是淮流转处山。”两者可参看。

③谯（qiáo）门：建有瞭望楼的城门。

④寒鸦万点，流水绕孤村：直接用隋炀帝断句诗："寒鸦千万点，流水绕孤村。"

⑤香囊：古代男子有佩香荷包的风尚。

⑥罗带轻分：意谓分离，古人用罗带结成同心结象征相爱。

⑦"谩赢得"句：语本杜牧《遣怀》诗"十年一觉扬州梦，赢得青楼薄幸名"。

点评

这首《满庭芳》是秦观最杰出的词作之一。起拍开端"山抹微云，天连衰草"，雅俗共赏，只此一个对句，便足以流芳词史了。一个"抹"字出语新奇，别有意趣。"抹"字本意，就是用别的一个颜色，掩去了原来的底色之谓。传说，唐德宗贞元时阅考卷，遇有词理不通的，他便"浓笔抹之至尾"。至于古代女流，则时时要"涂脂抹粉"，亦即用脂红别色以掩素面本容之义。

按此说法，"山抹微云"，原即山掩微云。若直书"山掩微云"四个大字，那就风流顿减，而意致全无了。词人另有"林梢一抹青如画，知是淮流转处山"的名句。这两个"抹"字，一写林外之山痕，一写山间之云迹，手法俱是诗中之画，

画中之诗，可见作者是有意将绘画笔法写入诗词的。少游在这个"抹"字上极享盛名，婿宴席前遭了冷眼时，便遽起，叉手而对曰："某乃山抹微云女婿也！"以至于其虽是笑谈，却也说明了当时人们对作者炼字之功的赞许。山抹微云，非写其高，概写其远。它与"天连衰草"，同是极目天涯的意思：一个山被云遮，便勾勒出一片暮霭苍茫的境界；一个衰草连天，便点明了暮冬景色惨淡的气象。全篇情怀，皆由此八个

字里而透发。

“画角”一句，点明具体时间。古代傍晚，城楼吹角，所以报时，正如姜白石所谓“正黄昏，清角吹寒，都空城”，正写具体时间。“暂停”两句，点出赋别、饯送之本事。词笔至此，便有回首前尘、低回往事的三句，稍稍控提，微微唱叹。妙“烟霭纷纷”四字，虚实双关，前后相顾。“纷纷”之烟霭，直承“微云”，脉络清晰，是实写；而昨日前欢，此时却忆，则也正如烟云暮霭，分明如，而又迷茫怅惘，此乃虚写。

接下来只将极目天涯的情怀，放眼前景色之间，又引出了那三句使千古读者叹为绝唱的“斜阳外，寒鸦万点，流水绕孤村”。于是这三句可参看元人马致远的名曲《天净沙》：“枯藤老树昏鸦，小桥流水人家。古道西风瘦马，夕阳西下，断肠人天涯。”抓住典型意象，巧用画笔点染，非大手不能为也。少游写此，全神理，谓天色既暮，归禽思宿，却流水孤村，如此便将一身微官濩落，去国离群的游子之恨以“无言”之笔言说得淋漓尽致。词人此际心情十分痛苦，他不去刻画这一痛苦的心情，却将它写成了一种极美的境界，难怪令人称奇叫绝。

下片中“青楼薄幸”亦值得玩味。此是用“杜郎俊赏”的典故：杜牧之，官满十年，弃而自便，一身轻净，亦万分感慨，不屑正笔稍涉宦郴字，只借“闲情”写下了那篇有名的“十年一觉扬州梦，赢得青楼薄幸名”，其词意怨愤谑静。而后人不解，竟以小杜为“冶游子”。少游之感慨，又过乎牧之之感慨。

结尾“高城望断”。“望断”这两个字，总收一笔，轻轻点破题旨，此前笔墨倍添神采。而灯火黄昏，正由山林微云的傍晚到“纷纷烟霭”的渐重渐晚再到满城灯火，一步一步，层次递进，井然不紊，而惜别停杯，流连难舍之意也就尽其中了。

这首词笔法高超还韵味深长，至情至性而境界超凡，非用心体味，不能得其妙也。

后，秦观因此得名“山抹微云君”。

满庭芳[1]

晓色云开，春随人意，骤雨才过还晴。古台芳榭，飞燕蹴[2]红英。舞困榆钱[3]自落，秋千外、绿水桥平。东风里，朱门映柳，低按小秦筝。

多情，行乐处，珠钿翠盖，玉辔红缨。渐酒空金榼[4]，花困蓬瀛。豆蔻梢头旧恨，十年梦、屈指堪惊。[5]凭阑久，疏烟淡日，寂寞下芜城[6]。

注释

①此为春游感怀之作。

②蹴(cù)：追逐。杜甫《城西陂泛舟》："鱼吹细浪摇歌扇，燕蹴飞花落舞筵。"

③榆钱：唐施肩吾《戏咏榆荚》："风吹榆钱落如雨，绕林绕屋来不住。"

④金榼(kē)：酒器。

⑤"豆蔻"二句：语本杜牧《赠别》诗"豆蔻梢头二月初"和《遣怀》诗"十年一觉扬州梦"。

⑥芜城：扬州的别名。

点评

秦观善于以长调抒写柔情。本词记芜城春游感怀，写来细腻自然，悠悠情长，语尽而意不尽。此词的情调是由愉悦转为忧郁，色调从明快渐趋暗淡，词人的心情随着时间和环境的改换而在起着变化，却又写得那样宛转含蓄，不易捉摸，只好用他自己的话来形容了，“自在飞花轻似梦，无边丝雨细如愁”（《浣溪沙》）。

上片写景，起首三句写破晓前一阵急雨，不久雨霁云散，朝霞满天，词人满怀欣悦，在这旖旎的春光里旧地重游，但见尘封楼台，草满庭阶，已非昔年繁华景象；只有燕燕差池，欲飞还住，足尖频频踢下瓣瓣落花。“舞困”句形容风来榆枝摇曳，风停树静，串串榆荚犹如酣舞已久，慵自举袂的少女；自落是说风过后榆钱轻轻坠地，悄无声息。这里摄取了两个镜头，即“燕蹴红英”和“榆钱自落”，用以突出四周环境的冷落凄寂。词人乘兴而来，不能再见到“今日良宴会，欢乐难具陈”的场面，不禁恍有所思，若有所失，其心情是与他在《望海潮》词中所说“重来是事堪嗟”相似，只是此处并不明言，而是以客观环境作为衬托，间接地反映出词人内心的怅惘和感喟。

“秋千外”四句，转静为动，那出墙秋千吸引了词人的视线。荡秋千，是闺中女子爱好的游戏，也经常出现在文人笔下，如“绿杨楼外出秋千”，“柳外秋千出画墙”；而苏轼的“墙里秋千墙外道，墙外行人，墙里佳人笑”（《蝶恋花》）可说是和“秋千外、绿水桥平”同一机杼。小桥涨水，朱门映柳，这是墙外所见。然而使词人悄然凝思的，则是飘然而至的弹筝之声。从秋千出墙到风送筝声，由墙外古台到墙内佳人，引出种种联想，使词人心潮起伏，陷入沉思之中。

下片通过回忆、对照，在深化词意的过程中透露词人心情的变化。“多情”两句，承上接下。“多情”两字一顿，指当年在此行乐之人和事，如今人事已非，而行乐之处宛然在目。“珠钿”两句形容车马装饰的华美，想见那时“冠盖纵横至，车骑四方来”的情景。“渐酒空”两句追忆离别。金盏酒尽，仙境花萎，乐事难久，盛宴易散，真是“而今乐事他年泪”了，蓬瀛，即仙山蓬莱和瀛洲，借指歌伎居处。

“豆蔻”两句，隐括杜牧《赠别》诗意，记的是以往的一段恋情，豆蔻梢头，点明伊人歌伎的身份；“旧恨”照应行乐处及行乐之人，又引出身世之感。屈指十年，叹息岁月如流。如今人去楼空，不胜沧桑之感，所以说是“堪惊”。从人事的堪嗟到“堪惊”，意味着伊人不知何处，往事不堪回首，词人的心情也愈趋沉重。“凭阑久”三句，以景作结。“疏烟淡日”与起首“晓色云开”成明显对照；一灰暗，一明快，也反映了词人内心由怡悦转向忧伤的感情变化。

减字木兰花[1]

天涯旧恨，独自凄凉人不问，欲见回肠[2]，断尽金炉小篆香[3]。
黛蛾[4]长敛，任是春风吹不展，困倚危楼，过尽飞鸿字字愁。[5]

注释

①据《词谱》：《木兰花》令始于韦庄，系五十五字，全用仄韵者。《花间集》魏承班有五十四字词一体，毛熙震有五十三字词一体，亦用仄韵，皆非减字也。自南唐冯延巳制《偷声木兰花》五十字，前后起两句仍作仄韵，七言结处乃偷平声，作四字一句，七字一句，始有两仄、两平、四换韵体。故《减字木兰花》又称《偷声木兰花》、《减兰》、《小木兰花》等。

②回肠：司马迁《报任安书》有“是以肠一日而九回”，南朝陈徐陵《在北齐与杨仆射书》：“朝千悲而掩泣，夜万绪而回肠，不自知其为生，不自知其为死也。”

③篆(zhuàn)香：盘香，此处喻“回肠”。李清照《满庭芳》：“篆香烧尽，日影下帘钩。”

④黛蛾：女子之眉。温庭筠《晚归曲》：“湖西山浅似相笑，菱刺惹衣攒黛蛾。”

⑤飞鸿：指雁。字字：雁飞时排成“一”字或“人”字，故云。

点评

这是写一个独处女子，在困人的春天思念远方情人的离愁别恨至深的词。词的上片“天涯”二句，首句“天涯”就距离写游子之远、彼此分离天各一方，“旧恨”就时间写分手之后，别愁离恨之长。词篇本事，就此揭示了出来。次句，“人不问”，写无人对语，独居高楼，本够凄凉，有谁关心慰问，即连同情的人都没有，故“独自凄凉”，即分外感觉到凄凉难堪。这里“人不问”之人，当指为其朝思暮想远在“天涯”之人。其人“不问”，可知音信不通，相思难寄，这就必然加重了她对远方情人的思念更加迫切，相见的欲望更加强烈。“欲见”两句，写女子在百无聊赖愁苦之极，只好用燃香数刻来耗费时间。“欲见”写怀情人之切，“回肠”写内心之痛，用形状回环如篆的盘香，形容恰如人的回肠百转。“断尽”，指炷一根根断尽。这里用以突出女子柔肠寸断，即“一寸相思一寸灰”的强烈感受。香断烟消，也是形容时间流逝、愁闷未散，女子的愿望终于烟雾一样虚幻。总之，这两句极写其相思怀人的愁苦。

过片从一年四季写愁。“黛蛾”两句写这位女子从冬到春愁眉难展的情状。由于别恨难消，故存于心头而现于眉梢，以致常是愁眉紧锁，尽管春天来临，“东风”劲吹，具有神奇伟大的东风，吹绿了大地江岸，吹开了百花吐艳。但无论怎样吹拂，也吹不展她的一双愁眉，这就深刻地揭示出在“长敛”、“不展”背后其愁恨的深重。此句构思巧妙，它和辛词《鹧鸪天》“春风不染白发须”同一机杼，都可说是文艺美学上无理而妙的写法。即通过这种似乎无理的描写，却更深刻地表达了人的情思，给人以无穷的韵味。歇拍“困倚”二句，写她从夏到秋守傍高楼，默默无语地目视一群群大雁消失在遥远的天边，渴望着有远人锦书的到来，但她凭着自己有多少次失望的经验，明知那毕竟是缥缈无凭的幻想，即使倚遍危楼，也依然是天涯离恨。因此在她眼里，那远去飞鸿组成的“人”字飞翔，实际上都可说是一个个巨大的“愁”字而已。这就是俗话说的“情人眼里出西施”。因为她思念情人,见雁字倍增愁思,“人”字也就变成了“愁”字。因为人在激情强烈的情况下,客观景物在人的眼里是会改变情调色彩的。所以,王国维说:“以我观物,故物我皆著我之色彩。”这话是言之有理的。

踏莎行[1]·郴州旅舍

雾失楼台,月迷津渡[2]。桃源[3]望断无寻处。可堪[4]孤馆闭春寒,杜鹃声里斜阳暮。

驿寄梅花[5],鱼传尺素[6],砌成此恨无重数。郴江幸自绕郴山,为谁流下潇湘去。

注释

①这首词为词人贬谪郴州时所写。

②津渡:渡口。

③桃源:陶渊明《桃花源记》所写的理想境界。杜甫《春日江村》:“茅屋还堪赋,桃源自可寻。”

④可堪:哪堪。

⑤驿寄梅花:《太平广记》引《荆州记》曰:“陆凯与范晔为友,在江南寄梅花一枝诣长安与晔,并赠诗云:‘折梅逢驿使,寄与陇头人。江南无所有,聊赠一枝春。’”

⑥鱼传尺素:蔡邕(yōng)《饮马长城窟行》诗有“客从远方来,遗我双鲤鱼。呼儿烹鲤鱼,中有尺素书”。两句指亲朋书信。

点 评

这首词题为“郴州旅舍”。大约作于绍圣四年(1097)春三月。前此,由于新旧党争,秦观出为杭州通判,又因御史刘拯告他增损神宗实录,贬监处州酒税。绍圣三年,再以写佛书被罪,贬徙郴州(今湖南郴州市)。接二连三的贬谪,其心情之悲苦可想而知,形于笔端,词作也益趋凄怆。此作写于初抵郴州之时,以委婉曲折的笔法,抒写了谪居的凄苦与幽怨。成为蜚声词坛的千古绝唱。

上片写谪居中寂寞凄冷的环境。开头三句,缘情写景,劈面推开一幅凄楚迷茫、黯然销魂的画面:漫天迷雾隐去了楼台,月色朦胧中,渡口显得迷茫难辨。“雾失楼台,月迷津渡。”互文见义,不仅对句工整,也不只是状写景物,而是情景交融的佳句。“失”、“迷”二字,既准确地勾勒出月下雾中楼台、津渡的模糊,又恰切地写出了作者无限凄迷的意绪。“雾失”、“月迷”,皆为下句“望断”出力。“桃源望断无寻处”。词人站在旅舍观望应该已经很久了,他目寻当年陶渊明笔下的那块世外桃源。桃源,其地在武陵(今湖南常德),离郴州不远。词人由此产生联想:即是“望断”,亦为枉然。着一“断”字,让人体味出词人久伫苦寻幻想境界的怅惘目光及其失望痛苦的心情。他的《点绛唇》,诸本题作“桃源”。词中“尘缘相误,无计花间住”。写的当是同样的心情。“桃源”是陶渊明心目中的避乱胜地,也是词人心中的理想乐土,千古关情,异代同心。而“雾”、“月”则是不可克服的现实阻碍,它们以其本身的虚无缥缈呈现出其不可言喻的象征意义。而“楼台”、“津渡”,在中国文人的心目中,同样被赋予了文化精神上的蕴涵,它们是精神空间的向上与超越的拓展。词人多么希望借此寻出一条通向“桃源”的秘道!然而他只有失望而已。一“失”一“迷”,现实回报他的是这片雾笼烟锁的景象。“适彼乐土”之不能,旨在引出现实之不堪。于是放纵的目光开始内收,引出“可堪孤馆闭春寒,杜鹃声里斜阳暮”。桃源无觅,又谪居远离家乡的郴州这个湘南小城的客舍里,本自容易滋生思乡之情,更何况不是宦游他乡,而是天涯沦落啊。这两句正是意在渲染这个贬所的凄清冷寞。春寒料峭时节,独处客馆,念往事烟霭纷纷,瞻前景不寒而栗。一个“闭”字,锁住了料峭春寒中的馆门,也锁住了那颗欲求拓展的心灵。更有杜鹃声声,催人“不如归去”,勾起旅人愁思;斜阳沉沉,正坠西土,怎能不触动一腔身世凄凉之感。词人连用“孤馆”、“春寒”、“杜鹃”、“斜阳”等引人感发,令人生悲伤心景物于一境,即把自己的心情融入景物,创造“有我之境”。又以“可堪”二字领起一种强烈的凄冷气氛,好像他整个的身心都被吞噬在这片充斥天宇的惨淡愁云之中。王静安先生吟诵至此,不禁挥笔题曰:“少游词境最为凄婉,至‘可堪孤馆闭春寒,杜鹃声里斜阳暮’,则变而为凄厉矣。”(《人间词话》)前人多病其“斜阳”后再着一“暮”字,以为重累。其实不然,这三字表明着时间的推移,为“望断”作注。夕阳偏西,是日斜之时,慢慢沉落,始开暮色。“暮”,为日沉之时,这时间顺序,蕴含着词人因孤寂而担心夜晚来临更添寂寞难耐的心情。这是处境顺利、生活充实的人所未曾体验到的愁人心绪。因此,“斜阳暮”三字,正大大加重了感情色彩。

下片由叙实开始,写远方友人殷勤致意、安慰。“驿寄梅花,鱼传尺素。”连用两则有关友人投寄书信的典故,分见于《荆州记》和古诗《饮马长城窟行》。寄梅传素,远方的亲友送来安慰的信息,按理应该欣喜才是,但身为贬谪之词人,北归无望,却“别是一般滋味在心头”,每一封裹寄着亲友慰安的书信,触动的总是词人那根敏感的心弦,奏响的是对往昔生活的追忆和痛省今时困苦处境的一曲曲凄伤哀婉的歌。每一封信来,词人就历经一次这个心灵挣扎的历程,添其此恨绵绵。故于第三句急转,“砌成此恨无重数”。一切安慰均无济于事。离恨犹如“恨”墙高砌,使人不胜负担。一个“砌”字,将那无形的伤感形象化,好像还可以重重累积,终如砖石垒墙般筑起一道高无重数、沉重坚实的“恨”墙。恨谁?恨什么?身处逆境的词人没有明说。联系他在《自挽词》中所说:“一朝奇祸作,飘零至于是。”可知他的恨,与飘零有关,他的飘零与党祸相连。在词史上，作为婉约派代表词人，秦观正是以这堵心中的“恨”墙表明他对现实的抗争。他何尝不欲将心中的悲愤一吐为快？但他忧谗畏讥，不能说透。于是化实为虚，作宕开之笔，借眼前山水作痴痴一问：“郴江幸自绕郴山，为谁流下潇湘去。”无理有情，无理而妙。好像词人在对郴江说：郴江啊，你本来是围绕着郴山而流的，为什么却要老远地北流向潇湘而去呢？关于这两句的蕴意，或以为：“郴江也不耐山城的寂寞，流到远方去了，可是自己还得呆在这里，得不到自由。”（胡云翼《宋词选》）或以为词人“反躬自问”，慨叹身世：“自己好端端一个读书人，本想出来为朝廷做一番事业，正如郴江原本是绕着郴山而转的呀，谁会想到如今竟被卷入一切政治斗争漩涡中去呢？”（《唐宋词鉴赏辞典》）见仁见智，依笔者拙意，对这两句蕴意的把握，或可空灵一些。词人在幻想、希望与失望、展望的感情挣扎中，面对眼前无言而各得其所的山水，也许他悄然地获得了一种人生感悟：生活本身充满了各种解释，有不同的发展趋势，生活并不是从一开始便固定了的故事，就像这绕着郴山的郴江，它自己也是不由自已地向北奔流向潇湘而去。生活的洪流，依着惯性，滚滚向前，它总是把人带到深不可测的远方，它还将把自己带到什么样苦涩、荒凉的远方啊！正如叶嘉莹先生评此词说：“头三句的象征与结尾的发问有类似《天问》的深悲沉恨的问语，写得这样沉痛，是他过人的成就，是词里的一个进展。”（《唐宋词十七讲》）与秦观悲剧性一生“同升而并黜”的苏轼，同病相怜更具一份知己的灵感犀心，亦绝爱其尾两句，及闻其死，叹曰：“少游已矣，虽万人何赎！”自书于扇面以志不忘。是以王士祯云：“高山流水之悲，千古而下，令人腹痛！”（《花草蒙拾》）

阮郎归①

湘天风雨破寒初，深沉庭院虚。丽谯吹罢《小单于》。②迢迢清徂③。

乡梦断，旅魂孤。峥嵘岁又除。衡阳犹有雁传书，郴阳④和雁无。

注释

①这首词为秦观郴州除夕之作，当岁暮天寒，孤馆羁旅，伶仃一人，独对清夜，不禁有家山之思。全词于浅语、淡语中蕴有深远意味，抒写了无比哀伤的情感，寄托了沉重的身世感慨。

②丽谯(qiáo)：谯楼。小单(chán)于：唐代大角曲名。

③徂(cú)：消逝。

④郴(chēn)阳：郴州，在衡阳南。

点评

这首词系秦观贬谪郴州时岁暮天寒的感慨之作，抒发的是思乡之情。

词的上片，写除夕寒夜难眠闻曲，传达出客地寂寞之感。起二句写所见，作者先勾勒了一个寂冷的环境。郴州在今湖南省，湖南古称湘，故称湘天。首句说湖南岁暮风雨交加，初次惊破寒天冻地，这意味着气候将由冷转暖。"破寒初"，即刚进入初春季节。天气还是比较冷的，所谓春寒时候。尤其在毫无复苏希望的词人枯寂的心房里，更是感觉凄凉。总之，给人透露出一股寂冷凄凉的情味。接着环顾所居，庭院深邃，空寂冷落，欲言无人，深沉而空虚，人世间除旧迎新的气氛，一点儿也看不见，闻不到。一个"虚"字，道出了词人心头郁闷寡欢况味，可见贬谪生活的寂寥。"丽谯"二句写所闻。"丽谯"，绘有彩纹的城门楼，后指谯楼，即城门上的更鼓楼。语出《庄子·徐无鬼》中："君亦必无盛鹤列于丽谯之间。""小单于"，是当时的乐曲。李益《听晓角》诗云："无数塞鸿飞不度，秋风卷入《小单于》。""徂"是往、流逝的意思，杜甫《倦夜》诗："万事干戈里，空悲清夜徂。"这几句写，从谯楼传来了吹奏"小单于"的音乐声，呜咽渐停，清冷的夜真长呵，这就反衬出人却不能入睡的苦境，传达出度夕如年的浓厚孤独寂寞之感。

词的下片，写内心感触，抒怀乡之情。"乡梦"二句，写所思。"乡梦"，即回

乡之梦。这两句意思说，可惜连梦中返回故乡的好梦也断了，只落得像游魂一样飘荡。孤苦伶仃，贬谪在异乡，充分传达出寂寞况味。“峥嵘”句，写天寒岁暮，指在严峻坎坷的厄运中，终于又送走了旧岁。歇拍“衡阳”二句写所感。“衡阳”和“郴阳”都在楚地。“和雁无”：连雁也没有。衡阳有回雁峰，相传雁至衡阳而止。王勃《滕王阁序》有“雁阵惊寒，声断衡阳之浦”。而郴阳更在衡阳以远，是大雁也飞不到的地方。这两句说，雁断衡阳，来年北上，总还有大雁可以传递书信。而今身贬郴州，却是连雁儿也飞不到的地方，连雁足传书也不可能了。写他离乡日益遥远，处境更加危苦。

关于本词结句，与晏几道“梦魂纵有也成虚，那堪和梦无”句可称双璧。冯煦《宋六十一家词选例言》说：“淮海（秦观）、小山（晏几道），真古之伤心人也，其淡语皆有味，浅语皆有致，求之两宋词人，实罕其匹。”明人沈际飞评说，“伤心”（见《草堂诗余正集》卷一）这两个字确是道出了本篇的感情特点。从内容到音调，无不充满哀伤情调色彩。再看“衡阳犹有雁传书，郴阳和雁无”两句，不说自己贬谪远地音信断绝，度日如年，而只说郴州是连雁儿也飞不到的地方。从而委婉曲折地透露出他内心难以言传的苦痛。语淡意浓，余味无穷。

李之仪

李之仪（？~1117），字端叔，自号姑溪老农，沧州无棣（今属山东省）人。元丰中登进士。元祐末从苏轼于定州幕府，终官朝请大夫。他的词，长调近柳永，短调近秦观。多次韵，小令长于淡语、景语、情语，学习民歌乐府，深婉含蓄。词作有《姑溪词》，收入毛晋《宋六十名家词》。

谢池春

残寒销尽，疏雨过，清明后。花径敛余红，风沼萦新皱[①]。乳燕穿庭户，飞絮沾襟袖。正佳时，仍晚昼。著人[②]滋味，真个浓如酒。

频移带眼[③]，空只恁[④]、厌厌瘦。不见又相思，见了还依旧。为问频相见，何似长相守。天不老，人未偶。且将此恨，分付[⑤]庭前柳。

注释

①风沼萦新皱：语本冯延巳《谒金门》词"风乍起，吹皱一池春水"。沼，池塘。

②著人：迷人。

③移带眼：《梁书·沈约传》说，老病，腰带经常移动眼孔，喻日渐消瘦。

④恁(rèn)：如此。

⑤分付：托付。

点评

调名大约缘于谢灵运《登池上楼》诗，其中有"池塘生春草，园柳变鸣禽"诗句。宋杨亿《次韵和盛博士雪霁之什》："梁苑酒浓寒力减，谢池风细冻纹开。"明黄相《送兰泉叔还莆》："谢池春在应飞梦，阮竹风高忆共谈。""谢池春"在古代诗文中，当是成语。这首词写离别相思之苦。上片写景，有声有色，有动有静，以酒喻春，有独到之妙，可谓色味俱佳。下片抒情：人渐消瘦，只为离愁，聚散无定，何如长相厮守。天不助我，孑然难偶，只有将相思别恨，交付庭前垂柳。

卜算子

我住长江头，君住长江尾。日日思君不见君，共饮长江水。
此水几时休，此恨何时已。只愿君心似我心，定不负相思意。①

注释

①“只愿”二句：语本顾敻《诉忠情》“换我心，为你心，始知相忆深”。

点评

词以长江起兴。“我”、“君”对起，而一住江头，一住江尾，见双方空间距离之悬隔，也暗寓相思之悠长。日日思君而不得见，却又共饮一江之水。深味之下，尽管思而不见，毕竟还能共饮长江之水。下片紧扣长江水，进一步抒写别恨。悠悠长江之水，不知何时才能休止，绵绵相思之恨，也不知何时才能停歇。结句词人翻出新意：阻隔纵然不能飞越，两相挚爱的心灵却可一脉遥通。

周邦彦

周邦彦（1056~1121），北宋词人，字美成，号清真居士，钱塘（今浙江杭州）人。历官太学正、庐州教授、知溧水县等。少年时期个性比较疏散，但喜欢读书。宋神宗时，他写了一篇《汴都赋》，赞扬新法，徽宗时为徽猷阁待制，提举大晟府。精通音律，曾创作不少新词调。作品多写闺情，羁旅，也有咏物之作。格律谨严，语言曲丽精雅，长调尤善铺叙，为后来格律派词人所宗。旧时词论称他为“词家之冠”。有《清真居士文集》，已佚，今存《片玉词》。

瑞龙吟

章台[①]路。还见褪粉梅梢，试花桃树。愔愔[②]坊陌人家，定巢燕子，归来旧处。

黯凝伫。因念个人[③]痴小，乍窥门户。侵晨浅约宫黄[④]，障风映袖，盈盈笑语。

前度刘郎重到[⑤]，访邻寻里，同时歌舞。惟有旧家秋娘[⑥]，声价如故。吟笺赋笔，犹记燕台句[⑦]。知谁伴，名园露饮，东城闲步。事与孤鸿去。探春尽是，伤离意绪。官柳低金缕。归骑晚、纤纤池塘飞雨。断肠院落，一帘风絮。

注释

①章台：泛指妓院聚集之地。

②愔(yīn)愔：安静貌。

③个人：伊人。

④浅约宫黄：淡着脂粉。

⑤前度刘郎重到：据《幽明录》载：东汉人刘晨、阮肇入天台山采药逢仙女，居留半年后归来，而尘世已历七代。后又重入天台山，仙女已杳不可寻。

⑥秋娘：唐金陵歌伎杜秋娘，此处代指歌伎。

⑦犹记燕台句：语本李商隐《梓州罢吟寄同舍》“长吟远下燕台去，惟有衣香染未销”。

点评

《瑞龙吟》为周邦彦自度曲，《词谱》以周邦彦这首词为正调。词分三叠，首写旧地重游，所见所感：人如巢燕归来，寻常坊陌，宛如从前，梅花方才谢了，又见桃花着枝。次写当年旧人旧事：凝神伫立，仿佛看到伊人临风而立，听到伊人盈盈笑语。末写抚今追昔之情。前度刘郎，旧家秋娘，而今知与谁伴，往日欢娱，不知能否重续。到如今探春所获，尽是伤离意绪，归去吧！相伴只有，纤纤飞雨，一帘风絮。整首词婉转抑扬，含蓄蕴藉，令人揣摩把玩，读之不舍。

风流子

新绿小池塘，风帘动、碎影舞斜阳。羡金屋去来，旧时巢燕；土花[①]缭绕，前度莓墙。绣阁里，凤帏深几许，听得理丝簧。欲说又休，虑乖[②]芳信，未歌先咽，愁近清觞。

遥知新妆了，开朱户、应自待月西厢[③]。最苦梦魂，今宵不到伊行[④]。问甚时说与，佳音密耗[⑤]，寄将秦镜[⑥]，偷换韩香[⑦]。天便教人，霎时厮见何妨。

注释

①土花：苔藓。李贺《金铜仙人辞汉歌》："画栏桂树悬秋香，三十六宫土花碧。"

②乖：违，误。

③待月西厢：语本元稹《会真记》中诗："待月西厢下，迎风户半开。拂墙花

影动，疑是玉人来。”

④伊行：她身边。

⑤耗：消息。

⑥秦镜：东汉人秦嘉赠予其妻徐淑的明镜。

⑦韩香：晋贾充女贾午暗恋韩寿，窃香赠之。

点评

这是一首抒发相思之情的词作。上片写两情相隔，跨着池塘，隔着莓墙，罩着绣阁，绕着风裳。词人不禁羡慕可以穿屋而飞的燕子，可以飞越这些阻隔，飞进金屋，一睹佳人芳容。如果音讯全无，也就作罢了，偏偏能听到佳人理丝簧，曲调幽怨，愁近清觞。下片悬想佳人新妆后，待月西厢下，可惜这一令人心动的场景只是假想，白日既不能相会，那就到梦中去追寻吧。可是今晚竟然连梦魂都不能到她身边，有什么机缘能将定情的信物交付给她呢！上天啊！让我们短暂相会又有何妨！情急迂妄的情态，跃然纸上。沈谦《填词杂说》评后两句：“卞急迂妄”，“美成真深于情者”。

兰陵王

柳阴直，烟里丝丝弄碧。隋堤[①]上、曾见几番，拂水飘绵送行色。登临望故国。谁识京华倦客？长亭路，年去岁来，应折柔条过千尺[②]。

闲寻旧踪迹，又酒趁哀弦，灯照离度。梨花榆火[③]催寒食。愁一箭风快，半篙波暖，回头迢递便数驿，望人在天北。

凄恻，恨堆积！渐别浦萦回，津堠[④]岑寂，斜阳冉冉春无极。念月榭携手，露桥闻笛。沉思前事，似梦里，泪暗滴。

注释

①隋堤：隋炀帝时开凿通济渠、邗沟，沿岸修堤植柳，称为隋堤。

②应折柔条过千尺：古人习俗，折柳送别。

③榆火：旧俗清明取榆柳之火赐百官，以顺阳气。

④津堠（hòu）：渡口上供瞭望的土堡。

点评

兰陵王，原唐教坊曲名，《碧鸡漫志》引《北齐史》及《隋唐嘉话》称：齐文襄之长子长恭，封兰陵王。与周师战，尝着假面对敌，击周师金墉城下，勇冠三军。武士共歌谣之，曰《兰陵王入阵曲》。后用为词调。这是一首咏物词，借咏柳以抒伤别之情。起片写景，由堤上柳色铺写离情别绪，引出客居他乡的漂泊之感，又折回到目前的离席；由离席再生发开去，设想远行者别后的愁思，继而回到现实中自己的别后之思；最后，又由现实引发出对昔日相聚时的回忆。全词由实入虚，实虚不断转换。未别之时，回忆离别之苦；已别之后，则又回忆相聚时的欢乐，词人久客淹留之感，伤离恨别之情，在回旋往复的描述中展示出来。

琐窗寒

暗柳啼鸦，单衣伫立，小帘朱户。桐花半亩，静锁一庭愁雨。洒空阶、夜阑未休，故人剪烛西窗[1]语。似楚江暝宿[2]，风灯零乱，少年羁旅。

迟暮，嬉游处，正店舍无烟[3]，禁城百五[4]。旗亭唤酒[5]，付与高阳俦侣[6]。想东园、桃李自春，小唇秀靥[7]今在否？到归时、定有残英，待客携尊俎[8]。

注释

①剪烛西窗：语本李商隐《夜雨寄北》诗“何当共剪西窗烛，却话巴山夜雨时”。

②暝(míng)宿：夜宿。

③正店舍无烟：元稹《连昌宫词》：“初过寒食一百六，店舍无烟宫树绿。”

④百五：冬至后一百〇五日为寒食节，禁火吃冷食。

⑤旗亭唤酒：旗亭，酒楼。悬旗为酒招，故称。刘禹锡《武陵观火》诗：“花县与琴焦，旗亭无酒濡。”

⑥高阳俦(chóu)侣：指酒友，汉郦食其自称高阳酒徒，以谒刘邦，事见《史记》。

⑦靥(yè)：酒窝。

⑧尊俎(zǔ)：指宴席。

点评

《词谱》:“一名《琐寒窗》,调见《片玉集》,盖寒食词也。因词有‘静锁一庭愁雨’及‘故人剪烛西窗语’句,取以为名。”这是一首表现羁旅行役,游子思归的词作。上片情景两融:庭院小帘朱户,柳暗桐阴鸦啼,词人单衣苛立,独对春雨,潇潇暮雨,客馆孤灯,更添愁思。思夜雨空阶,故人西窗,剪烛夜语。歇拍三句,从当前客窗孤独,想到年少时期楚江羁旅。过片六句,转写当前:而今已届暮年,犹作客京华,孤馆春寒,偏逢寒食,唤取高阳俦侣,饮酒遣愁。久客恋乡,暮年感旧:故乡东园之地,桃李之花开否?小唇秀靥在否?人已迟暮,春已阑珊,纵然回到故里,情怀仍似客中,还似这般花下酩酊,聊以解忧。

六丑·蔷薇谢后作

正单衣试酒,怅客里光阴虚掷。愿春暂留,春归如过翼①,一去无迹。为问花何在,夜来风雨,葬楚宫倾国②。钗钿③堕处遗香泽。乱点桃蹊,轻翻柳陌,多情为谁追惜?但蜂媒蝶使,时叩窗槅。

东园岑寂,渐蒙笼暗碧。静绕珍丛底,成叹息。长条故惹行客。似牵衣待话,别情无极。残英小、强簪巾帻④。终不似一朵,钗头颤袅,向人欹侧⑤。漂流处、莫趁潮汐。恐断红、尚有相思字,⑥何由见得。

注释

①过翼：飞鸟。

②倾国：以美人喻落花，语本汉李延年歌“北方有佳人，绝世而独立。一顾倾人城，再顾倾人国”。

③钗钿（tián）：女子所戴的首饰，此喻落花。

④巾帻（zé）：布头巾。

⑤攲（qī）侧：倚靠。

⑥恐断红、尚有相思字：据《云溪友议》载，唐朝卢渥进京应举，偶至御沟，见红叶上有题诗“流水何太急，深宫竟日闲。殷勤谢红叶，好去到人间”。

点评

周邦彦自创此调，调见《片玉词》。周密《浩然斋雅谈》卷下：“既而朝廷赐酷，周师又歌《大醺》、《六丑》二解，上顾教坊使袁构问，徇曰：‘此起居舍人新知潞州周邦彦作也。’问‘六丑’之义，莫能对。急召邦彦问之，对曰：‘此犯六调，皆声之美者，然绝难歌，昔高阳氏有子六人，才而丑，故以比之。’上喜。”这首词借咏凋谢的蔷薇，表现词人自己的身世飘零之感。上片抒写春归花谢之景象。下片着意刻画人惜花、花恋人的生动情景。全词构思别致，充分利用慢词铺叙展衍的特点，时而写花，时而写人，时而花人合写，回环曲折，反复腾挪，写得缠绵深婉，耐人寻绎。

夜飞鹊

河桥送人处，凉夜何其？斜月远坠余辉，铜盘烛泪已流尽，霏霏凉露沾衣。相将散离会，探风前津鼓[1]，树杪参旗[2]。花骢[3]会意，纵扬鞭、亦自行迟。

迢递路回清野，人语渐无闻，空带愁归。何意重经前地，遗钿[4]不见，斜径都迷。兔葵[5]燕麦，向斜阳，影与人齐。但徘徊班草[6]，欷歔酹酒，[7]极望天西。

注释

①津鼓：古时在渡口处设置的信号鼓。

②树杪（miǎo）：树梢。参（cēn）旗：星宿名。

③花骢（cōng）：五花马。

④遗钿：本指杨贵妃花钿委地，此处指落花。

⑤兔葵：植物名。

⑥班草：布草而坐。

⑦欷歔（xī xū）：叹息声。酹（lèi）：以酒浇地以示祭奠。

点评

调名取自曹操《短歌行》“月明星稀，乌鹊南飞”诗句。唐蒋洌有《夜飞鹊》诗：“北林夜方久，南月影频移。何啻飞三匝，犹言未得枝。”一名《夜飞鹊慢》。

为周邦彦创调，调见《片玉词》。这是一首送别词。上片写送别的情景，下片写别后归来的相思。“自将行至远送，又自去后写怀望之情，层次井井而意致绵密，词采秾深，时出雄厚之句，耐人咀嚼。”（黄蓼园《蓼园词选》）

满庭芳·夏日溧水[1]无想山作

风老莺雏，雨肥梅子，午阴嘉树清圆。地卑山近，衣润费炉烟。人静乌鸢[2]自乐，小桥外、新绿溅溅[3]。凭栏久，黄芦苦竹[4]，疑泛九江船。

年年，如社燕[5]，飘流瀚海，来寄修椽[6]。且莫思身外，长近尊前。憔悴江南倦客，不堪听、急管繁弦。歌筵畔，先安枕簟[7]，容我醉时眠。

注释

①溧（lì）水：在今江苏省溧阳县。

②乌鸢（yuān）：乌鸦和鹰。

③溅（jiàn）溅：流水声。

④黄芦苦竹：语本白居易《琵琶行》：“住近湓江地低湿，黄芦苦竹绕宅生。”

⑤社燕：古时以立春后第五个戊日为春社，立秋后第五个戊日为秋社，祭祀土神。燕子春社时来，秋社时去，故称社燕。

⑥修椽（chuán）：长椽子，形容屋檐高大修长。

⑦簟（diàn）：竹席。

点评

这首词表现了词人的宦情羁思和身世之感。上片写景，极其细密：江南初夏，和风细雨，老了雏莺，肥了梅子，午阴嘉树，亭亭如盖。居此地也，地低湿而久雨，衣常润而难干，人静而乌鸢自乐，溪涨而新绿溅溅，此地之节候也，大类乐天之在浔阳。下片即景抒情，曲折回环：叹此身常如社燕，春社时来，秋社即去，漂泊于瀚海之间，暂栖于屋椽之下。莫思身外之事，且尽眼前之杯，江南倦客，已听不惯丝竹纷陈，不如安排簟枕，容我醉眠。

过秦楼

水浴清蟾①，叶喧凉吹，巷陌马声初断。闲依露井，笑扑流萤，惹破画罗轻扇②。人静夜久凭阑，愁不归眠，立残更箭③。叹年华一瞬，人今千里，梦沉书远。

空见说、鬓怯琼梳，容销金镜，渐懒趁时匀染。梅风地溽④，虹雨苔滋，一架舞红都变。谁信无聊，为伊才减江淹⑤，情伤荀倩⑥。但明河影下，还看稀星数点。

注释

①清蟾(chán)：明月。

②画罗轻扇：杜牧《秋夕》："银烛秋光冷画屏，轻罗小扇扑流萤。"

③更箭：古代计时器，以铜壶盛水，壶中立箭以计时。

④溽(rù):潮湿。

⑤才减江淹:传说江淹年少时,梦中人授五色笔,因而文采非凡,后梦郭璞将其索回,自此诗无美句,人称“江郎才尽”。

⑥情伤荀倩:三国时魏人荀奉倩,名荀粲,与其妻感情甚笃,妻亡,伤心过度,不久亦卒。

点评

《词谱》:“调见《乐府雅词》,李甲作,因词有‘曾过秦楼’句,取以为名。”这首词上片由秋夜景物,人的外部行为而及内部感情的郁结,点出“年华一瞬”的深沉意绪,下片承此意绪加以铺陈。全词虚实相生,今昔相迭,时空、意象交错组接,跌宕多姿,空灵飞动,具有极强的艺术震撼力。

花犯

粉墙低,梅花照眼,依然旧风味。露痕轻缀,疑净洗铅华,无限佳丽。去年胜赏曾孤倚。冰盘同宴喜。更可惜[①]、雪中高树,香篝熏素被[②]。

今年对花最匆匆,相逢似有恨,依依愁悴。吟望久,青苔上、旋看飞坠。相将见、脆丸荐酒,[③]人正在、空江烟浪里。但梦想、一枝潇洒,黄昏斜照水。[④]

注释

①可惜:可爱。

②香篝熏素被:谓白雪覆盖着梅树,犹如香篝(熏笼)上熏着素被。

③相将:将要。脆丸:梅子。荐酒:佐酒。

④“一枝”二句:用林逋《山园小梅》诗意:“疏影横斜水清浅,暗香浮动月黄昏。”

点评

梁元帝《关山月》有“寒沙逐风起,春花犯雪开”句。另据《武林旧事》,《南渡典仪》第八盏有“笛起花犯”。周邦彦据以创为此调。宋张端义《贵耳集》卷上:“《舜典》曰:‘八音克谐,无相夺伦,神人以和。’自宣政间,周美成、柳耆卿辈出,自制乐章,有曰《侧犯》、《尾犯》、《花犯》、《玲珑》四犯,八音杂律,宫吕夺伦,是不克谐矣。天宝后,曲遍繁声,皆曰入破,破者,破碎之义,明皇幸蜀。宣和之曲,皆曰犯,犯者,侵犯之义,二帝北狩。曲中之谶,深可畏哉。”这是一首咏梅词。词作的上片先从眼前梅花写起,叙写其风神,再回想去年观赏梅花之情形,展示其风姿依旧。下片词人的思绪又回到眼前的梅花,并想象当青梅可佐酒时,自己又将漂泊于江湖之上,那时只能梦想梅花之倩影了。通篇写得纡徐反复,委婉曲折,耐人寻味。

大酺

对宿烟收,春禽静,飞雨时鸣高屋。墙头青玉旆[①],洗铅霜都尽,嫩梢相触。润逼琴丝,寒侵枕障,虫网吹粘帘竹。邮亭无人处,听檐声不断,困眠初熟。奈愁极频惊,梦轻难记,自怜幽独[②]。

行人归意速。最先念、流潦妨车毂。[③]怎奈向、兰成憔悴,[④]卫玠[⑤]清羸,等闲时、易伤心目。未怪平阳客[⑥],双泪落、笛中哀曲。况萧索、青芜国[⑦]。红糁[⑧]铺地,门外荆桃如菽。夜游共谁秉烛?[⑨]

注释

①旆(pèi):泛指旌旗。

②幽独:寂寞孤独的人。《楚辞·九章·涉江》:“哀吾生之无乐兮,幽独处乎山中。”

③流潦(lǎo):道路积水。毂(gǔ):车轮中心的圆木,代指车轮。

④向:语助词。兰成:文学家庾信,小字兰成。

⑤卫玠:晋人,字叔宝,美仪容,有羸疾,每乘车入市,观者如堵,玠体力不堪,成病而死。

⑥平阳客:东汉马融,为督邮,独卧平阳坞中,闻洛阳客吹笛,因念离京师多年,悲从中来,遂作《长笛赋》。

⑦青芜(wú)国:杂草丛生的地方。温庭筠《春江花月夜》:“花庭忽作青芜国。”

⑧红糁(sǎn):指落花满地。

⑨夜游共谁秉烛:李白《春夜宴桃李园序》:“古人秉烛夜游,良有以也。”

点评

大酺(pú)为官方特许的大聚饮。唐教坊曲有《大酺乐》,《羯鼓录》亦有《太簇商大酺乐》。宋人借旧名自制词调,《词谱》以周邦彦词为正调。这首词写春雨中的行旅之愁。上片写春雨中的闺愁。下片写春雨中的羁愁。这首词感物应心,因景抒情,写景鲜明生动,写情委曲尽致,环境气氛的渲染与心理活动的展开相互依托,造成了低回抑郁、曲折流动的意境。

解语花·上元

风销绛蜡，露浥红莲，[①]灯市光相射。桂华流瓦。纤云散，耿耿素娥[②]欲下。衣裳淡雅，看楚女、纤腰一把。[③]箫鼓喧，人影参差，满路飘香麝。

因念都城放夜[④]。望千门如昼，嬉笑游冶。钿车罗帕。相逢处，自有暗尘随马。年光是也。惟只见、旧情衰谢。清漏移，飞盖[⑤]归来，从舞休歌罢。

注释

①浥（yì）：沾湿。红莲：指莲花形的灯。

②素娥：嫦娥。

③楚女、纤腰：《韩非子·二柄》："楚灵王好细腰，而国中多饿人。"杜牧《遣怀》："楚腰纤细掌中轻。"

④放夜：旧时都城有夜禁，街道断绝通行。唐代起正月十五夜前后各一日暂时弛禁，准许百姓夜行，称为"放夜"。宋沿唐制。

⑤飞盖：疾驰的车辆。盖，车篷，此代车。

点评

蜀王仁裕《开元天宝遗事》卷三“解语花”:“明皇秋八月,太液池有千叶白莲,数枝盛开,帝与贵戚宴赏焉,左右皆叹羡久之,帝指贵妃示于左右曰:‘争如我解语花。’”后人遂以为调名。这首词先写地方上过元宵节的情景,又回顾了汴京上元节的盛况,继而抒发个人的身世之感。张炎《词源》卷下云:“美成《解语花》赋元夕”,“不独措辞精粹,又且见时序风物之盛,人家晏(宴)乐之同”。

定风波

莫倚[1]能歌敛黛眉。此歌能有几人知。他日相逢花月底。重理。好声须记得来时。

苦恨城头传漏水[2]。催起。无情岂解《惜分飞》[3]。休诉金樽推玉臂。从醉。明朝有酒倩[4]谁持?

注释

①倚:凭借。

②漏水:漏壶滴水,指报更。毛刻《片玉词》本中“水”原作“永”,不叶,据郑文焯本校改。

③《惜分飞》:词牌名。

④倩(qiàn):请,恳求。

点评

这是一首写给歌姬的作品。上片夸赞歌女歌唱技艺高妙，罕有人比，词人以调侃的语气发问：以后相逢还能听到这么美妙的歌声吗？语虽轻松，但还能让人感觉到惜别的意味。下片语气一转，惜别之情一泄而出，世事沧桑变幻，明天还能听到美妙的歌声，还能有美人伴酒吗？不如今天拼却一醉，以慰愁怀。

蝶恋花

月皎惊乌栖不定①，更漏将残，轣辘②牵金井。唤起两眸清炯炯③，泪花落枕红绵冷。

执手霜风吹鬓影④，去意徊徨⑤，别语愁难听⑥。楼上阑干横斗柄，露寒人远鸡相应。

注释

①月皎惊乌栖不定：辛弃疾《西江月》"明月别枝惊鹊"本此。

②轣辘（lì lù）：象声词，指辘轳（lú）车所发出的声音。

③炯（jiǒng）炯：光亮貌。

④霜风吹鬓影：李贺《咏怀二首》（其一）："弹琴看文君，春风吹鬓影。"有夫妻相怜之意。

⑤徊徨（huái huáng）：徘徊，彷徨。

⑥难听：不忍听。

点评

这是一首别情词。上片写离别前之情景：月光皎洁，惊起乌鹊。更残漏尽，天色将明。辘轳声响，已有早行之人。将别之人，一夜未眠，泪水已将枕芯湿透。下片写别时及别后之情景：执手惜别，风吹鬓影，更觉暗淡凄凉，将行之人，几度要走，几度却又转回，离别话语，纵有千言万语，也难听进。人已走远，唯鸡声相闻。

解连环

怨怀无托。嗟情人断绝，信音辽邈。纵妙手、能解连环，似风散雨收，雾轻云薄。燕子楼①空，暗尘锁、一床弦索②。想移根换叶，尽是旧时，手种红药③。

汀洲渐生杜若④。料舟依岸曲，人在天角。谩记得、当日音书，把闲语闲言，待总烧却。水驿春回，望寄我、江南梅萼。⑤拚今生，对花对酒，为伊泪落。

注释

①燕子楼：在今江苏省徐州市，相传为唐贞元年间尚书张建封之爱妾关盼盼居所。张死后，盼盼念旧情不嫁，独居此楼十余年。白居易曾写《〈燕子楼〉诗序》。后以“燕子楼”泛指女子居所。

②弦索：指乐器。

③红药：红芍药。

④杜若：香草名。《楚辞·九歌·湘君》："采芳洲兮杜若，将以遗兮下女。"

⑤望寄我、江南梅萼：用南朝陆凯寄梅事。

点评

《战国策·齐策》："秦始皇（鲍彪注本作秦昭王）尝使使者遗君王后玉连环，曰：'齐多知，而解此环不？'君王后以示群臣，群臣不知解。君王后引椎，椎破之，谢秦使曰：'谨以解矣。'"周邦彦词有"纵妙手、能解连环"句，即用此典，因取为调名。又名《望梅》、《杏梁燕》。这首词抒发了一种"怨怀无托"的复杂相思情感。上片写情人远去，音讯全无，虽然心生怨情，因不知远人心事，至于怨情无托，此正是可悲之处。环顾四周，陈迹宛然，睹物思人，远人如在面前。下片写春天来临，杜若渐萌，远人别去经年，行舟随水远去，料想已在天涯。忆当初，红笺密字，音书不断，而今读来，只是闲言淡语，真想付之一炬，以舒愤恨。现已春暖冰消，水驿通航，怎不能，把江南春梅，寄我一枝，聊解苦忆呢？无人陪伴，花下独斟，凄清已极，犹有不辞，拼却今生，为伊泪落。

拜星月慢

夜色催更，清尘收露，小曲幽坊[1]月暗。竹槛灯窗，识秋娘[2]庭院。笑相遇，似觉琼枝玉树相倚，暖日明霞光烂。水眄兰情[3]，总平生稀见。

画图中、旧识春风面。[4]谁知道、自到瑶台畔。眷恋雨润云温，苦惊风吹散。念荒寒、寄宿无人馆。重门闭、败壁秋虫叹。怎奈向、一缕相思，隔溪山不断。

注释

①小曲幽坊：唐制，妓女所居曰“坊曲”。

②秋娘：唐代妓女的通称。白居易《琵琶行》：“曲罢曾教善才伏，妆成每被秋娘妒。”

③水眄(miǎn)兰情：唐韩琮《春愁》诗“吴鱼岭雁无消息，水眄兰情别来久”。此化用其诗意，用以形容作者思念的女子明亮的眼睛和温馨的情感。

④画图中、旧识春风面：语本杜甫《咏怀古迹五首》诗“画图省识春风面”。

点评

据《词谱》：一作《拜新月》，唐教坊曲名。此调始自此词，应以此词为正体。上片写与秋娘初次相见的情景。下片写与秋娘分别后独自一人寂寞凄清的情景。周济《宋四家词选》评云：“全是追思，却纯用实写。但读前片，几疑是赋也。换头再为加倍跌宕之，他人万万无此力量。”

关河令

秋阴时晴渐向暝[1]。变一庭凄冷。伫听寒声，云深无雁影。

更深人去寂静。但照壁、孤灯相映。酒已都醒，如何消夜永[2]。

注释

①暝(míng):日暮,天黑。

②夜永:长夜。

点评

原名《清商怨》,古乐府有《清商曲辞》,因曲调多哀怨之音,故名《清商怨》。晏殊《清商怨》词首句为"关河愁思望处满",周邦彦曾将此调改名为《关河令》。这首词以时光的转换为线索,表现了萧瑟深秋中作者因人去楼空而生的凄切孤独感。上片写黄昏时的羁愁,下片写夜深不寐的凄苦。本想以酒消愁,然而酒已醒而愁未消,又如何消磨这漫漫长夜呢?陈廷焯《云韶集》评末句:"笔力劲直,情味愈见。"

绮寮怨

上马人扶残醉,晓风吹未醒。映水曲、翠瓦朱檐,垂杨里、乍见津亭。当时曾题败壁,蛛丝罩,淡墨苔晕青。念去来、岁月如流,徘徊久,叹息愁思盈。

去去倦寻路程。江陵旧事[①],何曾再问杨琼[②]?旧曲凄清,敛愁黛,与谁听?尊前故人如在,想念我,最关情。何须《渭城》[③]。歌声未尽处,先泪零。

注释

①江陵旧事：指作者居住在荆州的生活。江陵：今属湖北省。

②杨琼：本名播，少为江陵歌伎。白居易《寄李苏州兼示杨琼》："真娘墓头春草碧，心奴鬓上秋霜白。为问苏台酒席中，使君歌笑与谁同。就中犹有杨琼在，堪上东山伴谢公。"

③《渭城》：指送行的离歌。唐王维《送元二使安西》诗有"渭城朝雨浥轻尘"、"西出阳关无故人"句，后人谓之《渭城曲》或《阳关曲》。

点评

为周邦彦自度曲，宋词中仅此一首。上片写津亭送别，败壁偶见旧题，蛛丝牵网，苍苔遮蔽，足以启人沧桑之感。下片写别后难逢，知音难觅，相思情长。

瑞鹤仙

悄郊原带郭，行路永，客去车尘漠漠。斜阳映山落，敛余红犹恋，孤城阑角。凌波步弱[①]，过短亭、何用素约[②]。有流莺[③]劝我，重解绣鞍，缓引春酌。

不记归时早暮，上马谁扶[④]，醒眠朱阁。惊飙[⑤]动幕，扶残醉，绕红药[⑥]。叹西园已是，花深无地，东风何事又恶？任流光过却，犹喜洞天[⑦]自乐。

注释

①凌波步弱：比喻女子步履轻盈，如乘碧波而行。曹植《洛神赋》："凌波微步，罗袜生尘。"吕向注："步于水波之上，如尘生也。"

②素约：旧约。

③流莺：莺。流，形容其声音婉转，比喻女子声音柔软。

④上马谁扶：李白《鲁中都东楼醉起作》："昨日东楼醉，还应倒接蓠。阿谁扶上马，不省下楼时。"

⑤惊飙（biāo）：狂风。

⑥红药：红芍药。

⑦洞天：道家称神仙所居之地。

点评

宋王明清《玉照新志》云：周邦彦"梦中作《瑞鹤仙》一阕。既觉，犹能全记，了不详其所谓也"。又名《一捻红》，调见周邦彦《片玉集》卷二。这首词抒发了词人晚年深沉的忧患之感。词中先写酒醒后的追叙，然后写作者扶残醉以赏花，最后以东风无情，引出流光易逝之慨叹。

浪淘沙慢

昼阴重，霜凋岸草，雾隐城堞①。南陌脂车待发，东门帐饮乍阕②。正拂面、垂杨堪揽结。掩红泪③、玉手亲折。念汉浦离鸿去何许，经时信音绝。

情切。望中地远天阔。向露冷风清无人处，耿耿④寒漏咽。嗟万事难忘，唯是轻别。翠樽未竭。凭断云、留取西楼残月。

罗带光销纹衾叠，连环解⑤、旧香顿歇。怨歌永、琼壶敲尽缺⑥。恨春去、不与人期，弄夜色，空馀满地梨花雪。

注释

①堞(dié)：城上矮墙。

②阕：终了。

③红泪：指女子眼泪。据王嘉《拾遗记》载，常山女子薛灵芸被选入宫，悲泣累日，泪红如血。

④耿耿：心中不安貌。

⑤连环解：喻两情分拆。

⑥琼壶敲尽缺：据《晋书》载，王敦酒后辄咏曹操《龟虽寿》诗："老骥伏枥，志在千里。烈士暮年，壮心不已。"并以如意敲击唾壶为节，壶口尽缺。

点评

这是一首抒写离别相思之情的词。全词共分三片，上片分别交代时间和地点，中片写两人依依不舍的伤别情怀，下片写离别以后的相思与牵念。整首词曲折回环，铺叙委婉，转换变化，顿挫有致。

应天长

条风[①]布暖，霏雾弄晴，池台遍满春色。正是夜堂无月，沉沉暗寒食。梁间燕，前社客。似笑我、闭门愁寂。乱花过、隔院芸香，满地狼藉。

长记那回时，邂逅相逢，郊外驻油壁。又见汉宫传烛，飞烟五侯宅。[②]青青草，迷路陌。强载酒、细寻前迹。市桥远，柳下人家，犹自相识。

注释

①条风：东风。《史记·律书》：“条风居东北，主出万物。条之言条治万物而出之，故曰条风。”

②“又见”二句：旧俗寒食禁火，至清明日暮，禁中取榆柳之火赏赐近臣。语本韩翃《寒食》诗：“春城无处不飞花，寒食东风御柳斜。日暮汉宫传蜡烛，轻烟散入五侯家。”五侯，据《汉书》载，西汉成帝同日封王谭、王商、王立、王根、王逢时诸舅为侯，世称五侯，后泛指权贵。

点评

宋陈旸《乐书》卷一百五十九:"凡遇四序,称贺作乐,击大鼓,吹长笛,批管,箨杖鼓,其乐曲有《贺圣朝》、《天下乐》、《应天长》。"《东京梦华录》卷九"宰执亲王宗室百官入内上寿"中第五盏所用乐有《应天长》。词调《应天长》分小令、长调两体,小令始于韦庄,长调始于柳永。又名《秋夜别思》、《驻马听》等。这是一首怀人词作。词作以回环起伏、跌宕有致的方式抒发了词人沉郁惆怅和空虚凄凉的心境。词作寓情于景,营造出一种空灵深远的境界。

夜游宫

叶下斜阳照水,卷轻浪、沈沈千里。桥上酸风射眸子。[1]立多时,看黄昏,灯火市[2]。

古屋寒窗底。听几片、井桐飞坠。不恋单衾再三起。有谁知,为萧娘[3],书一纸。

注释

①桥上酸风射眸子:语本李贺《金铜仙人辞汉歌》诗"魏官牵车指千里,东关酸风射眸子"。酸风:刺眼的冷风。

②灯火市:犹言万家灯火。

③萧娘:为女子的泛称。唐杨巨源《崔娘诗》:"风流才子多春思,肠断萧娘一纸书。"

点评

《夜游宫》又名《念彩云》、《新念别》、《蕊珠宫》。调见毛滂《东堂词》。这是一首伤离怀旧的词作。词之上下两片描写由斜阳照水到万家灯火，由桥上酸风到古屋寒窗的情景，时空推移，景物变换，一路写来，层层深入，环环相扣，跌宕起伏，引人入胜。最后点出“为萧娘，书一纸”，至此戛然而止，余韵悠然，不绝如缕。

陆游

陆游(1125~1209)，字务观，号放翁，越州山阴(今浙江绍兴市)人。二十九岁应进士举，名列第一，居秦桧之孙秦埙前，又因“喜论恢复”，触怒秦桧，除名不取。秦桧死后三年，陆游被任命为宁德县主簿，开始了仕宦生涯，因力主抗金，屡遭黜免。曾入蜀为夔州通判，又任过抗战派领袖四川宣抚使王炎幕府的干办公事职务，从军南郑，激发了爱国热情，扩大了创作领域。陆游以诗名，词的成就不如诗，但爱国热情可与诗辉映。词的风格多样，激昂慷慨近辛稼轩，又兼有婉丽秀逸、清新萧散之美。词有《放翁词》，一称《渭南词》。

卜算子·咏梅

驿外断桥边，寂寞开无主。已是黄昏独自愁，更著风和雨。

无意苦争春①，一任群芳妒②。零落成泥碾③作尘，只有香如故。

注释

①争春:唐戎昱《红槿花》:“花是深红叶曲尘,不将桃李共争春。”

②群芳妒:《离骚》有“众女嫉余之娥眉兮,谣诼谓余以善淫”句。

③碾(niǎn):滚压,碾碎。王安石《咏杏》:“纵被春风吹作雪,绝胜南陌碾作尘。”

点评

这是一首咏梅词。上片写梅花的艰难处境:驿外断桥,寂寞无主,黄昏更兼风雨,天不眷顾,一何至此。下片托梅寄志,以梅花自喻,表现自己身处逆境、坚贞自守的孤高品格。

渔家傲·寄仲高①

东望山阴②何处是?往来一万三千里。写得家书空满纸。流清泪,书回已是明年事。

寄语红桥③桥下水,扁舟何日寻兄弟?行遍天涯真老矣。愁无寐,鬓丝几缕茶烟里④。

注释

①仲高:陆升之,字仲高,陆游堂兄。

②山阴:今浙江省绍兴市,作者故里。

③红桥：桥名。

④鬓丝几缕茶烟里：杜牧《醉后题僧院二首》（之二）："今日鬓丝禅榻畔，茶烟轻扬落花风。"

点评

这是陆游寄给堂兄陆仲高的词作。上片写蜀中与故乡山阴距离之远，家书难寄，归期难卜，每一念及，徒流清泪。下片直接抒情，寄语家乡流水，何时载我归舟，与家兄相聚，而今，天涯行客，忧思不寐，唯有于茶烟袅袅中，坐遣年华流逝。

定风波·进贤道上见梅赠王伯寿

欹帽垂鞭送客回，小桥流水一枝梅。衰病逢春都不记。谁谓，幽香却解逐人来[①]。

安得身闲频置酒，携手，与君看到十分开。少壮相从今雪鬓[②]，因甚，流年羁恨[③]两相催。

注释

①幽香却解逐人来：化用杜甫诗《诸将五首》："锦江春色逐人来，巫峡清秋万壑哀。"

②雪鬓：双鬓白如雪。

③羁（jī）恨：旅途的愁苦。

点评

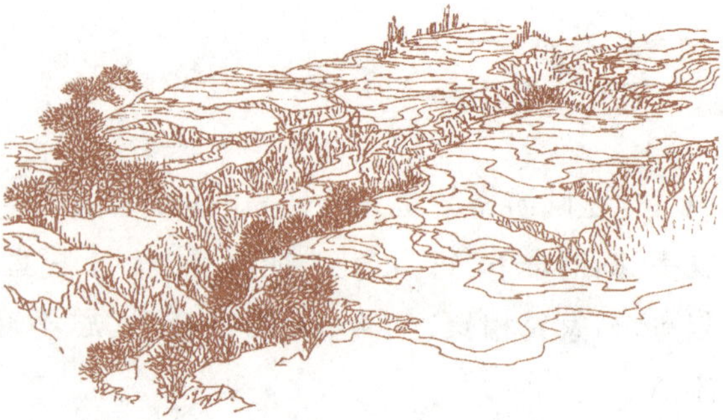

这是一首赠友之作。上片写送客归途，见桥边寒梅，词人不禁感叹：常年衰病，已不能感知季节的变化，若没有幽香暗送，词人完全忽略了梅花的存在。下片写与朋友情谊之深，两位朋友把酒赏花，感叹流年羁恨，催白了黑发，从前的一对发小，如今变成了两个花下的白发老翁。

辛弃疾

辛弃疾(1140~1207)，字幼安，号稼轩，历城(今山东济南)人。二十一岁时组织过两千人的队伍起义抗金，并入耿京的抗金义军天平军，任掌书记。曾匹马追杀义军叛徒义端和尚。耿京被张安国杀害后，辛弃疾又活捉张安国，率众投归南宋。南归后历任湖北、湖南、江西等地安抚使。在地方官任上曾采取了发展经济、巩固边防的措施。终因壮志未酬，屡遭贬黜，最后忧愤而卒。辛弃疾是两宋词人中存词最多的作家。黄梨庄云："辛稼轩当弱宋末造，负管乐之才，不能尽展其用，一腔忠愤，无处发泄……故其悲歌慷慨，抑郁无聊之气，一寄之于其词。"(徐釚《词苑丛谈》卷四引)《四库全书总目》云："弃疾词慷慨纵横，有不可一世之概，于倚声家为变调，而异军特起，能于剪翠刻红之外，屹然别立一宗，迄今不废。"有《稼轩词》，一名《稼轩长短句》。

贺新郎·赋琵琶

凤尾龙香拨。自开元《霓裳曲》罢[①]，几番风月。最苦浔阳江头客[②]，画舸亭亭[③]待发。记出塞、黄云堆雪。马上离愁三万里，望昭阳、宫殿孤鸿没[④]。弦解语，恨难说。[⑤]

辽阳[⑥]驿使音尘绝。琐窗寒、轻拢慢捻[⑦]，泪珠盈睫。推手含情还却手，一抹《梁州》哀彻。千古事，云飞烟灭。贺老[⑧]定场无消息，想沉香亭[⑨]北繁华歇，弹到此，为呜咽。

注释

①自开元《霓裳曲》罢：据白居易《新乐府》自注："《霓裳羽衣曲》，起于开元，盛于天宝。"

②最苦浔阳江头客：白居易贬官江州，秋夜送客而闻江上女子弹琵琶，遂作《琵琶行》，内有"浔阳江头夜送客"句。

③画舸(gě)亭亭：郑文宝《柳枝词》："亭亭画舸系寒潭。"

④昭阳：汉未央宫里殿名。

⑤弦解语，恨难说：陆游《鹧鸪天》："情知言语难传恨，不似琵琶道得真。"

⑥辽阳：在今东北境内，为边塞之代称。

⑦轻拢慢捻(niǎn)：出自白居易《琵琶行》"轻拢慢捻抹复挑"句，拢、捻与下文的推手、却手、抹都是琵琶指法。

⑧贺老：指贺怀智，唐玄宗时期的琵琶高手。

⑨沉香亭：唐都长安宫中殿名，为唐玄宗和杨贵妃游玩取乐之所。

点评

俞陛云《唐五代两宋词选释》:"此调借琵琶以写怀,起句'开元'句即追想汴京之盛。以下用商妇、明妃琵琶故事,借以写怨。转头处承上阕'万里离愁'句,接以辽阳望远。慨宫车之沙漠沉沦。'琐窗'、'推手'四句咏琵琶正面,中含一片衷情。转笔'云飞烟灭'句,笔势动宕。结句沉香亭废,贺老飘零,自顾亦沦落江东,如龟年之琵琶仅在,宜其罢弹呜咽,不复成声矣。"

摸鱼儿

淳熙己亥,自湖北漕移湖南,同官王正之置酒小山亭,为赋。

更能消几番风雨?匆匆春又归去。惜春长怕花开早,何况落红无数。春且住。见说道、天涯芳草迷归路。怨春不语。算只有殷勤,画檐蛛网,尽日惹飞絮。

长门事[1],准拟佳期又误。蛾眉曾有人妒。千金纵买相如赋。脉脉此情谁诉。君莫舞,君不见、玉环飞燕[2]皆尘土。闲愁最苦。休去倚危栏,斜阳正在,烟柳断肠处。

注释

①长门事:据汉司马相如《长门赋序》:"孝武皇帝陈皇后,时得幸,颇妒,别在长门宫,愁闷悲思,闻蜀郡成都司马相如,天下工为文,奉黄金百斤,为相如、文君取酒,因于解悲愁之辞,而相如为文以悟主上。陈皇后复得亲幸。"

②玉环:指唐玄宗宠幸的杨贵妃。飞燕:指汉成帝宠爱的皇后赵飞燕。

点评

摸鱼儿，唐教坊曲名。一名《摸鱼子》。晁补之词有“买陂塘、旋栽杨柳”句，更名《买陂塘》，又名《陂塘柳》，或名《迈陂塘》。辛弃疾《赋怪石》词名《山鬼谣》。李冶《赋并蒂荷》词有‘请君试听双蕖怨’句，名《双蕖怨》。这是一首惜春词，实际上，词人利用惜春这一词体的经典形式，来表达对国事日非、壮志难酬的愤激与忧虑。

木兰花慢·滁州送范倅[1]

老来情味减，对别酒、怯流年。[2]况屈指中秋，十分好月，不照人圆。无情水、都不管，共西风、只管送归船。秋晚莼鲈[3]江上，夜深儿女灯前。

征衫，便好去朝天[4]，玉殿正思贤。想夜半承明[5]，留教视草[6]，却遣筹边。长安故人问我，道愁肠殢[7]只依然。目断秋霄落雁，醉来时响空弦。

注释

①滁（chú）州：在今安徽省滁县。倅（cuì）：地方佐贰副官。

②对别酒、怯流年：苏轼《江神子·冬景》有“对尊前，惜流年”的句子，辛词从此化出。

③莼(chún)鲈:莼菜和鲈鱼,代指思乡。

④朝天:朝见皇帝。

⑤承明:承明庐,侍臣所住。

⑥视草:为皇帝草拟制诏之稿。

⑦殢:沉湎于酒中。

点评

这是一首别情词。上片自离别写起,一个“怯”字,潜含了对岁华逝去,壮志未酬的感慨。月近中秋,人思团圆,而今却目送朋友远去,怨秋水西风无情,使自己独对圆月;羡友人此番离去,得与家人团聚;叹自己江南飘零,不知家在何处。下片转而写对朋友的期望和自己报国之志未酬的苦闷。整首词曲情含苞,而又不失豪迈气势。

祝英台近

宝钗分[①],桃叶渡[②],烟柳暗南浦。怕上层楼,十日九风雨。断肠片片飞红,都无人管,倩谁唤、流莺声住。

鬓边觑。试把花卜归期,才簪又重数。罗帐灯昏,哽咽梦中语:是他春带愁来,春归何处。却不解、带将愁去。[③]

注释

①宝钗分:古时情人分别之际,用女方头上金钗擘为两股以赠别。

②桃叶渡:今南京秦淮河与青溪合流处,传说东晋王献之有妾名桃叶,曾在此渡水。

③"是他春带愁来"以下数句：化自赵彦端《鹊桥仙》："春愁原自逐春来，却不肯、随春归去。"

点评

宋罗浚《宝庆四明志》卷十三："梁山伯、祝英台墓，县西十里，接待院之后，有庙存焉。二人少尝同学，比及三年，而山伯初不知英台之为女也，以同学而同葬。"这是现存文献较早的有关梁祝传说的记录。明陈耀文《天中记》卷十九，《冥遇》中记载梁祝故事情节更为详细，并明言梁祝为东晋时人。可以推知，梁祝传说至少在宋代就已在民间广为传播了。词调《祝英台近》即以这一传说为调名。又名《月底修箫谱》、《宝钗分》、《燕莺语》、《寒食词》等。这是一首伤春怀人的词作。从上片南浦赠别，怕上层楼，到下片"花卜归期"，"哽咽梦中语"。纡曲递转，新意迭出。上片"断肠"三句，一波三折。从"飞红"到"啼莺"，从惜春到怀人，层层推进。下片由"占卜"到"梦语"，动作跳跃，由实转虚，表现出痴情人为春愁所苦、无可奈何的心态。

青玉案·元夕

东风夜放花千树。更吹落，星如雨[①]。宝马雕车香满路。凤箫声动，玉壶[②]光转，一夜鱼龙舞[③]。

蛾儿雪柳黄金缕，[④]笑语盈盈暗香去。众里寻他千百度，蓦然回首，那人却在，灯火阑珊[⑤]处。

注释

①星如雨：指灯火。《左传庄公七年》："星陨如雨。"

②玉壶：指月亮。

③鱼龙舞：指鱼灯、龙灯之类。

④蛾儿、雪柳、黄金缕：都是妇女头上所戴之物。

⑤阑珊：零落。

点评

这是一首描写上元节盛况的词作。上片渲染上元节热闹的盛况，下片写人，先写盛装打扮、笑语盈盈的游女，然而这些都不是词人关注的对象，词人在寻找那一位幽居空谷，孤高不群的佳人。而她的踪迹总是飘忽不定，让人捉摸不透。就在词人近乎绝望的当口，猛回头，在那一角残灯旁边，分明看见了那位佳人，她原来在这冷落的地方，还未归去，似有所待！发现那人的一瞬间，是人生精神的凝结和升华，是悲喜莫名的感激铭篆，词人竟有如此本领，竟把它变成了笔痕墨影，永志弗灭！

鹧鸪天·鹅湖归病起作

枕簟溪堂冷欲秋，断云依水晚来收。红莲相倚浑如醉，白鸟无言定自愁。

书咄咄，且休休。① 一丘一壑② 也风流。不知筋力衰多少，但觉新来懒上楼。③

注释

①书咄咄，且休休：表示失意不平的感叹。典故出自《世说新语·黜免》，殷浩被废弃不用，遂终日用手指在空中画写"咄咄怪事"四字。休休：唐司空图为其所建的濯缨亭取的别名。《旧唐书·司空图传》载司空图轻淡名利，隐居中条山，他作的《休休亭记》云：休，休也，美也，既休而具美存焉。这里用休休表示向往隐逸的美好情怀。

②一丘一壑：谓寄情山水。《汉书·叙传》载班嗣书简云："渔钓于一壑，则万物不奸其志；栖迟于一丘，则天下不易其乐。"

③"不知筋力衰多少"二句：刘禹锡《秋日书怀寄白宾客》有"筋力上楼知"之句，幼安用此。

点评

这首词是作者罢官闲居上饶期间的作品。上片写景：枕簟初凉，溪堂乍冷，红莲似醉，白鸟生愁。以上的景物描写，隐含着词人忧伤抑郁的意绪。下片抒情，变含蓄为明朗，化抑郁为旷达：虽遭谗毁摈斥，又何足惜，不如寄情山水，足夸风流。末二句，情感又生波澜：叹于今筋力已衰，懒上高楼。英雄迟暮之感，溢于言外。

姜　夔

姜夔(1155~1221),字尧章,号白石道人,饶州鄱阳(今属江西省)人。为人狷洁清高,终老布衣。一生湖海飘零,寄人篱下。但与杨万里、范成大交游并得其赏识,靠诗人萧德藻、贵胄张鉴资助,迹近清客。其词也有咏叹时事者,多数是写湖山之美和身世之慨,感念旧游,眷怀恋人,寄物托情,均精深华妙。词风潇洒而淳雅,笔力峭拔而隽健,讲究韵律,多自度腔,有十七首词自注工尺旁谱,其音节文采为一时之冠。有《白石道人歌曲》六卷行世。

点绛唇·丁未冬,过吴松作

燕雁[①]无心,太湖[②]西畔随云去。数峰清苦,商略[③]黄昏雨。第四桥边[④],拟共天随[⑤]住。今何许[⑥]?凭阑怀古,残柳参差舞。

注释

①燕(yān)雁:指北方的雁。
②太湖:江苏南境的大湖泊。
③商略:商量。
④第四桥:甘泉桥。
⑤天随:唐陆龟蒙,号天随子。
⑥何许:何处,何时。

点评

这是一首吊古怀人之作。上片写燕雁无心，随白云而来去；数峰有情，向黄昏而落雨。上片写景，而情景两融，不分彼此。下片吊古伤情，“凭阑怀古”点出题旨，继而以“残柳参差舞”收缩，“无穷哀感，都在虚处；令读者吊古伤今，不能自止”（陈廷焯《白雨斋词话》）。

鹧鸪天·元夕有所梦

肥水[①]东流无尽期，当初不合种相思[②]。梦中未比丹青[③]见，暗里忽惊山鸟啼。

春未绿，鬓先丝[④]，人间别久不成悲。谁教岁岁红莲夜[⑤]，两处沉吟各自知。

注释

①肥水：源出安徽合肥紫蓬山，东南流经将军岭，至施口入巢湖。

②种相思：留下相思之情，谓当初不应该动情，动情后尤不该分别。

③丹青：泛指图画。此处指图像。

④先丝：先白。

⑤红莲：灯名。

点评

唐圭璋《唐宋词简释》:"此首元夕感梦之作。起句沉痛,谓水无尽期,犹恨无尽期。'当初'一句,因恨而悔,悔当初错种相思,致今日有此恨也。'梦中'二句,写缠绵颠倒之情,既经相思遂能不忘,以致入梦,而梦中隐约模糊,又不如丹青所见之真。'暗里'一句,谓即此隐约模糊之梦,亦不能久做,偏被山鸟惊醒。换头,伤羁旅之久。'别久不成悲'一语,尤道出人在天涯况味。"

踏莎行

自沔[1]东来,丁未元日,至金陵江上,感梦而作。

燕燕轻盈,莺莺娇软,分明又向华胥[2]见。夜长争得[3]薄情知,春初早被相思染。

别后书辞[4],别时针线,离魂暗逐郎行[5]远。淮南皓月冷千山[6],冥冥[7]归去无人管。

注释

①沔(miǎn):汉阳。
②华胥:指梦中。
③争得:怎得。
④书辞:指书信。
⑤郎行(háng):情郎那边。行,宋时口语,犹言"这边"、"那边"。
⑥淮南:指安徽省合肥市。
⑦冥冥:暗沉沉。

点评

这首词写词人曾经的一段恋情。上片写梦境,"轻盈"、"娇软"写梦中所见恋人的举止与体态。"夜长"二句,写梦中恋人的嗔语:你(薄情郎)哪里能知漫漫长夜,相思情苦;每当冬去春来,总是春意未来而相思先至。下片写梦醒之后,睹物思人。词人梦醒后看到恋人寄来的书信、临别时缝补的衣服,再回味梦中相会的情景,不禁悬想,是恋人离魂,不远千里来与自己相会吧,而离魂归去,却只有冷月相伴,是何等的伶仃无依,孤苦凄清。读之,不禁使人心生一种怜惜之情。

庆宫春

绍熙辛亥除夕,余别石湖归吴兴,雪后夜过垂虹[1],尝赋诗云:"笠泽茫茫雁影微,玉峰重叠护云衣。长桥寂寞春寒夜,只有诗人一舸归。"后五年冬,复与俞商卿、张平甫、铦朴翁自封禺同载,诣梁溪。道经吴松,山寒天迥,雪浪四合,中夕相呼步垂虹,星斗下垂,错杂渔火,朔吹凛凛,卮酒不能支。朴翁以衾自缠,犹相与行吟,因赋此阕,盖过旬,涂稿乃定。朴翁咎余无益,然意所耽,不能自已也。平甫、商卿、朴翁皆工于诗,所出奇诡。余亦强追逐之,此行既归,各得五十余解。

双桨莼波,一蓑松雨,暮愁渐满空阔。呼我盟鸥[2],翩翩欲下,背人还过木末。那回归去,荡云雪、孤舟夜发。伤心重见,依约眉山,黛痕低压。

采香径里春寒,老子[3]婆娑,自歌谁答。垂虹西望,飘然引去,此兴平生难遏。酒醒波远,正凝想、明珰[4]素袜。如今安在,惟有阑干,伴人一霎。

注释

①垂虹：亭名。

②盟鸥：谓隐士与鸥鸟为伴侣。

③老子：作者自称。

④珰(dāng)：妇女戴在耳垂上的一种装饰品。

点评

又名《庆春宫》。此调有平韵、仄韵两体，平韵见周邦彦《片玉词》卷六，仄韵见王沂孙《碧山词》。这是一首追念昔游之作。俞陛云《唐五代两宋词选释》："起笔即秀逸而工，承以'盟鸥'三句，着笔轻灵。此下回首前游，凄然凝望，山压眉低，此中当有人在，故下阕言旧地重过，已明珰人去，酒醒波远，倚栏之惆怅可知。"

齐天乐

丙辰岁与张功甫会饮张达可之堂，闻屋壁间蟋蟀有声，功甫约余同赋，以授歌者。功甫先成，词甚美。余徘徊茉莉花间，仰见秋月，顿起幽思，寻亦得此。蟋蟀，中都[①]呼为促织，善斗，好事者或以三二十万钱致一枚，镂象齿为楼观以贮之。

庾郎[②]先自吟愁赋，凄凄更闻私语。露湿铜铺，苔侵石井，都是曾听伊处。哀音似诉。正思妇无眠，起寻机杼。曲曲屏山，夜凉独自甚情绪。

西窗又吹暗雨。为谁频断续，相和砧杵[③]。候馆迎秋，离宫吊月，别有伤心无数。《豳》诗[④]漫与。笑篱落呼灯，世间儿女。写入琴丝，一声声更苦。

注释

①中都：指南宋都城临安（今杭州）。

②庾郎：庾信。

③砧杵（zhēn chǔ）：捣衣用的器具。

④《豳》诗：指《诗经·豳风·七月》诗，因诗内有“十月蟋蟀，入我床下”句。

点评

周密《天基圣节排当乐次》第一盏“觱篥起圣寿齐天乐慢”。姜夔《齐天乐》词注以“黄钟宫”，俗名“正宫”。周邦彦词有“绿芜雕尽台城路”句，故名《台城路》。沈端节词名《五福降中天》，张辑词有“如此江山”句，故名《如此江山》。调见周邦彦《片玉集》卷五。这是一首咏物词，歌咏的对象为蟋蟀。词作先从听蟋蟀者写入，再写蟋蟀声，并以蟋蟀鸣声为线索，把诗人、思妇、客子、帝王、儿童等不同的人事巧妙地勾连起来。看似咏物，实则抒情，通过赋写蟋蟀鸣声，寄托家国之恨。

琵琶仙

《吴都赋》云：“户藏烟浦，家具画船。”惟吴兴为然。春游之盛，西湖未能过也。己酉岁，余与萧时父载酒南郭，感遇成歌。

双桨来时，有人似、旧曲桃根桃叶[①]。歌扇轻约飞花，[②]蛾眉正奇绝。春渐远，汀洲自绿，更添了几声啼鴂。十里扬州，三生杜牧[③]，前事休说。

又还是、宫烛分烟[④]，奈愁里、匆匆换时节。都把一襟芳思，与空阶榆荚[⑤]。千万缕、藏鸦细柳[⑥]，为玉尊、起舞回雪[⑦]。想见西出阳关，故人初别。[⑧]

注释

①桃根桃叶：晋王献之有妾名桃叶，其妹名桃根。

②歌扇：晏几道《鹧鸪天》："舞低杨柳楼心月，歌尽桃花扇低风。"约，缠绕，邀请。此处意谓沾惹。

③三生杜牧：语本黄庭坚诗"春风十里卷珠帘，仿佛三生杜牧之"。

④宫烛分烟：韩翃《寒食》诗："日暮汉宫传蜡烛，轻烟散入五侯家。"

⑤空阶榆荚：韩愈《晚春》诗："杨花榆荚无才思，惟解漫天作雪飞。"此化用其意。

⑥藏鸦细柳：语本韩翃诗"桥边雨洗藏鸦柳"。

⑦雪：指柳絮。

⑧"想见"二句：语本王维诗"西出阳关无故人"。阳关，今甘肃敦煌南。

点评

姜夔自度曲，这是一首怀人词。俞陛云《唐五代两宋词选释》："此在客吴兴时感遇而作。首四句叙往事，春渐远，三句叙别后光阴，写愁中闻见，以疏秀之笔出之。下阕感节序而伤离。榆钱柳絮，皆借物怀人，便无滞相，其佳处在空灵。"

念奴娇

余客武陵，湖北宪治在焉。古城野水，乔木参天。余与二三友，日荡舟其间，薄荷花而饮，意象幽闲，不类人境。秋水且涸，荷叶出地寻丈，因列坐其下，上不见日，清风徐来，绿云自动。间于疏处，窥见游人画船，亦一乐也。朅①来吴兴，数得相羊②荷花中，又夜泛西湖，光景奇绝，故以此句写之。

闹红一舸，记来时，尝与鸳鸯为侣。三十六陂③人未到，水佩风裳④无数。翠叶吹凉，玉容销酒，更洒菰蒲⑤雨。嫣然摇动，冷香飞上诗句。

日暮，青盖亭亭，情人不见，争忍凌波去。只恐舞衣寒易落，愁入西风南浦。高柳垂阴，老鱼吹浪，留我花间住。田田⑥多少，几回沙际归路？

注释

①朅（què）来：来到。

②相羊：徜徉。

③陂（bēi）：池塘。

④水佩风裳：指荷叶荷花。

⑤菰（gū）蒲：水草。

⑥田田：指荷叶。

点评

俞陛云《唐五代两宋词选释》:"此调工于发端。'闹红'四字,花与人皆在其中。以下三句咏荷及赏荷之人,皆从空际着想。'翠叶'三句略点正面,接以'嫣然'二句,诗意与花香俱摇漾于水烟渺霭之中。下阕怀人而兼惜花,低回不去,而留客赏荷者,托诸'柳阴'、'鱼浪',仍在空处落笔。通首如仙人行空,足不履地,宜叔夏读之'神观飞越'也。"

扬州慢

淳熙丙申至日[1],余过维扬[2]。夜雪初霁,荠麦弥望[3]。入其城则四顾萧条,寒水自碧,暮色渐起,戍角[4]悲吟;余怀怆然,感慨今昔,因自度此曲。千岩老人以为有黍离之悲也。

淮左名都,竹西佳处,解鞍少驻初程。过春风十里,尽荠麦青青。自胡马窥江[5]去后,废池乔木,[6]犹厌言兵。渐黄昏、清角[7]吹寒,都在空城。

杜郎[8]俊赏,算而今、重到须惊。纵豆蔻词工,青楼梦好,[9]难赋深情。二十四桥仍在,波心荡、冷月无声。念桥边红药[10],年年知为谁生。

注释

①至日：冬至。

②维扬：扬州的别称。

③弥望：满眼。

④戍角：军中号角。

⑤胡马窥江：宋高宗建炎三年(1129)金人初犯扬州，其后绍兴三十一年(1161)再次侵犯扬州。

⑥废池：废毁的池台。乔木：残存的古树。二者都是乱后余物，表明城中荒芜，人烟萧条。

⑦清角：凄清的号角声。

⑧杜郎：指杜牧。

⑨"豆蔻"二句：语本杜牧《赠别》诗"娉娉袅袅十三余，豆蔻梢头二月初"及《遣怀》诗"十年一觉扬州梦，赢得青楼薄幸名"。

⑩红药：芍药。

点评

《扬州慢》为姜夔自度曲，其中原委，已见这首词的小序。又名《朗州慢》，这是一首乱后感怀之作。上片写词人初到扬州的所见所感。有虚写，有实写。"淮左名都"、"竹西佳处"，主要出自词人之前对这座名城的耳闻，属虚写；"废池乔木"、"清角吹寒"，则是词人的亲见。正因有之前的耳闻，才有了当前的触目惊心。下片以昔日繁华，反衬今日之萧飒、冷落。明月应该是今昔荣枯的唯一见证者吧！而冷月无声，一个"冷"字，生出无边凄凉。逢时必发的桥边红药，是有情的吗？她年年花发，又是为谁而生呢？至此，一种旷古的幽怨，笼罩全篇。

长亭怨慢

余颇喜自制曲，初率意为长短句，然后协以律，故前后阕多不同。桓大司马云："昔年种柳，依依汉南。今看摇落，凄怆江潭。树犹如此，人何以堪。"此语余深爱之。

渐吹尽，枝头香絮。是处人家，绿深门户。远浦萦回，暮帆零乱，向何许。阅人多矣，谁得似、长亭树。树若有情时，不会得、青青如此。

日暮，望高城不见，只见乱山无数。韦郎[①]去也，怎忘得、玉环分付。第一是、早早归来，怕红萼无人为主。算空有并刀，难剪离愁千缕。

注释

①韦郎：据《云溪友议》载，韦皋少游江夏，住于姜使君之馆，遇玉箫，因而有情。后归，与玉箫约，少则五年，多则七年，便来迎娶。并留下玉指环为信物。到了第八年春天，玉箫叹曰：韦郎一别，已过七年，是不来了。于是绝食而死。

点评

此为姜夔自度曲，其词前小序，已俱道原委。因词中有"谁得似、长亭树"句，故名。又名《长亭怨》，这首词借咏柳回忆往日恋情。上片咏柳，春已深深，柳阴浓绿，香絮吹尽。南浦长亭，离人黯然销魂，而柳则依然故我，青青如此。下片写词人与情侣离别后的恋慕之情，词人惜别之情，情侣属望之意，一路写来，凄怆缠绵，哀怨无端。

淡黄柳

客居合肥南城赤阑桥之西，巷陌凄凉，与江左[1]异，惟柳色夹道，依依可怜[2]。因度此曲，以纾客怀。

空城晓角，吹入垂杨陌。马上单衣寒恻恻。看尽鹅黄嫩绿，都是江南旧相识。

正岑寂，明朝又寒食。强携酒、小桥宅。怕梨花、落尽成秋色。燕燕飞来，问春何在，惟有池塘自碧。

注释

①江左：指江南。
②可怜：可爱。

点评

此为姜夔自度曲（参见词前小序）。这是一首客居伤春之作。上片写清晓在垂杨巷陌的凄凉感受，主要是写景。“空城”表现萧条冷落；“晓角”渲染悲凉气氛。“马上单衣寒恻恻”，写词人在异乡边地的感受。“看尽”二句引出淡淡的思乡情绪。下片转写寒食时节，“强携酒”写出满怀愁绪，“怕”字一转，写作者对春天的留恋，担心“梨花落尽”，眼前会“尽成秋色”。结尾三句，紧承上句，叙写“春”将逝去，当“燕燕飞来”之时，就只有一池绿水了。惋惜春光逝去，华年不再。

暗香

辛亥之冬，余载雪诣石湖。止既月，授简[1]索句，且征新声，作此两曲，石湖把玩不已，使二伎肄习之，音节谐婉，乃名之曰：《暗香》、《疏影》。

旧时月色。算几番照我，梅边吹笛？唤起玉人，不管清寒与攀摘。何逊[2]而今渐老，都忘却、春风词笔。但怪得、竹外疏花，香冷入瑶席。

江国，正寂寂，叹寄与路遥，夜雪初积。翠尊易泣，红萼无言耿相忆。长记曾携手处，千树压、西湖寒碧。又片片吹尽也，几时见得。

注释

①授简：给予纸笔。

②何逊：南朝梁诗人，在扬州有《咏早梅》诗。

点评

为姜夔自度曲（参见词前小序）。调名取自林逋《山园小梅》“疏影横斜水清浅，暗香浮动月黄昏”句。又名《红情》，这是一首咏梅词。词作以梅花为线索，通过回忆对比，抒写今昔之变和盛衰之感。

疏影

苔枝缀玉，有翠禽小小，枝上同宿。客里相逢，篱角黄昏，无言自倚修竹。昭君①不惯胡沙远，但暗忆、江南江北。想佩环、月夜归来，化作此花幽独。

犹记深宫旧事②，那人正睡里，飞近蛾绿③。莫似春风，不管盈盈，早与安排金屋。还教一片随波去，又却怨、玉龙哀曲。等恁时、重觅幽香，已入小窗横幅。

注释

①昭君：王昭君，远嫁匈奴，故想念中原。

②深宫旧事：据《太平御览》载，宋武帝女寿阳公主卧于含章殿下，有梅花落公主额上，成五出花，后即以此为梅花妆。

③蛾绿：指眉黛。

点评

据姜夔小序，词人"作此两曲"，则《疏影》与《暗香》从音乐上讲是两支曲子，从词篇上讲却是一个题目。《疏影》与《暗香》两篇，在谋篇布局上有岭断云连之妙，《暗香》立意已如前述，《疏影》则集中描绘梅花清幽孤傲的形象，寄托作者对青春、对美好事物的怜爱之情。

翠楼吟

淳熙丙午冬，武昌安远楼成，与刘去非诸友落之，度曲见志。余去武昌十年，故人有泊舟鹦鹉洲者，闻小姬歌此词，问之，颇能道其事。还吴为余言之，兴怀昔游，且伤今之离索也。

月冷龙沙①，尘清虎落②，今年汉酺③初赐。新翻胡部曲，听毡幕元戎歌吹。层楼高峙，看槛曲萦红，檐牙飞翠。人姝丽。粉香吹下，夜寒风细。

此地宜有词仙，拥素云黄鹤，与君游戏。玉梯凝望久，叹芳草萋萋千里。天涯情味，仗酒祓④清愁，花销英气。西山外，晚来还卷，一帘秋霁。

注释

①龙沙：泛指塞外沙漠之地。

②虎落：遮护城堡或营塞之竹篱。

③汉酺（pú）：指皇帝特别的宴会。

④祓（fú）：消除。

点评

《翠楼吟》为姜夔自度曲（参见词前小序）。这是一首为安远楼的落成而写的词作。上片描写安远楼的气势与官家宴饮的奢华场面。下片描写词人的羁旅情愁。词作本为庆贺安远楼落成而作，按理应在“安远”二字上作一篇喜庆

“文章”;但词人却不自觉地打入自己身世飘零之感,流露出表面承平而实趋衰飒的时代气氛。词作也因此显得意味深长。

杏花天

丙午之冬,发沔口①。丁未正月二日,道金陵,北望淮、楚,风日清淑,小舟挂席,容与波上。

绿丝低拂鸳鸯浦。想桃叶②,当时唤渡。又将愁眼与春风,待去。倚兰桡、更少驻。

金陵路。莺吟燕舞。算潮水、知人最苦。满汀芳草不成归,日暮。更移舟、向甚处。

注释

①沔(miǎn)口:汉水入江处。

②桃叶:桃叶渡。

点评

宋周密《齐东野语》卷十《混成集》:“修内司所刊本,巨帙百余。古今歌词之谱,靡不备具。只大曲一类,凡数百解,他可知矣,然有谱无词者居半。《霓裳》一曲共三十六段。尝闻紫霞翁云,幼日随其祖郡王曲宴禁中,太后令内人歌之,凡用三十人,每番十人,奏音极高妙。翁一日自品象管作数声,真有驻云落木之意,要非人间曲也。又言:无太皇最知音,极喜歌。木笪人者,以歌《杏花天》,木笪遂补教坊都管。间忆旧事,困书之以遗好事者,盖二曲皆今人所罕知云。”不知宫中所歌《杏花天》,与民间流传之《杏花天》有何不同,不然,周密缘何称“今人所罕知”。这是一首思念旧日恋人的情词。上片见渡口而思古，联想到献之送桃叶的场景。下片写金陵景色，叹难寻归路。整首词以健笔写柔情，托意隐微，情深调苦。

一萼红

丙午人日，余客长沙别驾[①]之观政堂，堂下曲沼，沼西负古垣，有卢橘幽篁，一径深曲。穿径而南，官梅数十株，如椒如菽，或红破白露，枝影扶疏。着屐苍苔细石间，野兴横生，亟命驾登定王台[②]。乱湘流入麓山，湘云低昂，湘波容与，兴尽悲来，醉吟成调。

古城阴，有官梅几许，红萼未宜簪。池面冰胶，墙腰雪老，云意还又沉沉。翠藤共、闲穿径竹，渐笑语、惊起卧沙禽。野老林泉，故王台榭，呼唤登临。

南去北来何事，荡湘云楚水，目极伤心。朱户黏鸡[③]，金盘簇燕，空叹时序侵寻。记曾共、西楼雅集，想垂柳、还袅万丝金。待得归鞍到时，只怕春深。

注释

①别驾：宋代通判的别称。

②定王台：汉定王刘发至长沙，筑台以望母，称定王台。

③黏鸡：据《岁时记》载，人日（正月初七）贴“画鸡”于门上，在上面系上苇秆，旁边插上灵符，可以辟邪。

点评

《乐府雅词》无名氏词有“未教一萼，红开鲜蕊”句，故取以为调名。这是一首早春登临览胜之作。上片写寻梅过程及游赏心情。踏访官梅，穿过翠藤竹径；谈笑风生，惊起水边沙禽。一路写来，野兴横生。下片兴尽悲来，追远怀人，不觉伤心无限。整首词意境迤逦，笔断意连，看似无迹可求实，实有暗脉潜通。

霓裳中序第一

丙午岁，留长沙，登祝融[①]，因得其祠神之曲，曰《黄帝盐》、《苏合香》。又于乐工故书中得商调《霓裳曲》十八阕，皆虚谱无辞。按沈氏乐律《霓裳》道调，此乃商调，乐天诗云散序六阕，此特两阕，未知孰是。然音节闲雅，不类今曲。余不暇尽作，作《中序》一阕传于世。余方羁游，感此古音，不自知其辞之怨抑也。

亭皋正望极。乱落江莲归未得，多病却无气力。况纨扇[②]渐疏，罗衣初索。流光过隙，叹杏梁、双燕如客。人何在，一帘淡月，仿佛照颜色。

幽寂，乱蛩吟壁，动庾信、清愁似织。沉思年少浪迹。笛里关山，柳下坊陌。坠红[③]无信息，漫暗水、涓涓溜碧。飘零久、而今何意，醉卧酒垆侧。[④]

注释

①祝融：山名。

②纨（wán）扇：团扇。

③坠红：落花。

④醉卧酒垆侧：据《世说新语》载："王戎与客过黄公酒垆，谓客曰：吾与叔夜、嗣宗酣饮此垆。自嵇、阮亡后，视此虽近，邈若山河。"

点评

白居易《霓裳羽衣舞歌》："散序六奏未动衣，阳台宿云慵不飞。中序擘騞初入拍，秋竹竿裂春冰拆。"自注云：散序六遍无拍，故不舞也。中序始有拍，亦名拍序。沈括《梦溪笔谈》卷十七："《霓裳曲》凡十三叠，前六叠无拍，至第七叠方谓之叠遍。自此始有拍，而舞作。"至此，知《霓裳曲》共十三叠，至第七叠中序始有舞，故以第七叠为中序第一。这是一首客游登高之作。俞陛云《唐五代两宋词选释》："前五句言秋风人倦，'流光'二句叹急景之不居，'人何在'三句望伊人之宛在。月到旧时明处，与谁同倚阑干。白石殆同此感也。下阕回首当年，关河浪迹，坊陌春游，旧梦重重，逐暗水流花而去，赢得飘零词客，一醉埋愁。李后主所谓'醉乡路稳宜频到，此外不堪行也'。"

李清照

李清照(1084~1155?)，号易安居士，济南章丘人。出身于书香仕宦之家，通晓音律，长于诗词，工散文，能书画，是位才华出众的女词人。十八岁与太学生赵明诚结为伉俪，情趣相投。靖康之变后，北宋覆亡，李清照随夫南渡。赵明诚在高宗建炎三年(1129)病逝。此后，李清照流徙于杭州、绍兴、金华等地，处境凄凉。李清照词早年多写闺中生活情趣，词风清新俊秀；南渡后多写身世之痛和时世之悲，词风趋于凄咽悲楚。有《漱玉词》，为后人辑本。

如梦令

昨夜雨疏风骤，浓睡不消残酒。试问卷帘人，却道海棠依旧。知否？知否？应是绿肥红瘦①。

注释

①绿肥红瘦：形容叶繁花少。

点评

这是一首伤春惜春词，并以花自喻，慨叹自己的青春易逝。黄氏《蓼园词选》云："一问极有情，答以'依旧'，答得极淡，跌出'知否'二句来，而'绿肥红瘦'无限凄婉，却又妙在含蓄。短幅中藏无数曲折，自是圣于词者。"

醉花阴

薄雾浓云愁永昼，瑞脑①消金兽。佳节又重阳，玉枕纱厨②，半夜凉初透。

东篱把酒黄昏后，③有暗香盈袖。莫道不消魂，帘卷西风，人比黄花瘦。

注释

①瑞脑：龙脑，是一种名贵的香料。金兽：兽形铜香炉。

②纱厨：纱帐。

③东篱把酒黄昏后：语本陶渊明《饮酒》诗“采菊东篱下，悠然见南山”。

点评

此调首见毛滂《东堂词》，因其中有“人在翠阴中……劝君对客杯须覆”。因据句意取调名。《古杭杂记》，“太学上舍郑文，秀州人。其妻寄以《忆秦娥》云：‘花深深，一勾罗袜行花阴。行花阴，闲将钿带结同心。’此调为同舍见者传播，酒楼妓馆皆歌之。”《醉花阴》词调遂行于世。《琅嬛记》：“李易安以重阳《醉花阴》词，函致赵明诚。明诚叹赏，自愧弗逮，务欲胜之。一切谢客，忘食寝者三日夜，得五十阕，杂易安作，以示友人陆德夫。德夫玩之再三，曰：‘只三句绝佳。’明诚诘之，曰：‘莫道不销魂，帘卷西风，人比黄花瘦。’正易安作也。”这首词写词人重阳佳节思念丈夫的心情。上片写重阳佳节之时，词人只身一人，时光变得如此漫长，刚送走愁闷的白昼，又须面对凄凉的秋夜。下片写词人独自饮酒赏菊，愁绪满怀，末句“人比黄花瘦”，至今为人传颂不已。

声声慢

寻寻觅觅，冷冷清清，凄凄惨惨戚戚。乍暖还寒[①]时候，最难将息[②]。三杯两盏淡酒，怎敌他晚来风急。雁过也，正伤心，却是旧时相识。

满地黄花堆积，憔悴损，如今有谁堪摘？守着窗儿，独自怎生得黑。梧桐更兼细雨，到黄昏、点点滴滴。这次第[③]，怎一个愁字了得。

注释

①乍暖还寒：初春忽冷忽热的天气。

②将息：休养。

③这次第：这种情状。

点评

明杨慎《升庵集》卷六十三“慢字为乐曲名”：“陈后山诗‘吴吟未至慢，楚语不假些’，任渊注云：‘慢，谓南朝慢体，如徐庾之作。’余谓此解是也，但未原其始。《乐记》云：‘宫商角徵羽，五者皆乱迭相陵，谓之慢。’又曰：‘郑卫之音，乱

世之音也，比于慢矣。'宋词有《声声慢》、《石州慢》、《惜余春慢》、《木兰花慢》、《拜星月慢》、《潇湘逢故人慢》，皆杂比成调，古谓之啧曲，啧与赜同，杂乱也。琴曲有名散，元曲有名犯，又曲终入破，义亦如此。"晁补之词名《胜胜慢》，吴文英词有"人在小楼"句，名《人在楼上》。这是一首赋体慢词，表现悲秋主题，堪比一篇《悲秋赋》。上片起首连用十四个叠字，表现一个人苦寻无着、心神不宁、若有所失的神态。继而以酒浇愁，目送秋鸿，心中平添许多怅惘。下片词人环顾自家庭院，黄花堆积，伤心人却无心摘赏。终日枯坐无聊，独自一人，如何挨到天黑，即便黑夜到来，又将如何，黄昏时分，秋雨绵绵，雨打桐叶，愁煞闺中人，此情此景，一个"愁"字，怎能概括得了。

念奴娇

萧条庭院，又斜风细雨，重门须闭。宠柳娇花寒食近，种种恼人天气。险韵[①]诗成，扶头酒醒，别是闲滋味。征鸿[②]过尽，万千心事难寄。

楼上几日春寒，帘垂四面，玉阑干慵倚。被冷香消新梦觉，不许愁人不起。清露晨流，新桐初引，[③]多少游春意。日高烟敛，更看今日晴未？

注释

①险韵：以生僻难押字押韵。

②征鸿：飞翔的鸿雁。

③“清露”二句：语出《世说新语·赏誉》；初引：刚刚发芽。

点评

这首词写寒食节将至，词人独守空闺，思念远方的丈夫。黄氏《蓼园词评》：“只写心绪落寞，遇寒食更难遣耳。徒然而起，便而深邃。至前阕云‘重门须闭’，次阕云‘不许’‘不起’，一开一合，情各戛戛生新。起处雨，结句晴，句法浑成。”

永遇乐

落日熔金，暮云合璧，人在何处。染柳烟浓，吹梅笛怨[①]，春意知几许。元宵佳节，融和天气，次第岂无风雨？来相召、香车宝马，谢他酒朋诗侣。

中州[②]盛日，闺门多暇，记得偏重三五[③]。铺翠冠儿，捻金雪柳，簇带争济楚。[④]如今憔悴，风鬟霜鬓，怕见夜间出去。不如向、帘儿底下，听人笑语。

注释

①吹梅笛怨：笛曲《梅花落》凄婉哀怨。

②中州：河南一带古称中州，此处指汴京。

③三五：指元宵节。

④簇带：插戴满头。济楚：整洁貌。

点评

这首词写词人晚年流寓临安时的生活境况。上片首二句一抹亮色突然而降，使人顿觉炫目。继而引出“人在何处”的疑问，隐含了人在异乡的漂泊之感。接下来描写盎然春意，满目烟柳，远处笛声，一切那么美好，词人运笔至此，又添波澜，“次第岂无风雨”，一个反问蕴含了词人对世事沧桑，变幻莫测的顾虑。这也正是词人谢绝邀请，不愿出游的原因。下片首六句忆昔，后五句伤今，结句“不如向、帘儿底下，听人笑语”，读之尤觉酸楚。

浣溪沙

髻子伤春慵更梳，晚风庭院落梅初。淡云来往月疏疏。

玉鸭熏炉闲瑞脑，朱樱斗帐掩流苏。通犀[①]还解辟寒无。

注释

①通犀：犀角的一种。据《开元天宝遗事》载：“开元二年冬至，交趾国进犀一株，色黄似金。使者请以金盘置于殿中，温温然有暖气袭人。上问其故，使者

对曰：'此辟寒犀也。'"

点评

这是一首伤春词。上片写髻发慵梳，晚风刁刁，庭院落梅，云淡月疏，一幅清丽之景。下片写室内之景。词人在庭院中伫立多时，春寒袭人，只得回到室内，室内香炉已停，斗帐已掩，人因春寒却不成寐。词人不禁疑问：传说中能够避寒的通犀，还能避寒吗？这里蕴含心境之凄冷无法消除之意。整首词以清丽的风格，寓伤春之情于景物描写之中，格高韵胜，富有诗的意境。

金章宗

金章宗，名璟，世宗嫡孙，于大定二十九年嗣位，在位二十九年，《词林纪事》根据《归潜志》载：金章宗天资聪悟，诗词多有可称者。

其宫中绝句云："五云金碧拱朝霞，阁楼峥嵘帝子家。三十六宫帘尽卷，东风无处不杨花。"其词有《软金杯》等名篇。

生查子·软金杯

风流紫府[①]郎，痛饮乌纱岸。柔软九回肠，冷怯玻璃盏。
纤纤白玉葱[②]，分破黄金弹。借得洞庭春[③]，飞上桃花面。

注释

①紫府:道家称仙人所居,这里泛指宫廷。

②玉葱:形容美女之手。

③洞庭春:名酒。亦名:“洞庭春色。”

点评

这首咏物小词,写得很有特色。上片写仙郎风流痛饮,金杯柔软可爱。下片写纤手斟酒,一杯“洞庭春”,飞上桃花面。

全词柔和细腻,曲折有致。

吴激

吴激(1090~1142),金代作家、书画家,字彦高,自号东山散人。金建州(今福建建瓯)人。宋宰相栻之子,米芾之婿。官翰林待制。皇统(金熙宗)初,出知深州(今河北省县名)。著有《东山集》。善诗文书画,所作词风格清婉,多家园故国之思,与蔡松年齐名,时称“吴蔡体”,并被元好问推为“国朝第一作手”。

人月圆

南朝①千古伤心事,犹唱后庭花②。旧时王谢,堂前燕子,飞向谁家。③

恍然一梦,仙肌胜雪④,宫鬓堆鸦⑤。江州司马,青衫泪湿,同是天涯。⑥

注释

①南朝：一称六朝，即相继建都于建康（今南京市）的吴、东晋、宋、齐、梁、陈六个朝代。伤心事，亦作“伤心地”。

②后庭花：词曲名。

③“旧时”三句：系化用刘禹锡诗句“旧时王谢堂前燕，飞入寻常百姓家”而成。

④仙肌胜雪：形容美人的肌肤比雪还白。

⑤宫鬓堆鸦：形容宫中美人的鬓发颜色像鸦羽，故曰“堆鸦”。

⑥“江州”三句：系融化白居易诗句“座中泣下谁最多，江州司马青衫湿”、“同是天涯沦落人，相逢何必曾相识”而来。

点评

此词怀古感事。作者本为宋人，盖有伤于北宋王朝之覆灭，南宋偏安江左，中原恢复无望。上片痛国家沦陷，下片悲人民流离。南朝诸代，国祚短促，相继灭亡，本属伤心之事。而统治者不以此为鉴，还在唱《后庭花》那样的靡靡之音，荒淫无度，宜其重蹈覆辙之祸。当日中州甲第，久易主人；南国佳人，香消尘梦。商女琵琶，弹不尽沦落生涯；司马衫袖，湿多少同情眼泪。盛衰之相因，古今所同慨。此词化用唐人诗句，最为突出。借前人的现成语，写自己的心里话，不独句调浑成，演唱顺口，亦且由彼及此，悟境殊深。

诉衷情

夜寒茅店不成眠，残月照吟鞭。黄花细雨时候，催上渡头船。鸥似雪，水如天。忆当年。到家应是，童稚牵衣，笑我华颠[①]。

注释

①华颠：头上白发。

点评

此词写旅途中思念家乡的急切心情。归心如箭，遂一夜无眠。启程时犹有残月，临渡时已细雨霏霏。旅途景物，略不关情，盖一心已在思量归家后光景。“童稚”两句，有“近乡情更怯”之感。